RIVAUX REBELLES
LA LIGUE DES REBELLES
TOME IV

LAUREN SMITH

Traduction par
ANGÉLIQUE MOREAU

Traduction par
VALENTIN TRANSLATIONS

Titre original : Wicked Rivals – Copyright Lauren Smith

Traduit de l'anglais (États-Unis) par Angélique Olivia Moreau et Valentin Translation - Copyright 2023

ISBN : 978-1-958196-74-8 (version e-book)

ISBN : 978-1-958196-75-5 (version papier)

8e règle de la Ligue

Quand l'indépendance d'un homme est inextricablement liée à sa fortune, il est vital de ne laisser aucune femme s'en mêler, toute ravissante soit-elle.

Extrait de *La Gazette de la Lorgnette*, 29 mai 1821, rubrique de Madame Société :

Madame Société lance un défi à lord Lennox. Elle ne peut s'empêcher de penser qu'il a peur d'une certaine lady avec laquelle il est en compétition directe.

Allons, Lord Lennox… Pourquoi ressentir tant de crainte et d'appréhension que vous ne souhaitez pas être vu avec elle en public ? Au bal de lady Jacintha, vous vous êtes enfui quand cette femme habile s'est avancée sur la piste de danse.

Vous ne pourrez pas vous réfugier éternellement derrière votre flottille ou vous rabattre sur le soutien de vos amis. La Ligue des Rebelles est rapidement en train de succomber aux charmes d'Éros et ils prennent épouse. Peut-être savent-ils quelque chose dont vous choisissez de rester ignorant ? Pour un homme doté d'un tel intellect et d'une telle finesse, comment pourriez-vous y rester indifférent ?

Mon baron froid et plein de retenue, je vous défie de passer une nuit avec cette dame et à vous comporter en parfait gentleman. Je soutiens que les cloches du mariage sonneront sous peu.

— Vous voulez que je fasse *quoi*, Milord ?

Ashton Lennox regardait le banquier aux cheveux blancs assis en face de lui dans les bureaux de la banque de Drummond. Il savait que ce qu'il demandait à son interlocuteur était osé... et probablement illégal. Cependant, en affaires, certaines personnes méritaient des représailles. Ceci étant dit, cela ne signifiait pas que ses exigences ne terrifieraient pas un banquier qui avait la tête sur les épaules.

— Je viens de le dire simplement, Mr Reed. Je veux que vous refusiez de l'or à lady Melbourne si elle vient vous demander un prêt.

Il prononça ces paroles de cette voix froide et suave qui ne tolérait aucune réplique et il acheva en frôlant son pantalon du bout des doigts pour le lisser. À l'âge de trente-trois ans, Ashton avait appris à contraindre des hommes à se plier à sa volonté par un simple regard froid et un ton impérieux. Ceux qui le contrariaient ou osaient contrevenir à ses désirs finissaient souvent par subir un coup fatal à leur statut financier.

— Mais, Milord, dit Mr Reed qui ouvrait des yeux aussi grands que des soucoupes, elle a toujours été une cliente de choix ici...

— Je n'en doute pas, mais vous et moi avons un accord, n'est-ce pas ?

Malgré son ton, ce n'était pas une question. Ashton soutint le regard à présent effrayé de Reed.

— Je suis certain que vous vous souvenez que c'est moi qui

vous ai aidé à sélectionner les rentes dans lesquelles investir l'année dernière. Et si je ne m'abuse, les bénéfices vous ont permis de vous procurer une maison de campagne dans le Sussex, non ? Je pense que vous aimeriez conserver mes conseils sur des questions futures...

Le vieux banquier déglutit et il parvint à secouer la tête en tremblant.

— Je vous suis reconnaissant, bien entendu, mais en ce qui concerne la lady en question, elle est...

Il chercha le mot juste.

— Difficile ? proposa Ashton, le mot lui échappant dans un grognement alors que sa façade calme menaçait de se fissurer chaque fois qu'il pensait à *elle*.

Lady Rosalind Melbourne était bien plus que difficile. En tant que propriétaire de Melbourne, Shelly & Company, elle avait passé les derniers mois à lui dérober des offres sur des compagnies de transport et à racheter d'autres sociétés en sous-enchérissant.

Cette femme représentait un danger. Il avait fait tout ce qu'un homme raisonnable pouvait faire en lui proposant de lui racheter ses parts puis de gérer ses propres affaires, mais elle avait sapé tous ses efforts – ou plutôt, tous ses efforts *par les moyens légaux*. Si elle avait été un homme, il aurait admiré sa tactique et la façon dont elle le déjouait, le surclassant à la moindre occasion.

Elle n'était pourtant pas un homme, mais une femme... Une femme enivrante, belle, et *rageusement* dérangeante, avec un fougueux tempérament écossais qui lui faisait perdre le contrôle.

La situation n'était pas acceptable. Le contrôle était son arme principale et sa première ligne de défense. Alors que d'autres hommes abandonnaient leurs corps à leurs passions, leurs esprits à leurs obsessions et leurs cœurs à l'amour, lui restait toujours maître de lui-même.

Sauf en ce qui concernait Rosalind ! Si elle n'avait pas été une femme, cela aurait fait longtemps qu'il serait allé lui rendre visite afin de régler leurs différends dans un champ, à l'aube. Il mit quelques secondes à se reconcentrer sur la question qui l'occupait.

— Sommes-nous d'accord, Mr Reed ? Ferez-vous ce que je vous demande ?

Ashton se redressa, dépassant le banquier de toute sa hauteur.

Le vieil homme accepta en déglutissant difficilement.

— Oui, Lord Lennox. Lady Melbourne verra ses demandes de crédit refusées jusqu'à ce que vous m'ordonniez le contraire.

Ashton inclina la tête en signe d'approbation et quitta le bureau de Reed. Il rajusta sa cravate et récupéra son chapeau accroché à une patère située dans un coin à l'extérieur du bureau. Une fois parvenu à l'entrée de Drummond, il héla un fiacre.

— Où allons-nous, Milord ? demanda le cocher.

— Au club de Berkley's.

Ashton grimpa dans la voiture et se cala en arrière avec un soupir.

— Très bien, Milord.

Après une telle matinée, un après-midi à Berkley's était exactement ce dont il avait besoin. Il n'aimait pas employer des mesures aussi drastiques, mais cela ne concernait pas seulement sa fierté professionnelle. Les compagnies de lady Melbourne étaient utilisées par le seul homme d'Angleterre qui inquiétait suffisamment Ashton pour le priver de sommeil.

On avait vu Sir Hugo Waverly rendre visite aux capitaines des bateaux de lady Melbourne et ses hommes – ou du moins des hommes qu'Ashton soupçonnait de travailler pour lui – étaient apparus de plus en plus fréquemment sur la liste de ses passagers. Il soupçonnait Waverly de faire mauvais usage des compagnies de Rosalind. Ce que mijotait Waverly n'était pas clair, mais Ashton ne pensait pas que ce soit bienséant.

Une guerre secrète se menait, dont les armes n'étaient pas

des pistolets ou des épées, mais des yeux et des mots. Elle ne se tenait pas sur un champ de bataille sinon dans l'ombre. Hugo avait déclaré cette guerre voilà un moment et Ashton avait monté une défense avec sa discrétion habituelle. Il était dans les intérêts de la Ligue de maîtriser la situation, ce qui signifiait actuellement saisir le contrôle des compagnies de lady Melbourne afin d'analyser ses activités commerciales et comprendre comment Waverly y était impliqué.

Ce matin-là, il s'était rendu auprès de cinq banques de la ville et leur avait fait promettre de refuser le moindre crédit à lady Melbourne. De cette façon-là, quand les amis d'Ashton viendraient encaisser dans chaque banque, elle n'aurait pas les moyens de les payer en or.

Cela la détruirait. Du moins temporairement. Elle ne mettrait guère de temps à se refaire ; Ashton n'était pas assez bête pour se croire capable de la ruiner. Mais un coup momentané porté à ses revenus et son indépendance serait suffisant pour la soumettre.

Lady Melbourne... soumise. Quelle délicieuse pensée ! *Je vous posséderai, Rosalind.*

Sans pouvoir se retenir, il repensa à la nuit où il l'avait entraînée dans l'alcôve d'un théâtre. Son intention avait été de lui parler, de la convaincre de laisser tranquilles ses entreprises. Pourtant, dès qu'il l'avait touchée, ce plan s'était évaporé et quelque chose de plus primaire avait émergé.

Il avait essayé d'utiliser les réactions de son corps en l'amenant au bord de la passion, avant de la laisser dans la frustration pour la punir de ses tactiques professionnelles peu orthodoxes. Cela avait été une regrettable indulgence et sur le moment, il n'avait pas été capable de se retenir.

Cela non plus n'avait pas fonctionné.

Au contraire, elle avait retourné la situation et il avait perdu contenance sous les caresses serrées de sa main. Se souvenir de l'avoir vue laisser tomber un gant blanc délicat à ses pieds, évoquant un défi en duel, le faisait encore bander. C'était un duel intellectuel qui se jouait à la séduction... Exactement la manière dont il aimait mener le jeu ! Et voilà qu'il avait rencontré une femme qui lui rendait ses coups bas.

Une suite de coups et de parades, comme dans un jeu d'échecs. Il ne pouvait nier qu'il ressentait envers elle une admiration involontaire, mais il était déterminé à ne pas la laisser gagner.

La calèche s'arrêta devant un hôtel particulier élégant qui avait été l'emplacement du club de Berkley's pendant plus de cinquante ans. Ce n'était pas le seul club de gentlemen qui avait fait parvenir une invitation à Ashton, mais c'était la seule qu'il avait acceptée. Le club l'avait tenté, car il lui permettrait d'échapper aux discussions d'affaires, aux questions politiques et aux autres choses qui faisaient la renommée de la plupart des autres clubs. Berkley's était strictement un club pour les hommes qui souhaitaient échapper au tourbillon de la vie londonienne.

Le club était également le seul endroit où son groupe d'amis proches — la Ligue des Rebelles, comme les avaient surnommés les journaux — pouvait se poser confortablement, loin des torchons à scandales et des ragots de cette satanée Madame Société. Ses articles dans la *Gazette de la Lorgnette* semblaient déterminés à trahir leurs secrets pour l'amusement de l'élite de Londres. C'était elle qui avait rendu leur surnom si célèbre au cours des quelques dernières années.

Ashton aurait volontiers admis que le surnom de la Ligue avait toujours été une description appropriée des cinq membres originaux : Godric, Lucien, Cédric, Charles et lui-même. Avec Jonathan, le demi-frère que Godric s'était récemment découvert, ils étaient à présent six.

Au fil des années, certaines de leurs activités avaient été brutales, impitoyables et même dangereuses, mais les choses étaient en train de changer. Des souvenirs sombres du passé étaient enfouis, remplacés par des nouveaux, bien meilleurs, du moins sur certains points. Ils se posaient, chose qu'Ashton n'aurait jamais crue possible.

Tout avait commencé lorsque Godric avait enlevé une jeune femme pour se venger et avait fini par tomber amoureux d'elle. À présent, ils tombaient tous comme des dominos d'ivoire, un par un, pour ces femmes sans lesquelles ils n'auraient pas pu vivre. Lucien, un des rebelles les plus scandaleux qui soient, avait succombé aux charmes d'Horatia, la sœur de Cédric. Et le mois précédent, Cédric avait surpris tout le monde en demandant la main d'Anne Chessley, la riche héritière.

Ashton se rendit compte avec une certaine alarme que la Ligue était à présent divisée à égalité entre les hommes libres et ceux liés par le mariage. Les après-midis au club, leurs discussions ne tournaient plus autour de la séduction et des conquêtes, mais des naissances à venir.

Si nous ne faisons pas attention, la Ligue cessera d'être une force à craindre pour faire l'objet du ridicule. Le pouvoir que nous avons amassé risque de se voir dilapidé et nos ennemis serreront les rangs puis réessaieront de nous détruire.

Cette pensée lui glaça le sang. L'année précédente, ils avaient survécu à une série d'événements mortels. Plus la Ligue se laisserait diviser par des femmes et des enfants, plus il serait facile pour Waverly de faire du mal à ceux qu'ils aimaient le plus.

Cela dit, ce n'est pas qu'il ne souhaitait pas le meilleur pour ses amis. Ils étaient terriblement et follement heureux auprès de leurs épouses. Mais le pouvoir pour lequel ils avaient tous lutté fermement pour atteindre depuis qu'ils avaient quitté l'université pouvait s'évaporer à tout moment. De nouveaux géants émergeraient des ruines de leur destruction, ainsi que de nouveaux ennemis. Ashton ne baisserait pas les armes tant qu'il ne serait pas certain qu'ils soient tous en sécurité.

En attendant, il ne dormait que d'un œil, ses obligations pesant de plus en plus lourdement sur ses épaules au fil des jours. En tant qu'aîné, il se sentait tenu d'être le protecteur de la Ligue.

La calèche s'arrêta devant l'entrée du club.

— Le club de Berkley's, annonça le cocher.

— Je vous remercie.

Ashton sortit de la calèche et paya l'homme avant de gravir les marches. Un jeune garçon proprement vêtu de l'uniforme de Berkley's lui ouvrit la porte. Ashton lui tendit son manteau et son chapeau.

— Cherchez-vous quelqu'un en particulier, Milord ?

Ashton tira sur sa redingote.

— Essex, Rochester ou Sheridan.

Il attendit de voir si ces titres évoquaient quelque chose au jeune homme.

Le visage du valet fut illuminé par une expression quasi révérencieuse.

— Bien sûr. Ils prennent un verre dans le salon Bombay. Savez-vous où c'est, Milord ?

— Oui, merci.

Il traversa le club, passant devant des tables et des fauteuils où des hommes buvaient, parlaient et profitaient tranquillement de ce répit aux contraintes de la société. Des fauteuils chauds et accueillants trônaient devant des cheminées allumées et l'odeur de la nourriture et du brandy taquinait ses narines. Berkley's était comme une seconde maison.

Située à l'étage supérieur, la salle Bombay présentait un décor au thème indien. La porte était déjà entrouverte et le son des voix le remplit de chaleur. Il laissait peu de choses compter profondément pour lui, mais la Ligue était la chose la plus importante de sa vie, hormis sa famille.

La première chose qu'Ashton entendit quand il ouvrit la porte fut Cédric Sheridan qui s'esclaffait.

— Ash va être furieux. Madame Société le prend à partie.

Calé dans son fauteuil et tout sourire, le vicomte tenait un exemplaire de la *Gazette de la Lorgnette*.

— Encore ? demandèrent les autres.

— C'est une bonne chose que la rédactrice de cette rubrique reste anonyme. Ash la détruirait.

— Rien ne perturbe Ash. Il est trop posé.

Godric Saint-Laurent, duc d'Essex, prit le journal et le parcourut rapidement.

— Attendez qu'Émily lise ceci ! Elle est convaincue qu'Ash et lady Melbourne ont besoin de se retrouver dans un environnement convenable où ils seront forcés d'être polis.

À ces paroles, Lucien Russell, marquis de Rochester, se détourna de la fenêtre devant laquelle il se tenait.

— Cela fait un mois qu'Horatia ne parle plus que de cela. Elle a dit qu'Anne les a invitées à prendre le thé avec lady Melbourne cet après-midi.

Dans l'encadrement de la porte, Ashton écoutait les trois membres mariés de la Ligue discuter de leurs femmes avec un amusement jovial. Il éclata de rire, faisant sursauter ses amis, qui ne s'étaient pas rendu compte de sa présence.

— Seigneur dieu, vous laissez vos épouses se retrouver pour prendre le thé ?

Lucien fut le premier à répondre.

— Vous savez les efforts que cela représente d'essayer de les en empêcher. Si je disais non, Horatia me jetterait à la tête un coussin brodé. Suivi d'un vase.

— Elles sont tout aussi unies entre elles que nous le sommes, j'en ai bien peur, dit Godric. Elles se sont même donné cette appellation ridicule. La Société des…

Il s'interrompit, ayant oublié la suite.

Lucien fit un grand geste avec les mains comme s'il dévoilait le nom sur une pancarte.

— *La Société des Ladies Rebelles.*

— Exactement.

Cédric ricana et cala ses bottes sur la table la plus proche.

— Tant qu'Audrey n'est pas de la partie, elles ne pourront pas causer autant de problèmes que cela.

Ashton n'était pas certain d'être entièrement d'accord. Audrey Sheridan était la benjamine de Cédric et même si les ennuis la suivaient à la trace, il savait que les autres femmes étaient presque aussi douées qu'elle pour les bêtises.

— Ash, regardez.

Godric lui tendit la *Gazette* et Ashton s'installa à côté de lui.

Il baissa les yeux vers l'article dont ils discutaient quand il était entré et ressentit vite une bouffée de colère.

— Je me *dissimule* derrière ma flottille de bateaux ?

Le grondement qui lui échappa était complètement inattendu. Luttant pour conserver son calme, Ashton ferma les yeux et compta jusqu'à dix en latin comme il l'avait fait toute sa vie pour maîtriser sa colère. Quand il rouvrit les paupières, il souriait. Cela ne faisait rien. Son plan était lancé et bientôt, Rosalind ne serait plus un problème.

— Enfin, elle a raison sur vous trois.

Il revérifia l'article pour réciter les paroles exactes.

— « Succomber aux charmes d'Éros et prendre épouse ».

Godric arracha le journal des mains d'Ashton.

— J'aimerais savoir qui écrit ces bêtises. C'est probablement une vieille pie d'Upper Wimpole Street qui n'a pas su s'introduire dans la bonne société et se venge de l'élite à laquelle elle n'appartient pas.

Son ton légèrement sarcastique indiquait le dégoût qu'il avait de sa propre classe sociale.

Lucien fit tourner son verre de brandy et quitta son poste près de la fenêtre pour investir une chaise vide près de Cédric. Il parut avoir une inspiration soudaine.

— Et si nous demandions à nos femmes de prendre la relève ? Cela les occupera et si elles partent résoudre un mystère, nous ne les aurons plus dans nos pattes.

Cédric éclata de rire.

— Je soutiens que même si elles apprennent son identité, il est impensable qu'Émily, Anne ou Horatia trahissent l'une des leurs. Et on aura beau essayer de toutes les façons possibles, on ne pourra pas les empêcher de se mêler de ce qui nous concerne.

Ashton hocha la tête. Le problème qui pesait sur son cœur

était le danger que le passé de la Ligue présentait pour les femmes de leurs vies.

Comme s'il répondait à l'appréhension d'Ashton, Godric croisa les bras et une ombre passa dans ses yeux verts.

— Ce qui me fait penser... Où en sommes-nous concernant Waverly ?

Ashton fut saisi par la tension et tous ses muscles se contractèrent. Waverly éveillait toujours des souvenirs sombres et de vieilles peurs, ainsi qu'une vague de culpabilité.

Fut un temps, Hugo n'était qu'un idiot ennuyeux et privilégié qu'ils avaient rencontré à Cambridge. Mais à cause d'une ancienne vendetta familiale, Waverly avait tenté de tuer leur ami Charles, et c'était un autre étudiant qui était mort cette nuit-là. Un homme innocent qui avait simplement essayé d'apaiser les choses. Ce moment avait changé le cours de leur existence.

Les paumes d'Ashton tressaillirent, comme s'il pouvait sentir sur ses mains la souillure du sang de cet homme innocent.

— Il a été vu aux docks où ma flottille est amarrée, mais je n'ai pas été capable de confirmer ce qu'étaient ses intentions pour le moment. Je suggère qu'on surveille mutuellement nos arrières jusqu'à ce que Waverly nous dévoile ce qu'il va encore mijoter.

Godric essaya de contenir un regard noir, sans y parvenir. La patience n'avait jamais été l'une de ses qualités maîtresses lorsqu'il jugeait qu'il valait mieux agir.

Ashton enfonça la main dans son gilet et en retira une petite montre à gousset avec une fine chaîne en argent. Une heure s'était écoulée depuis qu'il avait donné des instructions à la dernière banque concernant le crédit de Rosalind. Dans moins d'une demi-heure, les hommes qu'il avait rencontrés enverraient des notices à la banque de Rosalind, exigeant d'être payés en or. Cette petite diablesse écossaise allait regretter de l'avoir embarrassé au théâtre le mois précédent.

Si seulement je pouvais voir son visage quand elle se rendra compte qu'elle est ruinée !

Bien entendu, il n'aurait pas la cruauté de l'envoyer en prison pour dettes. Elle finirait par récupérer sa fortune, une fois qu'il aurait tout découvert de l'implication d'Hugo dans ses affaires et qu'elle aurait appris qu'il valait mieux ne pas se frotter à lui. Lady Melbourne méritait une telle leçon pour l'avoir défié.

— Seigneur dieu, Ash sourit ! Ce n'est jamais bon signe, marmonna Lucien.

Ashton émergea des pensées presque joyeuses qu'il venait d'entretenir.

— Ash.

Le ton de Godric sonnait comme une mise en garde.

— Voudriez-vous bien nous révéler à quoi vous pensez ?

Cédric, Lucien et Godric se penchèrent tous en avant, comme s'ils avaient peur qu'on les entende malgré l'intimité de la salle Bombay. Dans un coin, l'horloge sonna l'heure, sans que cela détourne l'attention intense de ses amis.

Ashton glissa à nouveau sa montre dans la poche de sa redingote et croisa leur regard.

— Voilà une heure, j'ai enclenché une manigance qui va détruire lady Melbourne sur le plan financier. Cela me permettra de mettre un frein à ses activités et portera donc préjudice à Waverly.

— Elle collabore avec lui ? demanda Cédric.

— Ma seule certitude est qu'il s'est servi de ses bateaux pour son propre intérêt, et je veux l'arrêter. Puisqu'il s'est associé à elle dans plusieurs affaires, je tiens à obtenir l'accès à ses livres de comptes ainsi qu'à ses manifestes de transports. Le seul moyen d'auditer ses compagnies est d'en avoir le droit. C'est pour cela que j'ai racheté la plupart de ses dettes – non pas qu'elle en ait eu beaucoup. Je la posséderai entièrement... sauf de nom.

Un sifflement bas échappa des lèvres de Cédric.

— Ash, nos femmes l'ont invitée pour le thé cet après-midi.

Pour la première fois depuis longtemps, Ashton ressentit du plaisir.

— Si seulement je pouvais être présent quand elle apprendra la vérité !

Voir ses beaux yeux gris s'écarquiller sous le coup de la surprise, ses lèvres s'écartant alors qu'elle prenait une inspiration étonnée... Ce serait presque aussi beau que d'avoir conquis son corps dans son lit. Mais puisqu'il ne pouvait pas avoir son corps – après tout, on ne couchait pas avec ses ennemis –, il devrait se contenter de cela.

Ses amis ne brisèrent le silence que quelques instants plus tard.

— Ce n'est pas à cause de l'incident au théâtre, n'est-ce pas ? s'enquit Lucien. Vous voulez une revanche parce qu'elle a eu la main haute dans cette alcôve ?

Cédric ricana et Godric poussa un juron étouffé. Ce n'était pas la réaction à laquelle Ashton s'était attendu. Par le passé, cela aurait été normal pour la Ligue. Ils l'auraient félicité pour une telle victoire.

— Quoi ? demanda Ash d'un ton emporté alors que les autres restaient silencieux.

Godric passa une main dans ses cheveux sombres.

— Et si lady Melbourne le prend personnellement et fait venir ses frères d'Écosse ? Notre dernière rencontre me donne toujours des cauchemars. L'un d'eux m'a brisé une chaise sur le dos. J'ai dû rembourser les dégâts à la taverne dans laquelle nous nous sommes battus.

— Je ne crains pas trois Écossais sauvages.

Ashton n'avait jamais perdu un match de boxe ou une bagarre dans une taverne. Charles avait beau être le véritable pugiliste du groupe, les compétences d'Ashton étaient égales aux siennes, même s'il ne se battait que lorsque c'était nécessaire.

— Non, un *seul* devrait vous effrayer, grommela Godric. Trois devraient vous terrifier.

— Quelqu'un d'autre s'inquiète-t-il qu'à l'instant même, nos épouses reçoivent la victime de la machination d'Ash ? demanda Cédric. Si elles découvrent que nous sommes au courant, je suis passible de passer le mois qui vient à dormir dans mon étude et non dans mon lit avec ma femme.

Les murmures d'agrément de Godric et de Lucien firent s'abattre sur eux tous le regard noir d'Ashton.

— Je commence à croire que Charles avait raison. Vous vous ramollissez.

Charles avait affirmé autrefois que l'amour et le mariage étaient en train de déchirer la Ligue, de détruire sa force. Sur le moment, Ashton n'avait pas voulu le croire, mais à présent...

Un coup à la porte les fit tous se tourner vers l'entrée de la salle Bombay. Un jeune homme l'ouvrit, les yeux écarquillés et les mains légèrement tremblantes à cause de la lettre qu'il apportait. Apparemment, la réputation de la Ligue inspirait toujours un peu de crainte.

— Pardonnez-moi cette intrusion, Messieurs. J'ai une missive urgente pour lord Lennox.

Le regard du garçon sautait rapidement de l'un à l'autre. Il devinait qu'il avait interrompu quelque chose et sentait sans aucun doute la tension invisible présente dans la pièce.

Ashton lui adressa un geste de la main.

— Amenez-la-moi.

Le garçon la lui jeta pratiquement et prit la fuite.

— Au moins, quelqu'un a encore le bon sens d'avoir peur de nous, ricana Godric.

Le fin papier contenait un court message de sa sœur cadette, Joanna.

ASHTON,

Vous devez rentrer à la maison immédiatement. Deux des fermes de nos locataires ont pris feu hier soir et sont complètement détruites. Heureusement, personne n'a été tué. Les familles sont saines et sauves, mais se retrouvent sans abris. Revenez, s'il vous plaît. Les fermes devront être reconstruites immédiatement.

Bien à vous,

Joanna

ASHTON REPLIA CALMEMENT LA LETTRE ET LA FOURRA DANS LA poche intérieure de sa redingote.

— De mauvaises nouvelles ? s'enquit Lucien.

— C'est un mot de ma sœur. Elle me dit que deux fermes de nos locataires ont été détruites par le feu. Je dois immédiatement rentrer à la maison.

Il se redressa.

— Et lady Melbourne ? demanda Cédric.

— Que voulez-vous dire ?

Cédric haussa un sourcil.

— Vous avez manigancé sa ruine et à présent, vous quittez Londres ?

Ashton arbora un sourire lent.

— Si elle décide de venir se prosterner à mes pieds, sentez-vous libre de lui donner l'adresse de mon domaine. Je serai ravi d'y entendre ses excuses.

Il enfila rapidement son manteau et quitta la salle Bombay, abandonnant ses amis.

Il aurait adoré cette scène ! Lady Melbourne à genoux, implorant son pardon, ses yeux gris illuminés par des larmes ravissantes et ses longs cheveux rabattus en arrière à la mode grecque. Les longues boucles qui caressaient son cou...

Oui, Ashton s'était bien trop souvent représenté cette scène au cours de la semaine précédente. Il aimerait dire à Lady Melbourne que si elle souhaitait vraiment l'apaiser, elle pourrait trouver quelques façons créatives de se racheter, en privé. Cela étant, même au lit, il ne lui faisait pas confiance, et il n'aurait certainement jamais forcé une femme à coucher avec lui. Dans sa tête, pourtant, ces fantasmes valaient la peine d'être explorés.

Ashton sortit de Berkley's et héla un fiacre. Il demanderait à son valet de préparer quelques bagages sommaires afin de pouvoir regagner son domaine rapidement. Le mot de Joanna le troublait. Les incendies n'étaient pas rares, mais le fait que ses deux locataires se trouvaient à des kilomètres de distance était troublant.

Je ne crois pas à de telles coïncidences.

Une fois encore, il se représenta un échiquier. Un jeu se jouait, la Ligue contre Waverly, et le temps tournait jusqu'à ce que puissent se jouer chaque coup et contrecoup.

❦ 2 ❦

Des mains qui glissaient sur ses cuisses, retroussant sa jupe ; un souffle chaud contre sa joue ; des yeux bleu clair brûlant de désirs lubriques ; des cheveux blond pâle qui retombaient sur...

— Lady Melbourne ?

Rosalind Melbourne reprit ses esprits. Elle était assise dans un fauteuil confortable au sein d'un parloir ensoleillé aux murs peints en bleu. Trois paires d'yeux féminins étaient braquées sur elle, toutes légèrement inquiètes. Un instant plus tôt, elle écoutait ses hôtesses parler des derniers scandales et des intrigues politiques quand la conversation s'était engagée sur le terrain du mariage et des hommes de leur vie. Quand ses amies avaient parlé de lui, ses pensées s'étaient naturellement tournées vers Ashton. Cela avait ravivé des souvenirs de leur dernière rencontre... à l'opéra... quand ils s'étaient tous les deux laissés emporter.

Je n'aurais jamais dû permettre à cet homme de poser la main sur moi et je n'aurais pas dû le toucher non plus. C'était une erreur.

Elle prit la tasse de thé posée près d'elle sur la table.

— Veuillez m'excuser. Je rêvassais.

— Ce n'est pas grave, répondit lady Sheridan avec un

nouveau sourire. Nous sommes heureuses que vous ayez décidé de passer nous voir.

Rosalind lui rendit son sourire. Anne était une des rares ladies de la bonne société qu'elle tolérait. La majeure partie des chichiteuses ne l'appréciaient guère non plus. Écossaise originaire d'un château en ruines et dotée de trois frères au tempérament sauvage – *Dieu les préserve tous* –, elle n'aurait jamais pu s'intégrer à la société londonienne « normale », même après avoir épousé feu lord Melbourne. Quand il lui avait demandé sa main, il avait déjà dépassé la soixantaine.

Elle songeait souvent à cette journée. En l'absence de ses frères, l'attention de son père se braquait sur sa fille et c'était sur elle qu'il passait sa colère. Une nuit, elle s'était enfin enfuie de Castle Kincade, presque aveuglée par la douleur. Elle avait parcouru pieds nus les trois kilomètres qui la séparaient du village le plus proche. Les coups de son père brûlaient toujours sur son visage et sur son dos.

Elle avait déboulé dans une taverne et s'était écroulée sur les genoux de lord Melbourne après avoir trébuché sur une latte de plancher branlante. En avisant son visage, il avait froncé les sourcils et dit :

— Personne ne devrait traiter une dame de la sorte.

Il avait insisté pour lui offrir un dîner à la taverne. Une fois qu'il s'était assuré qu'elle se soit réchauffée, ait le ventre plein et porte une nouvelle paire de bottes qu'il avait achetée à une serveuse, il l'avait amenée directement chez un forgeron et l'avait épousée dans la nuit.

Pauvre Henry. Un homme si gentil !

Après avoir épousé Henry, elle avait emménagé dans sa nouvelle maison de Londres. Il était mort dans son sommeil à peine un an plus tard. Cela avait pris du temps, mais elle était à présent maîtresse de son destin. Ce cher homme lui avait enseigné les finances et la stratégie en matière d'affaires. Elle avait toujours possédé un don naturel pour ces sujets, mais il l'avait aidée à développer sa confiance et des connaissances qui, après sa mort, lui avaient permis de rester forte et de se débrouiller toute seule. Les entreprises de son mari étaient devenues l'empire de Rosalind et demeureraient sa propriété jusqu'à ce qu'elle se remarie. Selon la loi anglaise, elles seraient alors transférées à son nouvel époux tandis qu'elle-même deviendrait également sa propriété.

Ma vie ne m'appartiendrait plus jamais.

Elle n'avait pas l'intention que cela arrive. Elle préférait être une veuve puissante qu'une esclave mariée.

— Lady Melbourne, je comprends que vous possédez un certain nombre de sociétés de transport ? s'enquit la duchesse d'Essex avant de boire une gorgée de thé.

La duchesse – qui avait insisté pour qu'elle l'appelle Émily – était une ravissante créature avec des yeux violets, des cheveux auburn et un sourire empli de malice et d'intelligence.

— Oui, c'est exact, répondit Rosalind. J'ai repris la société de mon défunt mari et je l'ai développée en ajoutant d'autres lignes de transport quand elles se sont retrouvées en vente. Le marché maritime est parfois risqué, mais jusqu'ici, cela a porté ses fruits.

Elle afficha un petit sourire, heureuse de parler de son travail. C'était une de ses joies dans l'existence : la recherche de sociétés, les acquisitions, le transport. Les défis intellectuels que posait la gestion des entreprises qui composaient sa fortune avaient été profondément enrichissants.

Les deux autres dames – Anne, la vicomtesse Sheridan, et lady Rochester, qui insistait pour qu'elle l'appelle Horatia – échangèrent un regard. Rosalind n'était pas bête. Les trois femmes avaient eu ce comportement depuis qu'elle était arrivée chez les Sheridan pour prendre le thé. Elle les soupçonnait de l'avoir invitée à Curzon Street dans un but bien précis et elle aurait préféré qu'elles lui demandent directement ce qu'elles voulaient savoir.

— Faites-vous parfois affaire avec lord Lennox ? s'enquit Horatia.

Ses joues avaient rosi, trahissant la direction dans laquelle

Rosalind avait craint de voir s'engager la conversation. Vu l'intimité que leurs époux entretenaient avec Lennox, elle s'y était attendue.

Rosalind soupira.

— Lord Lennox...

Le baron infernal avait le don incroyable d'être omniprésent. C'était à lui qu'elle songeait quelques instants plus tôt : l'homme qui l'avait impitoyablement embrassée dans l'alcôve d'un théâtre. Il avait voulu la punir de s'être immiscée dans ses affaires, mais cette punition s'était transformée en une tentative de passion, sans doute avec l'intention de la laisser en plan, brûlante de désir pour lui.

Elle lutta pour réprimer un petit sourire en évoquant ce souvenir. Elle avait vu clair dans son jeu et l'avait retourné contre lui... Et il était resté sans défense contre elle. Elle se rappela avoir laissé tomber son gant à ses pieds, un dernier défi avant de le laisser gérer le problème de ses pantalons souillés.

Lennox devait certainement fomenter un plan pour prendre sa revanche ; son ego ne lui permettrait pas le contraire. Toutefois, ces dames étant mariées à ses amis les plus proches, il lui faudrait répondre prudemment.

— Euh, nos intérêts commerciaux, quoique communs, tendent à nous placer en compétition.

Elle hésitait à en révéler davantage. Il était possible que tout ce qu'elle disait à ces trois femmes revienne à Ashton par l'entremise de leurs époux. Le secret de son succès découlait d'un équilibre subtil entre obtenir des informations concernant de tierces personnes et protéger les siennes d'oreilles indiscrètes.

En plus d'une occasion, elle avait croisé dans le sillage d'Ashton des maîtresses éconduites : toutes veuves, filles ou épouses frustrées de ses compétiteurs. Au cours d'une soirée — souvent passée au lit —, elles lui avaient fourni des informations qu'il avait utilisées à son avantage.

Il avait également laissé dans son sillage un certain nombre de femmes qui n'hésitaient pas à parler de *lui* et de ses tactiques.

Rosalind avait utilisé ces informations à son propre avantage et avait été capable de suivre ses mouvements et ses stratégies, anticipant même ses objectifs commerciaux et le déjouant à plus d'une occasion.

Émily donna un coup de coude à Horatia qui prit la parole.

— Je suis certaine que vous pensez que nous sommes des espionnes à la solde de nos époux, mais je vous assure que ce n'est pas le cas.

Horatia reposa sa tasse de thé.

— La raison pour laquelle nous vous avons posé cette question est pour vous protéger, si c'est possible.

— Me protéger ?

Rosalind posa sa tasse, une note d'inquiétude courant à travers elle comme un lapin effrayé dans un fourré.

— Me protéger de quoi ?

Émily s'éclaircit la gorge.

— Ce que nous voulons dire est que nous connaissons lord Lennox. C'est-à-dire, nous savons de quoi il est capable quand il est en colère. Nous admirons toutes votre courage et votre capacité à vous montrer compétitive dans un milieu masculin. Nous ne voulons pas qu'Ashton... c'est-à-dire lord Lennox, s'en prenne à vous par vexation. Je l'adore, mais comme tous les autres, il peut devenir dur en affaires si sa fierté est piquée. Nous souhaitons seulement vous protéger, Lady Melbourne. Entre femmes, il faut se serrer les coudes.

— Euh...

Que répondre à cela ? Rosalind joua avec l'ourlet de sa robe rose et détourna le regard, se sentant légèrement mal à l'aise.

— Avez-vous le moyen de savoir si vos finances sont protégées ? demanda doucement Anne. Cédric – c'est-à-dire mon époux – m'a raconté un jour qu'Ashton déstabilise ses ennemis en mettant à mal leurs possibilités bancaires. Leur crédit ou leurs dettes, par exemple.

Rosalind sentit son estomac se serrer. Ces dames étaient sérieuses au sujet de Lennox ! Il était vrai qu'elle avait mis à mal sa fierté. Au cours du mois précédent, elle avait acheté trois sociétés à son nez et à sa barbe, et elle avait convaincu certains de ses anciens partenaires de rejoindre ses propres compagnies. Il ne ferait certainement pas quelque chose d'aussi drastique ! Néanmoins, elle avait obtenu des crédits pour acheter la dernière entreprise, et son propre compte manquerait de fonds si une de ses factures arrivait en avance.

— Je ne pense pas qu'il...

Elle passa en revue des calculs et des scénarios probables. Elle décela la faille : une vulnérabilité. Et si... ?

Soudain, la pièce devint trop chaude, trop oppressante. Elle avait besoin d'air.

— Anne, vite, ouvrez la fenêtre ! hoqueta Horatia.

Rosalind se redressa d'un bond et suivit Anne qui ouvrit une fenêtre donnant sur les jardins de l'arrière de la maison. Elle s'appuya contre la rambarde, ses ongles s'enfonçant dans le bois alors qu'elle aspirait goulûment l'air frais du printemps.

— Allons, allons, la conforta Anne. Respirez, vous allez vous reprendre.

Rosalind aurait aimé que cela soit aussi simple. Si Lennox avait mis son plan en branle, elle serait pratiquement incapable de l'arrêter, à moins de se rendre auprès des banques et demander qu'on étende son crédit pour couvrir les paiements en or. Cela ne résoudrait toutefois pas la question de ses dettes s'il les rachetait. Elle finirait alors par tout lui devoir.

— Que pouvons-nous faire pour vous aider ? demanda Horatia.

Rosalind mit plusieurs longues secondes avant de se remettre. Son corset était trop serré et elle fut prise d'un vertige.

— Je crains de devoir partir...

Si elle parvenait à se sortir de cette situation, elle y survivrait peut-être.

— Bien entendu, répondit Émily. Aimeriez-vous que quelqu'un vous accompagne ?

— Non ! hoqueta Rosalind avant de se corriger. Je veux dire, non, merci, Votre Grâce. J'ai bien peur que cela soit mal perçu si vous entrez dans une banque avec moi. Ces hommes se comportent déjà assez mal quand j'y vais. Je n'aimerais pas voir comment ils réagiraient face à une duchesse.

Émily sourit, une lueur pétillant dans ses yeux violets.

— Balivernes ! Peu m'importe le scandale. Vous oubliez à qui je suis mariée. Le scandale n'est pas une chose nouvelle pour moi.

Rosalind pesa ses options. Accepter de l'aide ne lui plaisait pas vraiment, mais quelque chose chez Émily la rassurait. Horatia, Anne et elle ne paraissaient pas être le genre de femmes qui permettaient à un homme de les contrôler, pas même leurs époux.

— Eh bien, si cela ne vous dérange pas...

Elle poussa enfin un soupir et se massa les tempes.

— Pas du tout.

Émily échangea un autre regard cachottier avec Anne et Horatia.

— Si je puis me permettre de poser la question : pourquoi m'aidez-vous, Votre Grâce ?

Rosalind ferma la fenêtre qui donnait sur le jardin et se concentra sur les trois femmes.

— Je n'ai pu m'empêcher de remarquer que vous n'arrêtiez pas d'échanger des regards, précisa-t-elle.

Horatia rougit.

— Nous avons toutes dû endurer par le passé des hommes qui nous ont posé problème. Nous voulons vous aider, et nous savons qu'Ashton est capable de causer un préjudice immense à vos affaires.

— Je vais faire apprêter ma calèche.

Émily se redressa pour aller tirer sur une fine chaînette près dc la porte.

Une demi-heure plus tard, la calèche portant les armoiries des Essex s'immobilisa devant la banque de Drummond's. C'était l'établissement auprès duquel Rosalind avait contracté la majeure partie de ses crédits.

Rosalind et Émily descendirent du véhicule et se dirigèrent vers le bâtiment, ignorant les regards des passants. Durant le trajet, Rosalind avait été ébahie de découvrir qu'Émily aussi était une femme d'affaires accomplie. Elle s'était occupée des comptes de son oncle et avait pris la relève avec ceux de son époux après leur mariage. Au cours de leur conversation, Émily lui avait raconté une aventure fantastique d'enlèvement, de machinations et enfin d'amour, qui avait déboulé sur son mariage au duc d'Essex. Les journaux s'étaient bien gardés de mentionner ce genre de détails !

Une fois devant la porte de la banque, Rosalind les fit s'arrêter.

— Vous êtes certaine de vouloir entrer avec moi ? Si vous venez, cela fera des ragots... et pire encore.

— Cela fait un moment qu'on ne me considère plus comme scandaleuse, répondit Émily avec un petit rire, alors je crois qu'il est temps de raviver les ragots.

Si les nerfs de Rosalind n'avaient pas été aussi à vif, elle aurait ri avec elle.

À l'intérieur, la banque pullulait d'hommes d'affaires et de membres de la paierie qui discutaient, parcouraient des documents et signaient des accords commerciaux. Un silence généralisé s'abattit sur la pièce quand la duchesse et elle entrèrent. Les femmes n'étaient pas censées pénétrer cette sphère sans un gentleman pour les escorter. Rosalind avait fini par s'habituer aux regards oppressants des hommes qui voulaient l'intimider pour qu'elle parte. Mais elle n'avait jamais cédé. Aucun de ces hommes ne pouvait lui faire quoi que ce soit. Après avoir passé la majeure partie de sa vie aux mains d'un père abusif, elle refusait de laisser les hommes lui dicter sa vie.

— Est-ce toujours de la sorte ? demanda Émily dans un murmure. C'est ainsi qu'ils vous observent ?

Rosalind répondit d'un léger signe de la tête.

Soudain, un gentleman grand, aux cheveux sombres et aux yeux brun doré, émergea de la foule et s'approcha d'elles. Rosalind le reconnaissait. Elle avait eu un peu peur que le mari d'Émily ou un autre membre de leur soi-disant Ligue ne se trouve sur les lieux pour l'intercepter, mais cet homme — bien que faisant partie de leur cercle — ne comptait pas parmi leur groupe.

— Votre Grâce.

Le sourire qu'il leur adressa dissipa la tension autour d'elles. Quelques grommellements persistèrent, mais la majeure partie des hommes reprirent le fil de leur conversation.

— Lord Pembroke ! Ravie de vous voir, le salua Émily en se tournant vers Rosalind. Lord Pembroke, voici lady Melbourne.

Pembroke s'inclina et pressa ses lèvres sur le revers de sa main.

— Charmé. Qu'est-ce qui vous amène à Drummond's ?

Les yeux de Pembroke coururent sur elles, mais il ne sembla pas entièrement surpris de les voir dans un tel bastion d'activité masculine.

— Nous devons résoudre un problème, dit Émily. Rosalind, qui souhaitez-vous voir ?

— Mr Reed.

— Très bien.

Pembroke offrit son bras à Émily qui le prit, tout en adressant un clin d'œil à Rosalind. Il les escorta alors jusqu'au bureau de Mr Reed.

Le banquier était assis à son écritoire, penché sur plusieurs lettres. Levant les yeux, il se figea en voyant dans l'encadrement de sa porte Rosalind, Émily et le comte de Pembroke.

— Lady Melbourne ? prononça-t-il dans un balbutiement.

— Mr Reed.

Elle s'assit en face de lui et l'étudia attentivement. Sa peau avait adopté une pâleur mortelle et il avait commencé à déplacer toutes sortes de papiers et d'objets sur son bureau. Cela ne présageait rien de bon.

— Que puis-je faire pour vous ? demanda Mr Reed en glissant un doigt sous sa cravate et en tirant dessus.

— Je voulais vous voir afin d'étendre mon crédit.

— Votre crédit...

Mr Reed déglutit et sourit légèrement, mais son expression était forcée.

— Oui, j'ai plusieurs impayés et je crains qu'on me demande de les couvrir.

Elle hésita quand Mr Reed détourna les yeux un instant.

— Lady Melbourne, je suis au regret de vous informer que je ne peux pas étendre votre crédit.

Une boule se forma dans le ventre de Rosalind. Elle se pencha en avant sur son siège.

— Pourquoi ? Avez-vous besoin d'autres garanties ?

Mr Reed secoua la tête.

— Je suis incapable d'étendre votre crédit dans la moindre circonstance.

— Pour quelle raison ? s'enquit lord Pembroke.

Rosalind vit qu'il était resté avec elle et Émily. Adossé à l'encadrement de la porte du bureau de Mr Reed, il affichait à présent un air sombre.

— Eh bien, c'est la politique de la banque de prendre des décisions afin de protéger notre stabilité et...

— Mr Reed, l'interrompit Émily d'une voix douce.

Rosalind repéra cependant une lueur déterminée dans les yeux de la jeune femme.

— Vous avez une fille qui doit faire son entrée dans le monde cette année, n'est-ce pas ?

— Oui. Amélia. Ma benjamine.

Mr Reed soupira et baissa la tête de quelques centimètres.

— Je crois me rappeler que c'est une belle jeune fille, poursuivit Émily. Et elle pourrait faire un beau mariage si elle avait de l'aide... Disons, par exemple, avec le soutien d'une *duchesse* ?

Rosalind cligna des paupières. Émily était-elle en train de se proposer comme marraine de la fille du banquier ?

Le visage de Mr Reed s'illumina.

— Ce serait merveilleux.

Émily leva une main gantée.

— Ce serait un honneur de la parrainer, mais je crains de ne pas pouvoir le faire si je ne vous fais pas confiance, Mr Reed, en *tous* points.

Le banquier fixa Émily pendant un long moment.

— Vous aideriez Amélia à trouver un homme bien, qui gagnerait dans les dix mille livres par an ?

Émily sourit davantage.

— J'ai déjà en tête plusieurs candidats appropriés.

Mr Reed se pencha en avant et poursuivit en baissant la voix :

— Je vous prie de ne pas lui révéler que j'ai trahi sa confiance.

— Nous n'en ferons rien. Alors, *qui* vous a demandé de ne permettre aucune extension de crédit ? Je suppose que quelqu'un a dû vous en donner l'ordre, n'est-ce pas ?

— Lord Lennox.

C'était le nom que Rosalind craignait d'entendre. Voir ses craintes confirmées provoqua en elle une explosion de panique. Lennox avait enfin joué franc-jeu, après un mois passé à lui laisser croire qu'elle était en sécurité après cette soirée au théâtre.

— Merci, Mr Reed.

Émily jeta un regard à Rosalind.

Pembroke semblait horrifié.

— Attendez un peu. Lennox essaie de vous empêcher d'obtenir des crédits ? Pourquoi ? Je le connais. C'est un homme d'affaires impitoyable, mais pas contre les dames.

Avec un rire sans joie, Rosalind serra les poings contre ses jupes.

— Apparemment, je suis l'exception.

J'ai de la chance, hein ? Sa voix intérieure était légèrement impertinente, mais qui aurait pu le lui reprocher ? Lennox l'avait mise dos au mur, et elle ne gérait pas très bien la situation.

— Lady Melbourne, j'ai reçu l'ordre de ne *pas* vous fournir de détails. Cependant, dit Reed en regardant à nouveau Émily, j'ai été informé qu'il a également racheté toutes vos dettes et vous fera parvenir des demandes de paiement par des mandataires dans l'après-midi.

Rosalind s'affaissa dans son fauteuil. C'était bien pire que les demandes en or auxquelles elle s'était attendue, mais c'était vraiment intelligent ! Une touche personnelle, pour lui faire savoir exactement *qui* l'avait vaincue.

— Quel saligaud pompeux !

Ce juron ne provenait pas de Rosalind, mais d'Émily.

— Attendez un peu que je pose la main sur lui ! Il est censé être le plus gentleman de toute la Ligue. *Oh !*

Émily serra les poings et la colère embrasa son regard.

Pembroke poussa un grondement et regarda les deux dames.

— C'est vraiment un coup bas. Si vous me le permettez, je demanderai à la moitié de la bonne société de l'ignorer, ce soir, et il sera expulsé de son club.

— Merci, James, mais cela ne sera pas nécessaire. J'ai un meilleur plan pour nous venger du comportement abject de notre ami.

Rosalind toucha le bras de la duchesse.

— Émily, je vous en prie, vous n'avez pas besoin de vous impliquer...

— Allons, c'est *précisément* ce que je dois faire. Mais d'abord, nous devons vous ramener chez vous, Rosalind.

— Attendez, j'ai besoin de m'occuper des factures...

Émily lissa ses jupes.

— Laissez-moi faire. C'est d'Ashton que vous devez vous occuper.

— Que diable suggérez-vous que je fasse ?

Elle avait quelques idées, bien entendu. La strangulation

caracolait en tête de liste, mais elle était également curieuse d'entendre les suggestions d'Émily.

— Vous êtes rivaux, n'est-ce pas ? demanda cette dernière.

— Oui.

Que Dieu lui vienne en aide s'ils devenaient rivaux sur un tout autre sujet que les affaires !

— Et comment géreriez-vous un rival en affaires ?

Enfin, Rosalind eut envie de sourire.

— En trouvant son point faible. En le brisant de l'intérieur.

— Et connaissez-vous une faiblesse que vous pourriez exploiter ?

Ses pensées revinrent au théâtre. Une confrontation passionnée dans une alcôve ; il avait perdu le contrôle, tandis qu'elle avait gardé la tête froide. Elle l'avait emporté.

Et je suis capable de le refaire.

Émily battit des mains en avisant le sourire rusé de Rosalind.

— Enfin, vous avez compris ! Je suis certaine que vous saurez l'utiliser à votre avantage. À présent, je vais vous ramener chez vous pour enfiler quelque chose de plus convenable à la séduction.

Choqué, le banquier clapota, tandis que Pembroke dissimula un rire derrière un toussotement poli.

— Permettez-moi de vous escorter jusqu'à votre calèche.

Pembroke salua Reed du menton.

— Merci, lord Pembroke ! dit Rosalind, dont l'esprit tourbillonnait toujours.

La séduction ? Elle n'avait pas nécessairement songé à cette sorte de plan, mais il présentait une certaine logique. Si cela signifiait récupérer ce qui lui appartenait, sa vie, son indépendance, alors elle jouerait de lui comme d'un instrument si elle y était contrainte. Elle n'avait cependant connu qu'un seul homme : son défunt mari. Au lit, il s'était montré doux et tendre, mais son contact ne l'avait jamais *embrasée* comme celui d'Ashton. Leurs baisers ne lui avaient jamais donné l'impression que son corps était au bord d'un territoire ténébreux et sauvage.

Toutefois, elle détestait Lennox. Il savait où appuyer jusqu'à ce que la colère difficilement maîtrisée de Rosalind explose. Comment une femme aurait-elle pu prendre du plaisir au lit alors qu'elle avait envie d'étrangler son partenaire avec ses propres draps ? Était-il d'ailleurs *capable* d'être séduit ? Elle doutait qu'il s'autorise suffisamment de liberté pour succomber entièrement à la séduction, mais que pouvait-elle tenter d'autre ?

Quand elle prit enfin congé d'Émily et de lord Pembroke, elle était très agitée. Non, le mot n'était pas assez fort, mais les autres termes qui lui vinrent à l'esprit ne convenaient pas à une dame.

Une fois rendue à la porte d'entrée de son hôtel particulier, elle y trouva son majordome qui tenait anxieusement une lettre à la main.

— Qu'y a-t-il, Pevensly ?

Elle retira la missive de ses mains tremblantes.

— Un homme employé par lord Lennox a livré ceci. Il m'a dit que vous deviez la lire immédiatement et qu'il reviendrait dans l'heure pour s'assurer que les instructions qu'elle donne soient suivies.

Avec appréhension, Rosalind retira ses gants et brisa le sceau de la lettre alors qu'elle pénétrait dans le vestibule. Pevensly referma la porte derrière elle.

Le style de la lettre était élégant, mais il se faisait de plus en plus moqueur à chaque trait de plume.

MA TRÈS CHÈRE LADY MELBOURNE,

Je suis certain que vous savez maintenant que la banque de Drummond's, ainsi que tous les autres établissements des environs ont reçu l'ordre exprès de ne pas étendre vos crédits ou de vous en accorder d'autres. Si j'apprends que vous essayez de les racheter, mes commanditaires encaisseront toutes vos notes.

Par ailleurs, j'ai racheté l'intégralité de vos dettes. À l'instant même, mes comptables et mes avocats mènent une expertise complète de vos affaires dans nos bureaux de Londres et de Brighton. Votre destin tout entier est entre mes mains. La maison dans laquelle vous vous tenez actuellement ? À moi. Les vêtements que vous portez. À moi. Je vous possède, lady Melbourne, pratiquement en tous points.

Que cela signifie-t-il ? Je vous mets à la rue. Vos serviteurs pourront rester à demeure et je m'assurerai qu'ils conservent leur emploi, mais vous, ma rivale rusée, devrez chercher refuge ailleurs jusqu'à ce que je décide quoi faire de vous.

Je vous possède.

❧ 3 ❧

Je vous possède.

Rosalind eut du mal à respirer et les mots de la lettre d'Ashton devinrent flous. Non, il ne pouvait pas lui faire cela ! Le choc paralysa son corps, et ses muscles se tendirent douloureusement.

Le passé ressurgit en trombe des profondeurs dans lesquelles elle l'avait relégué, l'engloutissant dans ses eaux glacées. Elle fut incapable de bloquer les souvenirs qui l'enveloppèrent.

Les longs corridors froids du château ; le vent qui soufflait à travers les tapisseries affadies et en lambeaux ; le cri tonitruant d'un père en colère.

— Vous croyez que vous pouvez me dire quoi faire ? Petite misérable ! Je vous possède, et vous n'êtes même pas digne de respirer !

Une coupe d'hydromel se fracassa contre le mur où Rosalind, qui n'avait que seize ans, se dissimulait derrière une porte entrouverte. La douloureuse tristesse de la mort récente de sa mère flottait dans l'air comme un nuage invisible. Cela avait fait basculer son père.

— Rosalind, la gronda une voix profonde dans l'autre pièce.

Rosalind sursauta, mais Brock, son frère aîné, la rattrapa.

— Laissez Père tranquille. Il a bu.

La porte s'ouvrit dans un fracas quand leur père, lord Kincade, se jeta sur Rosalind.

Il abattit un poing fermé sur elle, que Brock écarta d'un coup.

— Oh ! Vous pensez être un homme pour me défier de la sorte ? Aucun de mes fils n'oserait !

Il agit rapidement, trop pour qu'on l'arrête. L'uppercut projeta Brock à terre. Rosalind aussi fut frappée et tournoya follement quand elle alla rebondir sur le mur et s'écroula à côté de Brock.

— Petites merdes, tous les deux ! Vous ne valez pas les vêtements que vous portez ! Vous m'êtes si inutiles que je devrais vous vendre.

Hurlant comme un sanglier, leur père se précipita dans le couloir, les laissant seuls.

Des larmes s'échappèrent des yeux de Rosalind qui leva la main vers sa mâchoire douloureuse. Elle avait l'impression qu'elle était cassée. Elle savait que ce n'était pas le cas, mais cela lui faisait terriblement mal.

Une main se posa sur son épaule, la faisant se recroqueviller.

— Ce n'est que moi, dit Brock d'un ton bourru.

Sa voix contenait cependant une certaine gentillesse. Il n'était pas convenable pour une jeune fille de sangloter, mais elle ne pouvait pas s'en empêcher. Vivre tous les jours dans la peur de son père détruisait son âme petit à petit.

— Je ne peux plus continuer ainsi, murmura-t-elle. Il va me tuer.

Son frère aîné n'était toujours pas de taille contre son père, mais elle savait qu'il continuerait à recevoir des coups pour elle. Le reste de ses frères aussi.

— Rosalind, de quoi parlez-vous ?

Brock lui prit le menton, mais un éclair de douleur la fit gémir et elle s'écarta.

— Je ne vais pas rester ici. Je dois quitter cette maison. Depuis la mort de Mère, ce n'est plus mon foyer.

Son frère avait essuyé ses joues couvertes de larmes et elle avait vu que ses yeux aussi gris que les siens étaient devenus argentés, évoquant la lune qui décroissait au-dessus des landes.

— Rosalind, c'est notre maison. Ce sera toujours notre maison. Nous vous protégerons.

Rosalind le croyait, mais elle n'était pas bête. Ressemblant trait pour trait à sa mère, elle ne pouvait pas rester là et continuer à risquer la colère de son père. Il faudrait bien qu'elle parte un jour. Elle aurait cependant besoin d'une échappatoire, d'un endroit où se poser.

Si seulement il existait un homme qui acceptait de l'épouser, elle serait peut-être en mesure de s'échapper. Mais qui voudrait de la fille brisée du cruel lord Kincade ?

Le passé s'estompa, laissant un goût amer sur ses lèvres et de minuscules échardes logées dans son cœur.

Ce foyer, elle se l'était construit, et son défunt mari l'avait laissée le gérer à sa guise. C'était son monde, et cet imbécile de Lennox pensait qu'il avait le droit de le lui retirer ? De la mettre dehors ?

Elle regarda la lettre et se rendit compte qu'elle n'avait pas fini de la lire.

Je ne suis pas un homme cruel. Si vous voulez discuter de la situation, vous pouvez me joindre à mon domaine. Cela étant, je vous interdis d'utiliser votre calèche, car elle est également sous mon contrôle. Je suis certain que si vous venez à moi, nous trouverions un arrangement qui nous serait mutuellement favorable.

Lennox

— Un *arrangement* qui nous serait mutuellement favorable ? marmonna-t-elle.

La colère et la panique menaient en elle une lutte impitoyable. Ce satané Anglais ! Elle aurait voulu l'étrangler, mais la réalité de sa situation était épouvantable. Il la contrôlait entièrement et jouait avec elle comme un chat l'aurait fait avec une souris. Il fallait qu'elle fasse quelque chose. La séduction suggérée par Émily était peut-être une bonne idée. Rosalind perçut une opportunité. Si Lennox la désirait et croyait qu'elle allait lui obéir, elle lui prouverait que c'était elle qui menait le jeu quand elle *le* mènerait à la baguette.

Que Lennox aille au diable : elle prendrait sa propre calèche !

Je vais devoir l'affronter. La suggestion de la duchesse d'utiliser la séduction n'est peut-être pas aussi déraisonnable, après tout.

— Qu'y a-t-il, Votre Seigneurie ? demanda Pevensly.

Ses sourcils sombres se froncèrent d'un air inquiet.

Rosalind regarda l'adresse sur le parchemin, plissa le front et le lui tendit.

— Vous pouvez la lire, mais je vous prie de ne pas en informer le reste du personnel. Je ne veux pas qu'ils s'inquiètent. Pourriez-vous faire apprêter ma calèche dans l'heure ? Je vais régler la situation. Rassurez-vous, je vais revenir. Je vous en prie, empêchez le personnel de trop s'inquiéter.

Elle abandonna Pevensly, bouche bée, dans le vestibule, avant de se précipiter à l'étage et d'appeler sa suivante.

— Oui, Votre Seigneurie ?

Une femme guère plus âgée qu'elle apparut dans l'encadrement d'une porte ouverte au sommet des escaliers.

— Préparez immédiatement mon bagage. Les meilleurs vêtements que vous trouverez. Oubliez les chapeaux. Je n'aurai pas la place pour les boîtes.

Claire la rejoignit alors qu'elles regagnaient sa chambre.

— C'est à propos de l'homme qui est passé tantôt ? Pevensly était presque frénétique à son départ. Il a suggéré que vous ne seriez pas contente quand vous rentreriez de vos activités de la matinée.

Inutile de lui dissimuler la vérité. Rien ne lui échappait ; c'était la raison pour laquelle elle faisait une excellente femme de chambre.

— Lord Lennox vient d'essayer de me dérober ma vie en rachetant mes dettes. Il m'a ordonné de quitter cette maison.

Claire plaqua une main sur sa bouche, mais tout aussi rapidement, elle serra le poing.

— Vous n'accepterez quand même pas une chose pareille !

— Certainement pas. J'ai l'intention de me rendre à son domaine sur-le-champ afin de remédier à cette erreur.

Claire hocha la tête.

— Ah ! Je vous accompagne, bien sûr.

— Non, cela ne serait pas...

— Je viens, insista Claire. Vous êtes une *dame*. Il faut qu'une suivante vous accompagne et aucune des autres filles ne vous connaît aussi bien que moi. Je sais garder la tête froide en cas de panique.

C'était vrai. Claire n'était pas seulement une mère poule qui dirigeait la maison, elle était également dotée d'une volonté inébranlable.

— Très bien. Vous seule pouvez m'accompagner, mais je vous préviens : les expédients dont j'ai l'intention de faire usage pour récupérer ma vie devront rester privés.

Elle faisait confiance à son personnel, mais garder un secret signifiait le partager avec le moins de monde possible.

— Merci, Claire. Préparez autant de choses que vous le pourrez. Nous partons dans une heure.

Elle laissa sa femme de chambre boucler les bagages le temps de se rendre dans son étude pour rédiger quelques lettres rapides. Un certain nombre de ses partenaires en affaires auraient besoin d'être informés de la situation sur-le-champ. Rosalind priait simplement pour qu'ils soient indulgents, compte tenu de sa condition désastreuse. Elle savait que Sir Hugo Waverly serait le plus compréhensif. Lui, plus que tous, avait conscience de sa rivalité passée avec Lennox. D'ailleurs, il était à l'origine de nombreuses idées qui lui avaient permis de l'emporter sur Lennox durant des enchères et des rachats d'entreprises.

Elle parcourut les lettres sur son bureau et s'interrompit quand elle découvrit un paquet de la taille de sa paume qui lui était adressé. Floutée par des gouttes de pluic, l'adresse de l'expéditeur était apparemment en Écosse. C'est le cœur battant la chamade qu'elle défit la cordelette et ouvrit le paquet.

Un objet enveloppé dans un mouchoir tomba dans ses mains. Elle dénoua le mouchoir et l'étudia.

C'était une montre à gousset. Braquant à nouveau son attention sur le mouchoir, elle remarqua un K par trop familier brodé dans un coin. Kincade. Son père avait les mêmes. Cette pensée lui noua la gorge. Avait-il fini par découvrir où elle était ? Le savait-il depuis le début ? Viendrait-il la chercher et exigerait-il qu'elle rentre en Écosse avec lui ?

Elle ravala ses larmes en dépliant davantage le tissu, découvrant à l'intérieur une unique feuille de parchemin. Une lettre. Les mains tremblantes, elle la lut.

ROSALIND,

Gardez ceci en sécurité, en lieu sûr. Ramenez-le en Écosse. J'ai confié à vos frères un secret qu'eux-mêmes ne comprennent pas. Vous aurez peut-être encore l'opportunité de réparer tous les torts que j'ai causés dans ma vie.

Montgomery

LA MONTRE ÉTAIT UN BIJOU EN OR COSSU SANS LA MOINDRE gravure visible. Elle l'ouvrit et vit un simple cadran qui paraissait brisé. À quelle sorte de jeu jouait son père ? Quoiqu'il en fût, elle n'avait pas le moindre désir d'y participer. Elle replia le mouchoir autour de la montre et la remit dans le paquet près de ses lettres. Elle n'avait pas le temps de s'en inquiéter pour l'instant.

Elle termina rapidement les lettres destinées à ses partenaires en affaires puis, après avoir jeté un dernier regard curieux au paquet, elle quitta l'étude. Elle trouva Claire dans ses appartements, occupée à boucler ses bagages.

— Voulez-vous bien vous assurer d'emporter également la pile de lettres dans mon étude ? J'aurai besoin de les lire et d'y répondre si nécessaire pendant notre séjour au domaine de lord Lennox.

— Je m'en occupe tout de suite.

Claire s'éclipsa et Rosalind s'assit sur le lit, son esprit cherchant toujours ce qu'elle allait faire à propos de Lennox. Il lui faudrait patienter pour songer à son père et à son énigmatique cadeau.

Jonathan Saint-Laurent se tenait devant l'entrée d'une maison cossue de Half Moon Street. Les clés pesaient lourdement dans sa paume et son cœur battait fort. La résidence avait appartenu à un baron, lord Chessley, qui était décédé au début du mois d'avril. Sa fille Anne avait épousé Cédric, l'ami de Jonathan, trois semaines auparavant.

« Peu importe le scandale », avait dit Cédric. Puisque Anne et lui résidaient dans sa maison londonienne de Curzon Street, ils n'avaient nul besoin d'une deuxième maison et avaient décidé de la vendre.

À présent, Chessley House lui appartenait. Il avait rencontré le majordome, la gouvernante, et apparemment tout le personnel qui avait accepté de rester travailler pour lui, hormis la suivante d'Anne. Il se sentait pourtant terriblement déboussolé à l'idée d'avoir la charge d'une maison.

Pendant la majeure partie de sa vie, il avait été le serviteur du duc d'Essex avant de découvrir que Godric était son demi-frère. Après la mort de feu la duchesse, le père de Godric s'était secrètement remarié avec la suivante de sa femme. Jonathan était né de cette union : le fils secret, certes, mais légitime d'un duc.

Après cette révélation, sa vie avait complètement basculé. Il s'était retrouvé projeté dans le monde de Godric et était même considéré comme un membre de la Ligue des Rebelles. À présent, il songeait à se marier et à se ranger.

Il renifla d'un air moqueur. Peut-être pas « se ranger ». La femme qui l'intéressait restait farouche et ne s'amenderait certainement jamais. Cependant, il avait voulu avoir au moins un foyer à lui offrir quand il lui aurait fait sa demande.

— Monsieur, le salua le majordome qui émergea des quartiers des serviteurs. Je ne savais pas que vous passeriez aujourd'hui. Entrez donc et laissez-moi prendre votre chapeau.

— Je vous remercie.

Jonathan lui tendit son chapeau. Il trouvait toujours étrange d'être un gentleman. Durant une décennie, il avait été un valet de pied, un jardinier et un valet, et il avait du mal à se défaire de ses vieilles habitudes, comme celle de prendre son chapeau tout seul ou de refermer la porte derrière lui.

— Comment tourne la maison ? Vous et le reste du personnel ne manquez de rien ? s'enquit Jonathan.

— Nous nous trouvons très bien, Monsieur. Vous avez reçu cette lettre voilà une heure. Nous nous apprêtions à la faire transférer chez lord Essex.

Il lui tendit une lettre cachetée que Jonathan déplia. Une écriture familière s'étendait sur quelques lignes.

Jon,

Retrouvez-moi à Fives Court à quatorze heures cet après-midi. J'ai envie de faire saigner quelques nez sur le ring. Ce sera amusant.
Charles

Jonathan s'esclaffa. Charles. Le comte de Lonsdale était toujours partant pour tout. Cela ne surprenait pas Jonathan. Ayant grandi en marge du monde de la Ligue, il savait exactement dans quelles situations ils se fourraient. À présent, il était l'un d'entre eux.

Il sourit. *Je suppose que le devoir m'appelle.* Ce ne serait pas une imposition d'aller rejoindre Charles pour le regarder boxer.

— Avez-vous besoin d'autre chose de ma part, Monsieur ? demanda le majordome.

— Euh... Non, je ressors. Je ne sais pas si je rentrerai pour le dîner, alors la cuisinière n'a pas besoin de s'embêter à préparer quoi que ce soit. Je me contenterai d'une assiette froide et d'un peu de vin à mon retour.

— Très bien, Monsieur.

Jonathan regarda la pendule au bas des escaliers. Treize heures trente. Il devait partir immédiatement. Il refusa son chapeau quand le majordome le lui tendit.

— Je n'en aurai pas besoin là où je me rends.

Il tourna les talons et sortit, soulagé de voir que le fiacre n'était pas encore parti.

— Êtes-vous toujours disponible ? demanda-t-il au cocher.

— Affirmatif.

Le cocher tira sur les rênes et la jument noire battit du sabot puis mordilla son mors avec irritation.

Jonathan grimpa derrière l'homme, faisant dangereusement tanguer le véhicule.

— Où allons-nous ?

— Fives Court sur Saint Martin's Lane, à Leister Fields. Vous connaissez ?

Le cocher lui adressa un sourire complice et rabattit les rênes sur le flanc de sa mule.

— Bien sûr.

Jonathan s'assit et le fiacre bondit en avant.

Quand il arriva à Fives Court, on pouvait entendre la foule en délire depuis l'extérieur du vieux bâtiment en briques dans lequel se tenaient les tournois de boxe. Environ un millier d'hommes pouvaient s'agglutiner dans le bâtiment, entourant le ring carré.

Jonathan sauta de son fiacre de location et paya le cocher avant de se tourner vers Fives Court.

— Trois shillings ! s'écria un garçon à l'entrée. Juste trois shillings pour voir les coqs de foire se battre sur le ring !

Les coqs de foire... Jonathan ricana. Charles n'était le coq de personne et il aurait certainement détesté qu'on surnomme ainsi les pugilistes qui se battaient en ces lieux.

Quand Jonathan s'approcha, le jeune garçon lui tendit une main avide.

— Tiens, dit-il en jetant trois shillings au garçon.

— Merci, Monsieur. Le combat vient de commencer.

— Ah oui ? Qui est sur le ring ?

— Un blond. Lonsdale, je crois, avec un autre homme que je ne connais pas. Il n'est pas très professionnel, si vous voulez mon avis, ajouta l'enfant avec un sourire effronté.

— Lonsdale se bat contre quelqu'un de peu entraîné ?

C'était inattendu. Les matches de Fives Court étaient censés se dérouler entre des hommes entraînés et approuvés par Gentleman Jackson, le meilleur boxeur de Londres.

— C'est bel et bien un boxeur, approuvé par Jackson, mais si vous voulez mon avis, il triche, murmura le garçon d'un ton de conspirateur.

— Cela va être intéressant, en effet.

Jonathan passa la porte et parcourut du regard l'intérieur du bâtiment à haut plafond. Autour de lui, des douzaines d'hommes beuglaient follement alors que les deux hommes sur la plateforme surélevée se tournaient autour, levant leurs poings gantés.

Charles se tenait torse nu face à un homme aussi grand que lui. Charles était bien dessiné, fort et musclé, mais son adversaire était une bête immense, un véritable malabar. Une certaine quantité de sang dégoulinait du menton de cet homme et Charles sautillait d'un pas léger, souriant comme le diable en personne. Ce n'était pas bon signe, du moins pour son adversaire.

— Mettez le K.O. ! cria une voix aiguë devant lui.

Elle se démarquait des cris sourds des hommes qui l'entouraient. Jonathan se fraya alors un chemin à travers la foule, jouant des coudes pour parvenir aux abords de la plateforme. À côté du ring, deux garçons adressaient des signes à Charles et l'encourageaient.

— Donnez-lui un bon coup dans le nez, Milord ! cria le second garçon alors que Jonathan s'approchait d'eux.

Il reconnut instantanément le profil du premier jeune

homme : Tom Linley, le serviteur et le compagnon de virée de Charles, encore trop jeune pour passer pour un homme. Jonathan avait toujours trouvé que quelque chose détonnait chez lui. Il ne parvenait pas à mettre le doigt dessus. Ce garçon était... louche, ou peut-être simplement secret.

Des secrets. Les éclairs de peur et de défi qu'il avait vus par le passé dans les yeux du garçon avaient été un avertissement que Jonathan n'avait pas pu ignorer. Il y avait chez Linley quelque chose qui le déroutait. Pourtant, sa loyauté envers son maître se lisait dans l'expression de fierté qu'il arborait alors qu'il poussait des cris et des vivats.

— Montrez-lui, Charles !

La voix du deuxième garçon était... plus aiguë. Trop aiguë. Jonathan se pencha pour jeter un œil derrière la tête de Linley et son cœur vint valdinguer contre ses côtes. Le jeune garçon aux cheveux plus foncés n'en était pas un. Ses pantalons moulaient des fesses rondes et féminines.

— Audrey ?

Le jeune brun se glaça et se tourna lentement vers lui.

Il s'agissait bien d'Audrey. Audrey Sheridan, la benjamine de Cédric, trublionne notoire. C'était également la femme qu'il songeait à épouser. Cette créature sauvage était réellement indomptable !

Sa possible future épouse portait des pantalons et se tenait au milieu d'une foule d'hommes qui sentaient l'alcool et regardaient un match de boxe à Fives Court.

La bouche d'Audrey s'entrouvrit alors qu'elle s'humectait les lèvres. Elle leva rapidement la main pour inspecter son costume et replaça quelques mèches de cheveux éparses sous sa casquette.

— *Audrey*, gronda-t-il en la rejoignant d'un pas vif.

Linley remarqua enfin sa présence.

— Bonjour, Mr Saint-Laurent. Êtes-vous venu voir le match ?

Jonathan lui accorda à peine un regard.

— Audrey, que diable faites-vous ici ? dit-il en refermant la main sur son biceps.

Audrey se débattit sous son emprise.

— Lâchez-moi !

— Pas avant que vous ne m'ayez dit ce que vous faites !

Elle plissa les yeux.

— Je m'entraîne à me déguiser.

Ses petites lèvres roses qui appelaient aux baisers formèrent une moue délicate.

— Vous déguiser ?

N'avait-elle aucune idée du danger dans lequel elle se trouvait ? Si un des hommes présents se rendait compte qu'elle était une femme, il risquait de lui arriver malheur. Elle pourrait être... Il frissonna et secoua la tête. Non. Cela n'arriverait pas parce qu'il allait l'emmener immédiatement hors de cet endroit.

— Si vous ne me lâchez pas à l'instant...

— Que feriez-vous ? la défia-t-il. J'ai dans l'idée de fesser votre joli petit derrière suffisamment fort pour que vous ne puissiez plus vous asseoir pendant une semaine.

Son ton menaçant attira l'attention de plus d'un des hommes qui les entouraient.

Les yeux bruns d'Audrey se remplirent de colère.

— Tout le monde nous regarde. Vous feriez mieux de me lâcher.

— Elle a raison, Mr Saint-Laurent, murmura Linley en se rapprochant.

Jonathan admit à contrecœur qu'ils avaient raison. Plusieurs hommes avaient détourné leur attention de Charles et de son adversaire sur le ring. Ils s'étaient tournés pour les observer, Audrey et lui.

— Enfer et damnation ! jura-t-il en lui lâchant le bras.

Poussant un soupir bien trop délicat, Audrey épousseta sa petite redingote bleue et vérifia que la casquette posée sur sa tête dissimulait toujours ce qu'il savait être une masse de cheveux brun foncé soyeux. Il ne pouvait plus se passer du goût de sa peau et de la douceur du chèvrefeuille qui s'accrochait à ses boucles. Depuis leur première rencontre, Audrey le faisait tourner en bourrique.

Avec un dernier soupir, il reporta son attention sur Charles. Durant le court laps de temps qu'avait fonctionné la distraction d'Audrey, Charles avait apparemment souffert. Un de ses yeux était rouge foncé et du sang coulait de sa lèvre fendue sur le côté de son menton.

— Qu'arrive-t-il à Charles ? demanda Jonathan à Linley.

Le garçon haussa les épaules, mais ses yeux bleus se plissèrent alors qu'il se concentrait sur les deux hommes sur le ring.

— Milord se bat à la loyale, mais l'autre est décidé à l'envoyer au tapis.

— Au tapis ?

Jonathan s'y connaissait très peu en boxe.

— Je veux dire le battre, expliqua Linley.

— Pauvre Charles, murmura Audrey.

L'excitation qu'on avait lue dans ses yeux au début du match s'était dissipée. Le plus grand des boxeurs lança un poing ganté et Charles esquiva, mais il haletait lourdement. Cela ne présageait rien de bon. Charles n'allait pas perdre ce match ! Pas si Jonathan était en mesure de l'aider.

Il posa les mains sur le rebord de la plateforme.

— Achevez-le, Charles !

Charles balaya la foule du regard alors qu'il s'écartait en sautillant de son adversaire. Quand il aperçut Jonathan, le sourire lui revint.

— Je me demandais quand vous alliez arriver !

Jonathan en ricana presque.

— Allons-y.

Charles fit une esquive en arrière, une autre en avant, puis sur le côté, donnant des coups rapides et puissants. L'autre boxeur ne l'avait pas vu venir. Charles se montrait enfin à son avantage. La foule poussait des vivats et les hommes plaçaient des paris face à ce revirement de situation.

Un uppercut magistral prit l'adversaire de Charles par

surprise et celui-ci tituba en arrière avant de s'effondrer comme un poids mort. Son corps s'écroula sur la plateforme avec un claquement sonore et tous les hommes qui avaient parié sur le colosse firent la grimace. Haletant, Charles poussa un cri de triomphe et retira ses gants, les jetant à un assistant qui se trouvait au bord du ring. Puis il se glissa sous les cordes et sauta à bas de la plateforme.

— Jon ! le salua Charles, une lueur de joie pétillant dans ses prunelles grises. Je faisais traîner les choses pour vous donner le temps d'arriver.

Il prit la serviette qu'on lui tendait puis essuya le sang et la sueur qui maculaient son visage.

Audrey, rayonnante, vint l'aborder.

— Bien joué, Charles.

Jonathan suivit le mouvement du regard et sentit des picotements étranges s'infiltrer sous sa peau. Il n'aimait pas le fait que Charles soit torse nu, ne se rendant même pas compte qu'il exhibait son torse à une femme virginale qui venait à peine de sortir dans le monde.

— Qu'en avez-vous pensé, mon gars ? demanda Charles à Linley.

Ce dernier pinça les lèvres pour réfléchir avant de répondre.

— Vous avez laissé passer l'occasion de lui enfoncer les pouces dans les yeux quand il vous tenait dans les cordes.

Charles éclata de rire.

— Ce n'est pas ainsi que fonctionne la boxe, mon garçon. Ce n'est pas un combat de rue, mais honorablement entre deux hommes.

— Hum.

Linley poussa un grognement de désaccord.

— S'il ne se bat pas loyalement, pourquoi le feriez-vous ?

Mais Charles s'était à nouveau braqué sur Jonathan.

— Ravi que vous ayez reçu mon mot. Il faut qu'on parle.

Adressant un regard à Audrey, Jonathan hocha sombrement la tête.

— Je suis d'accord.

Il avait l'intention de flanquer un autre coquard à Charles s'il ne possédait pas de bonne raison d'avoir fait venir Audrey à un match tel que celui-ci.

— Ne croyez-vous pas que nous devrions ramener la jeune fille chez elle ? dit-il en désignant l'intéressée du menton.

Celle-ci plissa à nouveau les yeux et croisa les bras.

— Oh non, je reste ici.

— Certainement pas.

Jonathan lui adressa un regard de reproche avant de se tourner vers Charles.

— Nous devrions peut-être nous retrouver plus tard ?

— J'ai reçu une lettre dans l'après-midi qui disait qu'Ashton a besoin de moi à son domaine. Nous devrions nous retrouver ici ce soir, suggéra Charles.

— Très bien. On se voit ce soir.

Il se tourna vers Audrey.

— Maintenant, vous allez m'accompagner. Je vais vous escorter directement jusqu'à chez vous et vous feriez mieux de prier pour que votre frère ne soit pas là, afin de m'éviter de lui expliquer où vous étiez.

Il la reprit par le bras.

— Charles ! Vous ne pouvez pas me traîner hors d'ici, protesta Audrey.

Jonathan échangea un regard intense avec Charles, qui sourit.

— Vous vous souvenez de mes conseils ?

— Effectivement.

— Des conseils ? Quels conseils ? dit sèchement Audrey.

— Ceux qui disent que je devrais vous porter hors d'ici et vous donner la fessée si vous continuez à protester.

Audrey se mordit la lèvre et tira sur son bras, mais Jonathan était inflexible. Elle n'allait pas rester dans un endroit aussi dangereux. Sans lui laisser placer une parole de plus, il la souleva et la jeta par-dessus son épaule. Ignorant ses poings qui battaient son dos, il la porta à l'extérieur de Fives Court. Elle criait comme une petite furie, crachant, griffant et provoquant à leur encontre des réactions négatives.

— Je vous le ferai payer ! jura-t-elle.

— Je suis certain que vous allez essayer, ma chère.

Il lui donna une claque sur les fesses en guise de punition taquine alors qu'il se rendait vers un fiacre.

— Curzon Street, je vous prie, dit Jonathan au cocher avant d'ouvrir la portière et de jeter Audrey à l'intérieur.

Le trajet allait être long et il allait devoir protéger ses reins de ses petits pieds bottés.

❦ 4 ❦

Des cendres soufflaient sur les champs comme de la neige. C'était une vision surnaturelle au beau milieu d'un après-midi anglais ensoleillé. Les ruines de la maison d'un métayer n'étaient plus que des cendres noircies et des poutres fumantes. Cela formait un contraste étrange avec les fleurs colorées dans le champ d'à côté et le bêlement joyeux des moutons qui ponctuaient le bord de la route. Assis auprès d'eux, un chien de garde attentif battait de la queue dans la poussière. Plusieurs enfants du village regardaient par-dessus le rebord d'une clôture en pierre d'un mètre de haut qui courait le long d'un côté de la route, observant sombrement l'endroit qui autrefois, avait été un foyer.

Ashton retroussa les manches de sa chemise et desserra sa cravate tout en étudiant les ruines.

— Comment le feu s'est-il déclaré, Mr Higgins ?

Le fermier regardait les ruines calcinées de sa maison avec une angoisse lugubre.

— Je ne sais vraiment pas, Milord.

L'homme se frotta les yeux comme pour dissimuler le fait qu'il venait de pleurer. La famille Higgins avait vécu sur cette terre et dans cette maison depuis soixante-quinze ans. À présent, tout était parti en fumée. Dans la ferme voisine, Mr Maple et sa famille avaient subi un sort étrangement similaire. Ashton savait ce que l'homme devait ressentir. Une sensation de perte et de honte à l'idée d'être incapable d'offrir un toit à ses enfants et sa femme. Il n'y avait qu'une seule chose à faire.

Ashton pressa l'épaule de Higgins.

— Votre famille et vous allez venir vous installer dans des quartiers à Lennox House jusqu'à ce qu'on vous construise de nouvelles maisons, à vous et à la famille Maple.

Le fermier pâlit.

— Non, Milord ! Nous ne pourrions pas...

— Allons, allons... Je ne veux rien entendre.

S'occuper de ses locataires était une question qu'il prenait au sérieux, et sa fortune trouverait juste cause dans la reconstruction de leurs maisons. Il ne les laisserait pas sans un toit sur la tête. C'était le devoir d'un gentleman de garantir la sécurité de ses terres et de ses locataires.

— Merci, Milord, dit Higgins en baissant les yeux.

— Retournons au manoir, et je veillerai à ce que votre famille soit bien installée.

Higgins et lui montèrent en selle et parcoururent le chemin de terre jusqu'au manoir. Ils étaient suivis par une carriole tirée par deux chevaux de trait. Elle transportait les enfants. Une jeune femme se tenait sur le perron de Lennox House, une immense demeure antique. Une brise faisait gonfler les jupes de sa robe de jour bleu pâle. De longs cheveux aussi blonds que ceux d'Ashton étaient rassemblés au sommet de sa tête, selon la tendance du moment. Pas de bonnet, bien entendu. Sa petite sœur Joanna les détestait.

— Ashton !

Elle descendit rapidement les marches alors qu'il mettait pied à terre et tendait les rênes à un garçon d'écurie.

— Joanna !

Il sourit et écarta les bras. Elle se jeta dans son étreinte. Il ne comprenait toujours pas pourquoi aucun homme en Angleterre n'avait essayé de la courtiser depuis sa sortie dans le monde. Elle était ravissante, quoiqu'un peu timide, extrêmement intelligente et dotée d'une conversation impressionnante. Il lui avait accordé une dot conséquente, espérant tenter certains des gentlemen les plus courageux à venir tenter leur chance, mais aucun d'eux ne s'était présenté. Ce qu'il percevait comme des vertus chez elle ne paraissait pas être considéré par les autres hommes comme des traits désirables. Si c'était vrai, c'étaient des imbéciles.

— Merci d'être revenu aussi vite. Mère et moi étions complètement paniquées pour les locataires. Nous avions deviné que vous souhaiteriez les amener ici le temps de construire leurs nouvelles demeures.

Joanna regarda Higgins et sa ribambelle d'enfants qui se tenaient avec hésitation à quelques mètres de là.

— Mr Higgins, si vous voulez bien entrer. Votre femme et vos enfants pourront aussi s'installer, et nous avons préparé de nouvelles chambres pour tout le monde.

Ashton regarda sa sœur avec fierté pendant qu'elle escortait à l'intérieur le fermier las et stressé, ainsi que sa progéniture enthousiaste. Les suivant de loin, il s'arrêta devant l'escalier principal. Un jour, Joanna ferait une maîtresse de maison parfaite, si seulement elle parvenait à trouver un époux potentiel. Si Jonathan Saint-Laurent n'avait pas déjà témoigné de l'intérêt pour Audrey, Ashton aurait été tenté de diriger les attentions du jeune homme vers sa sœur. Il recherchait un homme qu'il pensait capable d'aimer Joanna et de veiller sur elle, pas un jeune coq tout droit sorti de l'Université qui cherchait à faire des folies à Londres.

Une voix froide interrompit ses pensées.

— Ainsi, vous êtes revenu.

Sa mère, Regina Lennox, se tenait en haut des escaliers. Toujours ravissante pour une femme de son âge, elle offrait un spectacle saisissant dans sa robe rouge canneberge.

— On m'a appelé, alors je suis revenu.

Il se claqua les mains contre les cuisses, projetant dans les airs un nuage de poussière avant de grimper l'escalier pour venir la rejoindre.

— Au moins, vous vous préoccupez suffisamment des fermiers pour revenir.

Le ton de Regina était lourd de condamnation. Cela lui donna un pincement au cœur, mais il réprima ses émotions avant qu'elles ne se lisent sur son visage.

— Ne commencez pas, Mère. Je ne suis pas d'humeur.

— Comme vous voulez.

Petit, il avait adoré sa mère qui couvrait tous ses enfants d'amour. Cependant, une fois qu'on l'avait envoyé à Eton, leur père avait dilapidé leur fortune au jeu. Sa mère avait souffert de leur déclin social lorsque ses amies lui avaient tourné le dos et que les invitations à des dîners et des bals s'étaient raréfiées. Pour une femme comme sa mère qui s'épanouissait en compagnie d'autres personnes, elle s'était sentie de plus en plus solitaire et emprisonnée. Tout ceci avait empiré quand leur père s'était fait renverser par une calèche en sortant d'un tripot. Il était mort et avait laissé leur existence en ruines.

Ashton était rentré et avait fait tout ce qui était en son pouvoir pour restaurer la position enviable de sa famille. Mais sa mère n'avait pas accueilli ses actions avec joie. Au lieu de cela, elle lui avait dit que son besoin de pouvoir et d'argent le rendait exactement comme son père.

Ces mots l'avaient profondément meurtri et la froideur qu'il avait ressentie de sa part depuis ce jour-là le blessait et le mettait en rage. Ce souvenir suffisait à lui laisser un goût amer dans la bouche. Il allait sans dire que les repas de famille à Lennox House étaient profondément malaisants... Enfin, quand il se donnait la peine d'y assister.

Regina poursuivit comme s'ils n'avaient rien dit.

— Nous recevrons des invités à dîner. Les Merton arriveront à dix-neuf heures. Ce serait gentil de votre part de vous joindre à nous.

Ashton s'immobilisa au sommet des escaliers et croisa le

regard de sa mère. Pendant un long moment, ils restèrent immobiles, un défi silencieux pesant dans l'air.

— Merton a toujours une fille à marier, n'est-ce pas ?

Les yeux de Regina se rétrécirent.

— Effectivement.

— Ah, voilà ce qui me dérange. Je n'ai aucune intention de dîner avec une famille à laquelle vous souhaitez vous allier par le mariage.

Ashton tira sur sa cravate pour la retirer, attendant l'inévitable explosion de colère de sa mère.

— Tout n'est pas qu'une question d'alliances, mon enfant. Parfois, c'est une question d'amour et d'affection. Seigneur, je savais que vous ressembliez bien trop à Edmund, mais j'avais espéré que vous possédiez également en vous un peu de ma personnalité. À la surprise d'Ashton, il vit la douleur et la colère passer dans ses yeux. Néanmoins, il avait passé bien trop d'années à subir ses remarques tranchantes sur son cœur froid et son âme impitoyable pour se laisser affecter par elle à présent.

— Je suis un bâtard au cœur froid, Mère. N'est-ce pas cela que vous m'avez dit ? Cela n'est pas près de changer, répondit-il d'un ton glacial. À présent, si vous voulez bien m'excuser, je dois me nettoyer de cette cendre et m'occuper d'affaires dans mon étude. Charles et Jonathan arriveront dans la soirée, aussi vous prierais-je de demander à la gouvernante de préparer deux chambres dans l'aile sud.

Sa mère ne répondit pas, mais il savait qu'elle lui obéirait. Si elle n'appréciait pas son fils aîné, elle était toujours une hôtesse chaleureuse et polie, même pour les membres de la Ligue.

Ashton regagna rapidement sa chambre et commença à se déshabiller. Son épaule, dans laquelle il avait reçu une balle le Noël dernier, était toujours parcourue à l'occasion par une douleur fantôme. Les muscles protestèrent quand il étira le bras à plusieurs reprises. Il se regarda dans le miroir, surpris par son visage qui était toujours couvert de la suie laissée par l'incendie. Des lignes encadraient sa bouche et une fatigue ombrageait ses yeux. Il ressemblait... à son père, avec une pâleur fantomatique sur ses joues et une expression hantée sur le visage. Cette pensée sombre lui fit s'asperger le visage d'eau froide, effaçant les derniers vestiges de son cauchemar personnel. La dernière chose qu'il aurait voulue était de ressembler à celui qui avait détruit le monde de sa famille.

Il ne se tourna pas quand son valet se glissa dans la pièce.

— Un bain chaud vous attend dans votre vestiaire, Milord.

— Merci, Lowell. Les familles Higgins et Maple sont-elles bien installées ?

Lowell, un homme d'une vingtaine d'années, sourit.

— Bien, Milord. Les enfants courent dans les cuisines et ils dévorent les tartes aux prunes de Mrs Gibbs plus vite qu'elle n'est capable de leur en fournir.

Le sourire aux lèvres, Ashton se dirigea vers le vestiaire pour prendre son bain.

— Ravi de l'apprendre.

Mrs Gibbs adorait les enfants et les deux familles de métayers la tiendraient joyeusement occupée pendant un bon moment. Lennox House recevait rarement des invités. Les Merton, leurs plus proches voisins, étaient les seuls convives qui assistaient à leurs rares soirées dînatoires. Ashton passait tout son temps à Londres ou dans les domaines de ses amis, préférant éviter sa mère sauf lorsque les affaires requéraient son retour.

Parfois, il logeait au pied-à-terre de Rafe, son frère cadet, ou bien au domaine de sa sœur aînée Thomasina, qui était mariée à lord Reddington. Ce dernier était un homme bon dont Thomasina était profondément amoureuse. Ils avaient déjà trois enfants qui les charmaient à chacune de leurs visites.

Ashton n'avait jamais vraiment songé à avoir un enfant, mais si ses futurs héritiers étaient comme la couvée de Thomasina, ils feraient un jour la fierté de leur père.

Ashton pénétra dans l'eau chaude et s'y enfonça jusqu'à la poitrine en poussant un soupir. Sa tête bascula en arrière pour reposer sur le rebord de la baignoire et il tenta de ne pas songer au futur, au mariage et aux enfants. S'il ne se mariait pas, le domaine passerait à Rafe, qui n'était pas doué pour les affaires. Son cadet préférait mener une vie d'excès et n'était pas particulièrement doué pour apprendre comment gagner l'argent qu'il perdait dans les tripots. Leur mère ne se faisait aucune illusion sur Rafe ou sur son comportement, ce qui mettait d'autant plus de pression sur Ashton pour se caser et engendrer l'héritier et le suppléant requis.

Seigneur... Godric, Lucien et Cédric trouvaient facile de vivre avec leurs épouses. Toutefois, Ashton ne s'imaginait pas se retrouver pieds et poings liés à une femme dont il mettrait en doute l'obéissance absolue. Ce n'était pas qu'il souhaitait une femme qu'il pourrait contrôler, mais plutôt qu'il avait besoin de quelqu'un qui lui ferait confiance sans réserve dans les moments difficiles.

Et il voulait quelqu'un de plaisant dans son lit toutes les nuits, une femme qui ronronnerait et soupirerait quand il lui ferait l'amour, même s'ils s'emportaient parfois un peu. Il voulait une femme forte, mais douce qui appréciait la passion. Il avait couché avec beaucoup de femmes, parfois durant la phase de conquête de ses projets commerciaux, mais aucune ne l'avait contenté. Quelque chose avait toujours fait défaut.

Il sortit une main hors de l'eau chaude, laissant les gouttes retomber dans la baignoire, créant des cercles alors qu'il songeait à ce qu'il désirait vraiment. Il voulait ressentir un certain feu dans un baiser qui le brûlerait comme un brasier destructeur. Ashton voulait être avec une femme et se perdre entièrement en elle. À la vérité, une seule femme l'avait affecté de la sorte et elle était la dernière personne sur Terre en qui il aurait eu confiance : cette diablesse écossaise dont il ne parvenait pas à s'écarter, pas depuis le moment qu'il avait réalisé qu'elle allait être sa compétitrice.

Rosalind Melbourne était trop habile, trop indigne de confiance, bien trop égale à lui dans ses tactiques commerciales impitoyables pour qu'il lui fasse confiance, au lit ou ailleurs. Et pourtant, quand il l'avait embrassée, il avait failli perdre sa raison et sa maîtrise de soi. Quelque chose en elle... Cette lutte mutuelle pour le pouvoir et le plaisir... Tout cela l'avait rendu fou de désir. S'il la mettait un jour dans son lit, aucun des deux ne serait capable de marcher pendant des journées entières. Ils finiraient certainement par casser un lit dans le processus, une pensée qui le ravit complètement.

Un lent sourire courba ses lèvres alors qu'il repensa à ce que cela ferait de s'attacher cette jeune femme sauvage.

Elle attendrait certainement que je sois endormi pour m'étouffer avec un coussin et s'enfuir pour l'Écosse au lever du soleil.

Mais cela n'arriverait pas avant d'avoir conquis Rosalind comme il se doit... À plusieurs reprises et de multiples façons.

Oui, la nuit serait très agréable.

AU FOND DE LA SALLE DE JEU DE BOODLE'S CLUB, SIR Hugo Waverly se cala contre le dossier de sa chaise, observant le déroulement de la soirée sans véritable intérêt. Son esprit était à des choses bien plus importantes. Un nuage de fumée de cigare s'accrochait à la base des lustres comme des nuages sombres, jetant des ombres mouvantes entre les bougies allumées. Les hommes jetaient des cartes sur les tables, engrangeant et perdant des fortunes dans des paris hâtifs. Mais Hugo n'était pas homme à parier.

Si je ne peux pas assurer ma victoire, je ne joue pas.

La porte de la salle de jeux s'ouvrit, laissant entrer quelqu'un de sa connaissance. C'était un de ses hommes les plus fidèles : Daniel Sheffield. Avec l'aide de Daniel, Hugo gérait le réseau d'espionnage le plus efficace et performant du pays, ce qui, tristement, ne voulait pas dire grand-chose. En général, l'espionnage en Angleterre manquait terriblement de professionnalisme, ce qui rendait le pays vulnérable. Cela rendait également indispensables ceux qui prenaient la chose au sérieux, tels que Sheffield et lui-même. Ils avaient sauvé la Couronne de plus d'une menace étrangère et ne seraient pour autant jamais reconnus pour leurs efforts.

Après tout, les honneurs n'étaient pas ce qui comptait le plus. Il était bien indemnisé, tant financièrement qu'à travers le pouvoir et l'influence que sa position lui octroyait. Il pouvait faire chanter pratiquement n'importe qui, les faisant faire tout ce qu'il désirait. Et si un homme ne se laissait pas acheter, il n'échapperait pas à la menace ; c'était suffisant pour Hugo.

Juste une marche en dessous de la Couronne. Il était aussi près du commandement de l'Angleterre qu'aurait pu l'être un roturier tel que lui.

Hugo feignit de n'avoir pas remarqué l'arrivée de Daniel. Celui-ci joua avec sa montre à gousset, s'attarda près d'une table où les hommes jouaient au pharaon, et attendit que Hugo hoche légèrement la tête avant de venir vers lui.

Il mit une minute entière pour traverser la pièce. Il prit le temps de prendre un verre à un serveur pressé, puis se dirigea jusqu'à la table de Hugo, choisissant une chaise pas trop proche, mais pas trop éloignée non plus. Calé sous son bras se trouvait un exemplaire de la *Gazette de la Lorgnette* qu'il leva devant son visage afin de parcourir les articles.

De là où Hugo se trouvait, il voyait clairement la colonne des potins de Madame Société et ce nom lui fit froncer les sourcils. Quelles sottises ! S'il avait eu du temps à perdre pour découvrir qui était cette femme, elle aurait eu un accident qui l'aurait rendue incapable de commettre le moindre mot de plus. Il était las de son défilé sans fin d'articles qui dépeignaient la Ligue des Rebelles comme des héros. Ce n'étaient pas des hommes à craindre ou à admirer, mais des imbéciles. Des imbéciles dangereux. Des imbéciles qu'il détruirait en temps voulu.

Le craquement du bois l'informa que Sheffield avait rapproché sa chaise d'un centimètre. Quand Hugo écarta discrètement son propre journal, il vit que la main de son complice faisait tournoyer doucement un verre de brandy.

— Le temps est dégagé aujourd'hui, mais j'ai vu l'ombre d'un nuage, fit observer Sheffield.

Hugo se raidit. Cela signifiait qu'une certaine situation ne se déroulait pas comme prévu.

— Quelles sortes de nuages ? demanda-t-il.

Sheffield posa son verre sur la table. En dessous se trouvait un mot soigneusement plié.

— Noirs.

Hugo posa le document, le laissant recouvrir la surface à côté du verre de Sheffield. Puis il écarta doucement la boisson et couvrit le mot.

— La dame à laquelle je me suis récemment intéressée, ajouta doucement Sheffield, a décidé de rendre visite à des amis à la campagne.

Ce devait être Rosalind Melbourne. Alors le corbeau écossais s'était envolé vers la campagne ? C'était inquiétant. Elle préférait généralement rester en ville, chose qu'il préférait aussi. Il avait ainsi moins de mal à garder un œil sur ses agissements. Jusque-là, il avait eu la chance de pouvoir la persuader de l'accepter comme partenaire en affaires, avant de la convaincre de perturber les sociétés de transport de Lennox.

— À quels amis rend-elle visite ?

— Ceux du baron.

Sheffield reprit son verre à moitié vide et avala une gorgée.

Lennox ? Cela ne présageait rien de bon. Hugo voulait que Lennox et elle restent ennemis. S'ils formaient une alliance, la moitié de ses projets en cours risqueraient de tomber à l'eau. La logistique pour modifier ces plans-là par des substituts fiables serait pour le moins casse-tête.

Il devrait trouver le moyen de ramener lady Melbourne à Londres où il pourrait la surveiller de près.

— Hum. Nous nous en occuperons bientôt. Le baron a-t-il subi des pertes, récemment ?

— Oui. Deux des maisons de ses locataires sont parties en fumée hier soir. Cela le tiendra occupé et éloigné de Londres.

— Parfait.

C'était exactement son intention. Sheffield et lui organisaient le transport de certains agents en France, mais dernièrement, Lennox avait observé attentivement les actions de Waverly. Trop attentivement. Avec ses amis, ils avaient tendance à s'infiltrer dans leurs missions et les faire capoter. Hugo ne serait pas surpris s'ils déclenchaient une guerre parce qu'ils refusaient de s'occuper de leurs propres affaires. Sheffield avait donc dû créer une distraction crédible pour attirer Lennox hors de Londres durant un certain temps.

Sheffield s'éclaircit la gorge.

— Voici un autre problème à régler, murmura-t-il avec un léger signe du menton vers le papier qu'il avait calé sous le verre. C'est urgent.

Hugo ramena son journal vers lui, s'emparant adroitement du mot que lui avait fait passer Sheffield. Il remarqua le sceau en cire rouge au motif écossais. Il le reconnut. Kincade. Cela éveilla de vieux souvenirs.

Dix ans auparavant, il n'était qu'un jeune homme récemment entré au service de Sa Majesté. L'Angleterre avait récemment signé un acte pour l'unir à l'Écosse, mais il existait déjà des protestations séparatistes. Le travail de Hugo avait été de débusquer les meneurs du mouvement avant qu'il ne puisse gagner en popularité. Et il l'avait fait à travers une alliance de propriétaires terriens écossais qui s'appelaient les anti-unionistes.

Sur une période d'un an, tous sauf un seul de ses neuf leaders avaient subi une série d'accidents. L'unique survivant : Montgomery Kincade, le père de Rosalind Melbourne.

Ce saligaud cauteleux avait trahi ses compatriotes pour une somme généreuse afin de sauver sa propre peau. Il aurait été prudent de se débarrasser aussi de Kincade, mais l'homme était rusé et avait bien protégé ses intérêts. Il avait prévenu Hugo que s'il venait à mourir dans des circonstances accidentelles ou suspicieuses, une série de lettres que Hugo avait eu l'imprudence d'écrire seraient exposées.

Cela le détruirait. Au-delà des dégâts portés à sa réputation, les Écossais souhaiteraient le voir mort et la Couronne le désavouerait afin de protéger la relation ténue entre elle et l'Écosse. On s'arrangerait peut-être même pour s'assurer qu'il ait un accident, lui aussi.

À présent, il n'aurait pas commis une telle erreur, mais à l'époque, il avait été jeune.

Hugo avait oublié peu de choses dans sa vie, mais ceci... C'était la chose qu'il aurait aimé oublier. Ironiquement, c'était cette mission qui lui avait assuré sa place au sein des pairs et l'avait aidé à obtenir la position dans laquelle il se trouvait présentement.

Avec une inspiration vivifiante, il brisa le sceau et lut la lettre. Elle utilisait le vieux code dont il se servait dix ans auparavant. Il requérait un appareil adapté que Hugo avait créé lui-même pour le décoder. Il le portait toujours sur lui et l'utilisait à l'occasion pour des communications moins importantes. Il le glissa hors de sa poche et fit se correspondre les symboles au sommet gauche de la lettre, ce qui lui donna la clé pour déchiffrer le reste du message.

Sir Hugo,

Cela fait des années que nous ne nous sommes pas parlé, mais le souvenir reste vivace. Je vous écris de mon lit de mort. Vous n'êtes plus en mesure de me punir. C'est à présent entre les mains de Dieu.

Ne pensez pas que vous avez gagné pour autant ! J'ai accepté de l'argent en échange de mon silence quand vous avez assassiné mes compatriotes, et ils me crient de les venger. Je ne peux pas ignorer leurs voix plus longtemps.

Les lettres que vous avez écrites, codées, sont toujours en ma possession. Bientôt, la seule personne en qui j'ai confiance recevra l'instrument que vous m'aviez offert, avec des indications sur l'endroit où retrouver les lettres que j'ai cachées. Elles révéleront ce que vous êtes au grand jour.

Bientôt, votre roi et votre pays sauront combien de gens vous avez assassinés pour le bien de votre précieuse nation. Une nation bâtie sur des mensonges. Une nation qui tue ses propres gens quand ils ne font que suggérer de se défendre.

Je ris de vous, Waverly. Je ris depuis ma tombe. Je pense que je vous reverrai très vite en enfer.

KINCADE.

HUGO EUT LE SOUFFLE COUPÉ. LE DÉCODEUR ET LES LETTRES... Des lettres capables de le condamner et de détruire sa vie. Kincade les avait envoyés... À qui ?

Hugo parcourut à nouveau la lettre, cherchant un indice. *La seule personne en qui j'ai confiance.* Il ne faisait confiance à personne, car il avait été disposé à trahir tout le monde.

À part peut-être sa famille. S'il accordait sa confiance à quelqu'un, ce devait être un parent. Il passa en revue ce qu'il savait de cet homme. Quatre enfants. Trois fils et une fille.

Cela n'avait aucun sens. Exposer ces lettres détruirait le nom des Kincade en même temps que le sien. Il ne penserait pas ses héritiers capables de détruire leur propre avenir.

Rosalind, cela étant...

Sa fortune et son statut étaient indépendants du nom des Kincade. Et d'après ce qu'il avait glané au cours de leurs entretiens, il n'y avait eu aucun amour entre son père et elle. Au contraire. Ce vieux bâtard pensait peut-être qu'elle serait plus que disposée à exposer les péchés de son géniteur.

Et elle était en chemin vers l'un de ses ennemis les plus redoutables, vraisemblablement avec le décodeur en sa possession ! Pas les lettres, cependant. Il avait encore le temps de les retrouver avant qu'elle ne le fasse.

— Seigneur Dieu... murmura-t-il.

— Y a-t-il lieu de s'inquiéter ? demanda Sheffield.

Hugo plia la lettre et la mit dans sa poche. Il la brûlerait en rentrant chez lui.

— C'est un fantôme qui essaie de me hanter. Contactez notre homme au domaine de Lennox. Demandez-lui de nous faire parvenir des rapports sur notre agent employé par Lonsdale. Je veux qu'ils trouvent le moyen de dérober un décodeur qui serait en possession de Lady Melbourne. Il ressemble à ceci.

Il leva le sien pour le montrer à Sheffield avant de le remettre dans sa poche.

— Je veux qu'on fouille la résidence de Lady Melbourne au cas où elle ne l'aurait pas emporté. Si on ne le retrouve pas, trouvez une raison pour faire revenir lady Melbourne à Londres. Je m'occuperais d'elle en personne.

— C'est comme si c'était fait.

Sheffield se redressa et après avoir jeté un regard désinvolte à la pièce, il reposa son verre de brandy sur la table et quitta la salle de jeu de Boodle's.

Hugo sentait le poids de la lettre de Kincade dans la poche de son veston. Rosalind possédait une arme capable de le détruire, qu'elle s'apprêtait à apporter directement à l'un de ses ennemis. Heureusement, tout seul, l'objet n'était qu'une simple breloque, une curiosité. Hugo trouverait un moyen de l'empêcher de parvenir aux lettres avant lui.

Ses nerfs commencèrent à se raffermir. Avoir un plan d'action l'avait toujours calmé. Mais comme pour le trahir et lui rappeler ses inquiétudes, ses mains tremblèrent quand il reposa son verre.

Que la Ligue des Rebelles soit maudite, tous autant qu'ils sont.

DANS SA PETITE ÉTUDE DE CASTLE KINCADE, BROCK ÉTAIT affalé sur son écritoire. La dernière bougie qu'il pouvait se permettre de faire brûler était presque consumée, la cire se répandant autour de la base du bougeoir. Au-dehors, le vent sifflait à travers les tapisseries et les craquelures dans la pierre et la vitre, remplissant toutes les pièces d'un vent mordant inévitable, même en été.

Les documents disposés devant ses yeux devinrent flous quand l'épuisement s'abattit sur lui. Il devait pourtant rester éveillé au cas où l'on aurait eu besoin de lui. Il avait l'impression que le poids du monde pesait sur ses épaules. À l'étage, son père était mourant, une perspective qui désarçonnait complètement Brock.

La porte de l'étude s'ouvrit à la volée, laissant voir son jeune frère Brodie dans l'encadrement, sa poitrine se soulevant comme s'il avait fait toute la route en courant.

— Il faut que vous veniez. L'heure est venue.

Brock se lécha le pouce et l'index puis moucha la bougie. Il se redressa de son siège et suivit Brodie jusqu'en haut de l'étroit escalier en colimaçon de la tour où se trouvaient les quartiers de son père.

Ils s'arrêtèrent en dehors de la chambre et Brock ouvrit la porte. Aiden, leur benjamin, était assis au pied du lit, le visage cendreux.

Il regardait le vieil homme allongé dans le lit.

— Il ne tiendra pas longtemps, Brock.

Montgomery Kincade, autrefois grand, large et dur, était devenu frêle, petit et ratatiné. Voir cet homme monstrueusement cauchemardesque qui lui avait fait du mal tant de fois aussi impuissant était une chose étrange.

Leur père ne pouvait plus les frapper ou leur crier dessus. Il était trop faible pour émettre plus qu'un simple murmure. Brock voyait toutefois la malice qui brillait dans les yeux du vieil homme qui le fusillait du regard.

— Aiden, vous n'êtes pas obligé de rester. Vous pouvez faire vos adieux et partir, dit doucement Brock.

Aiden continua de regarder le vieillard affaibli.

— Non. J'ai envie de rester et... Pour m'assurer qu'il soit mort, poursuivit-il après s'être éclairci la gorge.

Brock échangea un regard surpris avec Brodie. Aiden était le plus doux des trois, si ce terme pouvait s'appliquer à eux. C'était également lui qui s'était principalement occupé de leur père souffrant alors que sa santé avait décliné au cours des quatre mois précédents.

— Restez si vous voulez.

Brock soupira et alla se placer au chevet du lit. Son père détourna les yeux d'Aiden pour le considérer avec autant de froideur et de cruauté.

— Vous n'avez plus d'autre choix que de nous écouter, dit Brock. Après des années de souffrance sous vos coups, vous ne pouvez plus bouger ou parler. Ce n'est que justice.

Il croisa les bras.

— Sachez une chose, Père. Nous vous aimons autant que Dieu l'exige, mais nous ne vous avons jamais apprécié. Votre cruauté a fait fuir Rosalind, mais à présent, vous ne pourrez plus jamais lui faire de mal.

Son ton était aussi doux qu'une lame enveloppée dans un tartan.

Les yeux de son père brillèrent d'une teinte écarlate, mais quand il ouvrit la bouche, seul un léger sifflement lui échappa. L'attaque dont il avait été victime deux jours auparavant lui avait dérobé sa capacité à se déplacer à part la main qu'il essaya de lever.

— Lettres.

Le mot s'échappa des lèvres du vieil homme.

— Devez... les donner... à Rosalind.

— Des lettres ? Quelles lettres ?

Tiraillé entre la curiosité et l'hésitation, Brodie fit un pas vers son père.

— Sous... moi.

Le regard de Montgomery se posa vers ses reins. Brodie souleva le matelas de plume et chercha à tâtons pendant quelques instants avant que sa main ne s'immobilise. Brock regarda son jeune frère en retirer une liasse de lettres, jaunies par l'âge et liées par du fil. Brodie les tendit à Brock et regarda à nouveau son père.

— Devez... les conserver... pour Rosalind. Donnez-les-lui... de votre propre main.

Brock avait ravalé sa colère pendant de nombreuses années. Cependant, voir son père brisé, mais toujours empli de malveillance le mettait en rage.

— Que sont-elles ? demanda-t-il.

Montgomery secoua la tête, un mouvement si faible que Brock faillit ne pas le voir dans la pénombre.

— Pour... elle seule. Elle a la clé.

Dans un accès de rage, Brock frappa les lettres contre sa paume. Il n'allait certainement pas faire le trajet jusqu'à Londres pour apporter à sa petite sœur une série de lettres probablement remplies de haine et d'insultes de la part d'un homme amer et mourant.

Les lèvres de son père se plissèrent en un sourire froid, comme s'il aurait souhaité rire de son fils aîné.

— Si vous souhaitez vous venger de moi... C'est le moyen...

Ses yeux se braquèrent sur les lettres dans la main de son fils et il toussa.

— Je ne vais jouer à aucun jeu avec vous, Père. Après votre décès, je deviendrai maître de ce château et les choses seront différentes.

— Brock, non, le prévint Brodie.

Aucun d'eux n'avait envie de passer plus de temps avec leur père, mais il n'était pas sage de le provoquer afin d'accélérer son trépas. Ce serait malveillant, même si leur géniteur ne méritait aucune gentillesse.

Brock ne ressentait pourtant plus la moindre pitié. La moindre compassion. Trois décennies l'avaient épuisé et son contrôle s'effilochait.

Pendant la demi-heure qui suivit, ses frères et lui observèrent le visage ridé de leur père à la lueur déclinante des bougies. Il était près de minuit quand le vieil homme fut pris d'un soudain tressaillement. Tous ses muscles se contractèrent. Puis il leva les yeux vers le ciel et poussa une faible exhalaison.

Sa dernière. Montgomery était mort. Le poids des lettres entre les mains de Brock lui semblait aussi lourd qu'une montagne de pierres. Il retourna au lit de son père et fourra à nouveau les lettres sous le matelas. Il les brûlerait le lendemain si l'envie lui en prenait, mais il refusait de les donner à Rosalind, certain que leur contenu lui ferait du mal.

Brodie se pencha au-dessus du lit et passa le bout de ses doigts sur les paupières de son père. Il les referma, sous le regard de Brock et d'Aiden.

— Qu'est-ce qu'on fait maintenant ? s'enquit ce dernier.

Brock prit la bougie crachotante et après un regard à ses frères, il la souffla.

— Père est mort. Nous reprenons le cours de notre vie.

— Et Rosalind ? s'enquit Aiden. Elle va pouvoir revenir, maintenant ?

Aux dernières nouvelles, leur sœur avait épousé un Anglais, était devenue veuve et vivait à l'heure actuelle à Londres. C'était tout ce qu'ils avaient glané des rapports occasionnels de leurs amis qui se rendaient dans la capitale deux ou trois fois par an. Ils n'avaient cependant pas osé la contacter depuis son départ. Cela aurait été trop dangereux. Ils avaient craint que leur père ne parte la récupérer, la force à revenir et la punisse, même s'il ne l'avait jamais appréciée.

— J'ai envie qu'elle revienne, dit Aiden. Elle me manque.

— Je sais, répondit Brock en hochant la tête.

Brodie avait trente ans, mais Aiden n'avait que deux ans de plus que Rosalind et ils avaient été proches durant leur enfance. Les trois hommes avaient regretté son départ, même s'ils savaient qu'elle avait dû partir pour sa propre sécurité. Aiden s'était comporté comme si on lui avait arraché une partie de son cœur. Il ressemblait beaucoup à leur mère. Comme Rosalind, il ne suivait que son cœur.

— Nous la ramènerons. Elle est en sécurité maintenant. Nous le sommes tous.

C'était le pire trajet en calèche qu'avait connu Rosalind. Quand elle avait organisé son départ dans l'après-midi, les cieux avaient été dégagés et la journée belle et ensoleillée. Toutefois, dans la soirée, quand elles étaient montées dans la calèche pour partir, elle avait trouvé que l'air sentait la pluie. À une heure en dehors de Londres environ, des nuages de tempête s'étaient rassemblés à l'horizon et peu après, les cieux s'étaient déchirés.

La pluie battait les vitres et le cocher poussait des jurons quand les chevaux regimbaient. Elle avait l'impression qu'il faisait exprès de viser chaque trou et fossé dans la route.

— Dieu ! Quelle tempête horrible ! s'exclama Claire en resserrant sa pelisse autour d'elle.

— Et bien sûr, il pleut, marmonna sombrement Rosalind.

Une journée horrible ne pouvait qu'empirer.

— Dans combien de temps arriverons-nous au domaine de Lord Lennox ?

— Dans au moins une heure.

La calèche fit une embardée soudaine. Rosalind et Claire s'écroulèrent sur le plancher. Rosalind ressentit une douleur perçante dans son bras quand elle atterrit dessus maladroitement.

— Tout va bien, Votre Seigneurie ? demanda Claire.

— Oui. Que se passe-t-il ? Nous nous sommes arrêtés.

La calèche ne bougeait plus. Les poils de sa nuque se hérissèrent. Si leur cocher s'arrêtait dans cette tempête, il avait forcément une raison. Elle ouvrit la portière et reçut de la pluie dans les yeux alors qu'elle cherchait le cocher du regard. Il se tenait près d'une des roues arrière.

— Mr Matthews ! Pourquoi nous sommes-nous arrêtés ?

— La roue est cassée, Milady. Elle s'est brisée dans la dernière ornière. Par ce temps, nous n'avancerons pas beaucoup avant qu'elle ne se brise entièrement.

— Oh, Seigneur ! grogna Rosalind en scrutant la route battue par la pluie.

Son cœur s'arrêta de battre. Une ombre apparut au bord de la route et s'approcha. Quelqu'un sortait des bois et s'avançait vers eux. Elle remonta rapidement dans la calèche.

— Claire, donnez-moi mon réticule. Je garde un petit pistolet à l'intérieur.

Elle espérait vraiment ne pas avoir à s'en servir. Elle avait entendu dire que ces petites routes de campagne étaient peuplées de bandits de grand chemin et d'autres brigands qui dépouillaient les voyageurs.

Sa servante trouva le réticule et le lui tendit. Rosalind farfouilla à l'intérieur jusqu'à ce que ses doigts se referment sur le manche nacré.

— Restez cachée le temps que je vérifie de qui il s'agit.

Elle ouvrit la porte de la calèche et se figea. Le cocher était en train de remonter sur son perchoir, les mains en l'air. Une silhouette encapuchonnée, les traits dissimulés par un masque, braquant un pistolet sur le cocher. Un bandit de grand chemin ! Ils allaient se faire détrousser.

❧ 5 ❧

Parmi tous les problèmes que Rosalind s'était attendue à rencontrer en essayant de récupérer sa vie d'entre les griffes d'Ashton, elle ne se serait jamais attendue à se faire détrousser par un bandit de grand chemin.

— Qui est à l'intérieur ? demanda l'homme au cocher.

— Lady Melbourne et sa suivante.

— Éloignez-vous des chevaux et allez au bord de la route.

Du bout de son pistolet, l'homme désigna l'endroit où il voulait que le cocher se rende.

— Qu'y a-t-il ? murmura Claire.

Ce n'est pas grave. Pas comparé à ce que tu as déjà connu avant. Rosalind pria pour parvenir à s'en convaincre.

Sans retirer les yeux de l'homme armé, elle répondit à sa suivante dans un souffle :

— Je crois que nous sommes à deux doigts de nous faire détrousser.

Son cœur battait si fort qu'elle s'entendait à peine penser.

— Quoi ? hoqueta Claire.

— Laissez-moi m'en occuper. Restez derrière moi et ne bougez pas.

— Mais…

Rosalind leva la main qui tenait le pistolet quand l'homme masqué s'avança vers la calèche d'un pas décidé. Quand il parvint à la portière, Rosalind braqua le pistolet sur sa poitrine. Elle n'avait encore jamais tiré sur quelqu'un et elle croisait les doigts pour ne pas être contrainte de le faire.

L'homme marqua un temps d'arrêt, comme s'il était choqué qu'elle ait l'audace de le menacer d'une arme. Puis il sourit devant son hésitation.

— Ne songez même pas à me tirer dessus ! J'ai des hommes dans les bois qui sont prêts à prendre ma place si je mourais. Le résultat final sera le même, mais ils seront moins prévenants que moi.

L'accent du bandit était raffiné et étrangement familier. Rosalind ne reconnut pas où elle avait déjà entendu cette voix. Malgré la tempête, il y avait assez de lumière pour lui laisser voir les yeux bleu électrique de l'homme qui la regardait. Des yeux qu'elle reconnut. Les yeux de celui qu'elle avait désespérément envie de retrouver et d'étrangler.

— Lord Lennox ? hoqueta-t-elle.

L'homme écarquilla les yeux pendant une seconde avant de plisser les paupières. Un éclair fit étinceler le pistolet qu'il braquait sur elle.

— Soyez raisonnable, Madame, et rangez votre arme. Je veux tout l'argent que vous possédez ainsi que vos bijoux.

La pluie s'abattit sur le visage de Rosalind quand elle se pencha légèrement hors de la calèche, mais elle ne cligna pas des paupières, ne céda pas. Elle hésitait toujours à se servir du pistolet.

— Nous n'avons ni bijou ni argent.

L'homme éclata de rire.

— Avec une robe aussi coûteuse ? Vous mentez.

Il plaqua le canon de son pistolet juste au-dessus de son cœur et elle sentit le métal froid contre sa peau.

— Votre argent. *Tout de suite.*

Rosalind ne fit pas le moindre geste pour obéir au bandit, mais soudain, Claire tendit sa bourse par-dessus son épaule.

— Que faites-vous ? siffla-t-elle à sa suivante.

— Je nous sauve la vie, répondit Claire dans un murmure.

L'homme masqué afficha un sourire froid et prit la bourse des mains tremblantes de Claire.

— L'une de vous possède au moins le bon sens d'obéir sans se faire prier.

Il fit un pas en arrière, le pistolet toujours levé, et secoua le sac qui contenait tout l'argent que transportait Rosalind.

— Passez une bonne soirée, Mesdames.

Il courut vers son cheval, grimpa dessus et enfonça ses talons dans les flancs de sa monture.

C'était trop pour elle. Hormis le fait que Rosalind ne pouvait s'imaginer se retrouver dans une position pire que celle-ci, échouée au milieu de nulle part avec une calèche brisée et sans d'argent, cette monstrueuse violation personnelle était intolérable. Elle ne le supporterait pas.

Rosalind bondit hors de la calèche, tendit le bras et tira. L'homme eut un sursaut et serra son bras, mais il continua de chevaucher jusqu'à ce qu'il ait entièrement disparu dans l'obscurité et la pluie battante.

— Dieu merci, vous l'avez raté ! s'exclama Claire.

— Je visais son cœur noir.

Chassant les gouttes de pluie de ses yeux, Rosalind chercha du regard le cocher. Sa main qui tenait le pistolet se mit à trembler. Elle n'avait encore jamais tiré sur personne et elle commençait à intégrer les répercussions de son geste.

Le cocher s'avança, le visage lugubre.

— Je devine qu'on ne pourra pas parcourir le reste du chemin avec cette roue ? demanda Rosalind.

Mr Matthews secoua la tête.

— Nous ne ferions pas plus d'un kilomètre et demi. Je

connais une auberge tout près d'ici. La tenancière nous permettra peut-être d'y passer la nuit et je pourrais m'arranger pour négocier une roue de remplacement ou bien rentrer à Londres à cheval aux premières lueurs de l'aube, si la tempête se dissipe.

Rosalind soupira, sentant monter des picotements de frustration.

— Je suppose que cela fera l'affaire.

Elle grimpa à nouveau dans la calèche. Sa robe en bombazine grise était alourdie par l'eau et traîner ses jupes jusqu'en haut des marches la vida de toutes ses forces. Une fois que la calèche se remit en route, sa suivante se pencha vers elle.

— Vous avez appelé cet homme masqué « Lord Lennox », dit doucement Claire. Ce ne peut quand même pas être lui, n'est-ce pas, Votre Seigneurie ?

Rosalind hésita.

— J'ai cru que c'était lui. C'étaient les mêmes yeux, mais sa façon de parler... Je ne sais pas.

Elle secoua la tête.

— C'est ridicule. Lennox n'a aucune raison de dépouiller des gens sous la menace d'une arme alors qu'il le fait si bien à travers des avocats et des banques. Je suppose que ces derniers temps, j'ai beaucoup songé à cette canaille.

Claire ne dit rien alors qu'elles s'apprêtaient à repartir.

— Bon, cela ne fait rien, poursuivit Rosalind. Pas ce soir. Pour l'instant, nous devons songer à trouver un toit et à manger un morceau. Je ne pourrai pas séduire Lord Lennox pour le contraindre à me rendre ce qui m'appartient si je ne peux pas me reposer et me nourrir.

Claire tendit son châle à Rosalind afin qu'elle s'en serve pour se sécher, et la calèche se remit brusquement en route.

Quand ils arrivèrent à la petite auberge, la robe de Rosalind était toujours pesante et humide, et sa peau était glacée. Mr Matthews déchargea leurs bagages et les porta jusque dans la pièce commune avant de partir trouver quelqu'un qui saurait réparer ou remplacer la roue. L'estomac de Rosalind gronda quand elle sentit l'odeur de la soupe et du pain.

Observant la pièce mal éclairée, elle aperçut bien trop de gens, bien trop de visages. La plupart des hommes la contemplèrent avec un certain intérêt, peu habitués à voir une dame de qualité s'arrêter dans une aussi petite auberge. Ils étaient sur une grande route où passaient de nombreux voyageurs. Et si l'auberge était complète ? Elle secoua la tête. Quelle différence ? Claire et elle n'avaient pas d'argent pour payer une chambre.

— Mesdames, en quoi puis-je vous aider ?

Une femme corpulente au visage enjoué s'approcha d'elles.

Rosalind inspira et expira lentement en songeant à la demande qu'elle allait faire.

— Nous espérions que vous possédiez une chambre de disponible pour la nuit.

Le sourire de la sympathique aubergiste s'estompa.

— J'ai bien peur que non. Je viens de louer la dernière.

Le désespoir lui saisissant la poitrine, le cœur de Rosalind accepta la défaite.

— C'est ce que je craignais, avec cette tempête. Et pour la nourriture ?

— Nous en avons largement assez, Dieu merci. Qu'est-ce qui vous ferait plaisir ? leur sourit l'aubergiste.

Rosalind ressentit un bref soulagement, puis elle se rappela qu'elles se trouvaient toujours sans le sou. Et elle n'était pas le genre de personne à prendre quoi que ce soit sans donner quelque chose en échange.

— Merci, Madame, mais nous n'avons rien pour vous payer, l'interrompit Claire. Sa Seigneurie et moi avons été accostées par un bandit de grand chemin qui nous a tout pris sauf les vêtements dans nos coffres. Pourrions-nous gagner notre souper ? Je peux cuisiner et laver les assiettes.

Rosalind regarda sa bonne. Cette solution simple ne lui était pas venue à l'esprit. Quand elle reprit suffisamment ses esprits pour parler, elle ajouta rapidement :

— Je vais vous aider aussi.

L'aubergiste sourit.

— Nous sommes en manque de personnel ce soir, avec la tempête.

Elle hocha la tête en regardant Claire.

— Vous pourrez nous aider en cuisine. Et vous, dit-elle à Rosalind, allez servir à table. Je vais vous laisser vous y mettre et dans quelques heures, nous pourrons manger, toutes les trois.

Rosalind retira ses gants et son écharpe, les tendant à Claire avant de suivre l'aubergiste pour rencontrer le barman. Puis elle se mit au travail, faisant des allées et venues entre les douzaines de tables de la pièce, le bar et les cuisines.

Les bras chargés de plateaux de nourriture ou de pintes de bière, elle dut se concentrer pour ne rien renverser. La plupart des hommes la traitaient avec un certain respect. Seuls un ou deux tentèrent de la pincer de façon déplacée. Ce n'était pas la première fois que des hommes avaient tenté leur chance avec elle, et un regard glacial suffit à faire battre en retraite leurs mains audacieuses.

Une fois que l'auberge redevint tranquille pour la soirée, elle se laissa tomber sur la chaise la plus proche devant une table à présent vide. Ses pieds lui faisaient mal et elle savait qu'elle aurait des ampoules là où ses chevilles avaient frotté contre ses bottines.

— Voici, mesdames. Vous l'avez bien mérité.

L'aubergiste déposa devant elle un bol fumant de ragoût de bœuf puis se tourna pour faire signe à Claire qui venait de quitter la cuisine, sa robe couverte de farine et tachée de graisse.

— Mangez, à présent.

Leur hôtesse alla chercher son propre bol. Quand elle revint, Rosalind léchait sa cuillère, se sentant légèrement somnolente.

— Où vous rendiez-vous avant d'avoir été dépouillées ?

— À Lennox House. Est-ce loin d'ici ?

La femme réfléchit un instant.

— Lennox House ? Vous êtes encore loin. C'est à peu près à une heure en calèche. Trois à pied.

C'est si loin ?

— Quelqu'un ne pourrait-il pas nous permettre de monter dans une charrette qui passerait devant la maison ?

L'aubergiste eut l'air déçue.

— Si je n'avais pas envoyé mon fils au village, je lui aurais demandé de vous emmener, mais il ne reviendra que dans deux jours.

— Je vous remercie. J'apprécie tout ce que vous avez fait pour nous.

Rosalind était sincère. Cette femme en avait fait plus pour elle que ce qu'elle avait espéré.

— Entre femmes, il faut se serrer les coudes.

L'aubergiste poussa un petit rire, mais Rosalind sentit qu'elle avait ses raisons pour travailler dur et qu'elle méritait de gérer sa petite auberge sans l'aide de personne. Étant elle-même femme d'affaires, cela força son admiration.

— J'ai quelques sacs de blés dans la remise. Vous pourrez vous en servir comme paillasse pour la nuit. Au besoin, vous pourrez rester jusqu'au retour de mon fils.

Rosalind échangea un coup d'œil avec sa bonne et acquiesça.

— Ce serait parfait.

Elle avait dormi dans des conditions bien pires durant sa jeunesse ! Elles suivirent leur hôtesse dans la réserve et l'aidèrent à disposer les sacs de blé au sol avant que Claire et elle ne s'étendent dessus. La suivante tapota son sac et s'endormit rapidement.

Rosalind eut plus de mal. Le bruit des grains qui se déplaçaient dans les sacs, chuintant dans le noir, la mettait sur les nerfs. Les murs en bois de l'auberge craquaient et la course des pattes de rat qui grattaient le sol l'empêchait de trouver le repos. Un courant d'air froid se glissait à travers l'espace sous la porte de la réserve. Elle donna un coup de poing dans le blé sur lequel elle était étendue, mais elle ne parvenait pas à se mettre à l'aise.

Me suis-je donc ramollie depuis que j'ai épousé Henry ? Avant cela, elle avait dormi sur le sol en pierre d'une écurie à plus d'une occasion, avec guère plus que quelques brins de paille pour lui tenir chaud. Sa situation présente était bien meilleure !

Chaque fois qu'elle fermait les yeux, elle songeait au bandit, ne voyant que son rictus froid et ses yeux bleus arrogants. Cela envoyait son cœur se fracasser contre sa poitrine. Mais cette voix... Ce n'était pas celle d'Ashton. Un écho, peut-être, mais pas la même. Les tressaillements de son cœur n'étaient pas dus au voleur en soi, mais à l'homme auquel il lui faisait penser.

Suis-je une petite bécasse ridicule qui s'imagine Lord Lennox sous les traits d'un voleur masqué ? C'était absolument ridicule. Cet homme n'avait pas besoin de dépouiller les dames sur la grand-route, et ce n'était sûrement pas le genre d'activités qu'il faisait pour son amusement personnel. Qui plus est, le connaissant, s'il l'avait dépouillée, il aurait retiré son masque pour se gausser d'elle.

Cela dit... Quelque chose chez cet homme lui rappelait Ashton. C'était peut-être simplement parce qu'elle s'était déjà sentie dépouillée par lui et était clairement déterminée à associer tous les brigands avec ce satané baron. Elle s'interrompit, ses pensées tourbillonnant autour de quelque chose qui la surprit. Le plan d'Ashton pour accaparer ses sociétés avait été si astucieux et génial qu'elle ne pouvait qu'admirer les tactiques dont il s'était servi.

Aux alentours de minuit, quelqu'un secoua l'épaule de Rosalind et elle se retourna, à moitié endormie.

— La tempête s'est dissipée, ma chère, dit l'aubergiste. Un de mes gars a accepté de vous faire faire la moitié du chemin sur son cheval, mais il ne peut transporter qu'une seule de vous deux.

Rosalind cligna des paupières, regarda sa bonne endormie et poussa un soupir. *Je devrais laisser Claire dormir jusqu'à ce que la calèche vienne la récupérer.* Elle ne pouvait pas se permettre d'attendre deux jours avant d'affronter Ashton.

— Je vais y aller. Pourriez-vous permettre à ma bonne de rester jusqu'à ce que je la fasse quérir ? Notre calèche sera réparée avant le retour de votre fils. En attendant, elle travaillera pour payer sa chambre et ses repas, et je serai en mesure de combler le moindre manque dès que j'atteindrai Lennox House. S'il vous plaît, dites-lui d'attendre notre cocher.

L'aubergiste hocha la tête.

— Pas de souci. J'apprécierais un peu d'aide en cuisine. Je le lui dirai à son réveil. À présent, allez-y. Le garçon vous attend.

Écartant ses cheveux de son visage, Rosalind épousseta sa robe de voyage et suivit l'aubergiste à travers la pièce commune silencieuse.

Un jeune homme nerveux patientait à la porte. Il s'inclina timidement en les voyant arriver dans sa direction.

— Bonjour, Votre Seigneurie.

— Merci de me permettre de chevaucher avec vous. Rosalind le pensait vraiment. Quand le garçon ouvrit la porte de l'auberge, la pluie tombait toujours, mais elle s'était adoucie en une bruine légère. Le jeune homme l'aida à se hisser en selle et elle tint le cheval immobile alors qu'il grimpait derrière elle.

— Comment vous appelez-vous ? demanda-t-elle alors qu'il tendait les bras autour d'elle pour prendre les rênes.

— Rolfe, Votre Seigneurie.

— Je vous remercie. Je ne l'oublierai pas, Rolfe.

Elle trouverait le moyen de les repayer, lui et l'aubergiste. Elle se montrait peut-être sans merci envers quelqu'un comme Ashton, mais pas envers ces gens-là. Ils lui rappelaient trop chez elle et les gens fantastiques dans les villages qui entouraient le château de sa famille.

Au bout d'une demi-heure à cheval, ses cheveux s'étaient détachés et sa robe qui venait de sécher était à nouveau trempée. Quand elle parviendrait au domaine d'Ashton, elle ressemblerait à un chat noyé, pas à une femme décidée à séduire un homme par vengeance.

Elle n'était toujours pas convaincue que le plan d'Émily fonctionne. Ashton était-il le type d'homme qui *pouvait* être séduit ? Il était tellement froid et imperturbable... Pourtant, durant cette nuit à l'opéra, elle avait vu une autre facette de lui, une facette qui lui avait permis de le dominer pendant un moment de passion aveugle. Peut-être pouvait-il être séduit, après tout...

— Nous y voici. Rolfe tira sur les rênes pour faire s'arrêter le cheval devant deux antiques colonnes en pierre qui marquaient l'entrée du domaine d'Ashton. Vous avez de la chance. De toute évidence, la tempête n'est pas parvenue jusqu'ici.

— À quelle distance se trouve la maison ?

Rosalind avait mal aux pieds rien qu'en songeant à la marche qu'elle devrait effectuer par ce temps dans ses bottes noires.

— Environ quatre kilomètres et demi.

Rolfe se laissa glisser de son cheval et la déposa à terre avec la grâce d'un gentleman.

— Je suis désolé de ne pas pouvoir vous emmener plus loin. Vous saurez vous débrouiller ?

Il attendit sa réponse en ouvrant de grands yeux.

— Oui, merci. J'ai déjà parcouru de plus longues distances à pied.

— Restez sur ce chemin et vous ne pourrez pas manquer la maison, cria Rolfe.

Il remonta sur son cheval et s'en alla aussi vite qu'il était arrivé.

— Bon voyage !

Rosalind carra les épaules et entama la marche longue et angoissante sur le chemin de terre, espérant apercevoir bientôt la maison. La pluie gagna en intensité et la boue de la route s'épaissit. Les jupons de sa robe de voyage, autrefois magnifiques, se retrouvèrent vite déchirés, détrempés et recouverts de boue. Ils traînaient par terre, de plus en plus lourds, l'alourdissant au point qu'elle avait l'impression de remonter le cours d'une rivière.

Ses pieds brûlaient là où le cuir frottait contre ses bas fins. Des arbres parsemaient le paysage devant elle, créant une ligne sans fin qui pointait vers son objectif. Un éternuement la prit par surprise et elle tituba, manquant de tomber avant de se reprendre.

Je dois continuer. Peu importe à quel point elle aurait voulu se recroqueviller devant le feu avec un bon livre et un bol de soupe chaude !

Le visage d'Ashton s'imposa à son esprit. C'était une force motrice qui la poussa en avant, même si cela devait la tuer.

❧ 6 ❧

Jonathan se pencha sur la table de billard et se prépara à
tirer.

— C'est une très bonne chose que Cédric ait été absent
quand j'ai ramené Audrey de Fives Court.

Ashton frotta machinalement le bout de sa queue contre son
pied botté, ne manquant pas l'intensité qui s'empara du visage de
Jonathan pendant qu'il parlait.

— Vous avez l'intention de l'épouser, n'est-ce pas ? demanda
Ashton en attendant son tour.

Il avait été soulagé de voir ses amis arriver ce soir-là après le
dîner. Durant tout le repas, il avait essayé de ne pas donner à la
pauvre Miss Merton l'impression qu'elle allait recevoir une
demande en mariage. Entre les épouses de ses amis et les plans
de sa mère, il était devenu très difficile de rester célibataire.

— J'ai l'intention de lui faire ma demande une fois que j'aurai
eu le temps de m'installer dans ma nouvelle maison et que j'aurai
tout préparé. Il ne sert à rien de se précipiter.

Jonathan projeta une boule rouge dans une des poches du
coin.

— Bien joué, dit Charles, mais soyons honnête, Jon. Aucun
homme ne sera capable de contrôler cette petite furie tout en

gardant la tête sur les épaules. Je doute que vous soyez capable de tenir son rythme. Elle m'a même fait courir une fois, si vous vous en souvenez bien.

Ashton vit le visage de Jonathan s'empourprer. Apparemment, il possédait le tempérament jaloux de son frère, même s'il le dissimulait bien mieux que Godric.

— Je jure, poursuivit Charles, que je n'avais encore jamais subi les avances d'une femme. Elle m'a pourtant taclé sur un canapé. Qu'aurais-je pu faire, je vous le demande ?

— Je n'arrive toujours pas à croire que vous ayez pu la laisser vous embrasser de la sorte, dit Ashton. C'est une dame, pas une fille de joie. Je ne suis pas surpris que Cédric vous ait collé un œil au beurre noir.

Charles en souffla d'indignation.

— Elle ne vous a clairement jamais accosté. Vous ne savez pas quelle force ont ses petites mains délicates, ou bien qu'elle est capable de tacler un homme adulte au sol. Elle représente une menace pour tout homme célibataire. Je garderai mes distances jusqu'à ce que vous l'épousiez.

Charles disposa sa queue et tira, ratant tellement son coup qu'il poussa un juron.

— Vos distances ? Alors pourquoi diable l'avez-vous laissée assister à votre match à Fives Court ? C'était dangereux et vous le savez ! Et si on l'avait reconnue ? Ou pire, si un homme l'avait enlevée pendant que vous étiez sur le ring ? Linley n'aurait pas été capable de la protéger. Ce garçon est bien trop malingre pour cela.

Charles se hérissa.

— Tom est jeune, c'est tout. Il s'étoffera. Je suis resté plus petit que beaucoup d'hommes jusqu'à mes vingt-trois ans, n'est-ce pas, Ash ?

— C'est vrai, en convint Ashton.

Durant sa jeunesse, Charles avait en effet été plus frêle. C'était une des raisons pour lesquelles il avait eu besoin d'aide, cette nuit-là à la rivière. Waverly n'avait pas eu besoin d'aide pour dominer Charles. Ces pensées et ses souvenirs sombres bouillonnèrent sous la surface, mais Ash les ravala.

— Je suis certain que Tom est un garçon capable, mais Jonathan a raison pour Audrey. C'était irresponsable de la laisser venir à Fives Court.

Charles poussa un soupir dramatique.

— Elle aide Avery, le frère de Lucien, dans le cadre de son... travail. Vous le savez bien. Une femme intelligente vaut son pesant d'or, mais une femme qui sait se déguiser est encore plus précieuse. Audrey essayait simplement de voir si elle parvenait à tromper une foule. Elle y est parvenue.

— Absolument pas. Je l'ai reconnue, insista Jonathan.

Charles ricana.

— Parce que vous regardez un peu trop souvent son arrière-train pour ne *pas* le reconnaître.

— Faites attention, mon ami, le mit en garde Jonathan.

Ashton vit que la colère du jeune homme croissait et il décida d'intervenir.

— Dès que Jonathan aura épousé Audrey, je suis certain que nous n'aurons plus à nous craindre qu'elle nous échappe et s'attire des problèmes. Problème résolu.

— *Ah* !

Charles n'était visiblement pas convaincu.

— Quoi qu'il en soit... À qui le tour ?

— Je n'en sais fichtre rien, marmonna Charles en se dirigeant d'un pas vif vers la fenêtre qui donnait sur l'avant de la maison.

— Je crois que c'est à vous, Ashton.

S'appuyant sur sa queue, Jonathan fusillait toujours Charles du regard.

Celui-ci, adossé à la baie vitrée, regardait dans la nuit.

— Dites donc, avez-vous beaucoup de mendiants sur cette route, Ash ?

Ashton cala une hanche au bord de la table de billard.

— Dans un endroit aussi isolé ? Pas particulièrement. Pourquoi ?

Charles désigna les fenêtres.

— Apparemment, vous en avez un, et il se dirige droit vers votre porte d'entrée. Je crois qu'il est couvert de boue.

Ashton posa sa queue et vint rejoindre Charles à la fenêtre. Il était presque une heure du matin et seule la lumière qui provenait des fenêtres offrait le moindre éclairage à la pauvre silhouette qui s'approchait de chez lui d'un pas lourd.

— C'est une femme, je crois, dit Jonathan.

— Je crois que vous avez raison, dit Charles. Cela dit, avec toute cette boue, c'est difficile de le confirmer.

— Vous devriez peut-être aller vérifier que cette pauvre créature va bien ? suggéra Jonathan.

Ashton hocha la tête.

— Oui. Je reviens vite. Il quitta ses deux amis et se dirigea vers la porte d'entrée.

Quand il l'atteignit, il entendit un léger grattement puis un coup étouffé comme si la porte venait d'être heurtée par quelque chose de lourd... ou par quelqu'un.

Ashton ouvrit la porte et fit un pas en arrière quand les lumières de l'entrée révélèrent la silhouette recroquevillée pathétique d'une femme sur le pas de sa porte. Il se pencha, lui saisit l'épaule et la fit rouler sur elle-même. Son esprit se figea pendant une seconde alors qu'il observait la personne à ses pieds.

C'était Lady Melbourne, sans connaissance, qui était étendue là, trempée et glacée jusqu'à la moelle.

— Seigneur Dieu !

Il se reprit et la saisit maladroitement jusqu'à ce qu'il parvienne à passer un bras sous ses genoux et l'autre autour de son dos. Que faisait-elle ici ? Non, il le savait parfaitement... Mais pourquoi dans cet état ? Comment avait-elle fait le trajet à pied par ce temps ?

Il fut soudainement épaulé par Charles et Jonathan.

— Que se passe-t-il ?

Ashton se redressa avec un grognement, portant à l'intérieur la femme alourdie par l'eau et couverte de boue.

Charles essaya de regarder par-dessus l'épaule d'Ashton.

— Attendez un peu... Je reconnais ce visage.

— Je n'arrive pas à croire qu'elle soit ici, murmura Ashton à lui-même.

Il serrait la femme contre lui, se sentant étrangement protecteur envers elle. Bien sûr qu'il l'était ! C'était sa faute. Quoique, qui ait pu la mener à cette situation, il en était le seul responsable.

— Qui est-ce ? demanda Jonathan.

— Lady Rosalind Melbourne, dit Charles.

Ashton ignora les hommes qui restèrent sur ses talons. Il se dirigea tout droit vers sa chambre. Jonathan le devança rapidement afin d'ouvrir la porte.

— Jon, allez chercher ma sœur et sa suivante. Je sais qu'il est tard, mais nous avons une urgence.

Ashton demanda à Charles d'étendre une couverture sur le lit avant d'y placer la femme trempée et boueuse. Son épaisse chevelure sombre était gonflée par l'eau et collait à son visage. Ashton plaqua les boucles en arrière. Rosalind évoquait un chaton à demi noyé. C'était un spectacle bouleversant.

Il savait qu'elle aurait fini par venir, mais dans une calèche, accompagnée par des avocats. Elle n'était pas censée se mettre en péril dans une tempête de la sorte. Cela réveilla en lui deux émotions qu'il essaya de réprimer : la pitié et la tendresse. Or, il savait que cette créature était généralement assez forte pour n'avoir besoin ni de l'une ni de l'autre.

— Qu'est-ce qui vous est passé par la tête ? dit-il à voix basse en scrutant son visage.

La peau d'un blanc laiteux de Rosalind luisait comme de l'albâtre et ses longs cils s'épataient sur ses joues. Son visage en forme de cœur et ses lèvres rose clair semblaient faites pour les sourires et les baisers.

— Ash ?

La voix lasse de Joanna provenait de l'encadrement de la porte. Elle s'accrochait à son peignoir, ses cheveux blonds tombant en vague autour de son visage. Il s'écarta du lit à la hâte.

— Je suis désolé de vous réveiller, Joanna, mais nous avons besoin de votre aide.

Il désigna la silhouette sans connaissance de Rosalind étendue sur le lit.

Sa sœur se précipita vers elle, sa suivante Julia sur ses talons. Les deux femmes restèrent bouche bée devant Rosalind.

— Qui est-ce ? Que s'est-il passé ?

Joanna plaqua le revers de la main contre le front de Rosalind.

— C'est Rosalind Melbourne. Quant à ce qui s'est passé, je n'en suis pas certain. On dirait qu'elle est venue ici à pied dans la tempête.

Joanna posa une main sur sa poitrine et le repoussa.

— Julia et moi allons prendre la relève. Vous devez sortir d'ici immédiatement. Tous autant que vous êtes.

Ashton se rendit compte que durant tout ce temps, Charles et Jonathan l'avaient flanqué comme des sentinelles silencieuses.

D'un geste du menton, il les encouragea à partir, mais quand il referma la porte, lui-même demeura dans ses appartements. Joanna et Julia ne s'en rendirent pas compte immédiatement.

— Ah, la pauvre chérie est à moitié gelée, dit Julia avec son accent irlandais chantant. Elle est aussi trempée jusqu'à l'os. Je vais faire couler un bain. Retirez-lui ces vêtements boueux.

Le temps que les femmes se rendent compte qu'Ashton était toujours là, la robe de voyage était froissée sur le sol.

— Ashton, *partez*. Vous ne pouvez pas rester ici.

Joanna dissimula le corps de Rosalind avec le sien en se dressant devant le lit, les bras croisés.

— Vous aurez besoin d'aide pour la placer dans la baignoire.

Il écarta doucement sa sœur qui resta bouche bée quand il souleva Rosalind et la porta jusqu'à sa grande baignoire en cuivre. Julia le regarda pendant une minute.

— Avez-vous besoin d'aide pour le bain ? demanda-t-il à la servante.

— Non, Milord. Vous pouvez la déposer à l'intérieur. L'eau est chaude.

— Merci, Julia. Si vous vouliez bien apporter une camisole de nuit supplémentaire ? demanda-t-il à sa sœur.

Celle-ci eut l'air scandalisée.

— Et vous laisser seuls tous les deux ?

— C'est une veuve, Joanna, pas une débutante. Sa réputation n'est pas en jeu comme la vôtre le serait. Maintenant, allez me chercher ces vêtements.

Joanna hocha la tête et saisit le bras de sa servante pour l'entraîner à sa suite. Une fois qu'il se retrouva seul, il braqua à nouveau son attention sur Rosalind.

Même si elle portait toujours sa camisole, Ashton savait que sa sœur et sa servante se seraient plaintes qu'il était allé trop loin en s'attardant plus longtemps. Il se pencha au-dessus de la baignoire et déposa délicatement Rosalind à l'intérieur. En s'agenouillant près d'elle, il vit que sa peau pâle et froide commençait à reprendre des couleurs. La tête de Rosalind pivota et elle battit des cils. Ashton lui saisit la joue dans une paume et caressa sa pommette gauche avec son pouce.

— Claire, murmura-t-elle d'une voix somnolente. Me suis-je endormie dans la baignoire ?

Ashton dut réprimer un ricanement.

— Quelque chose comme cela, ma petite diablesse. Réveillez-vous, je vous prie.

Rosalind ouvrit brusquement les paupières.

— Lennox ? Espèce de saligaud !

Clac ! La paume de Rosalind entra en collision avec sa joue, le prenant par surprise, mais il ne riposta pas. Demeurant parfaitement immobile, il la regarda, observant le jeu des émotions sur son visage. Le choc, la rage, l'embarras puis, à sa grande contrariété, il vit la peur les remplacer toutes.

Sa petite diablesse écossaise avait enfin repris connaissance.

$\mathcal{H}$ 7 $\mathcal{H}$

— **C**omment suis-je...

Rosalind baissa les yeux vers sa personne et Ashton vit tous ses muscles se tendre.

Il pouvait pratiquement entendre ses pensées essayer de rattraper sa panique. Elle était presque nue, assise dans une baignoire d'eau chaude alors qu'Ashton ne se tenait qu'à quelques centimètres. Une rougeur enflammée s'empara de son visage.

— Je vous ai trouvée sur le pas de ma porte. Sans connaissance.

Son ton était bourru malgré lui. Il avait du mal à revisiter l'image d'elle évanouie à ses pieds.

— Oh.

Elle baissa la tête, mais il voyait toujours les roues qui tournaient alors qu'elle essayait de reconstituer la série d'événements qui l'avaient conduite jusqu'à cette baignoire.

— Avez-vous effectué tout le chemin à pied depuis Londres ? demanda-t il, reportant son attention sur lui.

Les épaules de Rosalind s'affaissèrent et elle se couvrit les seins avec les bras, voyant parfaitement où le regard d'Ashton se perdait.

— Quoi ? Non, bien sûr que non. Ne soyez pas ridicule.

— Alors comment diable vous êtes-vous retrouvée devant ma maison couverte de boue de la sorte ?

Ashton s'assit sur les fesses près de la baignoire et continua de l'observer avec cette fois-ci, un certain amusement.

Quand elle ne répondit pas, il enfonça la main dans le bain et l'éclaboussa de gouttes d'eau d'un geste désinvolte de ses longs doigts. Il se mordit la lèvre quand il remarqua que ses yeux suivaient le mouvement de sa main. *Aussi nerveuse qu'un poulain...*

Se forçant à détacher les yeux de sa main, elle croisa son regard curieux et leva le menton, lui adressant le défi silencieux de l'éclabousser à nouveau.

— J'ai pris ma calèche, même si vous l'aviez interdit. Ma servante et moi avions parcouru la moitié du chemin quand...

Elle plissa les yeux et se jeta soudain sur lui, lui donnant un grand coup de poing.

Malgré la force surprenante du coup, Ashton ne bougea pas.

Elle l'observa comme si elle cherchait une réaction quelconque et elle parut déçue quand elle n'en trouva aucune.

— Bon sang !

— Le premier coup, je peux comprendre, mais puis-je vous demander pourquoi *celui-ci* ?

Ashton arqua un sourcil. Il n'allait pas la laisser s'en tirer sans une explication.

Il vit une rougeur lui monter aux joues.

— Allons, Rosalind, vous m'avez à présent frappé deux fois dans ma propre maison. Vous espériez quelque chose. Une réaction. Laquelle ?

Il aperçut une lueur dans ses yeux gris.

— Ce soir, ma servante et moi avons été détroussées par un bandit, après qu'une roue de ma calèche se fut brisée. Cet homme était blond... et il avait vos yeux.

— *Mes* yeux ? Ne me dites pas que vous me percevez comme un fantôme dans la nuit !

— Ne soyez pas ridicule !

— Alors vous m'avez frappé parce que... ?

Il l'observa de plus près, tiraillé entre l'amusement et l'inquiétude.

Elle pointa le menton.

— Quand cet homme horrible est parti avec ma bourse, j'ai tiré un coup de feu et l'ai atteint à l'épaule droite. Si cela avait été vous, je pense que vous n'auriez pas été capable de contenir votre douleur ?

Un bandit de grand chemin ? Il n'y en avait pas dans cette région du Hampshire. Du moins, il n'en avait pas eu vent.

— Alors vous vous êtes fait dépouiller et m'avez pris pour cet individu ?

— J'ai envisagé cette possibilité, oui.

Elle ferma les yeux comme si elle était complètement humiliée.

Il était en rage à la pensée que quiconque puisse braquer un pistolet sur Rosalind. Et il était encore plus dégoûté qu'elle pense que cela ait pu être lui.

Bien entendu, vu qu'il avait organisé sa ruine – même si elle n'était que temporaire –, comment aurait-il pu le lui reprocher ? Soudain, son plan n'était plus la victoire merveilleuse qu'il avait espérée. Même si cela servait le bien collectif, il se sentait creux et mesquin, et il ressentit dans sa poitrine une certaine nervosité.

— Et puis ? l'encouragea-t-il.

Elle ne poursuivit pas tout de suite, gardant les paupières fermées, sa tête reposant à l'arrière de la baignoire.

— Notre cocher a cherché un réparateur pour la calèche. Il nous a déposées à une auberge.

Ashton sentait qu'elle ne lui disait toujours pas tout.

— Mais vous n'avez pas pu y passer la nuit parce que vous n'aviez pas d'argent ?

— Nous avons été capables d'obtenir un endroit pour dormir ainsi qu'un repas.

Il renifla d'un air moqueur.

— Vous lui avez sans doute dit que vous me feriez payer pour tout une fois que vous m'auriez rendu visite et que vous auriez exigé de récupérer votre bien.

C'était exactement le genre de chose qu'elle aurait fait.

Les yeux de Rosalind se plissèrent, devenant des fentes colériques.

— Je n'ai rien dit de la sorte. Ma servante et moi avons gagné notre nourriture et un endroit pour dormir.

— Gagné ?

Il ne s'imaginait pas Rosalind gagner un repas.

— Comment diable vous y êtes-vous prise ?

Le regard qu'elle lui décocha aurait pu geler un lac.

— L'aubergiste a laissé ma servante aider aux cuisines pendant que je servais à table. Les chambres étaient complètes, mais elle nous a autorisées à dormir dans la réserve sur des sacs de blé.

Elle avait dormi sur des sacs de blé dans la réserve ? Au lieu de le faire rire, cette image le blessa profondément. Elle avait dormi sur des sacs de blé grumeleux. Cela lui aurait noué les muscles et elle se serait réveillée endolorie le lendemain matin. Ennemie ou pas, une femme comme elle méritait de s'étendre sur un matelas de plume avec une montagne de couvertures pour lui tenir chaud.

— Si vous étiez censée dormir là-bas, comment vous êtes-vous retrouvée ici ?

— Un garçon m'a fait parcourir à cheval la moitié du chemin jusqu'à chez vous avant que la tempête ne recommence. J'ai parcouru le reste du chemin *à pied*.

Elle sortit de l'eau un pied délicat. Des ampoules rouges et douloureuses maculaient ses chevilles. Elle soupira et renfonça le pied sous la surface.

Cela aurait dû être le moment de triomphe d'Ashton : la destruction de sa pire rivale. Toutefois, l'avoir trouvée à moitié morte sur le pas de sa porte, lire la peur dans ses yeux quand elle avait repris connaissance, voir les ampoules sur ses pieds... Cela lui déchirait le cœur. Sa petite diablesse écossaise était une adversaire courageuse et louable. Il ne tirait aucun plaisir de sa souffrance et il aurait voulu qu'elle se rétablisse.

Ashton se redressa abruptement. La pression soudaine du dégoût qu'il ressentait envers lui-même et ce que ses actes avaient provoqué le mettait trop mal à l'aise pour qu'il la regarde en face. Il avait besoin d'une minute pour respirer, pour se rappeler qu'il était aux commandes et qu'il n'allait pas laisser ses émotions prendre le dessus.

— J'enverrai un messager à l'auberge demain pour payer le séjour de votre servante, faire réparer votre calèche et la ramener ici dès qu'elle sera prête. Prenez votre temps dans la baignoire. Je vais vous faire monter de la nourriture. Ma sœur Joanna aura des vêtements de rechange à vous prêter. Si vous avez besoin de quoi que ce soit, vous n'avez qu'à demander.

Elle renifla d'un air moqueur.

— Parce que vous me *possédez*, n'est-ce pas ?

Se faire renvoyer au visage ses propres paroles le blessa. Sa première impulsion fut de la défier, de déclarer qu'en effet, elle lui appartenait. Puis il se remémora une autre jeune femme qui lui avait appris l'année passée qu'une femme en détresse avait parfaitement le droit de s'emporter. Et quand elle le faisait, elle avait besoin que ce soit un gentleman qui réagisse, pas une brute possessive. Émily lui avait enseigné beaucoup de choses au cours des quelques mois précédents.

— Vous ne le croyez peut-être pas, mais autrefois, j'étais un gentleman. Vous avez besoin de nourriture, d'un abri et de vêtements. C'est mon devoir de vous les fournir, puisque ce sont mes actes qui vous ont mise dans cette situation. Il la laissa à son bain et retourna dans sa chambre.

Les sons de ses légères éclaboussures résonnèrent à travers la porte à moitié fermée. Il soupira et passa un bras sur le dossier de la chaise, regardant les ombres que le feu faisait danser en travers du sol.

Suis-je allé trop loin ? J'ai dépouillé Rosalind de la même manière que ce satané bandit de grand chemin. Cela fait simplement de moi un misérable. Je ne vaux pas mieux que Waverly.

Cette prise de conscience le sidéra. Il devait trouver le moyen d'atteindre ses objectifs sans nuire davantage à Rosalind.

Les éclaboussements s'intensifièrent et il devina qu'elle devait être prête à sortir. Il retourna dans le vestiaire pour prendre une serviette. Elle était recroquevillée dans le bain, ses bras couvrant ses seins et les jambes repliées. La voir si petite et vulnérable lui provoqua une douleur dans la poitrine. Il déplia la serviette et la lui tendit.

— Vous devriez sortir avant que l'eau ne refroidisse. Retirez votre camisole. Il faudra qu'on la lave correctement.

Les yeux de Rosalind brillèrent dangereusement et pendant un moment, il craignit qu'elle reste dans l'eau par rancune.

— Tenez-la un peu plus haut, lui ordonna-t-elle.

Il leva la serviette assez haut pour l'empêcher de voir son corps quand elle sortirait de la baignoire. Il entendit des éclaboussures et le son mouillé du tissu humide contre la peau, puis le claquement de la camisole qui tomba à terre. Il abaissa suffisamment la serviette pour apercevoir la courbe de ses épaules avant qu'elle ne la retire rapidement et l'enroule autour de son corps. Elle avait des courbes. Cela lui plaisait, mais sa silhouette était plus petite et mince qu'il ne l'aurait cru. Quand elle se redressa entièrement, elle n'atteignit que le sommet de son épaule.

— Vous aviez parlé de nourriture, *Milord* ?

Elle appuya sur ce mot avec un ton moqueur qui lui fit regretter de n'avoir pas dérobé quelques bandes de soie rouge à son ami Lucien. Ligoter cette femme à son lit lui paraissait être la punition idéale pour son tempérament.

Il se reprit. Il n'aurait pas dû penser à elle de la sorte. Certainement pas en cet instant. Il n'avait jamais laissé entendre que ses goûts au lit étaient aussi créatifs. Il ne se percevait pas vraiment différemment de Lucien, appréciant des menottes ou parfois des miroirs pour observer sa domination sensuelle sous tous les angles, mais il n'avait avoué ces désirs illicites qu'à peu de femmes. La dernière chose dont il aurait eu besoin était qu'on utilise contre lui les ragots de la bonne société sur ses appétits sexuels.

— Je vous ai promis de vous sustenter. Je dînerai avec vous, bien entendu.

Elle sursauta.

— Je vous demande pardon ?

— Ce serait impoli de ma part de vous laisser manger toute seule.

Elle plissa son petit nez, une expression qu'il trouvait étrangement adorable.

— Pourquoi voudriez-vous nous torturer tous les deux en dînant avec moi ? Nous ne pouvons pas nous supporter.

Il s'autorisa un sourire.

— Pourquoi, en effet ? Peut-être parce que c'est ma chambre et que je vais bien devoir dormir à un moment donné, cette nuit.

Rosalind, qui était en train de passer une main dans ses cheveux mouillés, s'immobilisa.

— *Votre* chambre ?

— Naturellement. Qu'est-ce que j'avais dit ? Ah oui, je vous *possède*, Rosalind.

Il caressa son nom, laissant chaque syllabe décadente glisser sur sa langue, se délectant de voir le feu dans ses yeux. Elle était à nouveau prête à se battre.

— J'exige une autre chambre. Emmenez-moi ailleurs immédiatement.

Elle se dirigea vers la porte, ayant bien l'intention de s'enfuir.

— Vous exigez ?

— Oui, je l'exige.

Il ne put résister au balancement provocant de ses hanches dans cette serviette.

— Très bien.

Avant qu'elle ne puisse l'en empêcher, il l'avait prise dans ses bras et jetée sur son épaule.

— Reposez-moi, espèce de brute !

Elle cria et donna des coups de pied, manquant déloger la serviette qui l'entourait. Il leva les mains et plaqua fermement la serviette contre l'arrière-train de Rosalind, appréciant ce contact indécent plus qu'il n'était permis.

— J'ai dit, *déposez*-moi, espèce de...

La porte de la chambre s'ouvrit brusquement et ils se figèrent tous les deux en entendant une voix.

— Ashton Malcolm Lennox, au nom de Dieu, que faites-vous ?

Regina, vêtue d'une camisole et d'un peignoir, les cheveux tressés d'un côté, le regardait. Derrière elle se dressaient Joanna et Julia, chargées de vêtements à l'attention de Rosalind. Et encore derrière, Charles et Jonathan étaient adossés au mur opposé, un sourire narquois aux lèvres. Ces saligauds !

Ashton soupira.

— Je veillais aux exigences de notre invitée concernant son hébergement.

Regina le regarda. Cela faisait près de vingt ans qu'elle ne l'avait pas appelé par son patronyme complet. Cela ne présageait rien de bon.

— A-t-elle demandé à être transportée sur votre épaule, seulement vêtue d'une serviette ?

— Non, Mère.

— Mère ?

Rosalind en resta bouche bée.

— Seigneur ! Lennox, reposez-moi, *je vous en conjure* !

Ashton fit quelques pas en arrière, se tourna et se dirigea vers son lit. Il laissa tomber Rosalind dessus.

— Joanna m'a informée que vous receviez une invitée importante. Lady Melbourne, je présume ?

Elle jeta un regard appuyé à Rosalind derrière l'épaule d'Ashton.

Quand ce dernier lui coula un regard, il vit qu'elle serrait à présent autour d'elle la courtepointe.

— Je suis désolée, Lady Lennox, de vous rencontrer de la sorte.

Ses mots étaient maladroits et étrangement timides, chose que curieusement, il trouva charmante.

— Un simple malentendu, je dirais. C'est un plaisir de vous rencontrer, ma chère. J'espère que mon fils... se comporte correctement.

Regina fusilla Ashton du regard.

— Il aurait dû vous escorter depuis Londres plus tôt dans la journée, pour que vous puissiez dîner avec la famille et nos voisins.

Elle souriait à nouveau et Ashton ne put s'empêcher de la regarder.

Que diable faisait sa mère ? Prévoyait-elle d'inviter Rosalind à prendre le thé ? Seigneur... Cette pensée lui retournait l'estomac. Il ne voulait pas que sa mère s'approche de cette femme. Elles seraient capables de monter un coup et de le renverser.

— Mère, pourquoi n'iriez-vous pas vous coucher ? Je suis certain que Rosalind préférerait vous rencontrer comme il se doit demain matin.

Sa mère haussa un sourcil.

— Demain matin ? Après avoir passé la nuit dans votre chambre ? Comme c'est intéressant.

Son ton froid lui fit prendre conscience qu'elle plaisantait.

— Au contraire, je...

Ashton s'interrompit, flairant une opportunité. Que sa mère suppose une chose ou deux ne ferait peut-être pas de mal.

— Je suis désolée. Vous disiez ? poursuivit lady Lennox. Vous aviez oublié de me dire cet après-midi que vous aviez enfin décidé de vous poser. Je suis ravie, bien sûr. Elle est charmante. Cela donnera de beaux petits enfants.

Ashton ne savait pas ce qui le choquait le plus : que sa mère semble sincèrement contente de rencontrer Rosalind ou qu'elle parle déjà d'avoir des petits-enfants. Il ne voulait pas que sa mère planifie *son* futur.

Une idée germa soudain dans son esprit. Si sa mère croyait qu'il courtisait Rosalind avec l'intention de l'épouser, elle cesserait ce défilé sans fin sous son toit de demoiselles à marier. Il aurait toute liberté de gérer les affaires du domaine, du moins jusqu'à ce qu'il découvre quoi faire avec Rosalind.

Et s'il parvenait à la convaincre de jouer le jeu avec lui ? Elle n'accepterait pas une véritable relation, il le savait bien, mais s'il lui proposait de reprendre le contrôle de ses sociétés une fois que sa mère serait convaincue qu'ils se courtisaient... Oui, cela pourrait fonctionner. Au final, si les choses progressaient, il terminerait peut-être même avec une épouse.

Épouser Rosalind résoudrait bon nombre de ses problèmes. Il garderait le plein contrôle de ses sociétés et pourrait surveiller bien plus facilement l'implication et les moindres gestes de Waverly.

— Oh, nous ne sommes pas... commença Rosalind.

Ashton l'interrompit.

— Nous n'avons pas encore décidé d'une date, Mère. Rosalind ne sait pas encore si elle souhaite m'épouser.

Il sentit des dagues invisibles s'enfoncer entre ses omoplates. C'était trop tard... Il s'était décidé. Il allait convaincre sa mère qu'il avait l'intention d'épouser sa diablesse écossaise. Elle n'avait pas besoin de savoir que sa véritable intention était de l'empêcher de le marier à la fille du voisin.

— Un débat ? C't'un peu trop tard pour débattre alors qu'vous m'avez même pas posé la question !

La colère fit rejaillir l'accent de Rosalind.

Regina s'éclaircit la gorge, les réduisant tous les deux au silence.

— Eh bien, je ne m'attendais pas du tout à une telle chose de votre part, Ashton. Emmener une femme au lit sans une demande en mariage ! Je refuse que le nom de cette famille soit une nouvelle fois entaché par le scandale.

Sa mère le fusilla du regard. Cet air de colère, de douleur et de détermination le frappa fort quand elle prononça ces mots.

C'était la seconde fois de la journée qu'elle lui avait jeté le passé au visage. Il resserra les poings et contint sa colère comme il l'avait toujours fait.

— Plus jamais, Ashton. Je ne peux pas le supporter.

La voix de sa mère tremblait.

— Plus de scandale.

Le mot avait été prononcé dans un murmure, mais il avait projeté Ashton dans des souvenirs qui taillaient de profondes crevasses dans son âme.

Son père titubant hors d'un bordel et Ashton, alors âgé de quinze ans, à ses trousses, lui criant d'arrêter et de rentrer à la maison. Le son des sabots et des cris masculins.

Le scandale, la mort de son père – ivre – et les montagnes de dettes qui avaient suivi. Ashton avait dû grandir très vite et il s'était démené pour sauver sa famille.

Des années plus tard, il avait accepté certains scandales dus à la Ligue, mais ils ne ressemblaient en rien à ceux de son père. Pendant des années, ses amis et lui avaient repoussé les limites de la respectabilité. Toutefois, leurs scandales reposaient sur la séduction et les cœurs brisés, et ils avaient conquis leurs fortunes au lieu de les perdre. C'était une différente forme de scandale, du genre à titiller les esprits bien-pensants en leur présentant ce qu'ils souhaitaient secrètement pour eux-mêmes sans vouloir l'admettre.

Les yeux de sa mère se rétrécirent comme si elle lisait dans ses pensées.

— Vous vous demandez pourquoi personne n'a demandé votre sœur en mariage ?

Derrière sa mère, Joanna se mordit la lèvre et détourna le regard.

— Rafe et vous menez des existences *complètement* irresponsables. Cela a détruit ses opportunités, parce que personne ne voudrait d'une femme dont les frères sont dépourvus du moindre sens des responsabilités.

Le visage de Joanna devint écarlate.

— Maman, cela n'a rien à voir avec Ashton et Rafe. Les gentlemen ne sont simplement pas...

— Balivernes, Joanna, lâcha Regina. L'année passée, j'ai vu un certain nombre de jeunes filles moins belles se marier avec des dots bien moindres que la vôtre. C'est la faute d'Ashton et il va s'assurer de devenir respectable pour qu'on puisse vous trouver un partenaire adéquat.

Avec un pincement de lèvres déterminé, elle mit Ashton au défi de la contredire.

— J'en ai fermement l'intention, Mère, mais apparemment, c'est ma future épouse qui a besoin d'être convaincue.

Une main se referma autour de son bras et il baissa à nouveau les yeux vers Rosalind. Elle se mordait la lèvre tellement fort qu'il craignait qu'elle ne se fasse saigner.

Une heure plus tôt, il n'aurait jamais dit qu'il avait l'intention de l'épouser, mais à l'instant où sa mère avait émis cette hypothèse, il avait décidé que c'était précisément l'intention qu'il allait *feindre* d'avoir eue. Cela faisait à présent deux ans que Joanna faisait tapisserie sans qu'un homme lui témoigne le moindre intérêt.

Cédric avait eu le même problème avec ses sœurs. Les membres de la Ligue avaient tendance à effrayer des prétendants potentiels. Dans le cas d'Horatia, elle n'avait pas recherché beaucoup de prétendants, mais Cédric avait délibérément fait fuir bon nombre des visiteurs d'Audrey.

— Mère, je discuterai avec vous plus longuement de cette histoire dans la matinée. Rosalind et moi avons besoin de passer du temps *seuls*.

Il tendit les mains vers Joanna qui, le visage écarlate, lui donna la camisole de nuit. Puis il ferma promptement la porte au nez de sa mère avant de se retourner vers sa petite diablesse écossaise. Cela ne l'empêcha pas d'entendre Jonathan et Charles ricaner à l'extérieur de la pièce. Il les ignora.

— Rosalind ?

Il prononça son nom avec une légère interrogation.

Elle cligna des paupières, secoua la tête et prononça un unique mot.

— *Non.*

Une étrange douleur dans sa poitrine le désarçonna et il prit une inspiration sifflante.

— Attendez un peu. Réfléchissons-y, d'accord ? Je sais que vous n'avez pas envie de m'épouser, mais songez-y : je souhaite empêcher ma mère d'essayer de me marier, et la meilleure façon de le faire est de la convaincre de mon intention de vous épouser. Elle n'a pas besoin de savoir que nous n'avons pas l'intention d'aller jusqu'au bout.

Elle arqua un sourcil.

— Je devine que vous m'offrez quelque chose pour m'encourager à jouer le jeu. Cela a intérêt à valoir le coup.

— Disons, la société de transport Southern Star, pour commencer. Je vous rendrai la propriété de cette société et libérerai une partie de vos dettes afin que vous puissiez la diriger toute seule sans craindre que je la récupère. Avec le temps, je jugerai bon de vous rendre le reste de vos sociétés et de vos biens. Nos avocats pourront signer les documents nécessaires dès demain matin.

Il y eut un silence pesant, mais elle hocha rapidement la tête.

— Je suppose que ce serait acceptable, mais laissez-moi clarifier une chose : je ne serai jamais contrainte de vous épouser et ne le ferai jamais, quelle que soit la mascarade à laquelle nous jouerons en public devant votre mère.

Il s'était attendu à cette réponse, mais l'intensité de sa résistance piqua sa curiosité. Il plaça ses mains derrière son dos et d'un mouvement quasi militaire, se mit à arpenter la pièce.

— Quelles objections avancez-vous pour refuser de m'épouser ?

Rosalind frissonna et détourna le regard.

— Cela ne vous fait rien si je prends cette chemise de nuit ? J'ai froid.

Sans un mot, il le lui tendit. Elle s'approcha du feu, lui tourna le dos et laissa tomber la serviette. Il eut une vue dégagée de ses fesses dénudées, des indentations courbées de sa taille et de la rondeur de ses hanches généreuses : une silhouette attirante et addictive qui se découpait devant le feu avant qu'elle ne passe la chemise de nuit sur sa tête et s'en recouvre. C'était impossible pour son corps de ne pas répondre à une vision aussi glorieuse et il déglutit fort tout en luttant pour réprimer son excitation grandissante.

— Alors, quelles sont vos objections ?

Il l'observa en attendant sa réponse.

Elle se dirigea vers son lit et ramassa la robe de chambre, la faisant glisser sur son corps et la refermant.

— C'est simple. Nous ne pouvons pas nous supporter.

Ashton passa une main sur sa mâchoire.

— Ce n'est pas vrai, du moins, pas pour moi. Je vous trouve plutôt fascinante quand vous n'essayez pas de me dérober des contrats. Vous me détestez vraiment ?

Lentement, il fit deux lents pas vers elle. Un petit rappel de la chaleur qu'ils pourraient faire naître entre eux s'imposait. Quand il aurait fini, elle gémirait son nom et le prierait de lui faire toutes les choses dévoyées sur lesquelles il fantasmait depuis des mois.

$$\text{❧} \quad 8 \quad \text{❧}$$

Rosalind avait du mal à croire qu'elle s'était fourrée dans une telle situation. Épouser Ashton ? Était-il sérieux ? Ce n'était pas l'idée de mentir qui la repoussait. En vérité, une partie d'elle s'en délectait secrètement. Voilà pourtant qu'il lui demandait pourquoi elle ne souhaitait pas l'épouser *pour de vrai*.

Elle frissonna malgré la chaleur de sa chemise de nuit contre sa peau. Son épaisse chevelure mouillée pesait lourdement sur ses épaules. Elle se sentait vulnérable, trop exposée physiquement et émotionnellement. Vu la lueur intense dans les yeux d'Ashton, elle savait qu'il avait conscience de sa vulnérabilité et avait sans nul doute l'intention de s'en servir à son avantage.

Et pourtant, elle sentait en lui une retenue travaillée qui l'avait toujours émerveillée. Elle n'avait jamais rencontré quelqu'un qui se maîtrise autant. Un tout autre homme aurait insisté afin de contenter ses besoins physiques, mais pas Ashton. Sans cet épisode au théâtre, elle se serait même demandé s'il la désirait. Tout ceci n'était-il qu'un jeu pour lui, même ses passions ?

— La perspective de m'épouser est-elle si horrible à concevoir qu'elle vous retourne l'estomac ? Que trouvez-vous d'aussi détestable chez moi ?

Rosalind plissa les paupières.

— À part mes pratiques commerciales, bien entendu, poursuivit-il.

Ashton fit un pas vers elle. Seuls quelques centimètres les séparaient à présent, mais elle tint bon. Elle leva la tête et lui rendit son regard.

— Laissez-moi réfléchir...

Elle se tapota le menton du bout du doigt tout en faisant la liste.

— Et d'une, vous êtes trop grand. Vous êtes arrogant. Plus que la plupart des hommes. Vous pensez que vous pouvez posséder n'importe quoi et n'importe qui, et que vos actes sont toujours justifiés s'ils vous permettent d'obtenir ce que vous désirez. Et franchement, je n'aime pas votre façon d'embrasser.

Elle aurait pu jurer avoir aperçu l'ombre d'un sourire. Il haussa un de ses sourcils dorés et leva lentement une main vers sa joue, caressant sa peau du revers des doigts. Son contact était délicieux, chose qu'elle *détestait*.

— Pour votre première critique, je ne peux rien y faire. Deuxièmement, j'appellerais cela de l'assurance, pas de l'arrogance. Pour le troisième, je l'admets volontiers, et je crois que vous êtes une fieffée menteuse pour le quatrième. Cela dit, je ne vois pas de raison pour laquelle nous ne devrions pas poursuivre cette machination pour duper ma mère. Pas si vous pensez que cela nous sert tous les deux. Devrions-nous demander à nos avocats de régler l'affaire ?

Elle se hérissa.

— C'est peut-être cela que je méprise le plus. Tout n'est qu'affaires, avec vous. Des détails, des faits, des chiffres. Tout est si froid et sans émotion ! gronda-t-elle dans sa frustration.

— *Généralement*, mais ce n'est pas forcé. Je suis un amant remarquable.

— Revoilà cette arrogance !

— Assurance, la corrigea Ashton.

Elle sentit son souffle chaud sur son visage. Elle essaya de ne pas songer au bien que cela faisait d'être si proche d'un corps masculin grand et chaud. Elle n'avait jamais demandé de l'aide à personne quand elle pouvait s'en passer, mais parfois, elle se montrait tentée par la force d'un homme tel qu'Ashton : quelqu'un qu'elle s'imaginait capable de la protéger, de veiller sur elle.

Cela ne me rend pas faible ; c'est simplement trop difficile de lui résister.

— Je n'ai pas envie de devenir votre maîtresse, dit-elle.

Pourtant, elle ne pouvait pas s'empêcher de contempler ses lèvres. Pleines, sensuelles, qui appelaient au baiser...

— Vous n'êtes pas forcée, mais quelques baisers au bon moment réussiraient au moins à convaincre ma mère que nous nous courtisons. Et elle aurait l'impression que nous nous sommes déjà embrassés.

— Nous nous sommes *déjà* embrassés.

— C'est en s'entraînant qu'on atteint la perfection.

Il approcha la tête à quelques centimètres d'elle, mais leurs lèvres ne se touchèrent pas. Se retrouver si près de lui manquait faire exploser son corps de tension. Elle était en colère et pourtant pleine de désir et complètement déboussolée. Elle savait cependant qu'elle désirait l'embrasser... parce qu'il avait raison et qu'elle avait menti. Elle appréciait trop sa façon d'embrasser.

Elle ne sut pas qui fit le premier pas. Quand leurs bouches se rencontrèrent, c'était comme si on avait approché un flambeau d'un tonneau de poudre. Tout ce qu'elle avait enduré au cours des deux journées précédentes explosa hors d'elle à travers ce baiser aussi colérique que passionné.

Elle saisit le col de la chemise d'Ashton, s'accrochant à lui, fusionnant leurs lèvres. Soudain, elle se retrouva soulevée dans les airs et elle enroula les jambes autour de sa taille.

Le bois dur frappa le dos de Rosalind quand Ashton la plaqua contre le mur pour l'embrasser sans pitié.

Même là, nous sommes en compétition. Cette pensée la fit sourire, puis un ricanement s'échappa entre leurs baisers essoufflés.

Quand il s'interrompit pour la regarder, elle ne put retenir un grand sourire idiot.

— Quoi ? demanda-t-il d'un ton jovial. Qu'y a-t-il d'aussi amusant ?

Il lui caressa la joue avec le nez.

Elle faillit ne pas le lui dire, mais le feu dans la cheminée et la sensation de son corps chaud collé contre elle étaient divinement agréables. Ce trouble délicieux qui s'empara d'elle l'empêcha de penser correctement.

— Nous sommes en compétition, même lorsque nous nous embrassons.

Son rire était ténébreux et délicieux.

— Nous sommes rivaux, ma chère. Nous devrions peut-être aussi être en compétition au lit ?

Sa suggestion la submergea d'images de leurs corps entrelacés, luttant pour s'efforcer de faire plaisir à l'autre au point où tous les deux mettraient des jours à s'en remettre.

— Ne voulez-vous pas me battre sur ce point, future épouse ? demanda-t-il d'une voix rauque. Me remettre à ma place ?

Future épouse ? Le constat de sa situation catastrophique s'abattit à nouveau sur Rosalind.

— Ce n'est qu'un jeu, dit-elle.

C'était pour se le rappeler autant qu'à lui.

Ashton s'écarta de quelques centimètres seulement.

— Je sais, mais pourquoi cette idée vous fait-elle peur ?

Elle fronça les narines.

— Parce que je ne peux pas donner à un époux ce qu'il désirerait.

Elle ne pouvait pas lui faire savoir à quel point elle était terrifiée à l'idée de perdre l'identité qu'elle avait réussi à se construire pour elle-même.

Il embrassa le coin de sa bouche, refermant doucement le poing dans ses cheveux. Ce contact doux, mais possessif faisait brûler son corps de chaleur.

— Pourquoi... pas ? redemanda Ashton en lui léchant le pourtour de l'oreille.

— Parce que je ne...

Son esprit était trop embrouillé, son corps trop chaud pour qu'elle puisse penser clairement.

D'une main, il caressa l'extérieur de sa cuisse, sa poigne était forte, mais pas douloureuse. C'était parfait...

— Allons, ma chère, qu'est-ce qui vous effraie autant ?

Seigneur, cet homme savait comment l'étreindre, la toucher...

— Je ne peux plus jamais laisser *n'importe quel* homme me contrôler.

Des souvenirs de nuits longues, froides et effrayantes en Écosse, lorsque la colère de son père s'enflammait, avaient laissé des cicatrices sur son cœur.

Il s'écarta d'elle afin de la regarder.

— Votre époux a-t-il été cruel envers vous ? devina Ashton.

Secouant la tête, elle lui poussa l'épaule, mais il ne la lâcha pas.

— Non, pas mon époux. Il m'a sauvée de l'enfer, mais il m'a également enseigné comment être forte et devenir une femme indépendante. Il a été mon chevalier sauveur.

— Il était visiblement plus que cela. Tout chevalier qui enseigne à une demoiselle comment se servir d'une épée et se défendre est un homme que je peux respecter. Mais si ce n'était pas lui qui vous a contrôlé alors qui ?

Les yeux d'Ashton se rétrécirent.

— Vos frères ?

— Jamais de la vie ! Ils se sont souvent laissés battre pour me protéger.

La compréhension se lit dans les yeux d'Ashton.

— Ah. Votre père.

Elle ne réagit pas. Il pouvait lire sur son visage la douleur qu'elle avait passé des années à essayer de dissimuler.

— C'est une histoire que j'ai bien trop souvent entendue, poursuivit Ashton. Ceux qui sont faibles font du mal à ceux qui le sont encore plus pour se sentir plus forts. Aucun homme ne devrait faire cela à une femme, encore moins à son enfant.

Il leva la main et écarta de son visage une mèche mouillée. Elle sursauta à son contact, mais ne battit pas en retraite. Elle se sentait moins menacée qu'avant. Il avait fait écho à ces mots que lord Melbourne avait prononcés la nuit où il l'avait rencontrée, et elle ne pensait pas qu'Ashton aurait menti à ce sujet. Il y avait une sincérité dans sa voix qui la poussait à le croire.

Ashton passa une main à travers ses cheveux, les calant derrière son oreille. Elle vit une myriade de questions passer dans son regard avant qu'il ne reprenne enfin la parole.

— Et si on jouait cette mascarade pendant une semaine ? Si vous ne trouvez pas cela trop désagréable, nous pourrions continuer pendant un peu plus longtemps afin de me donner plus de temps pour apaiser le besoin incessant que possède ma mère de me caser.

— Une semaine ? Je suppose que je peux tolérer ce délai, mais je ne suis pas certaine de vouloir continuer après cela.

Il retira les mains de ses cheveux. La perte de cette caresse la surprit, comme lorsqu'il l'avait lâchée après l'avoir plaquée contre le mur. Elle n'avait pas remarqué à quel point son contact l'avait détendue avant qu'il ne s'écarte d'elle.

— Alors c'est d'accord. Je demanderai à mon avocat de contacter le vôtre afin de vous rendre la société Southern Star. Je vais voir si votre souper est prêt. Restez ici, je vous prie. Je ne veux pas que vous traversiez ma maison à moitié nue. Cela donnerait certainement des vapeurs à ma mère si elle subissait un autre choc ce soir.

Il était redevenu le baron froid et maîtrisé.

Il la laissa seule dans sa chambre. Le froid que ses baisers avaient dissipé quelques minutes auparavant revint rapidement. Elle ne bougea pas, adossée au mur, ses pensées s'entrechoquant, son cœur battant follement. Qu'allait-elle faire ?

La porte s'ouvrit quelques minutes après le départ d'Ashton et lady Lennox se glissa à l'intérieur.

— Lady Lennox, je suis désolée que notre rencontre se soit déroulée ainsi, s'excusa-t-elle.

Regina la fit taire d'un geste.

— Je ne doute pas que ce qui vous a conduite ainsi jusqu'à chez nous est la faute de mon fils, et c'est moi qui devrais m'excuser. Ma fille m'a expliqué qu'on vous a découverte à moitié morte sur le pas de notre porte, couverte de boue et d'eau.

Rougissante, Rosalinde hocha la tête.

— Je me suis retrouvée contrainte de parcourir plusieurs kilomètres dans la tempête.

— Seigneur, pauvre enfant ! J'ai presque peur de demander quel rôle a joué mon fils dans tout ceci, mais je dois savoir.

Elle guida Rosalind vers l'un des deux fauteuils près du feu et lui dit de s'installer. Elle s'assit sur l'autre.

Rosalind joua avec la dentelle de sa chemise de nuit d'emprunt.

— Je ne voudrais pas vous contrarier.

Regina pinça les lèvres avant de parler.

— Je vous en prie, dites-moi. Ce n'est certainement pas aussi terrible que mon imagination me le suggère.

Par où commencer ? Rosalind essaya de réprimer la migraine soudaine qui croissait derrière ses yeux. Elle devinait que lady Lennox était bien plus observatrice que le croyait son fils. Elle ne se laisserait pas simplement embobiner par la ruse de son intention de se marier à l'emporte-pièce. Il vaudrait mieux qu'elle dise la vérité.

— Dans une tentative machiavélique pour me punir de lui avoir fait concurrence en affaires, Lord Lennox a gelé mes comptes, bloqué mes crédits et racheté mes dettes. Il a pris possession de ma demeure londonienne. J'ai utilisé ce qui me restait d'argent pour venir ici, seulement pour me faire dépouiller par un bandit de grand chemin après que ma calèche ait eu une roue cassée. J'ai dû travailler pour payer mon souper dans une auberge avant de marcher jusqu'ici à travers la tempête. Voilà, elle avait tout dit, mais sa migraine ne se dissipa pas.

Le visage de Regina était cendreux.

— Mais... Alors... Vous n'allez quand même pas épouser mon fils après toute cette histoire ? demanda-t-elle, légèrement inquiète. Si j'avais subi tout cela, j'aurais envie de le *tuer*, pas de l'épouser.

Malgré son humeur sombre, Rosalind pouffa.

— Oui, c'est *exactement* mon sentiment envers Lennox, mais cet imbécile croit qu'il va m'épouser. Il a l'habitude d'obtenir ce qu'il désire, comme vous le savez.

— Bien entendu, en convint Regina dans un murmure, les yeux toujours effarés d'inquiétude. Oh, mon Dieu, quelle histoire ! Je suppose que c'est mon devoir de vous sauver de ses griffes, puisque c'est à cause de moi qu'il est devenu ainsi.

— De quelle façon, Lady Lennox ?

Rosalind n'avait pas la moindre idée de ce dont parlait la mère d'Ashton.

Celle-ci soupira et se cala contre le dossier de sa chaise, contemplant le feu, ou plutôt regardant à travers les flammes et voyant au-delà quelque chose qui échappait à tous les autres.

— Mes deux fils sont affublés des deux pires facettes de leur père. Rafe possède l'amour des vices, des femmes, du jeu, des courses, et Ashton la détermination froide et avide de contrôler le monde. Malgré tous mes efforts, je n'ai pas réussi à leur retirer ces qualités. Leurs échecs sont les miens, j'en ai bien peur.

La mère d'Ashton essuya une larme solitaire et cligna des paupières.

—Je ne pense pas que Lennox soit homme à laisser une autre personne que lui décider de son futur. Vous ne devez pas lui reprocher son entêtement.

Rosalind trouvait étrange de s'être alliée à la mère de son ennemi juré.

Regina poussa un petit rire larmoyant.

— Son entêtement ? C'est une tournure affreusement polie. Laissez-moi deviner : vous avez des frères ?

Rosalind sourit jusqu'aux oreilles.

— Trois. Tous aussi entêtés que votre fils, peut-être même davantage à cause de leur sang écossais qui, je vous le garantis, est bien pire.

La mère d'Ashton éclata de rire.

— Nous avons des Écossais dans la famille, de mon côté. Je vois *exactement* de quoi vous voulez parler.

Elles partagèrent un moment de silence, se souriant mutuellement. Regina arrangea son peignoir.

— Bon, nous devons décider quoi faire pour cette histoire de mariage.

Reprenant son sérieux, Rosalind répondit :

— Je lui ai dit que j'avais peur de me remarier.

Elle hésita, mais il y avait dans l'expression de Regina quelque chose de sincère et d'honnête qui forçait la confiance de Rosalind.

— Je vivais sous la coupe d'un père brutal. Mon défunt mari était beaucoup plus âgé que moi, mais il m'a légué une fortune conséquente. Si je me mariais, toute la fortune que j'ai amassée depuis sa mort serait instantanément transférée à mon futur époux. Je ne sacrifierai pas à un autre homme le degré de contrôle que je possède sur ma vie.

La compréhension se lut dans les yeux bleus de Regina, des yeux qui ressemblaient tellement à ceux d'Ashton que c'en était presque déroutant.

— Le père d'Ashton était un véritable panier percé. Je suis entrée dans ce mariage avec une dot conséquente, qu'il a entièrement perdue au jeu. Il n'avait aucune maîtrise sur ses vices. Comme une imbécile, je l'aimais quand même, même lorsqu'il amenait honte et destruction sur cette maison. Je suis très bien placée pour comprendre ce que vous ressentez.

Rosalind devait bien admettre que Regina savait manifestement ce que c'était que d'être impuissante, mais épouser Ashton ne ferait qu'empirer sa situation.

Regina joua avec le bout de sa tresse.

— Puis-je vous poser une question, ma chère ?

— Bien entendu.

— Mon fils n'avait encore jamais montré le moindre intérêt pour le mariage et j'ai essayé de le faire se ranger auprès d'une multitude de jeunes femmes convenables. Pourtant, le soir de votre arrivée, il semblait particulièrement insistant pour vous épouser. Je connais mon fils. Je sais qu'il ne laisserait jamais le scandale le forcer à épouser qui que ce soit, pas à moins d'être sincèrement intéressé par une femme.

Regina marqua un temps d'arrêt, laissant sa question silencieuse flotter dans l'air.

Qu'est-ce qui me rend différente ? Rosalind secoua la tête, essayant de repousser l'hypothèse insensée qui s'ensuivit. L'intérêt d'Ashton était logique, puisqu'il lui permettait de mettre un terme à la pression qu'exerçait toujours sa mère pour qu'il se marie.

— Avez-vous songé que vous possédez peut-être plus de pouvoir que vous ne le pensez ? demanda Regina.

La mère d'Ashton suggérait-elle ce que Rosalind avait eu l'intention de faire en quittant Londres ? Séduire Ashton afin de récupérer sa propriété et sa fortune ?

— Que voulez-vous dire, Lady Lennox ?

Même s'il n'y avait personne pour les entendre, Regina se pencha pour murmurer d'un ton conspirateur :

— Ce que je veux dire c'est qu'une femme capable de séduire un homme obtient souvent ce qu'elle veut quand cela lui chante. Si vous l'épousiez comme il le souhaite, vous pourriez garder le contrôle de votre fortune. S'il est désespérément amoureux de vous, vous seriez en mesure d'exiger de lui tout ce que vous souhaitez, *y compris* le contrôle de vos terres et propriétés.

Ce n'était guère différent de la suggestion d'Émily : séduire Ashton afin d'obtenir ce qu'elle désirait. Mais pourquoi fallait-il toujours en arriver là ? Elle avait bâti ses affaires avec son astuce et son intelligence, pas son corps. Cela étant, puisque le sexe masculin avait la main haute dans tant de domaines de la société, elle devait combattre avec les armes à sa disposition. En cet instant, Ashton était convaincu qu'elle accepterait de jouer cette comédie du mariage pour récupérer ce qui lui appartenait de droit, et Regina suggérait de séduire Ashton dans le même but.

Cela dit, pourquoi se limiter aux jeux des autres ? Sa propre astuce manqua la faire rougir.

Je laisserai Ashton me séduire pour faire plaisir à sa mère, puis je le séduirai en retour pour convaincre Regina que je joue son jeu à elle. Finalement, je récupérerai mes sociétés et mes biens selon mes propres termes.

Regina se redressa.

— Je sais qu'il n'a pas l'air du genre à tomber amoureux. Il y a deux heures, je ne l'en aurais pas cru capable, mais il y avait quelque chose dans la façon dont il vous regardait, ma chère. Oui, je crois que l'amour n'est pas hors de sa portée, après tout.

— Attention, je ne suis pas le genre de femme à tromper un homme, dit Rosalind, espérant dissimuler le fait que c'était précisément ce qu'elle avait l'intention de faire. L'honneur est tout ce qu'il me reste et je n'ai pas l'intention d'utiliser mon corps comme outil pour le manipuler.

C'était un mensonge, puisque c'était exactement ce qu'elle avait l'intention de faire, mais pour une raison quelconque, elle voulait s'accrocher au respect de Regina. Elle ne comprenait pas pourquoi elle appréciait autant lady Lennox alors qu'elle méprisait Ashton, mais Regina s'était avérée être une femme intelligente qui ne ressemblait en rien à son fils exaspérant.

— C'est la raison pour laquelle je pense que vous feriez une épouse fantastique pour lui. Quel casse-tête !

Son rire était légèrement doux-amer.

— Bon, reposez-vous ce soir, ma chère, et ne vous inquiétez pas. Vous êtes en sécurité dans cette maison. Je vais m'assurer qu'on s'occupe bien de vous. Ashton est un gentleman, chose que je lui rappellerai aussi souvent que nécessaire. Si vous le voulez, je demanderai au personnel de vous trouver une chambre séparée.

— Je suppose... Il serait mieux de rester ici pour le tenter, n'est-ce pas ?

Ce serait comme de dormir près d'un loup affamé, mais elle s'était décidée pour ce plan d'action et avait besoin de s'y tenir.

Regina sourit.

— Vous avez peut-être raison, mais si vous changez d'avis, appelez-moi.

Rosalind n'avait pas la moindre intention de réveiller lady Lennox si Ashton choisissait de pousser les choses trop loin. Elle ne rechignerait pas à lui donner un coup de genou bien placé pour lui échapper si elle pensait qu'il avait l'intention de lui faire quoi que ce soit contre sa volonté.

Poussant un bâillement, Rosalind se redressa et suivit Regina jusqu'à la porte, la tenant ouverte le temps que la mère d'Ashton se glisse dans le couloir.

— Merci, Lady Lennox.

Regina lui tapota la joue. Cela faisait bien trop longtemps que Rosalind n'avait pas senti la caresse d'une mère.

Le temps qu'Ashton revienne avec un plateau de nourriture, elle s'était presque endormie dans un fauteuil près du feu.

— J'ai pensé qu'un repas léger serait peut-être mieux, au cas où vous auriez des crampes d'estomac.

Il posa le plateau sur la table entre eux. Un bol de soupe chaude et du pain avec deux verres de vin attendaient Rosalind.

Il s'assit sur la chaise près d'elle et replia les mains sur ses genoux. C'était angoissant d'être observée avec autant d'attention pendant qu'elle dînait, mais il refusait de détourner les yeux.

— Votre bonne se trouve-t-elle toujours à l'auberge ? Dois-je aller la faire chercher ?

Avalant un bout de pain imbibé de soupe, Rosalind secoua la tête.

— Elle est à l'auberge, mais elle dort. Ne la faites pas quérir ce soir, je vous prie. Je n'aimerais pas qu'on la réveille. Si ma calèche est réparée demain après-midi, elle s'en servira pour nous rejoindre.

Ashton joignit les doigts, ayant l'air de réfléchir.

— Je m'assurerai que cela soit fait demain matin.

Ils mangèrent en silence pendant quelques minutes, ce qui était étonnamment plaisant avec la chaleur du feu et le léger craquement des bûches. Après la mort de sa mère, Rosalind avait craint le silence. Il signifiait que son père pouvait se dissimuler dans tous les recoins, prêt à la frapper. Après son départ de l'Écosse, elle ne pouvait pas tolérer un tel silence et avait du mal à dormir dans une pièce silencieuse. À présent, ce silence véritablement plaisant et rassurant lui procurait un calme qu'elle n'avait pas ressenti depuis des années. Elle se sentit même suffisamment en sécurité pour poser cette question qu'il ne voulait pas qu'elle prononce, elle le savait.

— Serons-nous capables de rentrer à Londres ?

Elle ne voulait pas lui demander carrément s'il avait l'intention de la laisser rentrer chez elle et y rester. La question de ses dettes était toujours un problème.

— Rosalind, je ne vais pas vous laisser partir. Pas avant que nous n'ayons réglé cette situation entre nous, même si cela nous prend plus d'une semaine.

Il se pencha en avant, posant les coudes sur ses genoux et plongeant dans son regard. Elle frissonna, mais cela n'était largement pas dû au froid. Dès l'instant où elle avait rencontré Ashton, elle avait su qu'il était dangereux. C'était un homme à l'intensité tranquille, dont le regard observateur ne ratait rien.

Ce qui l'effrayait davantage était la pensée qu'il voie à travers elle, son titre anglais et ses beaux vêtements... Qu'il aperçoive la jeune fille blessée qui avait peur de laisser qui que ce soit se rapprocher.

— Comment en êtes-vous venue à épouser votre premier mari ?

Le feu illuminait les quelques poils dorés sur ses joues qui, s'il les laissait pousser, l'auraient rendu encore plus attirant. Elle cligna des paupières, avala rapidement une gorgée de vin et essaya de sourire.

— Je n'ai jamais accepté de vous faire part des secrets de mon passé.

— Très bien. Et si en retour, je vous livrais mes secrets ? Demandez-moi n'importe quoi. Seulement des choses personnelles. Ne parlons pas affaires ce soir.

Des secrets personnels ? Cette proposition était trop tentante pour qu'elle puisse y résister.

— Très bien, mais c'est vous qui commencez.

Il lui adressa un sourire canaille.

— Je vous le rappellerai en temps voulu. Allez-y, demandez.

C'était un moment d'importance. Elle pouvait lui demander n'importe quoi et elle ne voulait pas gâcher la question. Il y avait une issue pressante qu'elle avait voulu savoir depuis des mois.

— Vos amis, ceux que les journaux appellent la Ligue des Rebelles. Comment vous êtes-vous constitués ? J'ai entendu des rumeurs, mais je doute de leur véracité.

— Des rumeurs ?

Les yeux d'Ashton exprimaient à présent le déplaisir.

— Oui, que vous êtes des espions pour le compte de la Couronne, ou bien que vous possédez un club où vous sacrifiez la virginité de jeunes filles consentantes sur un lit-autel sous le regard des autres, ou bien que...

— Seigneur Dieu, la *Gazette de la Lorgnette* nous accuse de ces choses-là ?

Il éclata de rire. Ce n'était pas à ce genre de rumeurs qu'il s'était attendu.

— Oh, c'était un autre journal, moins flatteur que la *Lorgnette*. Je jure que cette auteure vante vos louanges tout en nous titillant par vos scandales. Manifestement, tout le monde a envie de raconter votre histoire.

— Vous voulez dire inventer. Je ne peux pas dire que je tiens particulièrement à l'attention que nous accordent ces torchons.

— Alors ce n'est pas vrai ?

Il fit un geste dédaigneux de la main.

— Dans la mesure du possible, nous évitons les vierges, du moins je le fais.

Il se cala contre le dossier de son fauteuil et croisa ses pieds bottés au niveau des chevilles.

— Alors comment votre groupe s'est-il formé ?

Elle avait presque fini son repas et seule la curiosité d'entendre sa réponse la tenait éveillée. Sa tête lui semblait bien trop lourde pour ses épaules.

— C'est une histoire longue et complexe, mais je vais tenter d'être aussi bref que possible. Charles Lonsdale a eu des histoires avec un homme de notre université. Celui-ci l'a entraîné hors de sa chambre en plein milieu de la nuit. Ils se sont disputés et se sont battus. Pour finir, il a tenté de noyer Charles dans la rivière.

Choquée, Rosalind plaqua une main sur sa bouche.

— Lucien et moi traversions le campus au retour d'une nuit en ville quand nous avons assisté à la bagarre. Godric et Cédric sont arrivés à la rivière au même instant. Tous les quatre, nous avons uni nos efforts pour tirer Charles de la rivière, sain et sauf. Après cette nuit, nous sommes devenus inséparables, tous les cinq.

Il y avait à présent des ombres dans ses yeux qui n'échappèrent pas à Rosalind malgré sa fatigue. Ce n'était pas toute l'histoire, absolument pas, mais elle avait la sensation qu'il ne révélerait jamais ces derniers détails.

— À votre tour. Comment en êtes-vous venue à épouser votre premier mari ?

— Je m'étais enfuie de chez mon père. Je suis parvenue à une taverne, épuisée. Henry a vu l'état dans lequel je me trouvais et m'a emmenée chez le forgeron le plus proche où nous nous sommes mariés au-dessus de l'enclume. Puis il m'a ramenée à Londres pour que je n'aie plus jamais à retourner en Écosse.

Elle ne lui avait pas tout dit à propos de la maison qu'elle avait quittée ou des abus qu'elle avait subis avant d'échapper à son père. C'étaient des histoires dont elle ne ferait jamais part à qui que ce soit, à moins de leur faire entièrement confiance.

— Cela vous manque ? Votre maison, je veux dire ?

Elle haussa les épaules. Le château n'avait jamais été un

endroit accueillant, mais elle ne pouvait nier que ses frères lui manquaient. Cependant, tant que son père restait en vie, elle ne pourrait pas retourner les voir.

— Et vos frères ? Qu'en est-il d'eux ?

— Je les aime tous, mais tant qu'ils restent en Écosse, je ne pourrai pas les voir.

Elle resserra son peignoir et soupira.

— Milord, puis-je vous demander un verre d'eau ?

— Bien entendu.

Il se redressa et disparut dans le vestiaire.

Rosalind posa la tête contre le dossier de la chaise.

Si je ferme les yeux juste un instant, je ne vais pas m'endormir...

❧ *9* ☙

auvre créature.

Ashton s'arrêta dans l'encadrement de la porte qui séparait sa chambre du vestiaire, une carafe d'eau à la main. De l'endroit où il se tenait, il apercevait Rosalind profondément endormie dans son fauteuil près du feu.

Les événements de la soirée l'avaient épuisée. Qu'elle ait réussi à résister aussi longtemps tenait du miracle. Il posa la carafe sur la commode et se dirigea vers la chaise où elle était. Elle ne se réveilla pas quand il la souleva dans ses bras et la porta jusqu'à son lit. Il la reposa le temps d'écarter les couvertures, puis il la reprit et la glissa à l'intérieur.

Quand il essaya de lui faire mettre les mains dessous pour les tenir au chaud, elle lui saisit les doigts et ne voulut plus les lâcher. Cette connexion remplit sa poitrine d'une douce chaleur. Il ne voulait pas lui lâcher la main. Il retira ses bottes puis la fit marcher jusqu'au lit pour pouvoir s'allonger à côté d'elle, tenant toujours sa main dans la sienne. Il resta étendu à regarder le jeu de la lumière du feu sur son visage et les ombres sous ses yeux.

Ce soir-là, il en avait appris beaucoup sur sa chère rivale, des choses qui avaient renforcé le respect qu'il ressentait pour elle. Cela dit, l'idée qu'elle ait vécu sous la main violente d'un père abusif le contrariait. Godric aussi avait connu le même destin. Il avait appris que les gens qu'il aimait étaient capables de lui faire du mal, une leçon qui s'était accrochée à lui pendant bien trop longtemps. Il avait fallu les paroles et la sagesse d'Émily Parr pour abattre les défenses du duc et lui prouver que l'amour pouvait être doux et bienveillant, et non empli de douleur.

Ashton écarta du visage de Rosalind une mèche de cheveux sombres et soyeux, la calant derrière une de ses oreilles. Elle avait des petites oreilles si délicates ! Il avait fantasmé à l'idée de les mordiller alors qu'il se glissait en elle encore et encore.

Il étouffa un grognement. Cela faisait des mois qu'il n'avait pas connu une maîtresse. Il avait été tellement accaparé par la guerre silencieuse que menait la Ligue à Hugo Waverly qu'il n'avait pas couché avec une femme depuis une éternité. Il y avait trop de gens chers à son cœur qui méritaient sa protection, et satisfaire ses propres désirs passait après ses devoirs. Jusqu'à cet instant, sa préoccupation principale avait été de trouver des mesures pour empêcher Waverly de détruire tout ce qui comptait pour lui.

Si seulement je pouvais savoir ce que prévoit Waverly…

Rosalind se cala plus profondément dans les coussins et lui lâcha la main. Elle colla la sienne contre la poitrine d'Ashton, comme une enfant. Elle avait survécu à tellement d'épreuves. Ashton pouvait lui accorder cette adorable faiblesse-là, dans son lit, la laisser dormir profondément et sans crainte.

— Je vais vous protéger.

Un léger coup à la porte de sa chambre lui fit détourner la tête. Jonathan et Charles apparurent tous les deux dans l'encadrement de la porte.

Ashton posa un doigt sur ses lèvres. Ils attendirent qu'il sorte du lit avec précautions sans déranger l'Écossaise endormie.

Une fois qu'il se fut éloigné du lit, il rejoignit ses amis à la porte.

— Comment va-t-elle ? s'enquit Jonathan.

— Elle est épuisée. Essayer d'arriver jusqu'à chez moi a été une aventure.

— Je m'imagine parfaitement, vu l'état dans lequel elle était quand vous l'avez trouvée.

Charles se mit à rire, mais Ashton lui décocha un regard désapprobateur.

— Quoi ? Je croyais que c'était votre plan. La faire obéir.

Ashton serra les dents.

— Mon plan était de lui rappeler qui était le plus doué en affaires. Je n'ai jamais eu l'intention qu'elle se fasse détrousser ni se voit contrainte de passer la soirée à servir à table comme une greluche des tavernes, ou bien dorme sur des sacs de blé avant de braver la tempête pour marcher jusqu'ici.

Charles et Jonathan se tournèrent vers elle d'un air choqué.

Jonathan secoua la tête.

— Seigneur Dieu ! Ce serait une nuit difficile pour n'importe lequel d'entre nous.

— Rappelez-moi de placer mes paris sur cette femme dans *n'importe quel* combat, dit Charles.

— Je crois que, compte tenu de l'heure tardive, je vais me retirer pour aller la surveiller. Vous devriez également vous reposer, tous les deux. Demain, nous serons très occupés à déblayer les fermes brûlées.

— Ah oui.

Jonathan s'arrêta et se tourna vers Ashton.

— Ash, je voulais vous dire que votre frère est rentré de Londres après que vous soyez monté à l'étage. Apparemment, il a fait une mauvaise chute et s'est blessé pendant la tempête. Votre mère a fait quérir le médecin, mais il ne sera pas là avant le matin. Si lady Melbourne se sent mal demain, le docteur pourra l'examiner aussi.

Comme toujours, Jonathan surprit Ashton par sa prévenance. Il partageait bon nombre des traits libertins de son frère, mais également la même tendresse. Il représentait un ajout de poids à la Ligue.

— Merci, Jon. J'apprécie. Je vous revois tous les deux dans quelques heures.

Il leur souhaita la bonne nuit, mais les retint alors qu'ils s'apprêtaient à partir.

—Jonathan ? De quoi souffre-t-il exactement ? Est-ce grave ?

— C'est juste son bras, je crois. Il a dit qu'il a atterri sur son épaule.

Ashton hocha la tête et referma la porte en silence. Il avait fait la moitié du chemin vers son lit pour rejoindre Rosalind quand une pensée le frappa.

Rafe avait chevauché à travers la tempête... avec un bras blessé.

Il regarda brusquement Rosalind et se rappela qu'elle avait parlé d'un bandit de grand chemin qui lui ressemblait. Celui qu'elle avait blessé au bras.

Enfer et damnation !

Si Rafe avait fait quelque chose d'aussi insensé et téméraire que se remplir les poches pour aller au tripot...

Je vais le tuer !

Ashton était momentanément perdu dans ses pensées, s'imaginant mettre la main sur son frère rebelle, quand Rosalind émit un petit son qui attira son attention. Étrangler Rafe devrait attendre jusqu'à demain. En attendant, il avait des choses plus urgentes à faire.

Il se rallongea sur son lit, s'étendant près de Rosalind. Il ne trouva pas de raison de lui reprendre sa main, pas alors qu'elle était profondément endormie sous la chaleur des couvertures.

— Dormez bien, ma rivale rebelle, pour que nous puissions recommencer à nous battre demain.

ROSALIND ÉTAIT EN TRAIN DE FAIRE UN RÊVE TRÈS ÉTRANGE.

Elle était allongée au lit avec un homme, fermement serrée contre son grand corps mince et musclé, son souffle chaud se répandant dans ses cheveux alors qu'il respirait lentement et profondément. C'était une sensation étrange et merveilleuse d'être étendue si près d'un homme qu'elle combattait au travail depuis des mois et se sentir aussi protégée.

Son époux avait toujours veillé à dormir dans une chambre à part et ne visitait son lit qu'une fois par semaine. Puis après lui avoir donné un doux baiser pour lui dire bonne nuit, il la laissait dormir seule. C'était une coutume vieux jeu, plus adaptée aux classes supérieures, mais elle comprenait que Henry souhaitait lui accorder son intimité quand ils n'étaient pas ensemble. C'était gentil de sa part, cela dit, Henry avait été un homme fantastique. Un refuge sûr contre les tempêtes de son passé.

Tandis que ceci... C'était un beau rêve. Elle avait entendu Émily et ses amies parler de la joie de dormir tout près d'un homme pendant toute la nuit.

Je ne dois pas laisser de telles histoires me remplir l'esprit avant d'aller dormir.

Effectivement, quand elle ouvrit les yeux, il n'y avait pas d'homme à ses côtés. La lumière du matin filtrait à travers les rideaux entrouverts. De l'autre côté des vitres, elle entrevit des arbres en floraison aux bourgeons blancs. Elle sourit. Le printemps était toujours plein de magie, avec le soleil chaud, l'odeur entêtante des fleurs et la verdure omniprésente. C'était comme si le monde allait continuer pour toujours, avec des jours qui ne se terminaient jamais et des rêves qui semblaient assez palpables pour qu'on puisse les toucher.

Des oiseaux chantaient dans les frondaisons, sauvages et excités comme ils l'étaient généralement après une violente tempête. La tempête... Le souvenir de la nuit précédente la réveilla en sursaut, le cœur battant.

— Par le ciel !

Ce n'était pas son lit. Ce n'était pas sa chambre.

Elle se cala en arrière contre les coussins, se remémorant la folle série d'événements qui l'avaient menée dans le lit d'Ashton avec une chemise de nuit d'emprunt.

La porte du vestiaire s'ouvrit un instant plus tard et l'intéressé entra d'un pas énergique, entièrement habillé et l'air bien trop content de lui. Son valet le suivait, tenant à la main une cravate fraîchement repassée.

— Gardez cela pour ce soir, Lowell. Je passerai la journée dans les champs.

Il décocha un regard à Rosalind.

— Bien, vous êtes réveillée. Si vous souhaitez me rejoindre, je vais déblayer les décombres des fermes calcinées.

— Vous voulez que je vous accompagne ?

Cela la surprit. Elle avait cru qu'il ne voudrait pas passer du temps en sa compagnie. Pas après la veille. Une créature trempée et en loques qui avait partagé ses faiblesses ? Ce n'était pas son meilleur moment et certainement pas le plus attirant.

Le sourire qui courba les lèvres d'Ashton piqua sa fierté.

— Que feriez-vous d'autre de votre journée ? Vous lamenter sur votre sort ? Rosalind, vous n'êtes pas le genre de femme qui demeure oisive durant la journée. Alors qu'en dites-vous ?

Elle ne goûtait pas vraiment à l'idée de passer une journée enfermée sans rien faire, mais voulait-elle vraiment passer du temps avec Ashton ? Elle se dit qu'elle aurait dû, vu la ruse qu'ils avaient convenu de jouer. Et elle supposait que ce serait intéressant de voir ce qu'il faisait pendant la majeure partie de la journée.

Rosalind cligna des paupières. Depuis quand s'intéressait-elle au quotidien d'Ashton ? Elle était pourtant curieuse, bien plus même. Cela ne ferait pas de mal de céder à cette curiosité alors qu'elle jouait le rôle d'une femme courtisée.

— Je suppose que je pourrais vous accompagner... pour sauver les apparences.

Ce sacripant souriait toujours.

— Excellent. Votre servante Claire vient d'arriver avec votre calèche. Elle a mangé et est prête à vous assister. Petit-déjeunez rapidement et nous partirons à cheval.

Il prit la redingote que lui tendait Lowell et se dirigea vers la porte d'un pas vif.

— Je n'accepte toujours pas quoi que ce soit au-delà de notre accord ! l'appela-t-elle.

Ashton s'immobilisa dans l'encadrement de la porte.

— Et je vous accorde toujours une semaine pour changer d'avis.

Il disparut avant qu'elle ne puisse répondre.

Lowell s'éclaircit la gorge.

— Voulez-vous que je sorte, Votre Seigneurie ? C'est généralement l'heure où je range, mais si vous avez besoin de...

Son visage devint écarlate.

— Oh, je suis désolée... Mr Lowell, n'est-ce pas ? Si vous pouviez dire à Claire de me rejoindre, je vous laisserais vite le champ libre.

— Oui, Votre Seigneurie.

Lowell s'en alla à la hâte et Rosalind grimpa hors du lit, grimaçant quand un certain nombre de muscles protestèrent. Ses pieds étaient toujours couverts d'ampoules et son dos encore douloureux à cause des sacs de blé. Ses bras lui faisaient mal après une soirée à porter des plats. Avançant malgré la douleur, elle se précipita vers le vestiaire pour faire ses besoins avant que Lowell ne revienne avec la servante.

Quand elle retourna dans la chambre, Claire avait déjà placé la mallette de Rosalind sur le lit et marmonnait dans sa barbe tout en parcourant les vêtements.

— Votre Seigneurie !

Elle se précipita pour étreindre Rosalind. Ce geste intime était loin d'être approprié, mais après tout ce qu'elles avaient traversé, c'était un véritable soulagement.

— Vous allez bien ? Que s'est-il passé ? Pourquoi m'avez-vous laissée à l'auberge ? La rafale de questions fit palpiter la tête de Rosalind.

— Je vais bien, Claire. Vraiment. Je vais tout vous expliquer.

Alors que sa servante faisait couler un bain et commençait à trier son bagage de voyage, Rosalind lui raconta l'intégralité des événements de la nuit, omettant tout de même les moments les plus intimes avec Ashton. Elle n'avait pas besoin de laisser Claire croire qu'elle allait bel et bien épouser cet homme.

— Alors vous allez rester ici ? Dans les appartements du seigneur ?

Les yeux perçants de Claire parcoururent la pièce à l'élégance discrète. Remarquant quelque chose d'étrange, elle pointa soudain du doigt.

— À quoi sert ceci ?

— Quoi ?

Rosalind suivit du regard l'index de sa servante qui désignait un point au-dessus du lit. Elles se rapprochèrent. Au-dessus de la tête de lit était accrochée une bien étrange draperie. Rosalind grimpa sur le lit, tirant légèrement sur le rideau. Le tissu glissa pour révéler un grand miroir orné de dorures. Il était accroché au mur à un angle étrange.

— C'est étrange. Que pensez-vous que... ?

Elle le recouvrit, ne voulant pas insister, mais elle restait curieuse quant à l'utilisation d'un tel miroir. Néanmoins, Ashton était plein de mystères. Elle devrait l'ajouter à la liste toujours croissante des choses qu'elle aurait voulu savoir sur lui, mais cela devrait attendre. Elle prit un bain rapide, consciente qu'Ashton pouvait revenir à n'importe quel moment.

Sa servante désigna une chaise.

— Venez vous asseoir. Je vais voir ce que je peux faire de vos cheveux.

Claire était en train de parachever les dernières touches quand Ashton revint. Il pila net et elle vit son reflet dans le grand miroir. Pendant une seconde, elle aurait pu jurer qu'elle voyait de la chaleur dans ses yeux.

Je m'imagine peut-être ce que j'ai envie de voir.

— Le rose est une couleur qui vous sied.

Il s'approcha, effectuant un demi-cercle autour d'elle, ses yeux la parcourant des pieds à la tête.

— Oui, cette couleur est magnifique.

Rosalind fronça les sourcils. Elle n'aimait pas la façon dont il se comportait, comme si son apparence requérait son approbation, comme s'il la *possédait*.

— Claire, sortez ma robe verte, dit Rosalind. Je vais me changer...

— Non !

Ashton l'interrompit sans méchanceté, mais fermement.

— Ne soyez pas bête, Rosalind. Claire a d'autres choses à faire que de changer vos vêtements simplement parce que vous souhaitez me contrarier.

Elle arqua un sourcil.

— Ce n'est pas mon objectif de vous faire plaisir. Si j'ai envie de me changer, je le ferai.

Les yeux d'Ashton pétillèrent.

— Effectivement. Vous avez tous les droits de changer de vêtements. Une femme de votre intellect a de meilleures choses à faire de son temps que de trouver comment se rebeller contre moi avec des changements de tenue mesquins. Je préférerais que vous mettiez votre intellect au service d'une tâche meilleure. J'ai des plans d'architecte pour les nouvelles fermes de mes locataires et j'aimerais vous consulter à ce propos.

— Me consulter ?

Ashton tira sur son gilet.

— La construction navale s'apparente à celle des maisons, et nous possédons tous les deux une certaine expérience à ce sujet. J'aimerais votre avis pour savoir si les dispositions sont acceptables. Qui plus est, Mère serait ravie de nous voir collaborer sur une telle entreprise. Cela contribuerait à la convaincre de mon sérieux à votre égard.

— Qu'est-il arrivé aux logements ? demanda-t-elle, désireuse de braquer son attention sur autre chose.

— Ils sont partis en fumée il y a deux jours. J'ai hâte de les reconstruire parce que les familles qui y vivaient se retrouvent sans abri.

— Oh, non ! Et où vivent-elles ?

— Ils résideront dans des logements libres dans les quartiers de mes serviteurs le temps que je m'occupe des nouvelles maisons.

— Les familles sont ici ?

Elle ne s'imaginait pas Ashton ouvrir sa maison à de simples fermiers. C'était trop... *gentil* de sa part et ses précédentes interactions avec lui lui avaient appris qu'Ashton n'était pas un homme gentil. Rusé, calculateur, respectueux de ses obligations, peut-être, mais pas gentil.

— Bien sûr. Je suis responsable d'eux.

Elle se mordit la lèvre.

— Les deux maisons ont brûlé la même nuit ? Étaient-elles proches ?

— Ce sont des propriétés distinctes, mais proches.

— Cela n'a pas l'air d'être une coïncidence.

Il plissa les paupières et son regard se fit distant.

— Non, je soupçonne quelqu'un d'avoir orchestré l'événement.

— Cela a-t-il quelque chose à voir avec votre blessure par balle de Noël dernier ?

C'était quelque chose qu'elle n'oublierait pas de sitôt. Lors de leur première rencontre, il avait eu un bras en écharpe. Elle l'avait poussé à admettre qu'on lui avait tiré dessus dans un bordel. À sa grande surprise, cela n'avait pas été pour profiter de plaisirs féminins, mais plutôt pour enquêter sur des rumeurs de tentatives d'assassinat contre son ami.

— Je n'en suis pas certain, mais je ne vais pas baisser la garde. Alors, allez-vous me prêter conseil pour les plans des bâtiments ?

Elle se mordilla la lèvre inférieure et y réfléchit.

— Je crois que je peux, oui.

— Excellent. Êtes-vous prête pour le petit-déjeuner ? Je suis affamé après la nuit dernière.

Il lui adressa un clin d'œil canaille. Elle sourit sans pouvoir s'en empêcher, mais se força prestement à pincer les lèvres.

— Vous essayez de m'embarrasser devant Claire, souffla-t-elle d'un ton accusateur en venant le rejoindre à la porte.

Il souriait toujours quand il lui tendit son bras.

— Force est de reconnaître que l'art de vous provoquer me procure une certaine excitation.

Ce côté de lui la prit par surprise. Jamais de toute sa vie elle n'aurait pu imaginer que cet homme froid et composé serait aussi... taquin.

Elle le laissa l'escorter au rez-de-chaussée, vers la salle à manger. Elle n'allait pas cesser d'agir en lady simplement parce qu'il n'était pas toujours gentleman.

La salle à manger était un endroit ravissant dont les murs étaient habillés de lambris en bois de noisetiers et d'une horde de portraits de famille. Deux longues fenêtres donnaient sur un jardin rempli de roses, de forsythia et d'une douzaine d'autres plantes colorées. Le soleil illuminait la pièce par le halo radieux d'une lumière délicate qui donnait à Rosalind l'impression d'être chez elle. Le château dans lequel elle avait grandi n'était pas aussi luxueux. En comparaison, il était humide et sombre, triste rappel de gloires oubliées depuis longtemps.

— Cela vous plaît ? demanda Ashton.

— Oui, beaucoup. Je remarquais à quel point c'est différent de la maison dans laquelle j'ai grandi. L'hôtel particulier de mon défunt époux est ravissant, mais j'ai toujours préféré la campagne, qui me rappelle l'Écosse.

Ashton l'escorta à une chaise et s'assit, puis il se mit à lui préparer une assiette sans même l'interroger. Au lieu de s'en irriter, elle apprécia de le voir faire quelque chose d'aussi poli. Cela aurait pu paraître contraire à son caractère, compte tenu de ses expériences passées avec lui, mais pas du tout.

Il venait à peine de poser son assiette quand deux autres hommes pénétrèrent dans la pièce en riant et en parlant. Elle reconnut immédiatement le comte de Lonsdale, blond, débauché et séduisant. La *Gazette de la Lorgnette* avait affirmé qu'une fois, il avait couché avec trente femmes en une seule nuit au cours d'une fête décadente à Covent Garden. Cela devait être une rumeur, car elle avait entendu dire que les hommes avaient tendance à s'endormir après une seule union. Il n'aurait jamais survécu à trente.

Elle coula un regard à Charles qui se fendit d'un sourire enjôleur. Il avait un physique musclé un peu comme celui d'Ashton. Certains hommes tenaient peut-être toute la nuit...

— Bonjour, Lady Melbourne. Je ne pense pas que nous ayons été présentés comme il se doit. Ash, venez ici pour faire les présentations.

Charles donna un coup de coude à l'autre homme tout en adressant un sourire radieux à Rosalind.

Ashton vint se placer près d'elle.

— Rosalind, voici Charles Humphrey, le compte de Lonsdale, et voici − ajouta-t-il en désignant l'autre homme du menton − Jonathan Saint-Laurent, frère du duc d'Essex.

— C'est un plaisir de vous rencontrer.

Jonathan se pencha sur sa main d'un geste courtois et l'embrassa. Charles l'imita, mais avec une lueur dans le regard qui rendit Rosalind nerveuse.

— J'ai entendu parler de l'un comme de l'autre, dit-elle, défiant Charles avec le même sourire narquois.

— En mal, j'espère, répondit ce dernier avec un ricanement. C'est triste, mais dernièrement, seule la moitié des histoires que j'entends sur moi sont avérées. À part celle sur les cygnes. Elle n'est absolument pas vraie.

Rosalind ne savait pas de quoi il parlait.

— Les cygnes ?

Ashton interrompit Charles par un toussotement.

— Euh... rattrapa habilement Jonathan, comment vous sentez-vous, Lady Melbourne ? Vous avez subi pas mal d'épreuves hier soir. J'espère que vous vous êtes reposée ?

— Oui, je vous remercie, Mr Saint-Laurent.

— Je vous en prie, appelez-moi Jonathan ou Jon.

Son sourire était plus chaleureux et amical que ce à quoi

Rosalind se serait attendue de la part d'un ami d'Ashton. Il était si calme et contenu qu'elle avait pensé que ses amis le seraient également.

— Bien, merci, Jonathan. Je crois que je me suis remise de mes aventures. Elle n'aurait jamais admis que ses pieds lui faisaient toujours mal ou que son corps était douloureux.

— J'imagine, après avoir marché aussi longtemps dans une robe trempée. Vous avez dû transporter votre propre poids sous forme de pluie et de boue.

Charles s'assit.

— C'est une femme forte, dit Ashton à Charles, un pli noir lui pinçant les lèvres.

— Euh... En effet, en convint Charles avant de regarder l'assiette de Jonathan. Pour l'amour de Dieu, mon ami, mangez un fruit. Vous ne pouvez pas survivre juste en avalant des œufs et des biscuits.

Cela aurait pu échapper à Rosalind, mais elle vit les lèvres d'Ashton se contracter alors qu'il regardait Charles donner des ordres au jeune homme. Il y avait dans ce moment quelque chose de significatif. Elle apercevait un instant de la vie d'Ashton, un moment où il baissait la garde et gardait son cœur ouvert.

La nuit dernière, il avait évoqué les liens qui l'unissaient à ses amis, mais y assister était une tout autre chose. Quelque chose chez ces hommes lui donnait la nostalgie de l'Écosse et de ses frères. Brock, Brodie et Aiden veillaient sur elle et les uns sur les autres tout comme ces hommes le faisaient. C'était la raison d'être d'une famille : aimer et veiller sur les autres. La Ligue était la famille d'Ashton.

Quand elle avait pris le thé avec Émily, Horatia et Anne, elle avait ressenti une connexion similaire. Ces femmes étaient aussi amies que leurs époux. Loyales, sincères, honnêtes. Penser à elles lui rappela son désir de partager un peu de cette intimité. Voir Ashton et son ami ne fit qu'accroître son sentiment de solitude.

Serait-ce ainsi si elle se remariait ? Se trouverait-elle au centre d'un cercle d'amitiés tel que celui-ci, ou bien la Ligue des Rebelles et leurs femmes étaient-elles une anomalie à Londres ?

— Tenez.

Ashton remplit l'assiette de Rosalind et lui servit encore un peu de thé.

— Merci, dit-elle, se sentant étrangement timide.

Elle était toujours choquée par tout ce qui se passait. Deux jours plus tôt, ils avaient été à deux doigts de s'entretuer et à présent, tout n'était que séduction feinte et véritables baisers ?

— Vous joindrez-vous à nous pour évaluer les fermes des locataires ? demanda Jonathan.

Elle tourna le regard vers Ashton, s'attendant à ce qu'il réponde à sa place. Quand il n'en fit rien, elle réprima à peine un soupir de soulagement.

— Je pense que oui.

— Parfait.

Jonathan sourit et ils terminèrent agréablement leur petit-déjeuner. Jonathan et Charles insistèrent pour partager un certain nombre d'histoires sur Ashton. Elle voyait à son visage qui devenait de plus en plus écarlate que c'étaient des anecdotes qu'il aurait souhaité lui cacher.

— Savez-vous qu'il était le seul de toute la Ligue à avoir des résultats parfaits à l'université ? lui demanda Jonathan.

— Le seul qui y soit parvenu sans charmer la fille d'un de nos professeurs, l'amenda Ashton.

— Ah oui ?

Elle rit en avisant l'expression maussade de Charles.

— En quoi est-ce répréhensible de coucher avec une dame simplement parce que son père est professeur ? Cela ne signifie pas que j'ai triché, vous savez.

— Si, puisque vous avez oublié de cacher le parchemin avec les réponses de l'examen !

Ashton s'étrangla de rire.

Charles bascula la tête en arrière comme s'il quémandait au ciel d'intervenir.

— Couchez avec Poivre Plumsby *une* seule fois et...

— Poivre ? pouffa Rosalind. C'était son vrai prénom ? Avait-elle une sœur qui s'appelle Sel ?

Le rire profond d'Ashton la fit sursauter, mais les deux hommes éclatèrent également de rire.

Jonathan se claqua la cuisse.

— Elle marque un point, Charles. Vous devriez choisir des partenaires de lit qui ont des prénoms corrects.

— Vous êtes mieux placé que quiconque pour savoir que les apparences peuvent être trompeuses, l'interrompit Charles. Poivre était une jeune fille amusante et elle était très douée au lit. Elle avait une façon d'utiliser sa...

— Charles, le mit en garde Ashton en désignant Rosalind du menton.

— Ah, oui. Bon, si on y allait ? Les locataires auront hâte de commencer à déblayer les décombres, pour voir s'ils peuvent sauver quelque chose. Je sais que cela ne vous fera rien de les accueillir ici, mais par fierté personnelle, ils voudront certaine-ment s'installer dans leurs nouvelles maisons sans plus attendre.

Ashton et les autres quittèrent la table ; Rosalind suivit le mouvement. Dans le couloir, ils tombèrent sur Lady Lennox et Joanna qui rassemblaient un groupe d'enfants.

— Mère, vous voici. Voulez-vous passer en revue les plans pour les nouvelles maisons avec Rosalind et moi ?

Regina secoua la tête.

— Non, merci, Ashton. Ces enfants me tiennent occupée. Nous les emmenons dans une des carrioles pour jouer dans les champs. Je suis certaine que Rosalind aura des idées remar-quables à vous communiquer. N'est-ce pas, Rosalind ?

Regina lui adressa un regard entendu que l'intéressée lui rendit. C'était à la fois un encouragement et la permission de commencer son entreprise de séduction.

Ce jeu de dupes qu'elle jouait avec la mère et le fils était plus amusant qu'elle l'aurait cru. Aucun des deux ne possédait la moindre idée de ce que savait ou ignorait l'autre.

Ashton pointa le menton vers Charles et Jonathan.

— Partez donc en éclaireurs. Rosalind et moi allons parcourir les nouveaux plans dans mon étude puis nous irons vous rejoindre.

Rosalind frissonna quand ils partirent, mais ce n'était pas de peur. Feindre l'attirance envers quelqu'un était complètement différent quand on était réellement attiré par cette personne, chose qu'elle déplorait. Quand Ashton et elle étaient seuls, les choses entre eux s'intensifiaient et elle s'inquiétait de savoir où cela les conduirait s'il continuait à la regarder comme il le faisait en ce moment comme s'il voulait la mordre puis l'embrasser.

❦ 10 ❦

Seigneur, je ne dois plus jamais le laisser m'embrasser ! Ma raison s'effiloche quand il le fait.

Rosalind s'écarta d'Ashton et tâcha d'entamer une conversation.

— C'est gentil de votre part de permettre à vos locataires de rester ici.

Elle ne le lui avait pas encore dit, mais elle en avait envie.

Il la considéra sérieusement.

— Je ne suis pas une brute, Rosalind.

Elle avait l'impression qu'il tentait de lui faire comprendre quelque chose sur la façon dont il avait l'intention de s'y prendre avec elle.

— Vous lisez donc dans les pensées ?

Elle garda un ton léger, faisant de son mieux pour lui rendre ses taquineries. À part avec ses frères, ses remarques malicieuses lui avaient toujours valu de sévères remontrances.

Elle vit à nouveau l'ombre d'un sourire sur son visage.

— Si je lis dans les pensées ?

Rosalind ressentit l'envie soudaine de le voir sourire davantage.

— Ashton, vous êtes bien trop sérieux. Pourquoi ne souriez-vous pas plus souvent ?

Il enroula un bras autour de sa taille et la guida dans une pièce à droite du couloir. Elle observa l'endroit avec curiosité, étudiant les étagères en bois de noisetier qui débordaient de tout et de rien, allant de mappemondes repliées à d'affreux romans gothiques.

— Attendez quelques minutes, vous me verrez peut-être sourire. Bon, venez jeter un œil aux plans.

Il laissa retomber sa main de sa taille le temps de parcourir la montagne de papiers qui jonchait son écritoire. Elle se retourna vers les étagères bien remplies. Elle adorait lire. Sa mère disait qu'une bibliothèque en révélait beaucoup sur la personnalité de son propriétaire.

Elle lut les titres et s'arrêta en étouffant un gloussement.

— *Lady Mabel et le baron ténébreux* ?

Penché sur son bureau, Ashton hocha la tête. Le soleil illuminait ses cheveux blond pâle, les striant de filins dorés. Malgré son apparence, son comportement n'avait rien d'angélique. Ses baisers non plus, d'ailleurs. Comme pour tout, elle était certaine que cet homme était plus libertin que saint.

— La faute en revient à Lucien. Il lit toutes ces histoires écrites par l'horrible L. R. Gloucester. Je n'y aurais jamais touché, mais Lucien a parié que je n'arriverai pas à en terminer une. Puis je dois admettre que je me suis laissé happer. J'ai honte de dire que j'ai dévoré tous les livres qu'elle a publiés.

— Elle ?

Rosalind regarda les initiales de l'auteur.

— Comment savez-vous qu'il s'agit d'une femme ?

Ashton fit le tour de la table et vint la rejoindre devant l'étagère, en retirant le livre.

— Deux choses m'ont amené à cette conclusion. Utiliser des initiales est une technique bien connue pour masquer son sexe et, plus importants encore, le phrasé et les personnages sont parlants. Ils sont... eh bien... Ils dépeignent l'esprit féminin avec trop de précision. Aucun homme ne possède autant de perspicacité. Je serais extrêmement surpris si ce n'était pas une femme. Tenez, vous devez essayer.

Il lui tendit le livre qu'elle ne refusa pas. Si elle devait demeurer ici une semaine, un peu de lecture ne serait pas de trop.

— Maintenant, venez voir les plans.

Il passa un bras autour de sa taille et l'attira plus près du bureau.

— Je les ai dessinés il y a plusieurs mois de cela pour construire des maisons supplémentaires sur d'autres parties de mon domaine. C'est une chance, car ces mêmes plans pourront servir à rebâtir les résidences des Maple et des Higgins.

Il déplia un ensemble de croquis, les calant sous des presse-papiers en verre qui miroitaient au soleil. Rosalind regarda les maquettes, évaluant le nombre de pièces, leur emplacement et la façon dont la maison était construite.

— Les cuisines ne devraient-elles pas être un peu plus grandes ? Ce sont des familles et elles auront besoin de plus d'espace que ce que vous leur avez accordé. Une femme exige beaucoup de surfaces et de placards dans sa cuisine. Je ne sais pas ce que vous aviez prévu pour les autres maisons, mais un foyer devrait se prêter à la création d'une famille, qui offrira plus de travailleurs pour vos terres quand les petits auront grandi.

Ashton observa les plans d'un œil critique et à la surprise de Rosalind, il lui accorda un point.

— Vous avez tout à fait raison. Quoi d'autre ?

Au cours de la demi-heure qui suivit, ils discutèrent longuement des maisons. Rosalind ajouta de la superficie aux pièces, expliqua que les enfants auraient besoin d'assez d'espace afin de séparer les garçons et les filles – par pudeur –, et proposa l'addition de granges appropriées et d'une étable pour les animaux domestiques. Une fois qu'Ashton fut satisfait des changements, il rédigea quelques notes et appela un valet pour lui dire de rapporter les anciens plans à son architecte à

Londres pour qu'il en réalise de nouveaux selon les modifications.

Il souriait comme un garnement en escortant Rosalind hors du bureau.

— Vous voyez ? dit-il. Je souris.

— Puis-je vous demander pourquoi ?

Son ventre palpitait de nervosité, mais elle ressentait une certaine excitation.

Il lui prit doucement le bras et pencha la tête pour lui murmurer à l'oreille.

— Parce que c'est l'une des deux conversations au cours des dernières vingt-quatre heures qui ne s'est pas terminée en dispute. J'imagine ce que ce serait si nous étions *réellement* mariés.

Elle pila net.

— Pourquoi souhaitez-vous autant m'épouser ? Vous avez déjà la mainmise sur tout ce qui m'appartient.

Ashton secoua la tête.

— J'admets que mon intérêt initial était de saisir le contrôle de votre propriété, mais j'y ai longuement réfléchi. Vous avez un esprit aiguisé. En combinant nos forces, nous pourrions posséder tout Londres. Songez-y !

Elle l'avait fait, mais elle ne lui faisait pas confiance. Une fois qu'il aurait la main mise sur ses biens et son argent, elle serait absolument incapable de reprendre sa place. D'un trait de plume sur un contrat de mariage, il lui arracherait sa sécurité et son identité.

Ce serait comme si elle retournait vivre avec son père, sauf qu'un époux aurait encore plus de pouvoir sur elle. Il deviendrait son mari. Elle ne pourrait pas s'enfuir en plein milieu de la nuit ; il tiendrait sa vie dans une main de fer. Une épouse ne valait guère mieux que du bétail, et les hommes avaient largement le droit de battre, affamer ou faire ce qu'ils voulaient à leur femme. Quelle sorte de tortures Ashton lui ferait-il subir si jamais elle le contrariait ? Henry lui avait toujours accordé assez de contrôle pour qu'elle ne se sente jamais impuissante, mais elle savait qu'Ashton était un autre type d'homme. Elle préférerait la mort à ce destin.

— Que vous arrive-t-il ? Vous tremblez.

Ashton l'observait. Mortifiée, Rosalind se rendit compte que c'était vrai.

— Je suis désolée.

Elle ne savait pas pourquoi elle s'excusait.

Ashton referma les bras autour d'elle et l'abrita dans un cocon. Elle tressaillait trop fort pour lutter contre cette étreinte réconfortante, et elle enfonça la tête contre sa poitrine. Il sentait les forêts de pins avec une note de bois de santal. C'était une odeur addictive à laquelle elle risquait de s'habituer et qui lui manquerait peut-être si elle s'en retrouvait privée.

— Parlez-moi, Rosalind. Je n'ai aucun désir de vous faire peur.

Parvenir à reprendre sa respiration lui prit un moment. Elle s'essuya les yeux.

— Je vous en prie, je n'ai aucune envie d'en discuter. Pouvons-nous y aller ?

Ashton lui prit le menton, la forçant à le regarder dans les yeux.

— Vous ne pouvez pas vous enfuir chaque fois. Un jour, vous allez devoir me parler.

Pas quand je pourrai enfin échapper à cette folie. Cette pensée avait un goût amer, mais c'était la vérité. Elle était coincée ici pour la semaine, à devoir jouer la comédie devant Regina. Cependant, cette période terminée, elle retournerait à Londres, avec ou sans la permission d'Ashton.

Il soupira et son air déçu provoqua chez elle une blessure inattendue.

— Très bien. Vous arriverez à chevaucher avec cette robe ?

— Oui, en amazone.

Le demi-sourire d'Ashton revint.

— Et me permettre de voir vos jambes ? Vous me fournissez une raison supplémentaire de sourire.

Ils se rendirent aux écuries dans lesquelles elle trouva l'odeur réconfortante des chevaux, de la paille et du cuir... Ce qu'il fallait pour évaporer ses inquiétudes ! La journée promettait d'être belle et elle ne laisserait aucune tempête émotionnelle obscurcir son optimisme.

— Voyons voir... Vous devriez peut-être prendre ma jument préférée. C'est une gentille bête.

Ashton la précéda vers une stalle où un cheval blanc et gris pommelé, puissant, mais beau, soufflait et poussait du nez son seau de céréales.

— Elle est très belle.

Rosalind le pensait vraiment. Elle adorait les chevaux.

— Comment s'appelle-t-elle ?

Ashton caressa les naseaux de sa jument avec la paume de sa main, affichant un sourire indulgent tout en lui donnant à manger des noix qu'il tira de sa poche.

— Milady. Aucun autre nom ne lui conviendrait davantage. Même lorsqu'elle n'était qu'un poulain, elle caracolait dans le paddock comme une véritable lady.

Il posa le front contre Milady et lui tapota la tête.

— Et qui allez-vous chevaucher ?

Ashton désigna un hongre à l'expression curieuse qui était entièrement noir hormis ses chaussettes blanches.

— Prince.

Il ordonna à un garçon d'écurie d'apprêter les deux chevaux. En attendant, Rosalind eut le temps d'admirer les écuries à la propreté irréprochable. Elle ressentit une impression de paix en humant la paille fraîche et en entendant les hennissements et des renâclements des autres chevaux qui jetaient des regards curieux hors de leurs stalles, en direction d'elle et d'Ashton.

— Vous avez de belles écuries, dit-elle en faisant courir son index le long de la peinture bleue reluisante de la porte de la stalle.

— Je vous remercie. Je suis très fier de mes chevaux et je souhaite qu'ils aient le meilleur.

— Les montures sont prêtes, Milord, annonça le groom en se dirigeant à l'extérieur, flanqué des deux bêtes.

— Merci. Rosalind ?

Ashton prit Rosalind par le bras et la guida vers les chevaux.

Puis il la souleva et la déposa sur la selle. Elle retroussa ses jupes et s'installa sur le dos de Milady. Ashton enfourcha Prince qu'il fit tourner vers elle.

— Que dites-vous d'une course à travers le pré ? demanda-t-il.

— Pourquoi ? Je suppose que vous songez à une récompense pour le vainqueur ?

— Naturellement.

Elle claqua des talons pour pousser Milady plus près de Prince.

— Laquelle ?

Elle craignait presque de lui poser la question. Il allait certainement lui prendre le peu qu'elle possédait qu'il ne lui avait pas encore arraché. Mais... Elle ne pouvait pas résister à un défi s'il venait de lui.

Avec un sourire arrogant, il écarta ses cheveux de ses yeux.

— Un baiser si je l'emporte.

— Et si c'est moi qui gagne ? demanda-t-elle en arquant un sourcil.

— Vous ne voulez pas m'embrasser ? la taquina-t-il en faisant jouer ses sourcils.

Rosalind plissa les paupières face à un stratagème aussi transparent.

— Je ne pense pas. Si *je* gagne, vous me présenterez vos excuses pour les derniers jours.

Il redevint sérieux.

— J'ai l'intention de le faire sur-le-champ.

Sa sincérité la choqua, mais elle refusait de lui rendre la partie facile.

— Alors peut-être vous accorderais-je de vous mettre seulement à genoux et pas à plat ventre pour vous excuser, lorsque vous perdrez.

Elle caressa le cou de Milady.

Ashton l'étudia puis, avec une lueur taquine dans les yeux, il éperonna son cheval qui fila à travers le pré.

— Mais... Espèce de tricheur ! hurla-t-elle en cinglant avec ses rênes les flancs du cheval faisant partir Milady au galop.

L'herbe verte du champ ondulait dans la brise alors que Milady et elle pourchassaient le hongre qui galopait.

Elle éclata de rire quand elle commença à gagner du terrain sur Ashton. Il ne se retourna pas avant qu'ils ne soient à quelques dizaines de centimètres l'un de l'autre. Puis il se pencha en avant sur Prince pour le faire accélérer, récupérant son avantage.

— Non !

Elle essaya d'éperonner plus fort sa monture. En vain ! Le hongre était plus rapide.

Ashton galopa le long de l'étroit chemin de terre, parvenant à l'endroit où se dressaient les ruines calcinées d'une maison. Avec un mouvement naturel, il glissa à bas de son cheval et captura les rênes de Rosalind quand elle tira dessus pour arrêter Milady.

— Vous... haleta-t-elle, avez triché.

— Certainement pas. Je vous ai permis de me rattraper, après tout. De toute manière, mon cheval était plus rapide. Je l'admets volontiers.

— Oh !

Elle sauta de son cheval pour se jeter sur lui. Il se saisit d'elle et elle lui martela la poitrine de ses poings fermés.

— Du calme, ma petite diablesse. Laissez-moi recevoir le baiser qui m'a été promis.

— Si vous pensez que je vais honorer un pari avec vous...

Les dizaines de jurons qu'elle avait préparés furent réduits au silence par les lèvres d'Ashton. Il captura ses poignets, les maintenant derrière son dos avec une seule de ses mains. Elle lutta pendant une seconde, juste une seconde. Être prisonnière de ses bras lui fit ressentir un frisson sauvage. Sa peau s'embrasa quand les lèvres d'Ashton dévastèrent les siennes. Il aurait été facile de se perdre dans le baiser qu'il lui donnait. Il lui mordilla la lèvre inférieure et elle hoqueta, cette morsure la remplissant étrangement d'une chaleur primaire. Elle lutta à nouveau contre son emprise, ce qui tira à Ashton un rire rauque.

— Laissez-vous faire, ma chère. Ce n'est pas une chose que vous pouvez contrôler. Pas cette fois.

Elle céda et le laissa prendre les commandes. Dissimulée dans ses paroles se trouvait la promesse d'une prochaine fois où *elle* aurait le contrôle.

Ashton embrassait divinement bien. Elle n'avait pas pris d'amants après la mort d'Henry et pourtant, elle savait que si elle devait les comparer à cette expérience, le baron leur resterait supérieur. C'était la façon dont il embrassait, comme s'il avait toute la journée pour l'explorer. Il n'y avait pas la moindre trace de hâte. Juste une passion lente, délibérée, puissante et enivrante. Elle se pressa plus fort contre sa poitrine. Soudain, ses mains libérées vinrent s'enrouler autour de son cou, l'attirant plus près d'elle.

— Voulez-vous que je m'arrête ? lui murmura-t-il à l'oreille avant de faire courir une pluie de baisers de son oreille jusqu'à sa gorge.

La sensation des lèvres d'Ashton, douces et chaudes contre sa peau sensible, la fit trembler.

— Arrêter ? répéta-t-elle à travers le brouillard croissant du désir.

— Oui, répondit-il avec un ricanement rauque. Devrais-je continuer de vous embrasser ou pas ?

— Continuer...

Elle enfonça les mains dans les longues mèches de ses cheveux.

—... à m'embrasser.

Rosalind hoqueta quand ils roulèrent à terre. Elle s'affaissa sur un océan d'herbe dorée, Ashton sur elle. Elle essaya instinctivement d'écarter les cuisses, mais ses jupes l'en empêchèrent.

— Mes jupes.

Elle gémit quand il embrassa sa clavicule et frotta son nez contre le renflement de ses seins.

— Oui.

Il s'attaqua à l'épaisseur de ses jupes et de ses jupons, les retroussant sur ses cuisses. Elle jeta la tête en arrière quand il fit remonter ses paumes le long de ses jambes et sous ses sous-vêtements. Il la caressa du bout du doigt avant de se glisser en elle. Elle tressauta et s'accrocha à ses épaules.

Au-dessus d'elle, le ciel bleu sans nuages s'étendait à l'infini. Ashton se redressa, bloquant le soleil alors qu'il continuait à faire aller et venir un doigt en elle. L'invasion était douce, mais insistante, et cette tension croissante la fit trembler. Il était le seul à l'avoir fait se sentir aussi sauvage et téméraire, comme si toutes ses inquiétudes et ses peurs s'évanouissaient à son contact.

— Vous m'appartenez, Rosalind. Vous comprenez ?

Il déplaça sa main plus vite et son pouce trouva le bouton sensible qui tira à Rosalind un cri aigu quand il appuya dessus.

— Non, haleta-t-elle.

Elle n'appartenait à aucun homme : sa vie était la sienne.

Les yeux bleus d'Ashton ressemblaient beaucoup au ciel au-dessus d'eux, mais intensifiés par un feu intérieur.

— Vous *êtes* à moi et j'aime ce qui est à moi. Je fais *plaisir* à ce qui est à moi.

Il adoucit sa tendre séduction pendant quelques secondes à peine et elle se contorsionna sous la frustration, voulant qu'il continue de la toucher, mais peinant à accepter ce que cela signifierait.

—Je ne suis pas à vous.

Elle résistait toujours, mais les lèvres d'Ashton se courbèrent en un sourire divin.

— Déniez-le autant que vous le voulez, *Lady Melbourne*, mais je vous possède.

Il insista sur son titre et elle lui griffa le dos.

— Je vous en prie...

Elle avait besoin qu'il termine ce qu'il avait commencé, mais pas de la sorte. Pas en ces termes.

— Dites-le ou je pars.

Il avait les cheveux dans les yeux, et l'ombre d'une légère barbe le faisait ressembler davantage à un pirate sans foi ni loi qu'à l'image du gentleman doué en affaires qu'il montrait en public à Londres. Elle eut l'impression de remonter le temps et de voir les ancêtres d'Ashton envahir la côte anglaise. De grands guerriers blonds qui prenaient ce qu'ils souhaitaient à n'importe quel prix. C'était à la fois effrayant et excitant. Sa peau rougit et ses mamelons se durcirent sous sa robe à la pensée qu'il la culbute là, sur l'herbe. Il n'y aurait personne pour les empêcher de se laisser entraîner.

Dois-je céder ou bien résister ?

Il pinça les lèvres et se campa sur ses talons, faisant redescendre ses jupes.

— Mais...

Elle avait besoin qu'il continue à la toucher. Il ne pouvait pas s'arrêter !

— Tant que vous ne répondrez pas sans hésitation, je ne vous récompenserai pas.

Il se redressa et époussseta l'herbe sur ses vêtements, puis il l'attrapa par la taille et la remit debout. Ses yeux étaient féroces, emplis de la détermination de refuser à Rosalind ce qu'elle désirait le plus en cet instant : se rallonger sur l'herbe avec lui. Mais non, il lui rendait la monnaie de sa pièce pour cette soirée à l'opéra où elle l'avait fait basculer sous ses délicates caresses ! Il l'avait prise à un piège dans lequel elle était entrée de son plein gré. Ce satané *Sassenach* !

— Vous n'êtes pas un gentleman !

Elle souffla, son corps vibrant toujours de désir et de frustration.

Le rire tonitruant d'Ashton lui fit grincer des dents.

— Ma chère, je viens de me retenir de vous prendre juste ici, en plein milieu d'un champ. Je crois que cela prouve bien que je suis un gentleman. Si je n'avais aucun contrôle, votre robe serait maculée de taches d'herbe parce que je vous aurais prise aussi fort et sauvagement que nous le souhaitons tous les deux. Mais *vous* m'avez arrêté. Souvenez-vous-en. Vous avez refusé de dire ce que je voulais entendre.

— Je ne peux pas vous donner ce que vous souhaitez entendre. Pour vous, c'est juste un jeu, mais pas pour moi.

Il tira sur les manches de sa chemise, arrangeant sa tenue, et Rosalind siffla à mi-voix comme un chat en colère.

— J'ai du travail à faire. Pourriez-vous amener les chevaux un peu à l'écart pour les entraver ?

Il lui tourna le dos et elle avait la sensation qu'elle l'avait déçu, ce qui la mettait en rage, car elle n'avait pas besoin de lui faire plaisir. Elle ne lui appartenait *pas*.

Pourtant, un petit quelque chose au plus profond d'elle posait cette question simple et dangereuse.

Et si ?

❧ 11 ❧

Vous êtes sérieux pour cette histoire de mariage ? demanda Charles alors que Jonathan et Ashton retiraient une autre poutre des fondations où la ferme des Higgins se dressait autrefois.

Ils déposèrent la poutre à l'arrière d'une grande charrette. Plusieurs autres hommes venus du village et des terres environnantes les aidaient à déblayer les maisons détruites.

— Oui, je le suis.

Ashton s'interrompit pour s'essuyer le front avec sa manche. Il faisait bien trop chaud pour ce genre de travail. En vérité, il aurait dû superviser les autres. Il n'était pas adéquat pour un homme de sa position sociale d'effectuer des travaux manuels, pas alors qu'il était envahi d'une énergie sexuelle frustrée. S'il ne pouvait pas coucher avec Rosalind, il avait besoin de canaliser cette passion contenue dans quelque chose de productif.

— Mais *pourquoi* ? répéta Charles. Je croyais que vous aviez solennellement renoncé au mariage.

— C'est compliqué, Charles. Ma mère me pousse à me marier pour le bien de Joanna, et je suis las de me battre contre elle. Si elle pense que Rosalind et moi nous faisons la cour, cela me permettra de gagner du temps.

— Mais feindre de la courtiser ne signifie pas le faire pour de bon. Je croyais que vous aviez dit que cela serait une ruse et rien d'autre.

Charles fronçait les sourcils.

— Certes, c'était mon premier objectif, mais plus j'y pense, plus je me dis que l'épouser serait plus profitable, et ce sur plusieurs plans.

— L'épouser pour le profit ? Mais n'est-ce pas un peu...

Jonathan laissa sa phrase en suspens, un pli lui barrant aussi le front.

— *Mercenaire* est le mot que vous cherchez, ajouta Charles.

Ashton ne le contredit pas. C'était en effet mercenaire de nature, mais la veille s'était si bien déroulée qu'il avait commencé à entrevoir que les choses pourraient être meilleures et même plaisantes s'ils finissaient par se marier. Bien entendu, Rosalind ne devrait pas apprendre que sa véritable intention était de faire de cette ruse une réalité.

— J'ai besoin de garder le contrôle sur les sociétés de Rosalind jusqu'à ce que j'apprenne à quelle fin Hugo s'est servi d'elle. Qui plus est, si je contrôle son capital, rien ne pourra se passer sans ma connaissance.

— Mais vous y êtes parvenu sans y ajouter cette histoire de mariage ! protesta Charles.

— Cela fait à présent plusieurs jours que je songe à l'épouser et après la nuit dernière, je me sens dans l'obligation de le faire, et pas simplement parce que je souhaite contrôler sa propriété. Cette pauvre créature a besoin qu'on veille sur elle.

Rosalind avait beau être forte, elle avait besoin qu'on la protège et qu'on s'occupe d'elle. Et, compte tenu de son passé tragique, elle avait également besoin qu'on la gâte. Une fois qu'elle cesserait de se montrer aussi résistante à ses propositions romantiques, il pourrait lui offrir la Terre entière et tout ce qu'elle souhaiterait.

Jonathan éclata de rire.

— Elle a besoin qu'on veille sur elle ? Dans votre bouche, cela sonne comme de la pitié. La femme que j'ai rencontrée n'a pas l'air d'en avoir besoin.

Charles semblait d'accord.

— Elle se débrouillait très bien toute seule, vous battant même à votre propre jeu, jusqu'à ce que vous décidiez de réagir de façon excessive et d'essayer de la détruire.

Grondant à mi-voix, Ashton fusilla ses amis du regard.

— Vous ne vous êtes encore jamais plaints de mes méthodes quand il s'agissait d'un homme.

— Elle n'est pourtant pas un homme, fit remarquer Jonathan. Et à ce qu'on en sait, vous n'avez encore jamais pris des mesures aussi extrêmes avec vos autres concurrents.

Ashton réalisa la vérité des paroles de Jonathan.

— Oui, bon, c'est ma faute si je suis allé trop loin. Je vais faire de mon mieux pour remédier à la situation et me racheter.

Charles fronça les sourcils.

— Quand on veut manipuler une dame, on lui envoie des fleurs et des bijoux... On ne l'épouse pas. Cela ne me plaît pas.

— Je ne vous ai rien demandé. C'est *moi* qui vais l'épouser, pas vous.

— Mais... l'interrompit Jonathan. Est-elle au moins d'accord pour se marier ?

Il essuya ses mains couvertes de suie avec un chiffon suspendu à l'arrière de la carriole.

— Pas encore, mais elle le sera.

Le son distant de rires enfantins les fit se retourner d'un même mouvement.

Rosalind et Joanna pourchassaient à travers le pré une dizaine d'enfants qui appartenaient aux familles Maple et Higgins. Les actions de Joanna ne surprenaient pas Ashton ; elle ouvrait son cœur à tout le monde et les enfants paraissaient graviter autour d'elle. Mais Rosalind ? Il ne parvenait pas à croire qu'elle se soit jointe à eux.

Ses cheveux s'échappaient de ses épingles, sa robe rose était froissée et sale, mais elle ne paraissait pas s'en rendre compte.

Elle avait capturé un garçon qui ne devait pas avoir plus de deux ans et le faisait tournoyer, lui tirant des cris ravis. Les autres enfants applaudissaient et riaient.

La teinte rose des joues de Rosalind le remplit de chaleur. Visiblement, elle se sentait mieux, ce qui le rendait heureux aussi. Il était clair qu'elle aimait les aventures offertes par ses affaires, mais elle était également une femme indépendante d'esprit avec des idées bien à elle, chose qui rendait ses conversations avec elle fascinantes au lieu d'ennuyeuses. Il avait passé de nombreux dîners ou bals à discuter avec des jeunes femmes qui tombaient immédiatement d'accord avec tout ce qu'il disait et riaient au moindre commentaire, croyant qu'il s'agissait peut-être d'une plaisanterie.

Ce serait une expérience stimulante d'être marié à Rosalind et de partager sa vie avec elle. Ils pourraient faire du cheval, planifier des décisions commerciales et même faire de longues promenades ensemble dans un silence plaisant. Et manifestement, elle aimait les enfants. Cela lui provoqua une étrange sensation au plus profond de la poitrine. Après tout ce qu'elle avait subi, Rosalind méritait un certain bonheur. L'argent seul n'y parviendrait pas ; il le savait parfaitement.

Je pourrais la rendre heureuse. S'il y avait une chose que Godric, Lucien et Cédric lui avaient apprise, c'était que le bonheur rencontré quand on combinait un mari et une femme bien assortis n'était pas une affaire d'addition, mais de multiplication.

Joanna les appela, leur adressant des signes à lui et à ses amis.

— Ash, venez boire un peu de limonade.

— Allons-y, Messieurs.

Ashton désigna de la tête la zone près de la route où deux couvertures étaient étendues et des rafraîchissements les attendaient.

Sa mère était dans son élément, à diriger les enfants et Joanna pendant que les hommes travaillaient. Elles avaient décidé d'organiser un pique-nique alors que les hommes du coin aidaient à retirer les débris. Il ne lui avait pas échappé que sa mère observait Rosalind avec une intensité qui commençait à l'inquiéter.

Regina se retenait de s'immiscer dans ses histoires professionnelles, mais il savait pertinemment qu'elle allait se mêler de sa vie amoureuse. Une raison supplémentaire de maintenir cette cour de façade avec Rosalind ! Au cours de la journée, il devrait se remémorer de faire un geste devant sa mère afin de montrer son intérêt pour Rosalind.

— Ashton, j'aimerais vous dire un mot.

Regina était assise sur le coin d'une des couvertures, un verre de limonade à la main et un éventail en dentelle dans l'autre.

— Qu'y a-t-il, Mère ?

Il s'accroupit à côté d'elle sur la couverture. Elle replia son éventail et tapota un endroit à côté d'elle avant de lui tendre un verre. Il le prit et s'assit par terre.

— Je croyais que vous plaisantiez en disant que vous aviez l'intention d'épouser cette femme, mais je commence à voir en elle quelque chose qui me plaît. Je voulais simplement vous dire que vous avez mon approbation et ma bénédiction.

— Je n'ai besoin ni de l'une ni de l'autre, répondit-il froidement, le regrettant immédiatement. Je suis désolé, Mère.

— Vous faites bien de l'être. Pour une fois que nous sommes d'accord sur un point, vous vous comportez comme un rustre.

Pendant un moment, ils restèrent tous les deux silencieux, chacun faisant mine de regarder dans des directions différentes. La légère brise qui soufflait sur la couverture et faisait danser l'herbe rafraîchissait suffisamment son corps et son tempérament pour qu'il cède à la curiosité de ce que sa mère venait d'admettre.

Ils ne s'accordaient que rarement, particulièrement au sujet des femmes. Elle jetait constamment des femmes à ses pieds et il levait le nez et tournait les talons, n'ayant aucun intérêt pour la demoiselle de la semaine qu'elle tentait de lui faire épouser.

— Elle vous plaît vraiment ? demanda-t-il.

Sa mère recommença à s'éventer.

— Oui, vraiment. Il y a quelque chose en elle, une force que j'ai vue et dans laquelle je me retrouve.

— Elle est forte.

Il ne pouvait qu'être d'accord.

— Mais elle est réservée, et pas sans raison, poursuivit Regina. Vous devrez être prudent, mon garçon. On lui a fait du mal par le passé, c'est évident. Cela ne vous ferait aucun bien, à l'un comme à l'autre, de la pousser trop loin et trop vite. Vous comprenez ?

— Je prendrai des pincettes avec elle, assura-t-il à sa mère.

Regina sourit.

— C'est bien, parce qu'elle mérite qu'on lui fasse la cour comme il se doit. Vous pourrez commencer dès ce soir au bal des Merton. J'avais été contrainte de refuser nos invitations, mais quand Mrs Merton a appris que c'était parce que nous avions des invités, elle nous a fait parvenir ce matin des cartons pour Charles, Jonathan et lady Melbourne.

— Un bal ?

Il étouffa un grognement. Courtiser Rosalind était censé empêcher sa mère de l'envoyer à ces satanés bals, mais visiblement, il n'y avait aucun moyen d'éviter celui-ci.

— Oui, et vous y assisterez. Il y a un charmant jeune homme que j'aimerais présenter à Joanna. Si vous venez montrer votre nouvelle fiancée, cela déteindra positivement sur votre sœur. Qui plus est, un bal de campagne décent et respectable tiendra vos amis dans le droit chemin.

C'était fichtrement gentil à Mrs Merton de songer à ajouter quelques invités de plus à sa liste.

— Je devrais le demander à Rosalind. Elle n'a peut-être pas envie...

Regina éclata de rire.

— Ne soyez pas ridicule ! Toutes les femmes aiment les bals. La danse est le meilleur raccourci vers le cœur d'une femme.

Ashton renifla d'un air moqueur.

— La danse ? Permettez-moi d'en douter.

La danse avait beau être l'un de ses nombreux talents, il n'appréciait pas particulièrement l'activité.

L'éventail de sa mère vint le frapper en pleine poitrine avec un claquement retentissant.

— Bien sûr que si. Comment croyez-vous que je sois tombée amoureuse de votre père ?

Le visage de Regina se radoucit alors que des souvenirs distants remontèrent à la surface. Elle soupira et se tapota les yeux, qui s'étaient soudainement mis à pétiller.

— C'était un danseur fantastique.

Cela faisait bien trop longtemps que sa mère n'avait pas parlé de son père en termes élogieux.

Ashton retint son souffle, se demandant si sa mère allait continuer de parler de son père ou bien si le passé était trop douloureux. Elle le regarda avec des yeux qui brillaient. Il n'avait jamais pris la peine de songer à quel point cela devait être difficile d'aimer quelqu'un qui vous faisait du mal. Regina avait aimé son père, malgré ses frasques et son goût pour le jeu. Elle l'aimait *toujours*.

Elle leva les yeux vers le ciel. Le soleil couvrit son visage et pendant un moment, il s'imagina à quoi elle avait ressemblé quand elle était une jeune femme de l'âge de Rosalind. *Ravissante.*

— Quand une femme danse avec un homme, elle se sent en sécurité. C'est une intimité particulière qui promet l'amour. Alors ce soir, mon cher enfant, vous l'entraînerez sur la piste de danse et plongerez le regard dans le sien pendant que vous valserez. La séduction n'a pas toujours lieu entre les draps. Vous comprenez ? Séduisez son *cœur*.

L'amour. Il n'avait jamais pensé à Rosalind en ces termes. Protection, avantage, plaisir mutuel... oui. Mais l'amour ? Pour être honnête, penser à l'amour le terrifiait. Depuis qu'il avait vu Godric et Émily tomber amoureux, une partie secrète de lui avait souhaité la même chose. Cependant, il s'appuyait sur des notions réalistes et un comportement pratique. Le besoin de contrôler sa vie, de tout protéger férocement... Cela ne promettait rien de bon à la femme qui oserait l'aimer.

— Ashton.

La voix de sa mère interrompit ses réflexions.

— Oui ?

— Promettez-moi d'y penser.

Elle le regarda dans les yeux.

— Penser à quoi ?

— À l'*amour*, gros bêta. À conquérir son cœur.

Ashton n'arrivait pas à croire qu'il était en train d'avoir une discussion aussi franche avec sa mère, particulièrement sur un tel sujet. Il se déplaça sur la couverture, essayant de se mettre à l'aise, chose impossible pour un homme qui parlait d'amour avec sa mère. Était-ce ce qu'avait ressenti Lucien quand sa propre génitrice l'avait conduit par la ruse à séduire Horatia durant le Noël précédent ?

Seigneur, sauvez-nous tous de nos mères envahissantes !

— J'y penserai.

Ashton braqua à nouveau le regard vers Rosalind. Elle portait à présent autour des yeux un bandeau de fortune et tâtonnait à la recherche des enfants qui pouffaient autour d'elle. Leurs petits corps dansaient hors de sa portée alors qu'elle demandait de l'aide pour les retrouver. Joanna riait et lui criait des ordres pour échapper à la capture.

Avec un sourire amusé, Ashton laissa sa mère finir sa limonade et il s'avança sans bruit derrière Rosalind. Avant que Joanna puisse parler, Ashton porta un doigt à ses lèvres. Elle lui rendit son sourire et garda le silence.

— Oh ! Où êtes-vous ? marmonna Rosalind, pouffant à moitié avant de tourner sur elle-même et d'emboutir Ashton.

Il lui captura la taille, plaquant son corps contre le sien. Le corps de Rosalind s'emboîtait contre le sien à la perfection. Ses traits étaient animés et enjoués sous l'effet du soleil printanier, et cela le remplissait d'une joie tranquille qui faisait s'emballer son cœur.

Elle pourrait m'appartenir... si je parviens à la séduire.

— Dites donc, on dirait que j'ai capturé un joli trophée, dit-il. Quelle est ma récompense ?

Les lèvres de Rosalind formèrent un petit O surpris et elle arracha le bandeau de ses yeux. Le moment était parfait pour l'embrasser, sous les yeux de sa mère.

Il prit son visage entre ses paumes et abaissa la bouche vers la sienne. Le goût sur sa langue lui rappela à quel point il s'était retenu auparavant. Elle ouvrit la bouche sous lui et avec sa langue, il l'encouragca à être audacieuse et à ne pas songer au fait qu'on pouvait les voir. Il voulait qu'elle concentre toute son attention sur lui et ce simple baiser décadent.

Quand leurs bouches s'écartèrent enfin, il posa le front contre le sien et leurs yeux se rencontrèrent. Une rougeur monta aux joues de Rosalind pendant qu'elle cherchait à reprendre sa respiration. Il regretta alors qu'ils n'aient pas été seuls afin qu'il puisse continuer à l'embrasser.

— Nous n'avons pas besoin de nous arrêter, dit-il doucement contre ses lèvres.

— Mais les enfants...

— Ils sont fatigués et devraient s'asseoir pour manger un peu. Et vous aussi.

Avec un soupir, il s'écarta de son Écossaise tentatrice et désigna du menton une des couvertures libres. Il fut soulagé qu'elle ne repousse pas sa tentative de l'y escorter. Il voulait lui montrer qu'il pouvait la traiter comme une femme aurait dû l'être, comme si elle était précieuse. Elle avait beau être sa rivale en affaires, elle n'en restait pas moins une lady, et il n'allait pas la négliger.

— C'est bon de se reposer. Je crois que je ne me sens pas encore aussi bien que je le devrais.

Il fut forcé d'en convenir. Ce jeu paraissait l'avoir trop altérée. Il lui tendit une petite assiette de mini-sandwiches ainsi qu'un verre de limonade.

— Je vous remercie.

Elle accepta la nourriture et la boisson. Ils partagèrent un moment de silence amical.

— Je vois que Joanna et vous avez bien profité de cette belle journée.

Il ricana en regardant les enfants qui, sur une couverture de pique-nique un peu plus loin, se trémoussaient autour de Joanna comme des chiots agités alors qu'elle leur distribuait des sandwiches.

Rosalind éclata de rire.

— Oui, c'était fantastique. Les enfants sont adorables. Je crois que leurs mères nous seront reconnaissantes. Nous les avons tellement fatigués dans les champs qu'ils dormiront bien ce soir. Merci de m'avoir invitée à venir vous rejoindre. J'ai du mal à croire que cela m'ait autant plu.

Elle sirota sa limonade et prit une bouchée de son sandwich.

Le moment était-il venu ? Allait-il lui parler du bal tandis qu'elle était heureuse et avait le ventre plein ? Elle ne pouvait qu'accepter. Après tout, cela faisait partie de leur accord. Un bal serait public, et sa mère n'aurait guère l'occasion de remettre en question ses motivations s'il y amenait Rosalind.

— Rosalind. Il y a un bal de campagne, ce soir, organisé par une des familles voisines. Ayant appris que nous ne pouvions pas y assister parce que nous recevions des invités, ils vous ont fait parvenir des invitations à tous ce matin. Aimeriez-vous m'y rejoindre ? Joanna doit y aller, ainsi que ma mère.

— Un bal ?

Elle se tourna, évitant soigneusement son regard.

— Me le proposez-vous seulement à cause de notre accord ?

Il regarda son assiette de nourriture et s'interrogea sur la meilleure réponse à fournir.

— Je ne vais pas le nier ; c'est ma motivation principale.

Il but une gorgée de limonade et la posa à l'écart avant de capturer le menton de Rosalind pour la forcer à se tourner vers lui. Des étincelles illuminèrent son regard, comme des éclairs ténébreux de défi mêlés à des éclats d'excitation quand il la voyait lutter contre lui.

Elle lui adressa un regard malicieux.

— Et par cette démonstration publique, essayez-vous de faire pression pour que j'accepte un véritable mariage ?

Ashton souffla.

— Bien sûr que non.

— Bien, dit-elle d'une voix directe contenant une pointe de défi qu'Ashton releva immédiatement.

— Serait-ce si terrible ? se défendit-il. En m'épousant, vous seriez puissante, deux fois plus riche et en sécurité. Je donnerais ma vie pour vous protéger, et mes amis aussi.

Comment pouvait-elle refuser une telle offre ? Le monde à portée de sa main. Quelle femme refuserait une chose pareille ? C'était de la folie.

Et puis, ce n'était pas simplement ce qu'il était capable de lui donner, mais également ce qu'il désirait. Il *voulait* qu'elle lui appartienne, faire sienne cette fougueuse petite diablesse, afin qu'aucun autre homme ne puisse avoir des droits sur elle.

Le sourire de Rosalind commença à s'évanouir et un éclair de douleur dans ses yeux poignarda le cœur d'Ashton.

— Vous ne m'offrez cependant pas les deux choses que j'estime par-dessus tout.

— Lesquelles ? demanda-t-il en se penchant vers elle.

Il ne voulait pas qu'elle s'écarte de lui. Quoi qu'elle lui dise, il le lui donnerait sans poser de questions.

— L'amour et la liberté.

L'amour et la liberté ? Il n'était pas certain de comprendre l'amour, mais il saisissait parfaitement la liberté. En quoi ne serait-elle pas libre ? Pour la première fois de sa vie, une femme le laissait sans voix.

— Vous serez libre de faire ce que vous voulez, argumenta-t-il.

Le rire de Rosalind fut aussi cinglant qu'une gifle.

— Vraiment ? Si je choisis de déplacer des investissements,

de vendre ou d'acquérir une société avec mes propres fonds, me laisserez-vous faire ?

Son hésitation à répondre lui coûta. Il ne pouvait pas dire oui, mais pas pour la raison qu'elle croyait. Si Hugo se servait d'elle, il ne pourrait pas l'autoriser à faire quoi que ce soit d'utile à la cause de l'ennemi juré de la Ligue. Ce n'était pas parce qu'il souhaitait qu'elle cesse d'être la femme qu'il respectait.

Elle posa son assiette et tendit le bras hors de la couverture pour cueillir un long brin d'herbe verte. Rosalind le porta à sa joue, faisant courir le brin le long de sa peau avant de pousser un soupir et de laisser la brise le dérober à sa paume ouverte.

— C'est bien ce que je pensais. En tant que veuve, j'ai un contrôle absolu sur ma destinée. Je ne suis pas simplement la propriété d'un homme. J'*existe* en société, quoiqu'avec réticence. Le mariage détruirait tout ceci. Je me perdrai et deviendrai une partie de vous. Tout ce que je suis disparaîtrait en un instant. Vous ne pouvez pas le comprendre. C'est la sottise des hommes. Vous pensez comprendre nos esprits et nos cœurs féminins, vous croyez que nous sommes des créatures simples qui désirons avoir de nouvelles robes ou assister à des bals, et que nous ne possédons pas de pensées, d'opinions et de désirs égaux ou supérieurs aux vôtres.

Il y avait à présent sur son visage une dureté et une frustration qu'il avait entrevues chez d'autres femmes au cours de sa vie.

La sœur cadette de Lucien était une intellectuelle érudite, mais elle ne pouvait pas intégrer une université. Audrey Sheridan était l'une des femmes les plus douées pour la politique qu'il connaissait, mais elle dissimulait ses intérêts derrière des cancans sur les dernières tendances afin d'éviter le ridicule. Elle ne pourrait jamais faire entendre sa voix dans la Chambre des Lords. Et puis il y avait Rosalind. Elle était la rivale en affaires la plus rusée et intelligente qu'il avait jamais rencontrée, et il était tombé plus d'une fois dans le piège de ses stratégies adroites. Il réalisa soudain que la Société des Ladies Rebelles dirigée par Émily n'existait pas seulement pour distraire leurs maris.

Les yeux de Rosalind se perdirent à l'horizon, des yeux pleins d'une tristesse qui ébranla sa détermination à la convaincre de l'épouser.

— Je n'abandonnerais jamais cela. À moins de savoir que je serais aimée et que je serais libre. Vous ne pouvez pas promettre cette première clause et êtes incapable de me donner la deuxième.

Il tendit le bras pour dérober une de ses mains, refermant les doigts autour des siens et les portant à ses lèvres pour lui donner un lent baiser.

— Pensez-y, dit-il. J'ai mes raisons de vouloir contrôler vos affaires, mais ce ne sont pas celles que vous croyez. Je vous rendrai le contrôle en temps voulu.

Il ne pouvait pas lui en dire plus sans lui parler de Hugo Waverly. Aucun des membres de la Ligue n'avait révélé la profondeur de leurs inquiétudes au sujet de Waverly. Il était bien trop dangereux, et moins leurs familles et leurs amis étaient impliqués, mieux cela vaudrait pour leur sécurité. Du moins, c'était ce que pensait Ashton.

— En présumant que vous trouveriez un moyen légal d'assurer le maintien de ma propriété après le mariage, quand m'en rendriez-vous le contrôle ?

La lueur d'espoir dans les yeux de Rosalind le fit se sentir pitoyable, car il ne pouvait pas préciser quand il pourrait le faire sans danger.

— Je ne connais pas le moment exact...

Elle lui arracha sa main et détourna le visage.

— Parce qu'il n'existe pas. Ma réponse sera toujours non. Je ne vous épouserai pas. Nous jouerons notre mascarade devant votre mère, et c'est tout.

Il tenta d'ignorer le pincement au cœur que lui provoqua ce refus ; en vain.

— Cela ne résoudra pas votre problème, Rosalind. Je possède encore votre vie tout entière, ne l'oubliez pas.

Les yeux de Rosalind brillaient comme les éclats argentés acérés d'un miroir brisé.

— Oh, je n'ai pas oublié. Je suppose qu'avoir cru que vous respecteriez votre engagement était insensé de ma part. Certes, vous me rendrez une société, mais à présent, je vois que vous garderez les autres en otage si je ne vous épouse pas. Pardonnez-moi de n'être pas satisfaite de cette situation.

Elle marqua un temps d'arrêt et ajouta avec un regard appuyé :

— Si nécessaire, j'épouserai un autre homme, et alors vous *le* posséderez tandis que je serai libre de vous.

— Bon sang, femme !

Il se jeta sur elle, mais elle se déplaçait rapidement pour une femme alourdie par ses jupes. Elle se leva et retourna en courant vers les enfants toujours dans le pré.

— Ashton !

La voix de Joanna interrompit le flot de ses pensées sauvages.

— Que se passe-t-il ? demanda-t-elle.

— Ne soyez pas bête.

Joanna se dressait au-dessus de lui, les bras croisés et le visage fermé.

— Toutes mes excuses, répondit-il sans véritable conviction.

L'entêtement de Rosalind le mettait de mauvaise humeur.

— Maman a raison. Vous êtes un très mauvais séducteur. Je commence à me demander si les rumeurs qui me proviennent de Londres à votre sujet ne sont *que* des rumeurs.

Ashton se redressa en lançant un regard désapprobateur à sa sœur.

— Vous n'êtes pas censée entendre ce genre de choses.

Elle n'avait pas le droit de se rendre à quelque endroit que ce soit sans un chaperon et même alors, ce n'étaient que des événements que lui et sa mère jugeaient appropriés. La rumeur de ses séductions n'aurait jamais dû se propager dans de tels lieux.

Joanna fronça les sourcils.

— Rosalind a raison. Vous ne comprenez pas les femmes et clairement, vous les sous-estimez. Cessez de vous comporter en idiot pompeux et faites-lui une cour digne de ce nom. Je vais voir si je peux la convaincre d'aller au bal des Merton ce soir.

Faisant tourner son bonnet au bout de son index, Joanna s'en alla.

Bouillonnant de rage, Ashton rejoignit Charles et Jonathan d'un pas vif, les voyant ricaner sans même prendre la peine de le dissimuler.

— Des problèmes avec votre amoureuse ? demanda Charles.

— Recommencez à rire et je vous colle mon poing dans le nez.

Charles leva les mains dans un geste de reddition feinte.

— Vous êtes sensible ? Jonathan, vous me devez une livre. Je crois qu'une certaine dame n'assistera pas au bal de ce soir.

Jonathan fourra la main dans ses poches, mais Ashton arrêta son bras.

— Ne payez pas encore, Jon. Doublez la mise. Je vais m'assurer qu'elle soit présente ce soir.

Puis il partit chercher sa monture. Il avait besoin d'une longue chevauchée pour se calmer. S'il devait jouer au parfait gentleman ce soir-là, il lui faudrait invoquer toute sa concentration et sa maîtrise de soi. Sans quoi, il accomplirait sa menace et emmènerait Rosalind au lit parce qu'elle avait autant besoin que lui de trouver du contentement.

La courtiser va signer ma perte.

12

Mr Pevensly était fier d'être le majordome de lady Melbourne et d'effectuer les tâches nécessaires à l'entretien de la résidence de Sa Seigneurie. La tête haute, il descendit l'escalier, faisant courir ses gants blancs le long de la rampe. Arrivé en bas, il leva les mains à la recherche d'une tache de poussière. Il n'y en avait pas. Avec un sourire satisfait, il parcourut le reste de la maison, vérifiant toutes les pièces. La dernière porte devant laquelle il passa avant de rejoindre le personnel au rez-de-chaussée pour le souper était l'étude de Sa Seigneurie.

Pevensly ouvrit la porte et jeta un œil à l'intérieur, supposant que tout serait en ordre. Cependant, avant qu'il ne referme la porte, un courant d'air traversa la pièce, pénétrant par une fenêtre ouverte qui donnait sur les étables en contrebas. Les documents sur le bureau frémirent et les rideaux se soulevèrent un instant.

Les sourcils froncés, Pevensly se dirigea vers la fenêtre et la referma. Une bonne devait l'avoir laissée ouverte. Il ignorait pourquoi, mais il parlerait aux servantes et leur rappellerait de ne pas laisser de fenêtres ouvertes dans une pièce fermée. Puis il arrangea les papiers sur le bureau et s'en alla.

Il sentait son estomac gronder et il avait hâte de savoir ce qu'avait préparé la cuisinière. Sa Seigneurie ne rentrerait pas avant un moment, et elle insistait toujours pour que le personnel se fasse servir les meilleurs mets pendant son absence afin d'éviter le gaspillage. C'était une des nombreuses raisons pour lesquelles Pevensly appréciait sa maîtresse. En se tapotant le ventre, il se dirigea vers la porte qui l'emmènerait à l'étage inférieur où se trouvait la cuisine de service.

Rosalind fusilla Joanna du regard.

— Pourquoi vous ai-je laissée me convaincre de venir ?

La sœur d'Ashton était presque une version féminine de son frère aîné, avec des yeux bleu clair, des cheveux blond pâle et des traits saisissants. Cependant, contrairement à Ashton, Joanna était la gentillesse personnifiée. Elle avait toujours le sourire aux lèvres, avec en prime une lueur malicieuse dans le regard.

— Si je m'en souviens bien, c'est parce que je vous ai vanté la présence de nombreux gentlemen remarquables, ce qui vous donnera de multiples occasions de rendre Ashton *très* jaloux. Il ne sera pas capable de faire quoi que ce soit parce qu'il sera forcé de bien se tenir.

Avec le coude, Joanna poussa Rosalind jusqu'à un grand miroir et afficha un large sourire.

Rosalind ne put s'empêcher de sourire. Elle avait apporté une ravissante robe ronde en dentelle ajourée sur une camisole en satin blanc. Sa bonne l'avait prise parce qu'elle fonctionnait tout aussi bien comme tenue de soirée que pour un bal, même si elle n'avait pas prévu de danser en se préparant à ce voyage. Non, elle avait envisagé la séduction, et cette robe faisait ressortir ses cheveux sombres et soulignait avantageusement sa silhouette. Les manches bouffantes étaient ornées alternativement de gros de Naples et de dentelle blanche.

Elle n'avait pas vraiment eu besoin de laisser Joanna la

convaincre d'assister au bal : cela faisait partie du marché qu'elle avait passé avec Ashton afin de maintenir les apparences, et elle avait l'intention de remplir sa part du contrat. Elle avait réfléchi à leur dispute dans le pré et avait décidé de croire qu'il allait lui rendre ses sociétés si elle jouait le jeu. Cela dit, le séduire à son tour lui permettrait peut-être de s'assurer qu'il tienne parole, et un bal y contribuerait certainement.

— C'est beau, dit Joanna avec un soupir. J'aime quand les robes ont des couronnes de fleurs sauvages sur l'ourlet. Vous avez un goût exquis.

Rosalind examina la robe de Joanna. C'était une robe ronde similaire en dentelle blanche avec un corsage brodé de boutons de rose. Parsemées de perles, les manches étaient volantées avec des bleuets et des roses. C'était une robe ravissante, mais qui ne rehaussait guère les cheveux pâles et la peau laiteuse de Joanna.

— C'est une bonne chose que le blanc soit de saison. J'ai beaucoup de robes blanches, dit celle-ci en tirant sur ses jupes et en soupirant.

— Mais avec votre teint clair, vous devriez essayer d'autres couleurs. Du rose ou du bleu foncé, suggéra Rosalind.

— Vous croyez ?

Joanna s'étudia dans le miroir comme si elle s'imaginait vêtue d'une telle tenue.

— Oh, absolument. Les hommes remarquent plus les couleurs que vous le pensez. Essayez quelque chose de mémorable. Ne prenez pas à cœur les commérages des matrones. Je sais que beaucoup pensent que les pastels sont les seules couleurs qui conviennent, mais si cela émousse votre teint, elles ne servent pas leur objectif de base, qui est de vous aider à trouver un mari.

La sœur d'Ashton éclata de rire.

— C'est bête, mais je n'ai pas trouvé d'homme assez intéressant pour me laisser tenter par le mariage. Pourtant, il y a toujours une immense pression pour qu'on se trouve un compagnon.

Joanna redevint sérieuse.

— Chaque fois que j'assiste à des dîners et à des bals à Londres durant la saison, je vois mes amies trouver des maris. Et tous les ans, les femmes mariées me demandent quand je vais décrocher un partenaire, comme si je n'avais été créée que dans ce but. C'est exaspérant de penser que je ne suis sur Terre que pour servir de réceptacle à des enfants. J'ai envie de trouver un homme qui m'aimera pour moi-même, un homme qui sera un partenaire dans ma vie, quelqu'un de sauvage et d'aventureux, qui ne se préoccupe pas de la coupe de son manteau ou du style de sa cravate.

Joanna sourit en coulant un regard à Rosalind.

— Je suis désolée. Je n'aurais pas dû dire cela.

Ressentant une vague de pitié et de compréhension, Rosalind pressa les mains de Joanna dans les siennes.

— Nous pensons la même chose, vous et moi. Sentez-vous libre de me parler sincèrement. Ce dont vous avez besoin, ajouta-t-elle en souriant, est d'un mari qui remuera ciel et terre pour vous, mais qui vous percevra tout de même comme son égale.

Joanna fronça les sourcils.

— En supposant qu'un tel homme existe ! Comment suis-je censée savoir si un gentleman me perçoit de cette façon ?

C'était une bonne question. Souvent, les hommes parlaient en public des femmes comme de biens précieux. Il était parfois difficile de confirmer qu'ils les voyaient en tant que personnes.

— Si un homme vous confesse son amour, examinez attentivement comment il parle de vous et posez-vous la question suivante : aime-t-il celle que je *suis* ou bien ce que je lui *apporte* ? Laissez la réponse vous guider. Après avoir vu comment les époux de lady Essex, lady Rochester et lady Sheridan se comportent envers leurs femmes, je comprends à présent que c'est possible. Si vous pouviez contracter ce genre de mariage, vous échapperiez à la sensation d'être emprisonnée. Je vous le promets.

Elle pressa légèrement la main de Joanna avant de la lâcher.

— Je vous remercie. J'ai trop peur de parler à Mère de ce genre de choses. Non pas qu'elle soit en colère contre moi, mais elle croit jouer un rôle dans mon incapacité à trouver un mari. Cela a été difficile pour elle.

Rosalind hocha la tête.

— J'imagine, mais vous ne devez pas laisser la chose vous contrarier. Vous devez avoir l'air heureuse et détendue pour qu'un homme soit intéressé.

La sœur d'Ashton rayonna. Elle avait une lueur d'espoir dans les yeux et ses joues rosissaient d'enthousiasme.

C'était gratifiant d'aider Joanna et de lui prodiguer des conseils. La propre mère de Rosalind était morte avant qu'elles ne puissent avoir ce genre de discussions, laissant en elle un immense vide. À l'intérieur de tous les membres de sa famille. Il n'y avait pas eu de bals, de prétendants, de petits rires à propos de robes ou de discussions pour savoir comment trouver un mari. Toutes les choses que les mères et leurs filles partageaient... Elle n'avait pas pu le faire. Au lieu d'effectuer sa sortie dans le monde, elle avait été emprisonnée dans un vieux château, accusant tous les coups violents que lui donnait son père et s'efforçant de se faire toute petite.

— Quoi qu'il en soit, il est trop tard pour changer de robe.

Légèrement nostalgique, Joanna observa à nouveau son reflet.

— La prochaine fois, la rassura Rosalind. Vous êtes prête ?

Joanna hocha la tête.

— Nous prendrons une calèche. Les hommes chevaucheront.

— Dieu merci, marmonna Rosalind.

Si elle devait partager une calèche avec Ashton, elle lui écraserait sûrement le pied exprès... plus d'une fois. Cela ne servirait toutefois pas à grand-chose. Il porterait certainement d'épaisses chaussures en cuir tandis qu'elle aurait des chaussons de satin blanc.

— Tenez.

Joanna lui tendit une paire de longs gants de soirée avant

d'enfiler les siens. Cela avait été un soulagement de n'être pas contrainte de se changer dans la chambre d'Ashton ce soir-là. Elle était toujours furieuse contre lui à cause de ce qui s'était passé dans le pré, et si elle devait se retrouver seule avec lui aussi vite, elle savait qu'elle jetterait quelque chose en direction de sa tête entêtée et pragmatique.

Regina les attendait au pied de l'escalier principal.

— Les hommes viennent de partir, même Rafe, même s'il voulait prendre la calèche avec nous à cause de son bras blessé. Ashton a insisté pour qu'il chevauche.

Les mots de l'autre femme prirent Rosalind par surprise.

— Mr Lennox s'est blessé au bras ?

Elle n'avait pas encore rencontré le frère cadet d'Ashton.

— Oui, il est tombé et s'est gravement blessé à l'épaule. Il a fallu qu'on appelle le Dr Finchley pour l'examiner. Il y a eu du sang, plus que ce que j'aurais imaginé pour une simple chute. Je me serais évanouie si j'avais eu le droit de regarder, mais Rafe a refusé de faire entrer qui que ce soit à part le médecin. Quel entêté !

Rosalind passa en revue les blessures qu'on pouvait se faire en tombant. Il était possible qu'il ait atterri sur une branche brisée ou une pierre acérée. Cela étant, elle repensa à ces yeux, la nuit du guet-apens, à cette hésitation quand elle avait appelé l'homme « Lord Lennox ». Et si c'était un tout autre type de blessure... Comme une blessure par balle ?

Rafe pouvait-il être le bandit de grand chemin qui l'avait dépouillée ?

— Je crains de ne pas encore avoir eu le plaisir de rencontrer votre frère, dit Rosalind. Comment est-il ?

Joanna se pencha vers Rosalind tandis que la mère d'Ashton les précédait pour aller voir si la calèche était prête.

— Rafe est... Eh bien, c'est tout le contraire d'Ashton. Rafe se lance sans regarder. Je crois qu'il ne reste jamais sans une maîtresse et il aime le jeu. Il dit que la vie est faite pour prendre des risques.

— À l'opposé d'Ashton, effectivement, à part pour les maîtresses.

— Ce sont des frères tout craché ! Avez-vous des frères, Rosalind ?

Rosalind ne put s'empêcher de sourire en grimpant dans la calèche avec Joanna.

— J'en ai trois.

— Trois ? Seigneur, j'arrive à peine à en supporter deux ! Comment sont les vôtres ? Ils se comportent certainement mieux que les miens.

— Des frères ?

Regina se mêla à la conversation.

Normalement, Rosalind n'aurait pas divulgué à des inconnues autant de détails sur son passé, mais elle appréciait la mère et la sœur d'Ashton et leur faisait confiance.

— Brock est mon aîné. Puis il y a Brodie et Aiden. Ils sont tous plus vieux que moi et plaisants, quoique légèrement entêtés. Je ne sais pas si l'un d'eux pourrait être qualifié de gentleman.

Regina pouffa.

— Les Écossais ne ressemblent à personne. Ils vous rendent folles, mais ils possèdent de nombreuses qualités irrésistiblement charmantes.

Regina éclata de rire en coulant un regard à Rosalind.

— C'était un compliment. Nous avons plusieurs Écossais dans la famille.

— Ashton en avait fait mention. Il connaît même un peu de gaélique.

— Oui, ce garçon aime les langues. Il excellait dans son éducation, et lui et ses amis parlent couramment une demi-douzaine de langues.

Joanna pouffa.

— Une nuit, ils parlaient de quelque chose qu'ils ne voulaient pas que je comprenne, alors ils ont discuté en allemand pendant une demi-heure. À la fin de leur discussion, j'étais plus impressionnée que contrariée.

Rosalind fut remplie d'envie. Elle aurait voulu apprendre d'autres langues, mais n'en avait pas le temps. Après la mort de son mari, elle avait été accaparée par la gestion de ses affaires et n'avait guère eu le temps d'étudier.

— Connaissez-vous beaucoup de langues, Joanna ?

— Non, je crains de n'être pas faite pour. Je suis bien plus douée pour les mathématiques, comme Ashton.

— Avez-vous beaucoup étudié ?

Joanna hocha la tête.

— Ashton s'est assuré que Thomasina et moi soyons aussi bien éduquées que n'importe quel homme.

— Thomasina ?

Voilà un prénom qu'elle ne connaissait pas.

Regina rayonna de fierté.

— Mon aînée. Elle est mariée et vit à Londres avec son époux et leurs deux enfants.

Durant le reste du trajet en calèche, Rosalind et Joanna relatèrent quelques anecdotes sur l'enfance d'Ashton. Apparemment, il n'avait pas toujours été un homme froid et calculateur. Il avait été un véritable garnement.

Rosalind se disait que les deux femmes faisaient de leur mieux pour présenter Ashton sous un jour favorable puisqu'elles pensaient qu'elle et lui se faisaient la cour, mais leurs récits étaient ponctués de sourires et d'une chaleur sincère. Il avait autrefois été un garçon gentil, mais aventureux, avec des grenouilles dans les poches et un talent pour les blagues. Elle ne pouvait s'empêcher de se demander ce qui lui était arrivé en route pour le changer autant.

— Ah, nous sommes arrivées, annonça Regina alors que la calèche s'arrêtait devant une immense maison éclairée par la lune.

Des lampes illuminaient les fenêtres et la grande porte d'entrée en chêne s'ouvrit alors que les garçons d'écurie venaient prendre les chevaux en charge et qu'un majordome les débarrassait de leurs châles. À l'intérieur, le son de la musique et des rires mit du baume au cœur de Rosalind. Elle avait assisté à si peu de bals au cours des dernières années !

Un valet lui offrit sa main pour l'aider à descendre, et elle retroussa ses jupes avant de placer sa paume dans la sienne. C'était son premier bal de campagne, un bal privé, mais puisqu'elle avait reçu une invitation formelle de la part des Merton, elle ne se sentait pas gênée d'y assister. Même elle savait qu'on ne pouvait pas rejoindre un bal de campagne privé sans invitation.

— Bienvenue !

Un homme d'âge moyen aux tempes grisonnantes vêtu d'un bel uniforme bleu se tenait à l'entrée, accueillant les invités.

Regina fit les présentations.

— Mr Merton ! Merci beaucoup d'avoir invité ma famille et mes invités. J'aimerais vous présenter à lady Melbourne.

Merton s'inclina.

— Charmé, positivement charmé de vous avoir parmi nous, Lady Melbourne. Entrez, je vous en prie. Nous laissons les gentlemen signer les cartons de danse des demoiselles.

Il lui tendit une petite carte dotée d'un filin qu'elle glissa autour de son poignet. L'usage des cartons de danse signifiait qu'il y aurait du monde.

— Quelle foule il va y avoir ! Venez avec moi.

Joanna attrapa fermement le bras de Rosalind et elles se dirigèrent vers l'endroit où se produisait toute la gaieté.

La salle de bal était pleine de gens qui riaient et parlaient avec une animation ravie. C'était plus informel que les bals auxquels elle avait assisté à Londres. Il était clair que c'était une occasion de faire la fête entre amis, pas un endroit pour les alliances politiques ou commerciales, ou bien les matrones cancanières en quête de reconnaissance sociale.

Malgré elle, Rosalind chercha Ashton du regard, essayant de le repérer à travers la foule.

Mr Merton les suivit dans la salle de bal.

— Je serai le maître de cérémonie ce soir. Laissez-moi vous

escorter à travers la pièce et effectuer les présentations nécessaires. Puis vous serez libre d'accepter des invitations.

Rosalind fut présentée à une série de célibataires polis et charmants, tous des inconnus sauf un seul. Sa présence la prit par surprise.

— Lady Melbourne ! Quel hasard ! Je suis ravi de vous revoir.

Le comte de Pembroke lui fit un baise-main.

— Comment se passe... la chose ?

Il pointa discrètement le menton en direction d'Ashton qui se tenait près du mur du fond, le visage fermé et les bras croisés. Jonathan et Charles discutaient près de lui, mais Ashton les ignorait, les yeux braqués sur elle.

Alors il s'était caché contre le mur... Le baron faisait tapisserie ? Cette pensée faillit la faire éclater de rire.

— Cela n'a pas été facile, admit Rosalind. Pour le moment, il contrôle tout, Milord. Je ne sais pas comment je vais lui échapper.

Lord Pembroke décocha à Ashton un regard furieux.

— Que demande-t-il ? Je pourrais racheter vos dettes et...

— Je vous remercie, mais non, Milord. Je dois composer avec lui en personne. Il a l'intention de m'épouser et rien ne peut l'en dissuader.

— Lennox veut vous *épouser* ?

Le choc de Pembroke était légèrement déconcertant. Elle n'était certainement pas un parti aussi vil pour le choquer autant !

— Je sais qu'en tant que veuve, je ne suis pas une partenaire idéale, mais...

Pembroke leva une main.

— Vous vous méprenez sur ma surprise, Lady Melbourne. Lennox a toujours été particulièrement mercenaire dans son intérêt pour le sexe opposé. Je ne m'imagine tout simplement pas qu'il possède un côté romantique. Cela dit, vous êtes une perspective tentante.

Le sourire de Pembroke était chaleureux et sincère.

Rosalind lui donna une légère tape avec son éventail.

— Ne me taquinez pas, Milord.

Il était facile de voir pourquoi Émily Parr l'appréciait et lui faisait confiance. C'était un véritable gentleman.

— Je vous épouserais, Lady Melbourne, si vous le souhaitiez. Je suis un homme loyal et on m'a dit que je suis bon amant.

Il lui adressa un clin d'œil canaille.

— Je dois avouer que vous me fascinez.

Deux demandes en mariage en moins de deux jours ? Elle dut dissimuler sa surprise en entendant la proposition inattendue de Pembroke. C'était incroyablement chevaleresque de sa part.

— Cela ne sera pas nécessaire, Milord, même si votre proposition m'honore.

— Je suis sincère, Lady Melbourne. Je serais *heureux* de vous épouser.

— Je vois pourquoi lady Essex apprécie votre amitié, Milord.

Pembroke soupira, acceptant de son mieux le refus subtil.

— J'admets que je suis déçu, mais je vois que vous êtes déterminée à mener ce combat toute seule. Très bien. Toutefois, puis-je vous suggérer un plan pour rendre Lennox jaloux ?

Rosalind lui adressa un sourire rayonnant.

— C'est une idée fantastique ! Il se montre bien trop possessif et j'ai envie de lui rappeler que je suis une femme libre.

— Alors, permettez-moi de signer votre carton de danse.

Il chercha son bras et écrivit son nom pour les deux premières danses.

— Je ne voudrais pas causer trop de scandale en en exigeant plus que deux, mais en danser plus d'une seule va certainement nous attirer l'attention de Lord Lennox.

— Je vous remercie, Milord.

Avec un sourire, Pembroke lui fit un autre baise-main avant de passer à une autre jeune femme.

Un homme grand, blond et aux yeux bleus s'approcha d'elle. Il ressemblait tant à Ashton que de prime abord, il la dérouta.

— Alors, vous êtes la dernière maîtresse de mon frère ?

Il captura sa main avec un léger sourire et lui embrassa le bout de ses doigts à travers son gant. Elle remarqua qu'il se servait de sa main gauche, pas de la droite.

— Et vous devez être Mr Lennox, le frère dévoyé d'Ashton.

Il ricana.

— Dévoyé ? Continuez, Lady Melbourne, j'aimerais m'habituer à votre langue acérée. Je vois que Lonsdale vous a prévenue.

Rosalind protesta.

— Ma langue n'est pas si acérée. Le comte exagère parce qu'il aime s'attirer des ennuis.

— Attirez-*vous* les ennuis, Lady Melbourne ?

Rosalind le regarda dans les yeux.

— Pas autant que vous, je le devine.

Sur ce, elle le laissa signer son carton de danse. Ce serait la meilleure façon de vérifier si Rafe était vraiment le bandit sur lequel elle avait tiré durant la tempête. Si c'était le cas, elle allait exiger qu'il lui rende son argent. Elle voulait également s'assurer qu'il n'arrête plus jamais une autre calèche de la sorte.

Le temps que le bal commence, son carton de danse était presque plein. De derrière une rangée de danseurs prêts à s'élancer, elle jeta un œil à Ashton et vit qu'il n'avait pas quitté sa place contre le mur. Il l'observait toujours.

— Prêts ?

Pembroke revint vers elle pour réclamer sa première danse, et ils rejoignirent les autres.

— Je vous promets que je serai un excellent partenaire.

Il se pencha alors pour lui murmurer :

— Je marche *rarement* sur les pieds.

Rosalind prit position en face de lui et la danse débuta. C'était indéniablement un gentleman remarquable, mais chaque fois que la danse la faisait tourner vers l'endroit où se dressait Ashton, elle se perdait momentanément dans l'intensité de son regard. Il l'attirait, lui promettant des choses sombres et délicieuses. Si seulement elle avait pu coucher avec lui et le quitter comme tant d'autres veuves en semblaient capables ! Mais il avait le mariage en tête et était décidé à contrôler sa vie.

— Votre cruel oppresseur semble très contrarié, ricana Pembroke alors que la danse se terminait.

Ils applaudirent les musiciens qui mirent un terme à la mélodie enjouée.

— Oui, je vois cela, répondit Rosalind, ravie du déplaisir évident d'Ashton.

— La prochaine est une valse.

Pembroke écarta ses cheveux sombres de ses yeux avant de la serrer plus fort contre lui.

— Et si on le rendait furieux ?

Rosalind plaça sa main dans la sienne et sourit quand il passa un bras autour de sa taille, la serrant de trop près pour que cela soit convenable. Connaissant les motivations de Pembroke, elle l'y autorisa. Elle eut un sourire diabolique.

— Rendons-le *vraiment* furieux.

13

Lord Pembroke avait tenu parole, mais avant qu'Ashton ne puisse lui dire quoi que ce soit, Rafe s'était glissé entre eux.

— Désolé, mon frère, mais je suis le prochain.

Rafe adressa un sourire carnassier à son aîné.

Ashton tenta de prendre l'autre main de Rosalind pour l'écarter.

— Allons, vous ne devriez pas danser après votre chute.

— Balivernes, répondit Rafe. Je suis resté alité trop longtemps. Un peu d'activité me ferait du bien.

Rosalind se mordit la lèvre afin de dissimuler un sourire suffisant alors qu'elle passait devant Ashton pour suivre Rafe sur la piste de danse.

— Désolée que vous ne puissiez pas avoir ce que vous désirez, Lord Lennox.

Ashton serra visiblement les poings.

Rafe regarda son frère avec un ricanement.

— Alors, Lady Melbourne, dites-moi, allez-vous épouser mon frère ? Le bruit court chez nous que vous allez le faire, ce qui n'a que peu de sens pour moi. J'ai noté une tension entre vous qui n'évoque absolument pas des bouquets de fleurs ou des baisers dans le noir.

Cela ne servait à rien de dissimuler la vérité. D'ailleurs, compte tenu de sa nature opposée à celle d'Ashton, Rafe serait peut-être du genre à accepter de défier son frère et de lui offrir son aide pour savoir comment lui échapper. Elle n'avait pas perdu l'espoir de trouver un moyen de récupérer sa vie sans avoir recours à des marchés diaboliques ou à la séduction.

— Il m'a placée dans une position de ruine financière afin d'obtenir ma main en mariage.

Rafe écarquilla les yeux.

— Par le diable ! C'est un coup bas, même pour mon frère.

— Oui, mais vous savez aussi bien que moi quel genre d'homme c'est. J'ai accepté de l'épouser, mais à la vérité, j'aimerais trouver le moyen de récupérer ma propriété et de rester indépendante.

La danse les fit tourner autour d'un autre couple et ils durent brièvement se séparer avant de pouvoir se retrouver.

— Lady Melbourne, accepteriez-vous un conseil si je vous en donnais un ?

— Certainement, si vos intentions sont honorables.

— Lady Melbourne, cette remarque me blesse le cœur. Mes intentions sont honorables, bien entendu. Je n'aime pas voir mon frère forcer une femme à faire quelque chose à laquelle elle n'adhère pas entièrement, et j'admets volontiers que j'aimerais le voir puni pour ses manigances.

Cela semblait une réponse parfaitement honnête.

— Très bien. Quel est votre conseil ?

Elle dut attendre un autre moment alors qu'ils se reculaient pour laisser deux autres couples danser entre eux.

Rafe lui adressa un sourire conspirateur quand ils se retrouvèrent.

— Êtes-vous douée pour les jeux comme les cartes, ou peut-être les échecs ?

— Je suis une catastrophe aux cartes, mais plutôt bonne pour les échecs.

Seule dans un château avec ses frères, elle avait assez bien intégré les règles.

La danse se termina et Rafe lui prit le bras pour la guider hors de la piste de danse vers une alcôve où il se pencha près d'elle pour lui parler en privé.

— Alors voici ma suggestion : pariez-lui votre liberté conjugale et financière. Mon frère est absolument irrécupérable aux échecs. Il ne comprend que les bases, mais pas les subtilités. Vous pourriez le battre si vous en faisiez une question d'honneur.

Ashton ne lui permettrait certainement pas une issue aussi facile. Il avait promis de lui rendre son bien en temps et en heure. Toutefois, il avait également menacé de le garder si elle n'envisageait pas de l'épouser. Sa crainte était que plus elle refuserait, plus sa menace se ferait prononcée. Quelque chose de ce genre créerait peut-être une question d'honneur qu'il ne pourrait pas ignorer.

— Je ne pense pas qu'il...

— Jouez sur sa vanité. Défiez-le à un jeu de stratégie, où vous serez sur un pied d'égalité.

Rafe regarda autour de lui.

— Flûte, il arrive et il a l'air de vouloir m'étrangler.

En effet, Ashton s'avançait vers eux. En surface, il semblait aussi calme qu'à l'ordinaire, mais la façon dont il poussait ceux qui se dressaient en travers de sa route faisait comprendre à Rosalind l'inquiétude de son frère.

— Rafe, pourquoi n'iriez-vous pas chercher à lady Melbourne un verre de punch à l'arack ? suggéra Ashton d'un ton acéré qui aurait pu trancher le métal.

— Bien entendu.

Rafe adressa un clin d'œil à Rosalind et se dirigea vers les tables de rafraîchissements.

Ashton captura le poignet de Rosalind et leva le petit carton vers lui pour l'inspecter.

— Vous resterait-il des danses de libres par hasard ?

— La dernière, dit-elle en l'observant, essayant de ne pas sourire alors qu'il regardait les noms d'un air sombre.

S'il croyait maintenir une façade indifférente, il se mentait à lui-même. Il se servit d'un fin crayon pour écrire son nom au bas du carton puis il s'écarta d'elle.

— Bien. Alors vous serez mienne pour le reste de la danse, dit-il d'une voix qui débordait d'arrogance.

— Vous devriez danser avec quelqu'un d'autre avant moi, Milord. C'est déplacé de votre part de danser avec une seule partenaire. Les gens vont parler.

Ses yeux bleus s'embrasèrent quand il se pencha vers elle.

— Ai-je l'air de m'en préoccuper ?

Rosalind essaya de battre en retraite, mais pas parce qu'elle se sentait submergée par lui. Plusieurs couples les regardaient à présent, et elle ne souhaitait pas que le bal de Mr Merton devienne une scène de scandale et de commérages.

— Milord, veuillez vous reculer. Les gens nous regardent.

Il leva la main et écarta de son cou une mèche folle.

— Qu'ils le fassent !

Ce contact lui provoqua des fourmillements brûlants. Elle trouva cela honteusement doux et sensuel quand ses doigts s'attardèrent contre son cou un instant de plus.

Était-ce ce que cela faisait ? D'être aimée et chérie en tant que femme ? Elle savait qu'Ashton ne l'aimait pas, que ses avances étaient souvent centrées sur ce qui était pratique et avantageux, mais il y avait de l'affection dans ce contact. Une part de ce baron impitoyable avait des sentiments pour elle. Cela n'aurait rien dû lui faire, et pourtant... Elle voulait que quelqu'un se préoccupe d'elle, même si c'était son rival en affaires.

— J'attends notre danse avec impatience.

Il laissa sa main retomber de son cou et s'éloigna.

— Seigneur ! marmonna-t-elle en s'éventant.

La dernière serait une valse. Quelque chose d'aussi intime n'était pas une bonne idée. Elle ne décidait pourtant pas de ce que l'orchestre jouait. Peut-être que pour une fois, le sort joue-rait en sa faveur.

Cette nuit était un enfer pour les nerfs d'Ashton.

Voir Rosalind, *sa* Rosalind, évoluer sur la piste de danse, passant d'un homme à l'autre… Il n'y survivrait pas. Chaque fois que quelqu'un touchait sa main ou la faisait sourire, il grimaçait.

— Encore deux danses. C'est tout ce que j'ai à endurer.

Il braqua son attention sur le reste de la pièce. Dans un coin, sa mère riait avec d'autres femmes mariées. Environ une douzaine de plumes d'autruche tressautaient alors que les dames penchaient la tête pour échanger des commérages. C'était l'élé-ment de sa mère : la scène sociale.

Elle était la fille d'un comte en possession d'une vaste fortune. Malgré un éventail de prétendants éligibles, elle avait épousé le père d'Ashton à cause de notions imbéciles telles que l'amour. Le déclin de son père avait fait du mal à sa mère par association. Cela ne faisait que quelques années qu'elle avait réintégré la société.

Il l'avait aidée à se refaire, bien sûr, utilisant la fortune qu'il avait amassée pour que sa famille rachète sa place par l'argent et l'influence. Sa mère n'avait toutefois pas la moindre idée de ce qu'il avait fait afin d'assurer son bonheur et l'avenir de Joanna. Non, elle pensait qu'il était un saligaud sans cœur qui ne valait pas mieux que son père.

Il avait toujours pourtant veillé sur sa famille, s'occupant de l'éducation de Rafe ainsi que de celle de Joanna et s'assurant que sa famille ait tout le confort dont il avait besoin.

Quand la Ligue s'était formée à l'université, c'était dans le sillage d'une tragédie, mais cela avait également forgé des liens d'amitié indestructibles. Ces liens ne l'avaient pas sauvé de lui-même. Il n'avait pas été capable de lâcher prise sur cette partie de lui qui restait obsédée par l'argent et le pouvoir, essayant de reconstruire la fortune et le statut de sa famille après la ruine de son père. Heureusement, la Ligue lui avait rappelé que la vie comprenait plus que ces choses-là. Il y avait aussi l'amitié et la loyauté.

L'amour ne faisait pas partie de l'équation, mais cela ne changeait rien aux aspirations qui laissaient son cœur endolori quand il voyait ses trois amis mariés en compagnie de leurs épouses.

— Vous avez une dette envers moi, cher frère, annonça Rafe en venant se glisser à côté de lui.

Il retira une fine flasque de sa redingote et avala une goulée rapide.

— Qu'est-ce que c'est ? demanda Ashton en désignant la boisson.

Rafe tapota la flasque.

— Du courage liquide. Vous devriez essayer.

Il la fourra entre les mains d'Ashton.

Du coin de l'œil, il vit Rosalind danser avec un autre homme et rire à quelque chose que lui disait son partenaire. Son sang brûlait sous sa peau et il leva la flasque à ses lèvres, réprimant alors un haut-le-cœur. Cela avait le goût du brandy amer.

— Que diable est-ce donc ? dit-il en s'essuyant la bouche avec sa main gantée.

— Ce n'est pas important. Vous me remercierez quand je vous révélerai comment je vous ai sécurisé votre future femme.

Ashton avala une longue lampée de la liqueur horrible avant de la rendre à Rafe.

— De quoi parlez-vous ?

— Tout en dansant avec cette ravissante Écossaise, je lui ai fait croire qu'elle serait capable de remporter sa libération d'entre vos griffes notoires.

Il empoigna Rafe et le plaqua contre le mur.

— Quoi ?

Rafe marmonna un juron et la couleur disparut de son visage.

— Que vous arrive-t-il ? Je ne vous ai pas poussé si fort que cela.

— Prenez garde, mon frère. C'est mon épaule.

Ashton plaqua une main contre l'épaule de son cadet.

— Ah oui, votre blessure. Une chute... ou peut-être plutôt une *balle* ?

— Quoi ?

— Rosalind a été dévalisée par un bandit en se rendant chez nous. Au début, elle avait cru que cet homme était moi. Avouez-moi sur-le-champ et je déciderai plus tard comment punir vos bêtises.

— Je...

Devant son hésitation qui s'éternisait, Ashton raffermit la pression sur son épaule. Rafe décocha un regard venimeux à Rosalind.

— Et c'était bien visé, avec l'obscurité et la pluie. Je ne sais pas comment elle a réussi à m'atteindre.

Ashton grogna. Son imbécile de frère avait-il vraiment joué au bandit de grand chemin ? Et quoi d'autre ? Joanna, si raisonnable, allait-elle s'enfuir à Gretna Green avec un inconnu ?

— Souhaitez-vous finir à la potence, espèce d'imbécile ?

Le silence soudain autour d'eux leur fit tourner la tête. À la consternation d'Ashton, un certain nombre de personnes avaient cessé leurs conversations et s'étaient tournées pour les regarder. La dispute lui avait fait oublier où il se trouvait.

— Nous en discuterons demain. Bon, que disiez-vous à propos de Rosalind ?

Le sourire de Rafe était froid.

— Si elle vous demande de jouer aux échecs ce soir, acceptez. Mentez sur votre degré de maîtrise.

— Je ne vous suis pas.

— Dois-je tout vous expliquer ? Vous comprendrez. Rafe s'écarta du mur et pénétra dans la foule d'un pas vif.

— De quoi parliez-vous donc ? Jonathan s'approcha de lui, le visage rouge.

— Rien. Rafe est irritant, comme toujours. Vous avez dansé ?

Une légère culpabilité passa sur les traits du jeune homme.

— C'est mon premier vrai bal en tant qu'invité et non membre du personnel. Je trouve cela assez plaisant, en fait.

Ashton se sentit soudain égoïste. Du fait de Hugo, les mois précédents lui avaient fait l'effet d'un tourbillon sans fin de menaces dangereuses. Et au milieu de tout cela, Jonathan, un tout nouveau membre reconnu de la haute société, venait à peine d'assister à son premier bal à l'âge de vingt-cinq ans. C'est Ashton qui aurait dû lui donner des conseils – que le ciel lui vienne en aide si celui-ci demandait plutôt à Charles –, mais de toute évidence, le jeune homme se débrouillait très bien tout seul.

— Est-ce la danse ou bien les femmes qui vous plaisent ? demanda Ashton.

— La danse, répondit Jonathan sans la moindre hésitation.

Son regard se fit plus perçant.

— Pourquoi ?

Ashton fit un signe de la main pour désamorcer le regard soupçonneux de Jonathan.

— Vous n'êtes pas forcé d'épouser Audrey, vous savez. Le fait qu'elle vous témoigne de l'intérêt ne signifie pas que vous deviez le lui rendre. Elle s'intéresse à beaucoup de choses puis tourne la page tout aussi rapidement. Je veux simplement m'assurer que quelqu'un vous le dise. Aucun des autres membres de la Ligue ne songerait à vous en parler, parce qu'ils pensent que vous êtes déjà au courant. Mais vous avez le droit de choisir votre épouse.

Jonathan resta silencieux pendant un long moment, gardant le regard braqué sur les couples qui évoluaient sur la piste de danse. Un soupçon de contrariété s'empara de son visage.

— Je ne suis pas innocent. J'ai connu pas mal de maîtresses. Mais au cours des derniers mois, quand j'ai eu l'occasion de coucher avec une femme, j'ai laissé le moment filer parce qu'aucune n'était *elle*. Je ne sais pas si c'est simplement du désir et de la fascination, ou bien une attirance étrange et inéluctable, mais pour le moment, je ne me vois avec personne d'autre qu'Audrey. Elle est jeune et si...

Ashton ricana.

— Je suis certain qu'il n'existe pas assez d'adjectifs dans la langue anglaise pour décrire cette fille.

— Non, en effet.

— Faites attention, c'est tout. Avec elle, si un cœur devait se briser, ce ne serait pas forcément le sien.

Jonathan fit courir une main à travers ses cheveux cendrés alors que la musique s'arrêtait, se préparant à repartir. Il se tourna vers Ashton.

— C'est la dernière danse. Allez-vous enfin valser avec votre dame ?

Il désigna du menton Rosalind qui s'éventait le visage.

Elle était absolument radieuse. Danser lui allait bien. Ashton était bien placé pour savoir qu'une femme qui aimait danser appréciait souvent l'amour à égale mesure. Rosalind fit la révérence à son partenaire puis s'empara de son carton de danse, un sourire s'attardant sur ses lèvres.

Il attendit, observant son visage quand elle se rendit compte qu'il ne restait plus qu'une valse, plus qu'un seul nom. Rosalind rougit et elle regarda autour d'elle, le repéra et se figea. Sa respiration faisait légèrement tanguer sa poitrine, sans quoi tout en elle était immobile. Il s'approcha d'elle.

— Rosalind.

Il tendit la main et se perdit dans les lacs argentés de ses yeux. Des yeux ravissants qui débordaient d'émotion. Pas les yeux vides et doux d'une jeune femme qui n'avait pas vécu, mais ceux de quelqu'un qui s'était battu pour tout ce qu'elle avait.

Une guerrière, comme lui.

Puis elle plaça sa main dans la sienne avec anticipation. Il la ramena sur la piste alors que les musiciens commençaient à jouer une valse. S'il devait danser, il préférait une danse lente et mesurée créée pour séduire une femme. Il n'était pas d'humeur à faire des bonds de cabri.

Ashton glissa une main autour de sa taille.

— Je vous ai regardée. Vous dansez très bien.

— Mais vous n'avez pas encore dansé avec moi, répondit Rosalind avec un sourire. Et si je vous marche sur les pieds ?

— Cela n'arrivera pas, lui assura-t-il. Parce que je suis meilleur danseur.

— Vous vous vantez, n'est-ce pas ?

— Pas du tout. C'est un simple fait. Il l'attira un peu plus près de lui et ils se lancèrent.

Pour la première fois de sa vie, il était captivé par une simple valse et une partenaire ravissante. Il ne s'était pas vanté à propos de ses talents de danseur. La danse était une combinaison de mathématiques et de mouvement. C'était quelque chose qui pouvait être étudié et perfectionné. C'était un art qu'il était capable d'exécuter avec une précision académique.

Mais ceci était différent. Rosalind évoluait avec lui comme s'ils dansaient ensemble depuis des années. Elle descendit les escaliers sans effort et suivit son mouvement sans se faire prier. Le lustre illuminait sa peau d'albâtre, la faisant rayonner.

Elle était si ravissante !

— Avez-vous apprécié le bal, Milord ? demanda-t-elle. Son ton était léger, mais elle attendait sa réponse en pinçant les lèvres.

— Cela a été très agréable.

Hormis le fait de vous voir danser avec tous les hommes présents sauf moi.

— Milord, je...

Elle s'interrompit brusquement et il la vit pointer le menton et carrer les épaules.

— Qu'y a-t-il ? Parlez, je vous en prie. Je n'aimerais pas vous faire peur au point d'en perdre la parole.

Il vit une étincelle dans ses prunelles.

— Je n'ai pas peur de vous.

— Alors quel est le problème ?

— Nous devons résoudre cette... question entre nous. De simples discussions ne nous ont menés nulle part et je m'impatiente. Et si nous faisions à la place un pari ? Toute victoire serait finale. Nous pourrions rédiger un contrat de mariage, bien entendu, afin que tout reste équitable.

— Un pari pour savoir si vous allez m'épouser ou pas ?

Pour une raison inconnue, il sentit son cœur battre contre ses côtes suffisamment fort pour lui couper la respiration. Était-ce là l'idée de Rafe ? Serait-il capable de remporter avec autant de facilité la soumission de Rosalind ?

— Oui. Nous serions tous les deux liés par notre sens de l'honneur. Si je perds, je vous épouse. Si je gagne, vous me rendrez ma propriété comme promis avant la fin de la semaine, revendrez mes dettes à une personne de mon choix et me permettrez de retourner à Londres.

C'était parfaitement clair sans qu'elle ait besoin d'ajouter : *« Et alors je serai libérée de vous »*.

— Je ne serais pas sincère dans mes intentions si j'acceptais la chose sans condition. Il retint son souffle alors que la valse se terminait, mais il ne la lâcha pas.

— S'il vous plaît, l'implora Rosalind. Nous pouvons avoir un témoin de notre accord.

Feignant la résignation, il braqua les yeux au plafond.

— Très bien, mais nous aurons besoin de quelqu'un d'impartial pour sélectionner le jeu.

Se mordant la lèvre, elle secoua la tête.

— Je me disais la même chose. Pourquoi pas votre frère ?

Elle désigna du menton Rafe qui observait la foule, un air ennuyé sur le visage. Quand il vit qu'ils les regardaient, Ashton lui fit signe de les rejoindre.

— Qu'y a-t-il ? demanda Rafe.

— Rosalind et moi avons l'intention de faire un pari amical, et nous avons besoin de quelqu'un d'impartial pour choisir notre jeu. Choisissez quelque chose de juste, comme un jeu d'astuce.

— Pourquoi pas les échecs ? suggéra Rafe. Vous n'êtes pas très doué, mais vous n'êtes pas incompétent non plus.

Le cœur de Rosalind fit un bond. Rafe l'aidait encore plus

qu'elle l'avait envisagé. Elle se souvint de faire semblant qu'elle était simplement passable aux échecs.

— Pourquoi pas ? J'ai un niveau acceptable.

Elle se fit violence pour ne pas se trémousser.

Ashton braqua un long regard sur elle.

— Très bien. Les échecs ! Nous discuterons des modalités pour égaliser les chances quand nous serons rentrés à la maison.

— Mais...

Ashton posa un doigt sur ses lèvres.

— N'élaborons pas ici. On risquerait de nous entendre.

Il pointa discrètement le menton vers un trio de jeunes femmes qui les observaient avec avidité tout en tentant d'échanger une conversation derrière leurs éventails.

— Oui, bien sûr, marmonna Rosalind en essayant de s'écarter de lui.

Il ne l'y autorisa pas. Au lieu de cela, il captura sa main et la cala dans son bras pour l'entraîner plus loin.

— Où allons-nous ? demanda-t-elle en regardant successivement les autres invités.

— À la maison. J'ai une partie d'échecs très importante à remporter.

❧ 14 ❧

Rosalind resserra son châle autour de ses épaules tandis qu'Ashton se proposait pour l'aider à descendre de la calèche.

— Venez, ma chérie, la taquina-t-il. N'ayez pas peur.

— *Je n'ai pas peur.*

Elle lui tendit la main, mais il fit un pas vers elle et la saisit par la taille pour la déposer à terre. Derrière lui, les lumières de la maison baignaient la pelouse avant d'une teinte légèrement dorée, formant un contraste ravissant avec l'obscurité profonde du milieu de la nuit.

— Je vais demander à un valet de nous apporter une bouteille de vin. Visiblement, nous en avons besoin.

C'est en ricanant qu'il l'aida à grimper les escaliers. Le majordome leur ouvrit la porte et Ashton le prit à part pour lui parler tandis qu'un valet débarrassait Rosalind de son châle.

— Prêts ? lui demanda Ashton en se retournant vers elle.

— Avec vous, je ne sais pas si je serai véritablement prête un jour, dit-elle alors qu'Ashton la précédait jusqu'en haut du grand escalier.

Allait-elle jouer son futur sur une partie d'échecs ? C'était une folie, mais c'était un risque à courir si elle voulait se libérer des plans manipulateurs de Lennox. Qui plus est, à en croire Rafe, le risque était moindre.

— Attendez. Pourquoi jouons-nous dans votre chambre ? Il existe certainement un meilleur emplacement.

Rosalind s'arrêta brusquement et se cabra quand il tenta de l'entraîner à l'intérieur.

— Puisque les échecs ne sont pas mon point fort, j'exige d'avoir un avantage en ma faveur. Je vous prie d'entrer et je vous expliquerai comment j'ai l'intention d'égaliser les chances.

Ashton ouvrit la porte davantage et fit un pas en arrière, lui permettant de prendre la décision d'entrer.

Elle voyait dans ses yeux une intensité argentée dont elle ne pouvait pas se détourner, même si elle l'effrayait. Il ne lui ferait aucun mal, pas physiquement, mais il y avait quelque chose chez Ashton Lennox qui la prévenait que si elle s'approchait trop près, il la réduirait tout de même en cendres.

Ses pieds s'étaient mis en mouvement avant qu'elle ne puisse les arrêter et elle précéda Ashton dans sa chambre.

Seigneur, faites que cela ne soit pas une erreur.

Elle se tourna vers lui, lui adressant son plus impérieux regard.

— Je suis là. Parlez, à présent, Lennox.

Bêtement, une partie d'elle pensait pouvoir conserver entre eux des liens professionnels si elle se servait de son nom de famille. La dernière chose qu'elle aurait voulue en cet instant était de prononcer son prénom dans un environnement aussi intime.

— Je me disais que...

Un léger coup contre la porte ouverte annonça l'arrivée d'un valet portant une bouteille de vin.

— Milord.

Le valet tendit la bouteille à Ashton qui la saisit par le goulot.

— Merci, William. Allez-me chercher un échiquier dans le salon, voulez-vous ?

Il referma la porte et fit signe à Rosalind de s'asseoir dans un fauteuil près du feu. Il la rejoignit et posa la bouteille de vin entre eux sur la table.

— Les conditions telles que je les comprends sont les suivantes : si je gagne, vous m'épouserez immédiatement. J'obtiendrai une licence spéciale à Londres. Si vous l'emportez, je transférerai vos dettes à la personne de votre choix et je dirai aux banques de rouvrir vos possibilités de crédit d'ici la fin de la semaine.

Rosalind serra les poings.

— *Si* nous nous marions, je suppose que vous me laisserez vivre où je le souhaiterai et que nous n'aurons pas besoin de nous voir, hormis quelques fois par an, pour sauver les apparences ?

Ashton se cala contre le dossier de sa chaise et croisa les jambes.

— Absolument pas. Si nous nous marions, nous vivrons ensemble, partageons un lit, partagerons une *vie*. S'il y a une chose pour laquelle je ne souhaite pas le scandale, c'est le mariage. Que mon épouse vive séparément serait un scandale. Mon style de vie a déjà causé suffisamment de tort à ma pauvre sœur. Pour le bien de ma famille, c'est une chose que je ne souhaite pas voir teintée.

Partager une vie avec Ashton ? Étrangement, cette pensée ne l'effraya pas, pas autant qu'elle ne l'aurait cru. La seule chose qu'elle ne voulait pas était d'un homme qui la contrôlerait. Elle voulait un partenaire, pas un geôlier. Mais comment pouvait-elle être certaine qu'il n'était pas ce qu'elle craignait le plus : la copie conforme de son père ?

— Ashton, vous devez me promettre que vous... Vous ne...

Elle contint ses paroles jusqu'à ce qu'elles menacent de l'étrangler.

— Que, quoi ? demanda-t-il en se penchant en avant. Ditesmoi, Rosalind. Il ne devrait pas y avoir de secrets entre nous. Je veux que vous vous sentiez toujours libre de parler.

Elle voyait la sincérité dans son regard.

— Je ne survivrai pas à un mariage dans lequel je ne serais

qu'un pion que vous déplaceriez à votre gré. J'ai besoin que vous me promettiez que nous serons de *véritables* partenaires dans notre vie commune.

Elle priait pour qu'il comprenne. Il *devait* comprendre.

Ashton décroisa les jambes et lentement, il tendit le bras au-dessus de la petite table pour lui saisir le menton.

— Le seul endroit où je vous dominerai sera au lit... pour notre plaisir mutuel. Pour tout le reste, vous serez mon égale. Vous avez ma parole.

Son pouce lui caressa la lèvre inférieure, un contact sensuel empli de tendresse comme s'il voulait la rassurer.

La dominer au lit. Au lieu de l'effrayer, cette pensée la ravit. Ce n'était pas une menace, mais la promesse d'une extase, de choses dont elle n'avait pas fait l'expérience avec son premier époux.

Avec une inspiration tremblante, elle hocha la tête.

— Alors j'accepte vos conditions.

Ashton ne lui lâcha pas le menton même lorsque le valet revint avec l'échiquier et les pièces.

— Posez cela ici, William.

Ashton la lâcha enfin et tapota la table du bout des doigts. Le jeune valet posa l'échiquier et Lennox commença à disposer les pièces, puis il s'interrompit quand il commit une erreur dans le placement du roi et de la reine, et se corrigea. Cette erreur détendit Rosalind.

— Pourquoi ne finiriez-vous pas de tout mettre en place ? Je vais nous servir du vin.

Il se redressa et alla à sa commode où se trouvaient deux verres près de la bouteille de vin. Il prit les verres et les posa sur la table à côté de l'échiquier. Rosalind acheva d'y disposer les dernières pièces. Ashton leur servit à boire, le liquide écarlate éclaboussant l'intérieur des verres. Le bouquet était sucré, avec une note de cerise et de chêne.

— Maintenant, finissez votre verre. Nous devons parler d'une chose de plus.

Il sirota son vin et alla à la porte de sa chambre pour refermer le loquet.

— J'ai déjà accepté vos conditions.

Il leva une main.

— Cela ne concerne pas les conditions, mais les règles. C'est relativement simple. Afin d'égaliser les chances, nous allons jouer de la façon suivante : après chaque coup, celui qui perdra une pièce devra également sacrifier un article de vêtement.

Elle sentit son pouls s'emballer et son visage s'empourpra.

— Quoi ?

— Nous devrons tous les deux nous déshabiller si nous perdons. Cela nous distraira l'un comme l'autre.

— En quoi est-ce un avantage pour vous ? demanda-t-elle. Je pourrais vous déshabiller en douze coups.

Son petit sourire taquin la fit frissonner.

— Cela serait une plus grande distraction pour *vous*, je vous l'assure. Je suis bien plus à l'aise dans mon corps que vous ne le pensez. Je doute que vous soyez à l'aise sans le moindre vêtement.

Il leva son verre en guise de salut et avala une autre gorgée.

— Je refuse. C'est terriblement déplacé.

— Je crains de devoir insister. Allons, Rosalind. Nous sommes en privé et tous ceux que nous connaissons sont encore au bal. Ne me dites pas que vous ne ressentirez aucune satisfaction à m'embarrasser en m'ôtant mes vêtements ? Si vous en êtes capable, bien sûr.

Rosalind plissa les paupières. Elle ne dit pas un mot, mais accepta son défi avec un regard noir.

Il fit tourner l'échiquier pour placer les pièces noires devant elle.

— Vous êtes prête à commencer ?

— Je préfère les blancs, l'interrompit-elle.

— Moi aussi.

Serrant les dents, elle lui adressa un regard noir.

— Je n'en doute pas. Très bien. Jouez en premier.

D'un geste désinvolte, Ashton fit avancer un pion. Rosalind déplaça immédiatement son pion afin de le contrer dans la case directement opposée. Quand ils levèrent les yeux pour se regarder, il courba les lèvres et dissimula le reste de son sourire derrière son verre de vin. Puis il déplaça son cavalier et elle bougea l'un des siens. Les deux coups suivants amenèrent leurs fous face à face. Chaque coup était en miroir alors que Rosalind attendait qu'Ashton lui laisse une ouverture. Ashton avança un pion et Rosalind saisit sa chance, se servant de son fou pour le manger.

— Je crois que cela signifie que vous devez retirer un article de vêtement.

Elle sourit malgré elle en buvant cul sec son verre de vin. Les saveurs subtiles étaient sucrées sur sa langue. Il avait un goût excellent en matière de vin. Pas trop amer, ce rouge était doux, velouté et corsé.

— C'est correct. Eh bien, Rosalind. Choisissez ce que je vais retirer.

Il se redressa de sa chaise et s'approcha d'elle.

Elle se redressa aussi, ayant besoin de se sentir un peu plus grande en face de lui. Elle parcourut ses vêtements du regard. Il avait ôté sa redingote avant même qu'ils n'entament la partie, et elle ne souhaitait pas qu'il retire son pantalon. Il avait eu raison en disant qu'elle serait distraite par sa nudité partielle. Cela dit, son gilet serait parfait. Elle fit courir un doigt le long de la soie brodée d'or.

— Cela suffira.

— Alors, ne vous gênez pas.

Il désigna de la main la rangée de boutons en perles.

Il voulait qu'elle le déshabille ? Avec des doigts hésitants, elle retira la rangée de boutons de leurs fentes puis glissa les mains sous la soie afin de la lui enlever. Il était chaud et son odeur séduisante la taquina alors qu'elle ôtait le vêtement de ses épaules et le laissait tomber à terre. Il s'éclaircit la gorge et ils firent tous les deux un pas en arrière, mais la tension entre eux était suffisamment palpable pour qu'elle trouble déjà les facultés de Rosalind.

Il s'assit et déplaça un pion, puis elle écarta un fou du sien. Un autre pion blanc bougea et Rosalind le retira avec son pion noir.

— J'ai bien de la chance, marmonna Ashton en se redressant. Annoncez votre prix, Rosalind. Et j'ai bien peur que la cravate fasse partie de ma chemise.

Il l'interrompit avant qu'elle n'ait le temps de trouver une répartie intelligente.

— Et les souliers et les bas ? demanda-t-elle.

— Ils vont ensemble.

— Alors, retirez-les.

Elle désigna ses souliers. Il se glissa hors de ses chaussures en cuir et de ses bas et resta debout, pieds nus. Après un moment de silence, ils se rassirent et reprirent la partie.

Il inversa sa tour et sa reine puis Rosalind avança un de ses cavaliers. Au tour suivant, ils déplacèrent tous les deux leurs fous, puis leurs pions. Avec un sourire satisfait, Ashton se servit de son pion pour conquérir le sien.

— Dieu merci. Maintenant... dit-il en courbant l'index vers elle.

Rosalind se redressa et s'approcha de lui, le cœur battant sous son regard scrutateur.

— La robe, je dirais. Tournez-vous.

L'autorité douce, mais ferme dans sa voix la fit frémir, mais pas d'anticipation. Elle se détourna de lui et ferma les yeux en entendant derrière elle le craquement de la chaise quand il se redressa. Il posa les mains sur ses épaules et elle se raidit.

— Détendez-vous, ma chère, murmura-t-il. Ce n'est *que* votre robe.

❧ 15 ❧

Sa robe...

Rosalind réprima un frisson quand Ashton vint se positionner derrière elle, son souffle chaud caressant son cou. Une fois qu'elle aurait retiré sa robe, ils seraient tous les deux complètement indécents.

Exposés.

Les mains d'Ashton se posèrent sur les dentelles de sa robe et il se mit à en retirer les fils. Son contact la fit sursauter.

— Pourquoi pas mes chaussons ?

Les lèvres d'Ashton se plissèrent et une lueur diabolique illumina ses prunelles.

— Je ne veux pas vos chaussons.

— C'est complètement injuste.

— Continuez, ma chère.

Son ricanement était sensuellement doux et délicieusement sombre.

— Retirez-la, marmonna-t-elle avec une pointe d'irritabilité.

Du bout des doigts, il caressa ses épaules dénudées, évoquant des motifs sur sa peau hypersensible.

— Et détruire le plaisir du moment ? Pas question.

La chaleur de son corps l'enveloppait par-derrière et elle lutta contre la partie d'elle qui désirait cet homme exaspérant et séducteur.

Les mouvements de ses mains étaient lents et méthodiques. Une fois qu'il eut défait tous les lacets, le tissu béa légèrement. Elle serra les mains contre elle quand il se mit à faire descendre la robe le long de son corps jusqu'à ce qu'elle tombe au sol comme une mare de tissu.

Il ne restait presque plus rien entre eux à présent. Il aurait été très facile d'abandonner toute prudence et de se jeter au lit avec cet homme. En tant que veuve, elle connaissait certaines libertés refusées à d'autres femmes. La société permettait aux veuves d'entretenir des aventures discrètes, mais jusqu'alors, elle n'avait jamais été tentée. Si seulement leur passé commun n'était pas teinté de leurs conflits de pouvoir ! Si seulement son futur n'était pas en jeu. *Si seulement...*

Il la souleva par la taille et la reposa à l'écart de la robe et plus près de lui. Elle sentit ses fesses frotter l'avant de ses cuisses et il se plaqua brièvement contre elle. Une vague de chaleur la traversa alors qu'elle luttait pour respirer.

Elle ne portait à présent plus que sa camisole, ses jupons et son corsage. C'était excitant, mais bien trop effrayant. Elle s'était déjà retrouvée quasi nue devant lui avant, mais ceci était différent. Non seulement son futur était-il en jeu, mais elle l'avait accepté librement. Cependant, elle se remémora qu'elle jouait mieux que lui et qu'il fallait qu'elle l'emporte.

— Je crois que c'est mon tour.

Il l'écarta de quelques centimètres et elle tituba en arrière sur sa chaise sur des jambes tremblantes, parvenant tout de même à conserver ses esprits. Ashton déplaça sa tour et elle bougea rapidement son fou.

Ashton regarda l'échiquier. Quand il croisa son regard, il avança son pion blanc et prit son fou noir. Il s'était laissé prendre au piège. À la recherche d'une victoire facile, il s'était exposé. Elle se servit de son cavalier pour conquérir sa reine.

— Une victoire pour chacun de nous. Moi d'abord.

Ashton se frotta pensivement le menton.

— Les jupons. Retirez-les.

Rosalind les ôta et les laissa tomber sur sa robe à terre.

— Votre chemise, s'il vous plaît, le contrera-t-elle.

Ashton retira sa chemise en linon blanc de ses pantalons, puis il desserra sa cravate avec un doigt. Il se l'enleva puis fit passer sa chemise au-dessus de sa tête avant de la jeter à terre.

La poitrine dénudée d'Ashton était... glorieuse. Dorée par des heures passées au soleil. Comment un gentleman pouvait-il être aussi bronzé ? Cela exigeait qu'il reste torse nu pendant des heures entières. Toutefois, ce n'était peut-être pas rare pour lui. Il avait passé du temps à travailler à la ferme aux côtés des villageois. C'était une journée que Rosalind n'oublierait jamais. Le voir besogner, les muscles tendus, son corps puissant soulevant les poutres en bois...

— Vous voyez quelque chose qui pique votre intérêt ?

Elle aurait pu jurer que ses yeux pétillaient. Elle aurait voulu étrangler cet imbécile arrogant. Elle secoua la tête, devinant à la chaleur de ses joues qu'il verrait à travers son mensonge.

— Alors, c'est à mon tour.

Ashton déplaça habilement un pion blanc et conquit un pion noir.

— Jouez, puis je vous retirerai un autre vêtement.

Rosalind essaya de s'éclaircir les idées. Après avoir analysé l'échiquier, elle avança son roi. Aucune pièce à remporter, mais elle devait tabler dans le temps.

— Je crois que je vais prendre votre corsage.

Il attendit qu'elle se présente à lui, puis il détacha les lacets et les laissa tomber à terre. Il se débarrassa du vêtement d'un coup de pied et saisit les épaules de Rosalind. Ce geste était possessif quoique sans rudesse, et elle en ressentit des frissons jusqu'au creux de son ventre.

Il la fit se tourner vers lui. Elle aurait dû être consternée de trouver si tentante l'idée qu'il prenne le contrôle de son corps, mais non ! Au lieu de cela, l'idée lui semblait dévoyée et fantastique, et elle devait la chasser de son esprit de peur de se déconcentrer du jeu.

— Quelle ravissante silhouette !

Ses paroles rauques lui donnèrent des frissons.

— Douce, mais forte dans les endroits qui comptent.

Elle essaya de conserver un peu de maîtrise d'elle-même et pointa le menton.

— Je vous retournerais volontiers le compliment, mais je doute qu'un homme aime s'entendre dire qu'il est doux.

Ashton sourit quand il captura une de ses mains et la plaça sur son entrejambe.

— Je suis plutôt dur, ma chère.

En déglutissant, elle libéra brusquement sa main de la sienne.

— Cela suffit. Terminons la partie.

Avec un soupir, Ashton reprit son siège et déplaça son fou juste derrière le cavalier noir. Rosalind se hâta d'avancer son roi. Ashton répondit en faisant glisser son cavalier en avant et Rosalind l'imita.

Je vais gagner. Elle touchait au but. S'il commettait une erreur, elle l'emporterait en quelques coups.

Un cavalier blanc battit en retraite et elle réavança son roi.

— Et voilà pourquoi les échecs sont un jeu de stratégie.

Il plaça son fou en diagonale par rapport au roi de Rosalind, mais elle était incapable de le prendre parce qu'il était doublement protégé.

— En effet.

Elle observa l'échiquier avec attention. Quelque chose clochait. Les coups possibles étaient limités et aucun d'entre eux n'était intéressant. Comment cela s'était-il produit ? Se rendait-il compte qu'il s'était retrouvé dans une position particulièrement favorable ou avait-ce été son plan depuis le début ? Avait-elle été dupée ?

Les yeux d'Ashton, généralement d'un bleu très lumineux, s'étaient assombris. Leur couleur bleu de Prusse menaçait de la captiver. L'espace d'un instant, elle fut incapable de parler, ne voyant rien au-delà de ces yeux.

— Allez-y, jouez. Elle eut l'impression que le regard d'Ashton la transperça quand elle se rendit compte de ce qu'aurait dû être son dernier coup.

Elle tendit la main et plaça son roi près du fou blanc. Elle ne pouvait pas le prendre, mais dans cette position, elle pouvait l'utiliser pour se défendre. Le sang se mit à marteler dans ses oreilles et son cœur battit dur et fort contre ses côtes.

Il se pencha en avant, posa les coudes sur ses genoux et soutint fermement son regard paniqué.

— Je veux que vous vous souveniez de ce moment, Rosalind. Le moment où je vous ai conquise.

Il captura son cavalier avec son pion, ce qui mit la tour derrière à découvert, l'exposant à la menace de tous côtés.

— Échec et mat.

Les pièces qui restaient sur l'échiquier devinrent floues. Un millier de protestations se perchèrent sur le bout de la langue de Rosalind, luttant pour se libérer. Il avait gagné. À l'équitable. Il lui était impossible de contester. Ils avaient posé les conditions et elle avait accepté. C'était une question d'honneur.

— Vous avez gagné, lui fit-elle écho. Comment ? Je croyais que les échecs n'étaient pas votre fort.

— Je suis sûr que je pâlis en comparaison des maîtres, mais je joue plutôt bien, particulièrement lorsque je suis motivé.

Il se cala contre le dossier de sa chaise, un sourire suffisant aux lèvres.

Elle se redressa, sentant sa colère revenir en force, enterrant momentanément le choc de la défaite.

— Vous avez triché ?

Il plissa les yeux.

— De quelle façon ai-je triché ? Nous avons joué loyalement, à compétences égales. Vu les enjeux, ce n'était que juste. À présent, arrêtez de jouer à la dame en détresse, Rosalind. Nous savons tous les deux que vous êtes au-dessus de telles absurdités.

La dame en détresse ? Oh, elle allait l'étrangler, si c'était ce qu'il voulait !

— Et vous me devez également un dernier vêtement.

— Mais...

— Les règles doivent être respectées. Vous n'êtes pas d'accord ?

Le sourire suffisant d'Ashton lui donnait envie de le frapper. *Fort.*

— Allez au diable, gronda-t-elle. Une nouvelle bouffée de colère monta en elle. Certes, il l'avait emporté, mais cela ne la forçait aucunement à se montrer complaisante.

— Je n'hésiterai pas à vous attacher pour obtenir mon dû.

— M'attacher ? siffla-t-elle. Essayez toujours, espèce de...

Ashton bondit sur elle, lui attrapant les poignets et la tirant vers lui. Il claqua légèrement de la langue tout en l'entraînant vers le lit avant de la pousser sur le couvre-lit moelleux.

— Laissez-moi partir !

Rosalind enfonça ses ongles dans le lit pour tenter de se libérer, mais il la tint plaquée pendant qu'il se penchait au-dessus d'elle vers une table de chevet. Elle donna des coups de pied quand elle l'entendit ouvrir un tiroir.

— Ceci devrait faire l'affaire.

Il enroula quelque chose de soyeux autour de ses poignets puis serra, emprisonnant ses mains ensemble au-dessus de sa tête. Elle essaya de se tourner sur le dos et de rabaisser ses bras, mais le temps qu'elle s'y essaie, elle vit ses poignets ligotés par une cravate en soie blanche. Ashton se dressait près du lit, la regardant tout en croisant les bras.

— Vous pouvez rester ici et bien vous tenir le temps qu'on ait une discussion rationnelle, ou bien je pourrais vous ligoter des pieds à la tête.

La soie ne lui entamait pas la peau, mais elle ne lui donnait pas d'espace pour libérer ses mains. Le fusillant du regard, elle répondit :

— Je vais arrêter de remuer, mais si vous pensez que je vais consentir à quoi que ce soit d'autre...

— Malgré l'impression que vous avez de moi, je ne suis pas entièrement immoral.

— Oh oui, vos actions sont celles d'un véritable saint !

— Je n'ai jamais affirmé l'être non plus.

Il ricana, s'agenouilla près du lit et lui souleva un pied.

— Que faites-vous, je vous prie ?

— Je retire vos chaussons, chose qui m'est due. Vous n'avez quand même pas l'intention de dormir dedans !

Il lui ôta délicatement ses souliers. La chaleur de ses paumes brûlait la peau de Rosalind à travers ses bas fins. C'était agréable. Elle ne voulait pas trouver cela agréable ! Elle voulait le détester et détester le fait qu'elle le désirait malgré la fureur qu'il lui inspirait. Il posa ses chaussons à terre puis se redressa devant elle, ses doigts jouant avec les bords de la soie blanche qui entourait ses poignets.

— Je ne m'embarrasse généralement pas de ce genre de choses, mais sur vous, je trouve des poignets liés captivants. C'est la certitude que je suis enfin votre maître, du moins au lit.

Ses lèvres formèrent un sourire lent et ravi.

— Nous sommes au lit de la façon la plus littérale. Quand je me libérerai, je tordrai votre satané cou d'Anglais. Elle aurait voulu paraître furieuse, mais son sang se réchauffait d'une façon inconnue en songeant qu'il allait lui faire tout ce qu'il voulait alors qu'elle était attachée. C'était tellement coquin... et divin.

Il se pencha en avant, ses cheveux blonds tombant devant ses yeux.

— J'adore votre tempérament de feu, ma chère. Je ne veux pas qu'il disparaisse. Ashton respirait lentement alors qu'il jouait avec une mèche des cheveux de Rosalind.

Elle ferma les yeux, se délectant de cette petite caresse sensuelle. Si seulement il n'avait pas remporté le pari, alors elle aurait pu être libre de lui dire oui sans craindre l'avenir.

— Vous n'avez pas la moindre curiosité ? demanda-t-il.

— Curiosité ?

— À propos de ce qui aurait pu se passer entre nous.

Il leva la main et fit courir le bout de ses doigts le long de sa joue, puis jusqu'à son cou. Ce contact fit s'embraser son sang.

— Juste une fois. Faites-moi confiance et je vous montrerai le bien que cela peut vous faire. Oubliez notre pari et ne pensez plus qu'à ceci. Il lui inclina la tête en arrière et se pencha pour l'embrasser.

La simple pression de ses lèvres vit follement tournoyer le ventre de Rosalind. Quand il s'écarta d'elle, elle essaya de continuer à l'embrasser, mais il parla contre ses lèvres avides.

— Laissez-moi vous emmener au lit, Rosalind. Laissez-moi vous faire l'amour. Je sais que de telles choses vous feront pleurer de plaisir. J'ai envie de vous montrer ce à quoi vous pouvez vous attendre si vous devenez mon épouse.

Serait-ce vraiment mal de dire oui ? Elle voulait sentir cette complétude que ses mains et sa bouche lui avaient si souvent promise.

— Dites oui, la pressa-t-il d'une voix qui s'était faite plus rauque.

Elle le regarda à travers ses cils. Elle sentait toujours ses doigts autour de son cou, un contact ferme, mais doux. Ses yeux étaient ténébreux et enflammés, et il attendait sa réponse en exsudant une aura de pouvoir.

Le silence entre eux était alourdi par des défis non exprimés et des promesses séductrices. Enfin, elle prononça le mot qui allait changer sa vie pour toujours.

— Oui.

Le feu dans ses yeux s'intensifia. Il lui libéra les mains de la soie et fit remonter ses propres mains le long de ses mollets et de ses cuisses avant de lui retirer ses bas l'un après l'autre et les laisser retomber à terre. Les seins de Rosalind étaient lourds et endoloris ; ses mamelons frottaient contre le tissu blanc de sa camisole. Elle s'attendit à ce qu'il la plaque sur le dos et lui grimpe dessus, mais il n'en fit rien.

— Reculez-vous, ma chère.

Alors qu'elle s'exécutait, il fit un pas en arrière et défit l'avant de son pantalon sans les retirer.

— À présent, rallongez-vous et écartez ces jolies cuisses pour moi.

Son cœur s'emballa. Lentement, elle se rallongea et écarta les cuisses. Il remonta sur le lit et s'agenouilla entre elles. Les muscles de sa poitrine ondulaient au gré de ses mouvements et elle observa la toison dorée clairsemée qui soulignait ses pectoraux. Elle fit courir une paume sur sa poitrine, sentant la douceur de sa toison avant de descendre la main le long de son ventre. Les muscles se contractèrent sous ses mains curieuses. Elle l'effleura doucement de ses ongles, lui tirant un grognement. Elle se réjouit à l'idée de le marquer comme sa propriété.

Elle se surprit à être tentée d'explorer chaque centimètre carré de son corps. Il était beau, masculin. Sa peau était douce, mais son corps était dur de partout. Une petite cicatrice ronde sur son épaule attira son attention, son ancienne blessure par balle. Elle l'avait taquiné à ce propos par le passé. Quand il se pencha, elle déposa un baiser à cet endroit, souhaitant faire disparaître la douleur qu'il lui causait toujours.

Ashton lui embrassa le front, puis les joues, puis la bouche. Le glissement délicat de sa langue contre l'espace qui séparait les lèvres de Rosalind l'implorait de les écarter. Cet homme savait comment embrasser. Il était doux et séducteur un moment, dominateur le suivant. Elle ne savait pas à quoi s'attendre, emportée par une vague croissante de frissons inattendus.

Quand il se rassit sur ses talons, la sensation de son corps dur et chaud sur elle lui manqua. Il retroussa sa camisole jusqu'à sa taille puis plus haut jusqu'à ce qu'elle soit contrainte de se soulever afin qu'il puisse la lui retirer. Elle croisa les bras sur sa poitrine, dissimulant ses seins nus.

— Vous n'allez quand même pas perdre votre feu et votre courage maintenant ? dit-il.

Terrifiée, mais excitée, elle rabaissa les mains et se rallongea sur les oreillers.

— Vous êtes une déesse.

Son murmure révérencieux réveilla en elle des émotions qui l'effrayèrent, car l'espoir qu'elles contenaient tendait vers quelque chose qu'elle se pensait incapable d'atteindre.

— Cela fait-il de vous un dieu aussi ? le taquina-t-elle avec un léger sourire.

— En présence d'une telle beauté, je ne suis qu'un simple mortel.

— Et vous souhaitez me dominer ? Les choses ne tournent jamais bien pour les mortels qui rivalisent avec des dieux et des déesses.

— Et pourtant, ils continuent d'essayer, parce que les avantages sont trop tentants.

Il se pencha à nouveau sur elle, déposant une série de baisers sensuels le long de sa clavicule avant d'enfoncer son nez dans le renflement de ses seins. Il s'appuya sur un avant-bras et saisit un sein dans sa main libre, explorant les mamelons sensibles.

Il aspira la pointe d'un sein entre ses lèvres et elle sentit ses hanches tressauter. C'était intime, trop pour qu'elle puisse le supporter. Un feu effrayant, excitant et insatiable faisait rage à travers son corps.

Elle gémit son nom et il lui répondit par un grognement, les vibrations courant le long de sa peau et rehaussant encore plus la moindre sensation.

—Je vous en prie, haleta-t-elle. C'est trop.

Il lâcha son mamelon le temps d'émettre un ricanement, puis il taquina et nargua l'autre avec des coups de langue. Elle passa les mains à travers ses cheveux, tirant sur les mèches douces et soyeuses.

— Plus fort ! l'encouragea-t-il. Tirez plus fort.

Elle s'exécuta. Il lui mordilla le sein, faisant écho à la morsure de la douleur. Des étincelles la traversèrent, se dirigeant directement vers sa matrice.

Ashton continua de descendre le long de son corps, déposant des baisers sur son ventre et ses hanches, la mordillant et provoquant son rire par ses chatouilles. C'était tellement bon de rire, de prendre du plaisir de la sorte. Mais il ne s'arrêta pas ! Il plaça les paumes contre l'intérieur des cuisses de Rosalind et les écarta davantage.

Elle se tortilla pour se libérer, surprise par la tournure que prenaient les événements.

— Que faites-vous ?

— Ah non, ma ravissante diablesse écossaise, j'ai bien peur que cela soit un plaisir que vous allez devoir tolérer.

Il leva les yeux vers elle puis il baissa la tête et se mit à la lécher... *Là* !

S'il n'avait pas plaqué ses cuisses sur le matelas, elle se serait contractée en sentant ce plaisir inconnu. Il continua de lécher, d'embrasser et de torturer sa chair douloureuse. C'était plus qu'elle ne pouvait en supporter. Juste quand elle crut que cela allait la tuer, il leva la tête et avec un sourire coquin, il se rassit et descendit suffisamment son pantalon pour se libérer. Puis, d'une main, il se guida en elle. Son membre était impressionnant et épais. Quand il la pénétra, la pression tira à Rosalind un sifflement.

— Respirez, ma chère.

Elle serra les dents.

— Je respire.

Il rit puis se pencha sur elle, la plaquant contre le lit alors qu'il capturait sa bouche. Le baiser, ajouté au poids de son corps sur le sien, la fit se détendre. Elle se sentait en sécurité. Il contrôlait ce baiser et leurs corps : il ne lui ferait pas de mal et lui donnerait la satisfaction à laquelle elle aspirait. C'était une promesse qu'il lui répétait à chaque caresse de ses lèvres.

Ashton lui agrippa les poignets et les plaqua des deux côtés de sa tête, refermant les doigts autour de ses bras, les emprisonnant. À présent, il la possédait véritablement. Toutefois, elle savait que si elle le lui demandait, il s'arrêterait.

— Que ressentez-vous ?

Il ondula des hanches et s'enfonça davantage.

Rosalind souleva les hanches puis lui rendit son baiser avant de répondre.

— C'est fantastique.

Cet aveu la fit rougir.

— Et vous ? demanda-t-elle.

— Vous me serrez comme un poing.

Elle s'apprêtait à protester, puisque c'était lui qui lui serrait les poignets, jusqu'à ce qu'un petit coup de reins lui fasse comprendre ce qu'il avait voulu dire.

Il fit un cercle avec ses hanches.

— Vous êtes prête ?

Prête ? De quoi parle-t-il ?

Ashton se retira et se mit à donner des coups de reins puissants, la prenant sans lui lâcher les poignets. Elle ne savait pas qu'un homme pouvait se déplacer ainsi, aussi rapidement, aussi fort.

Ashton semblait pourtant capable de soutenir ce tempo sauvage toute la nuit. Elle savait qu'elle-même n'y survivrait pas. C'était trop bon pour qu'elle conserve son contrôle. Son corps exigeait la délivrance qui croissait en elle comme une tempête d'été. La pression dans son bas-ventre se mêla à la chaleur délicieuse de son excitation... Elle était si proche...

— Accrochez-vous, grogna-t-il.

Elle luttait contre lui, ayant besoin de trouver le bon rythme de friction, de plus en plus fort, de plus en plus vite. Il avait appris ce qu'elle désirait à travers les gémissements et les indications qu'elle lui donnait et se mit à la pénétrer encore plus fort. Leurs corps étaient couverts de sueur. Les bruits de leur union étaient primaires, animaux. Cette simple pensée était trop pour Rosalind.

Elle dégringola de la corniche de la raison pour tomber dans un royaume de bonheur à l'état pur. Tous les muscles de son corps se ramollirent. Un instant plus tard, Ashton poussa un cri et s'écroula sur elle. Il enfonça le visage dans l'oreiller à côté d'elle et ses lèvres déposèrent un baiser délicat sur son oreille. Cela lui provoqua des vagues de contrecoups. Ses muscles intérieurs se resserrèrent sur sa verge et il grogna.

— Bon sang, femme. Vous êtes...

Il n'acheva pas sa phrase, mais il tourna le visage vers le sien et elle entrevit son sourire espiègle.

— Je suis quoi ? haleta-t-elle.

— Parfaite.

Son sourire avait le charme d'un jeune homme. Il la fit fondre dans des endroits qu'elle n'aurait jamais cru pouvoir ressentir à nouveau. La réalisation qu'elle ressentait la même chose pour lui l'effraya.

— Comment suis-je, comparé aux autres ? demanda-t-il.

— Les autres ?

Elle le regarda, déboussolée.

Il déplaça son corps, ne se retirant pas entièrement d'elle, mais décalant la majeure partie de son poids sur le côté afin de ne pas l'écraser.

— Oui, vos autres amants.

D'autres amants ? N'avait-il pas deviné qu'elle n'avait jamais eu d'autres amants que son premier mari ?

Étrangement, elle s'en amusa. Croyait-il qu'elle avait eu des prétendants ? Elle admit que c'était une supposition commune, puisqu'un certain nombre de jeunes veuves de sa condition collectionnaient des dizaines d'amants... Mais pas elle !

— Il n'y en a pas eu. Je n'avais jamais connu qu'Henry.

Malgré la supposition d'Ashton, c'est avec une étrange timidité qu'elle avait admis ne pas posséder plus d'expérience. Ashton haussa les sourcils.

— Eh bien, je dois admettre que j'aime l'idée de vous avoir juste pour moi. Je suis plutôt égoïste, voyez-vous.

— Vraiment ? Je n'en avais aucune idée.

Elle enfonça son index dans sa poitrine, lui tirant un nouveau rire. C'était un son profond et bas qui lui évoquait du miel liquide.

Ashton s'écarta d'elle et se retira de son corps. La sensation de vide qui s'ensuivit attisa légèrement sa colère. Elle ne voulait pas que sa chaleur lui manque ni la sensation de l'avoir au plus profond d'elle... ou bien cette connexion entre eux.

Complètement nu, il se glissa hors du lit et se rendit à la cheminée pour y placer d'autres bûches. Puis il éteignit les bougies posées près du lit et vint la rejoindre sous les couvertures. Quand il s'installa, Rosalind se blottit contre lui et plaça une main sur sa poitrine. Il la couvrit avec l'une des siennes, lui pressant les doigts.

— Je partirai pour Londres demain à la première heure. Que diriez-vous d'un mariage dans la petite église paroissiale à quelques kilomètres d'ici ?

Rosalind se tendit. Le mariage.

À côté d'elle, il se tendit aussi.

— Vous aviez promis, vous vous souvenez ? Les conditions...

— Oui. Comme vous voulez. Peu m'importe.

Elle s'écarta de lui et roula sur le flanc, se tournant vers le mur opposé.

— Pourquoi ne pouviez-vous pas vous contenter du fait qu'on devienne amants ?

Le lit se creusa sous le poids d'Ashton, mais il n'essaya pas de la toucher.

— J'aime compliquer les choses. Alors je suppose que vous allez être en colère contre moi.

— Je ne suis pas en colère contre vous, rétorqua-t-elle sèchement.

Le ricanement d'Ashton la fit se hérisser.

— Bonne nuit, Rosalind.

Elle ne répondit rien, se contentant de passer le bras derrière elle pour lui donner un coup de poing à la hanche.

La nuit allait être longue.

16

Ashton se tenait sur le perron de l'hôtel particulier des Sheridan sur Curzon Street, essayant d'apaiser la nervosité soudaine dans son ventre. À son domaine, il s'était levé bien avant l'aube et s'était glissé hors du lit, déposant un léger baiser sur les lèvres de Rosalind avant de partir. Il avait mis deux heures au galop pour atteindre Londres, et son cheval était épuisé et couvert de sueur. Il était cependant capital qu'il arrive à temps pour voir Cédric avant que celui-ci ne quitte la maison pour la journée. Anne et lui allaient certainement se rendre à Tattersall's dans l'après-midi afin d'y sélectionner de nouvelles juments.

Pour la mission qu'il avait ce matin-là, il ne faisait confiance qu'à Cédric. Dans la journée, il avait prévu d'acquérir une licence spéciale pour épouser Rosalind. Par le passé, c'est lui qui avait accompagné les autres au Collège des docteurs en droit, mais il était étrange de penser qu'à présent, c'était *son* tour.

Il ne pouvait pas le demander à Godric ou à Lucien. Eux qui s'étaient mariés par amour se dresseraient contre lui qui épousait Rosalind pour des raisons mercenaires. Il pourrait admettre qu'il l'épousait parce qu'il en avait envie, parce qu'il la trouvait fascinante et attirante. Cela ne ferait toutefois qu'attirer un surcroît de questions de la part de ses amis, et il ne voulait pas s'y frotter avant d'avoir eu le temps de comprendre entièrement ce qu'il ressentait pour elle.

Cédric, toutefois, comprendrait. Il avait épousé Anne pour la protéger des chasseurs de fortune après la mort de son père. Ils s'étaient mariés en tant qu'étrangers, mais avaient trouvé l'amour en chemin. Ashton espérait que Cédric comprendrait d'où venait la décision d'Ashton. Tout le monde n'avait pas la chance de tomber amoureux.

Son cœur fit un étrange petit bond dans sa poitrine.

Je désire seulement une moindre mesure de bonheur. Malgré le plaisir qu'il lui avait donné, il ne se faisait aucune illusion sur ce que Rosalind pensait réellement de lui. Et vu la façon dont il l'avait traitée par le passé, il n'avait aucune raison de croire que cela allait changer après une seule nuit de passion. Il ne connaîtrait probablement jamais le grand amour comme ses amis, mais il espérait que Rosalind puisse un jour apprendre à l'aimer... d'une certaine façon.

Il ôta son chapeau, en retira la poussière de la route et le cala sous son bras. Puis il souleva le lourd heurtoir en cuivre et le laissa retomber contre la porte à deux reprises. S'agitant nerveusement, il attendit que le majordome vienne répondre.

— Milord, le salua ce dernier avec un sourire. Le maître et Madame sont dans le parloir. Suivez-moi.

— Je vous remercie.

Ashton lui emboîta le pas, amusé de voir qu'après tant d'années d'amitié, la Ligue ne s'encombrait pas de politesses. Dans la plupart des foyers, il aurait dû patienter sur le perron, le temps que le majordome s'assure que quelqu'un désire le recevoir.

Le serviteur s'arrêta devant une porte fermée puis l'ouvrit avant de se glisser à l'intérieur. Ashton l'entendit annoncer son arrivée.

— Faites-le entrer, dit Cédric à l'intérieur.

Le majordome réapparut et introduisit Ashton dans le parloir. Il s'immobilisa en avisant quatre autres personnes qu'il ne s'était pas attendu à y trouver. Godric, Émily, Lucien et Horatia étaient tous présents.

Seigneur dieu, il ne pourrait rien dire, pas s'ils étaient là pour se gausser de lui !

— Ash !

Cédric se redressa et vint lui serrer la main.

— Nous vous croyions dans le Hampshire, à vous occuper de vos locataires.

— J'en reviens.

Ashton regarda successivement le visage de ses amis, sentant qu'il avait interrompu quelque chose. Cela lui fournirait peut-être une bonne excuse pour partir sans admettre la raison de sa venue.

— Si j'interromps quelque chose, je peux...

— Absolument pas, lui assura Anne en se redressant, un sourire chaleureux aux lèvres. Aimeriez-vous du thé ?

Elle désigna un plateau posé sur une table toute proche puis un valet qui se tenait près de la porte.

— Nelson vient de nous servir du pekoe et il sent délicieusement bon.

Devant cette scène domestique – ses trois amis et leurs épouses qui prenaient le thé ensemble –, Ashton hésita entre éclater de rire et prendre ses jambes à son cou.

— Du thé ?

Il s'étrangla sur ce mot.

— Oui, du *thé*, répondit Émily. C'est ce que font les amis quand ils se rendent visite. Ils boivent une tasse de thé.

La lueur dans ses yeux l'informa qu'elle avait senti son malaise croissant. La petite duchesse était bien trop observatrice ! C'était une des choses qu'il admirait chez elle, sauf lorsque son regard perçant était braqué dans sa direction.

Il était en train de commettre une erreur atroce. Impossible de demander une faveur à Cédric en présence de tous ces gens. Il ne pouvait pas les informer de ses projets avant d'avoir sa licence en main et de mener Rosalind à l'autel. Une tout autre configuration risquerait de perturber ses plans. Émily essaierait peut-être même de saboter ses projets si elle avait l'impression qu'il profitait de Rosalind.

— Je suis désolé, mais je dois partir. J'avais oublié que j'avais un rendez-vous ce matin.

Lucien se redressa d'un bond, empêchant Ashton de battre en retraite vers la sortie.

— Allons, Ash, pourquoi tant de hâte ? Ce n'est pas une tasse de thé entre amis qui vous rebute, quand même ?

Le sourire narquois de Lucien remplit Ashton d'un sentiment de rage. Si son ami n'allait pas devenir père dans quelques mois, il l'aurait envoyé au tapis.

Émily se redressa du divan qu'elle partageait avec Godric et se dirigea vers lui.

— Ashton, pourquoi *rougissez*-vous ?

Godric éclata de rire.

— Hum, ma chérie, les hommes ne rougissent pas.

— Je n'en suis pas si certaine, interrompit Horatia, une main posée sur son ventre légèrement arrondi.

Elle ne s'était pas redressée quand il était entré et il n'aurait pas voulu qu'elle le fasse. Elle devait accoucher en octobre et avait besoin de se reposer.

— C'est plutôt vrai qu'il a soudain les joues rouges !

Tous ces yeux braqués sur Ashton ne firent qu'amplifier la rougeur de ses joues.

— Je ne rougis *pas*, grogna-t-il. Je viens d'arriver à cheval et je suis presque aussi épuisé que ma monture. Cédric, j'aimerais vous parler... Dehors, si c'est possible.

Il savait qu'il devrait poser la question tôt ou tard, alors il aurait mieux fait d'en finir sur-le-champ.

Le sourire de Cédric s'estompa et il échangea un regard avec Lucien – qui bloquait toujours la porte – et avec Godric, qui se redressa automatiquement pour venir les rejoindre.

— J'ai dit *Cédric*, pas le reste d'entre vous.

Les hommes éclatèrent de rire.

— Si vous pensez qu'il ne va rien nous répéter dès que vous serez parti, vous vous trompez, répliqua Godric.

Ashton poussa un soupir dramatique. Son ami avait raison, bien entendu.

Les trois hommes le suivirent dans le couloir et il ferma la porte du parloir afin d'empêcher les femmes de l'entendre.

— Que se passe-t-il, Ash ? s'enquit Cédric. Est-ce encore Waverly ?

— Non, rien de ce genre.

Inspirant profondément, il se prépara à l'humiliation qu'il s'attendait à recevoir.

— J'espérais que vous pourriez m'accompagner au Collège des docteurs en droit afin d'obtenir une licence ?

— Le Collège des docteurs en droit ? Quelqu'un doit se marier ? s'enquit Cédric.

Ashton poussa un lent soupir.

— Effectivement.

Godric resta la bouche ouverte et Lucien fit le signe de croix, marmonnant une demi-prière. Leurs réactions excessives tirèrent à Ashton un regard noir.

— Ce n'est pas comme si les cavaliers de l'apocalypse descendaient sur Curzon Street, lâcha-t-il.

— Dites-moi que vous plaisantez. Qui diable allez-vous épouser ? Cela fait des mois que vous avez rompu avec votre dernière maîtresse.

Lucien croisa les bras, étudiant Ashton d'un œil critique.

Godric claqua des doigts.

— Attendez ! J'ai deviné ! Vous avez fait un pari avec Charles et vous avez perdu. Cependant, les enjeux sont terriblement élevés. Qui épousez-vous ? La petite sœur de Freddy Poncenby ? Elle est gentille, mais cette famille... Imaginez-vous les repas de Noël ! Seigneur, ce n'est pas ce que vous désirez, n'est-ce pas ?

— Miss Poncenby ? Vous savez que jamais je ne...

— Alors, qui ? insista Cédric. Je n'arrive pas à croire que vous puissiez vous marier, Ash. Ce n'est pas exactement votre tasse de *thé.*

La mention du thé déclencha les ricanements de ses amis.

— Ce n'est pas une blague et je ne veux pas de votre satané thé. Seigneur, vous pousseriez un homme à se tourner vers la bouteille ! J'ai besoin que quelqu'un m'accompagne au Collège des docteurs en droit. C'est tout. J'espérais, Cédric, que vous auriez été le *moins* à même d'en faire toute une histoire.

Godric retrouva un peu de sérieux.

— Je crois qu'il dit la vérité. La question est, pourquoi voulez-vous vous marier ? Êtes-vous tombé amoureux ?

— Je parierais qu'il s'agit d'une alliance, dit Cédric en secouant la tête.

Les yeux de Lucien pétillèrent d'une lueur soudaine.

— S'agirait-il par hasard d'une certaine lady écossaise ?

— Ce n'est pas une question d'amour, mais oui, je vais épouser Rosalind, même si cela signe notre arrêt de mort à tous les deux.

Sans prévenir, Émily déboula par la porte du parloir et le prit dans ses bras.

— Oh, Ashton ! Rosalind et vous avez enfin réglé vos différends. C'est fantastique !

Elle le regarda, rayonnante, et le cœur d'Ashton se serra. Il s'apprêtait à la décevoir : Émily, la femme qui pensait que tout le monde méritait d'être aimé.

Godric écarta doucement sa femme d'Ashton.

— Laissez-le respirer, ma chérie.

— Comment cela est-ce arrivé ? demanda Horatia.

Anne et elle les avaient rejoints et ils formaient un véritable groupe dans le couloir.

— La dernière fois que nous avons vu Lady Melbourne, elle était furieuse contre vous et déterminée à se sauver de la ruine financière dans laquelle vous l'aviez placée.

Émily plissa soudain les yeux.

— Ashton, avez-vous manqué de considération à son égard ?

C'est une amie et je n'aimerais pas découvrir que vous l'avez intimidée pour qu'elle fasse quoi que ce soit. Je ne le permettrai pas.

Elle se croyait capable de le contrôler. C'était attendrissant... et particulièrement erroné.

— Je ne l'ai pas intimidée. *Pas vraiment*, corrigea-t-il en silence. Elle a perdu une partie d'échecs et l'enjeu était de m'épouser si je gagnais.

Lucien fronça les sourcils.

— Cela ne vous ressemble pas de laisser le sort décider des choses.

— Ce n'est pas vraiment une question de sort. C'est à raison que plus aucun d'entre nous ne joue plus contre lui, dit Godric. Mais comment diable a-t-elle commis l'erreur de vous défier aux échecs ?

Ashton afficha un large sourire.

— Rafe l'avait convaincue que mes capacités étaient... inférieures à la moyenne.

Lucien s'étrangla de rire.

— Je vous reconnais bien là.

— Pourquoi Rafe aurait-il dit une chose pareille ? Il n'a pourtant pas l'habitude de vous venir en aide, ajouta Cédric.

— Effectivement, en convint Ashton, mais il a eu la bêtise de braquer la calèche de Rosalind et...

Godric l'interrompit d'un geste de la main.

— Quoi ?

— Braquer ? répéta Lucien.

Émily, choquée, porta une main à sa bouche avant que Godric ne poursuive.

— Pourquoi diable Rafe aurait-il braqué une calèche ?

— Apparemment, il a ajouté « bandit des grands chemins » à la liste toujours croissante de ses talents contestables, dit Ashton.

— Seigneur Dieu, marmonna Lucien. Cet homme va se faire pendre, un jour.

— Oui. Je m'occuperai de lui plus tard, une fois que j'aurai épousé Rosalind.

— Oh, certainement pas !

Émily enfonça son doigt dans sa poitrine assez fort pour le faire tituber en arrière.

— Émily... dit Ashton d'un ton exaspéré.

Il n'avait vraiment pas envie de s'entendre redire qu'il devait prendre Rosalind avec des pincettes.

— N'essayez pas de me contredire, Ashton. Je ne veux pas que vous maltraitiez Rosalind. C'est une créature fantastique et je ne vous laisserai pas la briser à cause de votre fierté mal placée. Allons, cela ne vous a pas suffi de détruire ses finances, vous devez maintenant la *posséder*, elle aussi ?

Le pensait-elle sincèrement capable de briser une femme ? Par les dents de Dieu, il ne ferait jamais une chose pareille. Il aimait bien trop le beau sexe pour se montrer aussi cavalier dans ses intérêts.

— Elle *est* fantastique et je n'ai aucune intention de la briser, contrera-t-il. Ceci est pour notre avantage mutuel.

Émily hâta son avancée quasi militaire. Ses yeux violets s'écarquillèrent et se firent scrutateurs.

— Vous aussi la trouvez fantastique ?

Il hocha la tête.

— Bien entendu.

Comment aurait-il pu penser le contraire ? Elle était intelligente, belle et entêtée.

— Et pourtant vous ne l'aimez pas ? demanda Émily, ses yeux violets emplis de curiosité.

— Je l'apprécie et je ne lui veux pas de mal, mais vous avez raison.

Émily jeta un bref regard à Anne et Horatia avant de reprendre la parole.

— Allez donc chercher votre licence. Nous autres femmes devons acheter des robes si nous voulons être prêtes pour le mariage.

Ashton mit un moment à absorber ce qui venait d'être dit.

— Pardon ?

— Oui, en convint Anne. C'est important que nous soyons tous présents. Les mariages sont une affaire de famille. Et vous faites partie de la famille de toutes les façons possibles hormis par le sang.

— Elle a raison, vous savez, dit Cédric. Nous devrions tous être là. Quand aura lieu ce jour spécial ?

— J'avais songé à demain.

Les trois femmes poussèrent des cris d'alarme comme s'il avait menacé de faire quelque chose de si scandaleux que même sa réputation n'y survivrait pas.

— Demain ? Oh, non, Ashton, c'est bien trop tôt, protesta Horatia. Il nous faudra plusieurs jours pour faire nos valises et organiser le voyage jusque dans le Hampshire.

Ashton connaissait suffisamment bien ces femmes pour savoir qu'il ne pouvait pas lutter contre elles sur ce point. Ou plutôt, lutter et espérer la moindre forme de victoire.

— Vous avez deux jours, les informa-t-il. Je ne vais pas risquer plus de temps que cela au cas où ma fiancée essaierait de se rétracter.

— Le ferait-elle ? demanda Lucien avec un demi-sourire.

Ashton haussa les épaules.

— Je n'en ai honnêtement aucune idée et je n'ai vraiment pas envie de lui en donner l'occasion.

Ses amis éclatèrent de rire. Godric coula un regard à Ashton.

— Bon, si nous y allions ?

— Vous n'êtes pas forcé de venir.

— Allons donc.

Godric déposa un baiser sur les lèvres d'Émily avant de se tourner vers les autres.

— Nous ne raterions cela pour rien au monde. Hum, ma chérie, vous devriez ordonner au personnel de faire nos bagages et dire à nos avocats où nous joindre si des problèmes d'ordre professionnel surgissaient pendant notre absence.

— Amusez-vous bien à faire rougir Ashton ! Il est toujours écarlate.

Horatia pouffa et embrassa Lucien.

C'étaient toutes ces démonstrations d'affection qui le faisaient rougir, pas l'idée d'obtenir une licence de mariage. Tout ceci était une question d'affaires et rien de plus... même si Rosalind était tout aussi fantastique, exaspérante et fascinante.

Ashton attendait sur les marches du perron que ses amis prennent leurs chapeaux et leurs manteaux.

— Nous devrions prendre la calèche. Je vais demander qu'on l'amène.

Cédric disparut à l'intérieur, laissant Ashton avec Lucien et Godric.

— Vous en êtes certain ? demanda Godric d'un ton sérieux.

— Je le suis, répondit Ashton.

Il comprenait à présent plus clairement l'irritation qu'avait dû ressentir Cédric quand il avait annoncé ses fiançailles à Anne. Au début, la Ligue n'avait pas accueilli cette idée. Ne pas avoir le soutien de ses amis était rebutant et remplissait son esprit de doute. Après une décennie passée à être complètement en accord avec eux à peu près tout, c'était étrange de tomber en désaccord sur la question de son mariage et d'agir sans hésiter, qu'ils soient d'accord avec lui ou pas.

— Je possède bien d'autres raisons que ma fierté masculine, comme le dit Émily, ajouta-t-il à voix basse. Cela fait maintenant trois semaines que je surveille les activités des sociétés de transports de lady Melbourne. Hugo Waverly s'est servi de ses navires pour transporter des hommes et des cargaisons depuis et vers l'Angleterre, pour des raisons que je ne m'explique pas encore. Je ne sais pas ce qu'il mijote, mais je dormirais certainement mieux si j'avais accès aux manifestes et à la liste des passagers.

— Mais vous possédez déjà ses dettes et ses sociétés sont pour ainsi dire les vôtres, contesta Lucien. Je croyais que vous aviez des comptables et des notaires pour évaluer ses comptes.

— Oui, mais je ne veux pas qu'il subsiste le moindre doute

quant à leur propriétaire. Quand je l'épouserai, ce sera plus facile pour moi de gérer toutes les compagnies et d'explorer les comptes plus en détail.

Il se tourna en entendant le claquement des roues sur les pavés et vit la calèche de Sheridan s'arrêter devant les marches.

— Très bien, les amis !

Cédric descendit les marches d'un pas vif pour aller à leur rencontre alors qu'ils se préparaient tous à grimper à l'intérieur.

— Je crois qu'on devrait aider Ashton à se saouler ce soir pour le préparer au mariage, dit Godric avec un rire.

— Ou bien faire une dernière visite au Jardin de Minuit, suggéra Lucien.

— Certainement pas, dit Ashton en éclatant de rire. La dernière fois que j'y ai mis les pieds, je me suis fait tirer dessus. Je n'ai aucune envie de réitérer l'expérience.

— C'est noté.

Cédric ferma la portière de la calèche et lança une main par la fenêtre afin de signaler au cocher d'y aller.

Alors que la calèche bondissait en avant, Ashton se cala à nouveau sur la banquette, souriant quand ses amis le taquinèrent, car peu lui importait. Rosalind allait lui appartenir et c'était tout ce qui comptait.

17

Nelson Lewis, valet chez les Sheridan, s'attardait dans l'encadrement de la porte qui menait aux quartiers des serviteurs, tendant l'oreille pour surprendre quelques bribes de la conversation entre les trois femmes debout dans le couloir.

— Émily, pourquoi avez-vous cessé de le harceler quand il a admis que Rosalind était fantastique ? demanda Lady Sheridan.

La duchesse d'Essex joua avec les perles qui entouraient son cou.

— Je n'arrive pas à croire qu'Ashton ait dit une chose pareille à propos d'une femme. Je pense que ses sentiments pour elle sont plus forts qu'il veut bien l'admettre, même en privé.

Nelson ouvrit la porte d'un autre centimètre, étudiant les dames bien nées qui retournaient au parloir. Mais avant qu'elles ne disparaissent à l'intérieur, il entendit la voix de lady Rochester.

— Un mariage dans le Hampshire ! Cela va être ravissant.

Lennox allait donc se marier ? Il ferma la porte et descendit les marches pour aller trouver le majordome, prenant garde à donner l'impression de vaquer à ses tâches habituelles. Son aîné se tenait dans le couloir de service, occupé à discuter avec la gouvernante.

— Ah, Nelson, vous voilà. Nous avons quelques courses pour vous.

Le majordome lui tendit une bande de parchemin.

Nelson y jeta un œil et la cala dans la poche de son veston.

— Bien entendu.

Il s'était habitué au rythme de la maison et savait que c'était à peu près l'heure de l'envoyer faire des courses. Il prit rapidement congé du majordome et quitta la demeure des Sheridan.

Il marcha pendant un moment avant de décider qu'il était suffisamment loin. Il s'autorisa alors à appeler un fiacre.

— Où allons-nous ? demanda le cocher.

— Au Strand.

Il donna quelques pièces à l'homme et grimpa dans le fiacre.

Le taxi passa en bringuebalant devant Covent Garden et Nelson regarda les rues en passant. Pendant la journée, le Strand avait plutôt bonne réputation. Les boutiques étaient ouvertes et des gens bien mis exploraient les étals et regardaient par les vitrines. Cela étant, la nuit, la rue prenait un caractère plus inquiétant. Nelson ne craignait pourtant pas de les parcourir. Il avait été bien entraîné aux combats à la déloyale. C'étaient ceux qui lui cherchaient des noises qui auraient dû avoir peur.

Le taxi s'arrêta au bord du Strand et Nelson en descendit. Il zigzagua entre les dames raffinées dans leurs robes de promenade et les hommes qui les escortaient de boutique en boutique. Nelson s'aventura plus loin jusqu'à ce qu'il aperçoive la pancarte de la Taverne du Trou à Charbon qui grinçait dans la brise légère.

La porte s'ouvrit brusquement et plusieurs hommes et femmes titubèrent au-dehors en riant. Leurs visages étaient familiers : c'étaient des acteurs qu'ils avaient vus dans des pièces récentes. Ce n'était cependant pas une surprise. Le Trou à Charbon était un lieu de rassemblement pour beaucoup d'acteurs. Autrefois, il avait même été un théâtre privé. Nelson laissa les hommes et les femmes passer avant d'ouvrir la porte et de se glisser à l'intérieur.

Le débit de boissons était bruyant, mais pas aussi inconvenant que l'aurait été une taverne dans d'autres quartiers de Londres. Pourtant, une fois la nuit tombée, les donzelles et les pickpockets seraient de sortie, aux grands plaisirs et désarrois des hommes assez courageux pour s'aventurer ici dans l'obscurité.

Un barman se dressait près de l'escalier du fond qui menait aux pièces de l'étage. Nelson s'approcha.

— De quoi avez-vous besoin ? grogna le barman.

— Avez-vous déjà vu un Lion Blanc ? demanda-t-il.

— Je crois que nous en avons une peinture. Dernière porte sur la gauche.

Le barman écarta sa carcasse impressionnante et laissa Nelson passer.

Les sons en provenance des chambres qu'il dépassa montraient que plus d'une âme prenait leurs plaisirs plus tôt.

Quand il atteignit la dernière porte à gauche, il toqua du revers de la main selon un rythme spécifique.

— Entrez.

Appuyant sur la poignée, Lewis ouvrit la porte. Les deux hommes à l'intérieur le regardèrent. L'un d'eux était assis à un bureau d'écriture et l'autre était appuyé au mur près de la fenêtre. L'homme près de la fenêtre frisait la trentaine tandis que l'autre avait dix ans de plus. C'est à lui que Lewis devait faire son rapport.

Hugo Waverly adressa un geste de la main à Nelson.

— Ah, Lewis. Au rapport.

Il reporta le regard sur ses papiers, ses cheveux sombres tombant devant ses yeux alors qu'il parcourait les pages à la recherche de quelque chose. Daniel Sheffield, l'homme près de la fenêtre, le bras droit d'Hugo, encouragea Lewis d'un hochement de tête.

— J'ai effectué une fouille de la résidence de lady Melbourne à la recherche de l'objet que vous cherchez. Malheureusement, je n'ai pas pu le trouver.

Hugo fronça les sourcils.

— Damnation !

Elle doit l'avoir emporté avec elle quand elle a quitté Londres. Autre chose ?

Nelson hocha la tête.

— Lennox se rend à la chambre des Avocats afin d'obtenir une licence de mariage. Il prévoit de se marier dans deux jours dans le Hampshire.

La plume de Hugo cessa de gratter le parchemin. Il leva lentement la tête.

— Marié à qui ?

Il appuya sur chaque mot avec une telle insistance que même Lewis, qui avait été élevé dans un repaire de brigands, en eut des frissons.

— À Lady Melbourne.

Le bout de la plume se rompit, répandant de l'encre sur la page. Sheffield fit le tour de l'écritoire de Hugo.

— Avez-vous d'autres détails ? demanda Sheffield.

Voyant la gravité avec laquelle ils prenaient cette nouvelle, Lewis redressa l'échine.

— Essex, Rochester, Sheridan et leurs femmes se rendront dans le Hampshire chez Lennox et y resteront pour la cérémonie.

Avec un grognement de rage, Hugo froissa le rapport taché et le jeta dans le feu.

— Sheffield, nous devons immédiatement nous rendre en Écosse. Nous ne serons peut-être pas capables de repousser le mariage, mais nous *pouvons* ébranler la Ligue suffisamment longtemps pour terminer nos opérations aux Antilles si nous parvenons à gagner du temps. La nécessité d'obtenir les objets dont nous avons discuté est encore plus capitale.

Il replia pensivement les mains.

— Bon sang ! J'ai été un imbécile aveugle. Quand lady

Melbourne a quitté Londres, sa lettre indiquait qu'elle allait se battre pour récupérer son bien, mais s'il l'a séduite et conquise, alors il pourra examiner ces propriétés.

Hugo se passa les mains à travers les cheveux. Ses yeux étaient légèrement sauvages et son visage affichait une telle férocité que Nelson recula d'un pas.

— Nous ne pouvons pas perdre de temps. Si elle a le décodeur, nous devons nous efforcer de mettre la main sur ces lettres avant elle. Kincade n'aurait pas envoyé ces lettres à Londres au cas où elles se seraient perdues en route. Non, il est bien trop prudent pour cela. Je parierais sur ma vie qu'il les détient quelque part dans son château, dissimulées sous une latte de parquet ou derrière une pierre branlante. Je les retrouverai, les récupérerai puis reprendrai le décodeur à Lady Melbourne quand j'aurai le temps.

Sheffield hocha la tête.

— Et si nous contactions les frères de cette dame ? Vous aviez mentionné une querelle avec leur père. Ils désireront peut-être effectuer notre travail pour nous et arracher lady Melbourne aux griffes de Lennox pour la ramener en Écosse, particulièrement s'ils croient qu'elle court un danger quelconque.

— Excellente idée. Il vaut mieux que ce soit eux qui s'embrouillent avec la Ligue plutôt que nous. Les enlèvements sont souvent risqués.

Hugo se mit à farfouiller les papiers sur son bureau. Sheffield et lui ne paraissaient pas avoir conscience que Lewis les observait toujours pendant qu'ils fomentaient un plan d'action.

Sans lever la tête, Hugo dit :

— Vous pouvez repartir, Lewis. Revenez au rapport s'il y a le moindre changement. Sheffield aura un homme qui vous attendra. Vous le connaîtrez sous le nom du Sanglier Noir.

— C'est compris, Monsieur.

Lewis tourna les talons et quitta la pièce à la hâte. Waverly était bon payeur, mais il y avait quelque chose de sombre dans cette pièce qui perturbait Lewis. Il valait mieux retourner à

Sheridan House où il se ferait discret jusqu'à ce qu'il reçoive d'autres ordres.

❀

DES LÈVRES QUI BRÛLAIENT DE DÉSIR. DES MOTS MURMURÉS. L'emprisonnement de ses mains. Ces yeux d'un bleu flamboyant...

Rosalind se réveilla de ce rêve vague qui rejouait les événements de la nuit précédente. L'autre côté du lit était froid. Ashton était parti depuis longtemps. Elle se rassit et rassembla le drap autour d'elle. La nuit dernière, Ashton et elle avaient fait l'amour passionnément, sauvagement puis tendrement. Cela avait été inattendu et fantastique. Pourtant, le regret pesait à présent lourdement sur elle.

À quoi ai-je donné mon accord ?

Elle n'avait aucun moyen d'échapper à cela. Elle allait épouser Ashton et il la posséderait. Encore une fois, elle cesserait d'être.

Respire, essaie de respirer.

Elle se couvrit le visage avec les mains et prit des inspirations lentes afin d'apaiser son cœur. Il aurait été plus facile de haïr cet homme s'il n'avait pas été un amant aussi phénoménal et généreux la nuit précédente. Il paraissait toujours trouver le moyen de l'attirer à lui, de la séduire pour s'attacher sa confiance.

On ne pouvait pourtant pas lui faire confiance. Ses motivations pour l'épouser n'avaient rien à voir avec l'amour. C'était seulement pour obtenir la mainmise sur ses biens. Peu importait qu'il lui affirme qu'il les lui rendrait plus tard. Une fois qu'il la posséderait, il n'aurait plus la moindre obligation d'honorer ces paroles. Elle n'avait pas travaillé aussi dur ces dernières années pour construire son affaire juste pour la céder à son plus grand rival. Comment allait-elle trouver un moyen de s'en sortir ?

Une servante frappa à la porte.

Elle se rabattit sur le lit, remontant la couverture par-dessus sa tête pour se dissimuler.

— Entrez.

— Votre Seigneurie, vous devriez vous lever. J'ai fait couler un bain chaud et vous ai sorti une robe.

La voix de Claire lui parvenait d'un endroit au-dessus d'elle.

Rosalind rabattit les couvertures.

— Très bien.

Claire se dressait à côté du lit, lui tendant un peignoir bleu. Sa bonne l'observa d'un air critique, comme si elle cherchait des lésions.

— Je dois dire que vous semblez bien, Votre Seigneurie. Pas de mal ?

La question de Claire était tournée avec soin.

— Non. Pas de mal.

Ce qui s'était passé la nuit précédente avait été entièrement consensuel, et elle n'allait pas faire semblant de n'avoir pas voulu ou accepté de coucher avec Ashton. Rosalind se glissa hors du lit et enfila le peignoir. Après une nuit blanche, elle n'était pas préparée pour ce qu'elle savait être une longue journée.

— Sa Seigneurie rentrera dans l'après-midi pour aller voir l'église avec vous. Lady Lennox vous emmènera en ville avec Miss Lennox afin de sélectionner un trousseau de mariage.

Claire souriait, contente comme jamais.

— Claire, j'ai juré de mépriser Lennox, mais voilà que vous souriez comme un chat qui aurait bu trop de lait. Vous êtes *ma* servante, pas la sienne.

— Oh, n'en doutez pas, Votre Seigneurie ! Je sais à quel point vous êtes intelligente, et c'est juste une question de temps avant qu'il ne vous mange dans la main. C'est ce que vous voulez, n'est-ce pas ? Lui reprendre les rênes ?

Rosalind ne répondit pas et s'approcha de la baignoire en cuivre d'Ashton. De la buée s'élevait de l'eau chaude, réchauffant sa peau alors qu'elle retirait le peignoir qu'elle posa sur le bras tendu de Claire.

— Quelqu'un d'autre est-il levé ?

La lumière pâle qui filtrait par la fenêtre lui fit plisser les yeux.

— Oui. Vous avez dormi quasi jusqu'à midi. Vous étiez profondément endormie les fois où je suis passée vous voir.

Claire s'affairait autour de la table près de la baignoire, disposant une brosse à cheveux et quelques épingles.

Rosalind poussa un grognement.

— Midi ?

Comment avait-elle fait pour dormir aussi tard ? Elle avait toujours eu le sommeil léger, se réveillant à l'aube, si ce n'est plus tôt, pour commencer sa journée. Elle dormait rarement une nuit entière. Les nuits où cela arrivait, les démons de son passé avaient tendance à émerger dans des cauchemars qui la hantaient pendant toute la matinée. Et pourtant, elle avait dormi comme un bébé la nuit précédente dans le lit d'Ashton.

— Sans impertinence de ma part, avoir un homme dans son lit peut parfois aider une dame à dormir.

Claire lui tournait le dos alors qu'elle repliait une serviette, mais Rosalind savait que sa bonne souriait. Elle l'entendait dans sa voix.

— Je ne vois pas comment. Cette grosse brute a accaparé la majeure partie du lit et ne m'a guère laissé de place.

Et elle avait été forcée de se blottir contre son corps, ce qui signifiait qu'il avait gardé un bras enroulé autour d'elle toute la nuit. Quel homme exaspérant... Fantastique... ! Avec un petit grognement colérique, elle frotta une savonnette contre sa peau.

— Je suppose que c'est vieux comme le monde, songea Claire en suspendant le peignoir à un crochet près de la porte.

Rosalind frotta son corps avec la mousse du savon.

— Que voulez-vous dire ?

L'odeur la frappa ; un arôme masculin. Celui d'Ashton. Quelques souvenirs récents de la veille la balayèrent et elle laissa tomber le savon, faisant éclabousser de l'eau hors de la baignoire. Elle plaqua ses cheveux en arrière puis fouilla de la main le fond de la baignoire à la recherche de l'objet glissant.

— Une femme aime savoir qu'elle sera en sécurité, que quelqu'un la protégera. Qu'on l'aime ou le déteste, lord Lennox est un homme disposé à protéger ce qui est à lui. La nuit dernière, vous êtes devenue sienne, et au fond, vous savez qu'il veillera sur vous, Votre Seigneurie. C'est pour cela que vous avez aussi bien dormi.

— Comment savez-vous ce qui s'est passé hier soir ? Je veux parler du mariage.

Claire haussa les épaules.

— Les serviteurs sont toujours les premiers à apprendre ce genre de choses. Les rumeurs vont bon train dans les couloirs de n'importe quelle grande maison.

— Alors la *maison* tout entière sait que nous allons nous marier.

La perspective que tout le monde soit au courant de sa situation honteuse lui provoqua une palpitation sourde derrière les yeux.

— Oui, mais...

Claire s'interrompit un instant.

— Le personnel semble fasciné par l'idée que leur maître puisse se marier. Ils disent qu'il n'avait encore jamais témoigné d'intérêt durable envers une dame, du moins, pas dans l'optique du mariage. Et selon les femmes de chambre, il n'a jamais amené de femme à Lennox House.

— Je n'étais pas précisément invitée, lui rappela Rosalind.

Elle se lava les cheveux et regarda autour d'elle à la recherche d'une serviette. Sa bonne lui en tendit une.

— Eh bien ? demanda Claire.

— Eh bien quoi ?

Elle répondit un peu plus sèchement qu'elle en avait eu l'intention, mais l'idée que tout le monde soit au courant des détails intimes de sa vie privée la déstabilisait.

— Est-ce vrai qu'il vous témoigne sa faveur ?

Un bruit de dérision échappa à Rosalind.

— Si par « sa faveur », vous voulez dire qu'il me fait chanter, m'a fait jouer mon futur sur une partie d'échecs, m'a trompée sur son niveau de maîtrise de ce jeu, puis m'a séduite jusque dans son lit par des baisers divins, alors, oui, il me considère comme une favorite.

Claire se mordait la lèvre pour s'empêcher de rire.

— Quoi ? dit sèchement Rosalind.

— Des baisers divins ? Oh, Votre Seigneurie ! Nous ne pouvons pas laisser *cela* se reproduire.

L'amusement adoucissait le ton sarcastique de Claire.

— Ce n'est pas drôle !

— Bien sûr que si, Votre Seigneurie. Il a l'air d'être un homme intéressant, et vous luttez contre le fait qu'il vous plaît.

Claire pouffa.

— Certainement pas !

Rosalind se mit à rire, malgré tous ses efforts pour se retenir. Elle rechignait à admettre que Claire avait raison.

Celle-ci sourit.

— Vous allez le conquérir. Je crois qu'il vous mangera dans la paume de la main dans une quinzaine de jours.

Retrouvant son calme, Rosalind acheva de se sécher les cheveux avec une serviette et retourna dans la chambre d'Ashton. Elle trouva drapée sur une des chaises la robe en jaconas rose clair que sa servante avait sélectionnée, ainsi que les bas blancs brodés aux chevilles avec des bourgeons de printemps. Un châle bleu ciel, des gants blancs et des bottines de la même couleur parachevaient sa tenue. Ce serait élégant, tout en soulignant sa silhouette à son avantage. Claire avait fait le bon choix. Si elle devait se forcer à subir ce mariage, elle pouvait au moins avoir l'air ravissante.

— Pas de bonnet ?

Rosalind s'assit sur une chaise pour remonter ses bas.

— Certainement pas. Ce serait une honte de dissimuler votre visage un jour comme celui-ci.

Rosalind se vêtit rapidement et laissa Claire coiffer ses cheveux en boucles lâches dans lesquelles passait une bande de soie bleue qui lui entourait la tête à la mode grecque.

— Un déjeuner tardif sera servi, si vous êtes prête, ajouta Claire alors que Rosalind se dirigeait vers la porte.

La salle à manger était vide à part pour deux personnes, Charles et Rafe. Quand Rosalind les vit, elle s'immobilisa dans l'encadrement de la porte.

— J'ai entendu dire que des félicitations sont de mise.

Rafe leva un verre de jus de fruits dans sa direction, puis il grimaça en se touchant le bras. Rosalind savait que c'était celui qu'elle avait blessé par balle quand il avait braqué sa calèche.

Ravalant son accès de colère, elle alla s'asseoir à côté de lui puis, sans prévenir, elle donna un coup de poing à sa blessure dissimulée.

Rafe poussa un hurlement et s'écarta d'elle, ses yeux bleus se glaçant.

— Par le Christ !

— Vous m'aviez assuré qu'il était un piètre joueur d'échecs. Vous avez *menti*.

D'un geste théâtral, Charles se cala contre le dossier de sa chaise pour observer la scène en buvant son thé.

— Bien sûr que j'ai menti. Vous m'avez tiré dessus ! rugit Rafe.

— Vous m'aviez *détroussée*, espèce de vaurien. Pensiez-vous que je ne serais pas capable de comprendre que c'était vous ce soir-là, sur la route ? J'exige que vous me rendiez immédiatement mon argent !

— Certainement pas ! Considérez cela comme un passage au péage, satanée diablesse !

— Ne m'appelez pas de la sorte ! rétorqua-t-elle.

— Ash vous appelle ainsi, fit remarquer Charles.

Rosalind et Rafe lui adressèrent tous les deux des regards venimeux.

— Eh bien, il va devenir mon mari et je le laisse faire parce qu'il le dit gentiment. Contrairement à vous, sale voleur !

Rafe tenta de se redresser de son siège, mais Rosalind frappa à nouveau son bras blessé. Rafe poussa un cri quand sa chaise bascula, l'envoyant valdinguer en arrière sur le sol.

Charles applaudit, même lorsque Rosalind braqua vers lui un regard glacial.

— En tant que pugiliste, j'admire une droite bien placée. Je vous en prie, continuez.

Rafe se redressa, saisissant son bras blessé et la fusillant du regard.

— J'espère que vous allez faire tourner Ashton en bourrique. Il mérite une harpie telle que vous.

Sur ce, il partit, la laissant seule avec Charles.

— Ne le laissez pas vous contrarier. Rafe a toujours été une fripouille. Ashton et lui sont très différents et s'accordent rarement.

Rosalind se calma et écarta de son visage quelques mèches de cheveux.

— N'avez-vous pas entendu ce que je viens de dire ? Cet homme m'a *détroussée*. C'est à cause de lui que j'ai dû marcher jusqu'ici dans la pluie et la boue.

Charles fronça les sourcils, conservant tout de même quelques traces d'amusement.

— Oui, Ash m'avait prévenu que c'était une possibilité. Je serais curieux de voir ce qu'il va lui faire quand il rentrera. Je suppose que Rafe a conçu l'événement comme une sorte de blague. Vous avez de la chance qu'il n'ait eu aucune intention de vous faire du mal.

— C'est lui qui a de la chance que la tempête m'ait aveuglée, sans quoi je l'aurais atteint à la poitrine, pas au bras.

— C'est sanguinaire de votre part ! Pas surprenant pour une Écossaise. Votre peuple est toujours composé des guerriers, au fond. Particulièrement vos frères.

— Mes frères ? Vous les connaissez ?

Rosalind se figea, légèrement craintive. L'idée que son passé carambole avec son présent à un tel moment de sa vie lui donna des frissons glacés.

Charles lécha une goutte de miel sur son doigt avant de poser un toast sur son assiette.

— Oh, absolument. Godric et moi nous sommes empoignés avec eux il y a environ un an. Je n'avais encore jamais vu un trio comme eux de toute ma vie. Des têtes comme des rochers et des poings comme des enclumes. Peu importe le nombre d'uppercuts que j'ai placés, cela n'a rien paru leur faire.

Le cœur de Rosalind fit un bond jusque dans sa gorge.

— Vous vous êtes empoignés ? À quel sujet ?

Charles rougit.

— Godric et moi avions séduit quelques gentilles petites greluches dans une taverne à Édimbourg. Je pense que les donzelles avaient initialement promis de rentrer avec vos frères. C'était avant de nous rencontrer, bien sûr. Elles ont décidé que nous serions peut-être plus amusants. Vos frères se sont vexés. Cela a été une des seules bagarres de ma vie où j'ai préféré m'enfuir, acheva-t-il en souriant. Vos frères sont terrifiants.

— Terrifiants, oui, marmonna-t-elle.

Ils n'étaient pourtant pas les véritables terreurs de la famille. Charles ignorait quelle sorte de monstre son père était. Ses frères étaient des hommes bons et elle ne les avait jamais vus faire du mal à des gens qui ne le méritaient pas. Cela dit, ils aimaient le beau sexe et comme elle, avaient le tempérament fougueux. Elle n'était pas surprise d'apprendre qu'ils s'étaient battus contre les amis d'Ashton pour des femmes.

— Je dois admettre que je n'arrive pas à croire qu'Ashton soit un piètre joueur d'échecs. Qu'est-ce qui vous en a donné l'idée, à part votre confiance imbécile en Rafe ? C'est un jeu de logique. Cela semble naturel qu'il y excelle.

Charles se cala en arrière et joignit le bout des doigts.

Croisant son regard, Rosalind haussa les épaules.

— Quand on est désespéré, on a tendance à croire des choses dont on se méfierait à l'ordinaire. J'ai surestimé l'antipathie de Rafe envers son propre frère et sous-estimé celle qu'il ressent à *mon* égard.

— Enfin, vous lui avez *tiré* dessus. Cela rendrait n'importe quel homme légèrement vindicatif.

Charles termina son toast.

— Combien de fois vais-je devoir vous le dire ? Il m'a *détroussée* !

Elle abattit la tasse de thé sur la table, la faisant cliqueter.

— Hum, oui, c'est ce que vous avez dit.

Charles fredonna d'un air pensif.

— Et à présent, vous devez épouser Ashton.

— Oui.

Rosalind fut enfin libre d'avaler quelque chose et elle se servit de la marmelade.

Joanna entra en trombe dans la pièce, absolument ravissante dans une robe de mousseline bleu clair, le visage rayonnant.

— Rosalind ! Qu'en pensez-vous ?

Elle tourna sur elle-même et s'immobilisa en avisant Charles. Elle devint écarlate.

— C'est parfait, dit Rosalind.

— Vous êtes ravissante, Joanna, ajouta Charles.

— Merci, Charles.

Elle baissa légèrement la tête et vint s'asseoir à côté de Rosalind.

— Est-ce vrai ? Ashton et vous êtes officiellement fiancés ? Mère avait peur que cela n'arrive pas, mais ce matin avant de partir, Ashton lui a dit qu'il avait décidé d'une date !

L'espoir dans sa voix surprit Rosalind. Elle ne connaissait Joanna que depuis quelques jours, mais elle se comportait comme si c'était une nouvelle qu'elle espérait sincèrement voir confirmer.

— Oui, c'est vrai.

— C'est fantastique ! Oh, Rosalind... Attendez, puis-je vous appeler ainsi ?

— Je vous en prie.

— Je suis vraiment contente pour vous ! Pour vous deux !

Le sourire de Joanna était contagieux.

— J'ai toujours voulu avoir une sœur.

— Joanna, vous en avez une. Avez-vous oublié l'existence de Thomasina ? demanda Charles.

— Elle s'est mariée quand je n'étais encore qu'une enfant. Ce sera merveilleux de vous avoir ici. Quand Rafe et Ashton sont là, je suis toujours en sous-nombre.

Rosalind lui tapota la main.

— Mais n'allez-vous pas bientôt vous marier et avoir vos propres enfants ?

Joanna pâlit.

— Mes saisons ne se sont pas bien déroulées. Pas une seule carte, pas une seule visite à la maison. Je ne sais pas ce qui cloche chez moi pour qu'aucun homme ne...

— Allons, Joanna, gronda Charles. Ne vous accablez pas de reproches. C'est votre frère qui effraie les hommes, même lorsqu'il n'en a pas l'intention. C'est la même chose avec ma sœur Ella. Elle ne trouve pas une seule âme pour la courtiser, parce que tous les hommes qui ont la tête sur les épaules pensent que je vais les mettre à l'épreuve sur le ring à Fives Court.

— Le feriez-vous ? demanda Rosalind.

— Bien sûr. Je ne laisserai pas entrer dans mon salon un homme qui ne serait pas capable de me vaincre.

— Cela ne me semble pas juste envers votre sœur.

Charles haussa les épaules.

— C'est ainsi.

Vu la pâleur qui s'empara du visage de Joanna, cette déclaration ne fit qu'envenimer les choses.

— Alors je n'aurais jamais la moindre chance.

— Non, ne dites pas cela. Je peux vous aider. Ashton et moi vous aiderons tous les deux.

Si elle devait rejoindre cette famille et que Joanna voulait se marier, le moins que Rosalind puisse faire était de l'aider dans cette entreprise.

— Je vous remercie.

Les yeux de Joanna s'illuminèrent à nouveau.

— J'ai entendu dire que nous allons faire des emplettes aujourd'hui, pour votre trousseau ?

— Apparemment.

Rosalind pouffa.

— J'ai hâte.

— De faire des emplettes ? Oh, quel ennui !

Charles poussa sa chaise en arrière et se redressa de la table.

— Je vais chevaucher un peu.

Rosalind et Joanna achevèrent leur repas avant de quitter la salle à manger.

Un valet s'avança.

— La calèche est prête. Lady Lennox vous attend déjà.

— Je vous remercie.

Joanna prit le bras de Rosalind alors qu'elles se dirigeaient vers la calèche.

— Le croyez-vous ? On va véritablement marier mon frère.

Rosalind soupira. Effectivement, et ce faisant, elle scellait son destin.

18

— Si je croise un autre bonnet, je meurs, rit Rosalind en sortant de la chapellerie.

— Je suis d'accord, répondit Joanna en bâillant. Je ne savais pas qu'il y en aurait tant à essayer.

Après avoir passé deux heures dans diverses boutiques de vêtements à la recherche de robes et d'autres assortiments d'articles indispensables à un trousseau, le valet de pied de Lennox House était chargé d'une pile de cartons si haute qu'il y voyait à peine. Rosalind et Joanna ne pouvaient s'empêcher de pouffer chaque fois que le pauvre homme se heurtait à quelque chose en descendant la rue.

Regina les rejoignit en enfilant ses gants.

— Je crois que nous avons dévalisé la moitié des boutiques. Merci, Jacob, dit-elle en adressant un signe du menton au cocher. Nous avons terminé pour la journée. Je crois qu'il est temps de rentrer à la maison.

— Effectivement, je suis affamée.

Joanna posa une main sur son ventre.

— J'ai sauté le déjeuner parce que... eh bien, Charles était là et cet homme me rend toujours nerveuse. Qui plus est, Ashton sera bientôt rentré.

Le cœur de Rosalind battit follement. *Je ne devrais pas être aussi excitée de le voir.* Elle se remémora qu'il l'avait dupée en la convainquant de jouer cette partie d'échecs. Il faudrait qu'elle se venge pour ce mensonge.

Mais alors, il l'avait emmenée au lit et avait changé tout ce qu'elle savait de l'amour. Elle n'avait pas su qu'un homme et une femme pouvaient s'unir avec une telle passion. Et elle avait dormi profondément après coup, ne s'étant jamais sentie aussi en sécurité de toute sa vie.

À présent, pour la première fois, elle était allée faire des emplettes avec deux autres femmes et s'était amusée, même si elle avait essayé bien trop de bonnets. Cela avait été une journée remplie de divertissements frivoles. Elle n'avait pas eu à négocier des affaires difficiles ou gérer des hommes qui dénigraient constamment ses talents. Rosalind craignait de croire que la vie lui offrirait bien longtemps ce genre de luxe, mais ce petit espoir traître lui en faisait désirer bien plus qu'elle aurait dû.

Elles grimpèrent dans la calèche à l'arrêt alors que le valet chargeait les cartons.

Regina et Joanna souriaient en regardant Rosalind retirer ses gants et les fourrer dans son réticule.

Rosalind le remarqua et leur rendit leur regard avec une certaine inquiétude.

— Quoi ?

Quelque chose dans sa tenue clochait donc ? Sa coiffure se défaisait-elle ?

— Vous avez l'air heureuse, ma chère, remarqua Regina. Pour la première fois depuis notre rencontre, vous semblez à l'aise.

— Vraiment ?

Rosalind n'y avait pas vraiment songé, mais elle se sentait détendue.

— Je sais qu'Ashton s'avère parfois être très autoritaire, ajouta Joanna, mais je crois qu'il est heureux de vous épouser. Cela fait des années qu'il n'a pas autant souri.

Cela n'aurait pas dû autant compter, mais à l'instant où

Joanna dit ces mots, Rosalind ne put contenir une légère nervosité en songeant à Ashton et ses sourires. Ils pouvaient se montrer très charmants, quand il ne se comportait pas de façon aussi distante.

Rosalind regarda à travers les fenêtres de la calèche quand celle-ci démarra, perdue dans ses rêves et essayant de dissimuler la petite peur qui disait : *qu'arrivera-t-il quand mes rêves voleront en éclats ?* Très vite, elles longèrent Kingsley Stream, dont les eaux étaient élevées après la récente tempête.

Soudain une femme se mit à courir le long de la berge, adressant de grands gestes à la calèche. Rosalind fit un bond sur son siège quand la calèche s'arrêta. Le freinage brutal faillit faire dégringoler les femmes de leur banquette.

— Que se passe-t-il ? demanda Regina d'une voix aiguë.

— Il y a une femme. Elle a l'air bouleversée, dit Rosalind avant d'ouvrir la portière de la calèche et de descendre d'un bond.

La femme les regarda descendre, le visage empreint de terreur. Ses vêtements étaient mouillés et son bonnet en lin blanc était de travers.

— Votre Seigneurie, je vous prie de m'excuser.

Elle s'arrêta et fit la révérence devant Regina.

— Mrs Stadley, que se passe-t-il ?

La femme essuya des larmes qui coulaient de ses yeux.

— C'est mon mari. Il essayait de réparer la roue du moulin. Il s'accrochait à un côté de la roue quand elle s'est brusquement décoincée de ce qui la retenait, et je crains qu'elle ne l'ait entraîné sous l'eau ! J'ai peur qu'il...

Tremblant à présent comme une feuille, elle ne prononça pas le mot, mais tout le monde savait ce à quoi elle pensait. *La noyade.*

— Depuis combien de temps est-il sous l'eau ? demanda Regina.

— Il a lutté pour garder la tête au-dessus de l'eau, mais il a coulé au moment où j'ai vu votre calèche arriver sur la route.

Les femmes se précipitèrent hors de la calèche pour se rendre à la rive.

L'immense roue en bois tournait, de l'eau dégoulinant de ses panneaux.

Rosalind s'avança.

— J'ai besoin que quelqu'un m'aide à retirer ma robe.

La mère d'Ashton la regarda, bouche bée.

— Vous ne pouvez pas aller le chercher ! C'est trop dangereux.

— Je vous assure que je suis plutôt bonne nageuse et de toute évidence, il n'y a ici personne d'autre capable d'aider cet homme à temps. Joanna, aidez-moi, je vous prie.

Rosalind se tourna pour que Joanna défasse rapidement les lacets de sa robe, puis elle retira ses bas et se précipita vers la rivière.

— Miss, je vous en prie, ne... commença Mrs Stadley.

Cela n'empêcha pas Rosalind de plonger dans l'eau sans écouter le reste de sa phrase.

L'eau froide l'engloutit tout entière. Se servant des racines qui poussaient le long de la rive, elle se tint en place tout en scrutant la pénombre des eaux troubles. Elle parvint à peine à distinguer la forme sombre et effrayante de la roue qui tournait lentement, et c'est là qu'elle vit une silhouette au fond de la rivière. Un homme luttait pour se libérer d'une branche sous-marine qui s'était accrochée à l'arrière de son pantalon. Il devait avoir été entraîné quand ce qui bloquait s'était délogé et il était coincé au fond.

Cela faisait des années qu'elle n'avait pas dû nager de la sorte. Battant fort des pieds, elle parvint à sa hauteur. Il eut un sursaut de surprise quand elle lui agrippa le bras. Il gonflait les joues comme s'il luttait pour contenir ce qu'il lui restait d'oxygène. Rosalind saisit l'ourlet de ses pantalons près de ses reins et enfonça ses ongles dans le tissu. L'homme s'immobilisa alors qu'elle essayait de déchirer le tissu accroché à la branche.

Soudain, il eut un sursaut violent, l'air s'échappant de sa bouche pile au moment où elle le libérait.

Les poumons en feu, Rosalind passa un bras autour de l'homme et battit les eaux troubles avec les doigts, en direction de la surface.

La lumière semblait très loin et le corps de Mr Stadley pesait sur elle.

Je… dois… continuer…

ASHTON GALOPAIT SUR LA ROUTE QUI LE RAMÈNERAIT À Lennox House… et à Rosalind. Son cœur battait un petit peu trop vite à la pensée de la revoir. Les lourds sabots martelaient la route de terre battue d'un rythme saccadé, mais il le sentit à peine. Il ne prêtait aucune attention au trajet, perdu dans la contemplation de Rosalind et des émotions qu'elle lui provoquait.

Non. Je ne peux pas la laisser m'affecter de la sorte. C'est du désir. Rien de plus.

Après ce qu'ils avaient partagé la nuit précédente, ce devait être le désir physique qui lui donnait si terriblement envie de se retrouver près d'elle. Cela faisait des mois qu'il n'avait pas connu un tel plaisir avec une femme et la nuit précédente lui avait rappelé à quel point l'intimité physique lui manquait.

Bientôt, il aurait cette intimité à sa portée, disponible chaque fois qu'il le désirerait. Les feuillets de la licence spéciale qu'il transportait dans son manteau en étaient la garantie.

La brise fleurait bon les fleurs printanières. Kingsley Stream, une petite rivière, se déroulait juste au-delà du tournant où le bosquet s'éclaircissait. Il espérait que Rosalind aime les terres des Lennox autant que lui et désire y rester avec lui quand ils ne travailleraient pas à Londres. La joie de sa mère quand il lui avait communiqué ses projets l'avait convaincu qu'ils arrêteraient de se disputer autant. Si c'était le cas, il serait libre de rentrer plus souvent à la maison. C'est perdu dans ses rêves et ses projets qu'il fit adopter à son cheval un trot plus lent alors qu'il s'approchait de la rivière.

Une calèche était stationnée sur le bord de la route et plusieurs dames se tenaient près de la rive, la brise plaquant leurs jupes contre leurs jambes. Elles regardaient la rivière à l'endroit où se trouvait le moulin. Une quatrième femme sauta dans l'eau et disparut. C'était pour le moins un spectacle étrange.

En s'approchant, son cœur fit un bond dans sa gorge quand il vit que sa mère et sa sœur étaient deux des trois femmes debout sur la rive. La troisième était l'épouse du meunier.

Ashton observa rapidement la scène, remarquant que les vêtements de la femme du meunier étaient trempés et qu'une belle robe de promenade était abandonnée à terre au bord de l'eau. Tous ceux sur la rive regardaient l'eau près du moulin. Le valet et le cocher étaient également trempés comme si eux aussi avaient été dans l'eau. Soudain, il fut incapable de respirer. Où était Rosalind ? Ne les avait-elle pas accompagnées à... La quatrième femme qui avait sauté dans l'eau...

Il talonna énergiquement son cheval, parcourant au galop le reste du chemin qui le séparait de la rive. Une fois qu'il fut parvenu près d'elles, il sauta à bas de sa monture.

— Mère ?

— Oh, Ashton ! Vite, allez la chercher !

Regina, le visage pâle, désignait la rivière.

— Où est Rosalind ?

Quand il prononça ces paroles, une boule terrible lui noua les entrailles.

— Que s'est-il passé ?

— Elle essaie de secourir Mr Stadley, mais cela fait trop longtemps qu'elle est sous l'eau.

Les yeux écarquillés de terreur, Regina se tordait les mains. Il savait que ni sa mère ni sa sœur ne savaient bien nager, sans quoi elles auraient tenté d'aller retrouver Rosalind.

Ashton s'arracha son manteau et ses bottes, les fourrant –

avec les documents du mariage – entre les mains du cocher de sa mère.

— Tenez ceci au sec ! cria-t-il avant de plonger.

Il ne pouvait pas perdre Rosalind, pas alors qu'elle s'apprêtait enfin à lui appartenir.

Ashton entra dans l'eau près de la roue, les profondeurs glacées lui provoquant un choc momentané. Il ne distinguait rien dans la pénombre. Trop de sédiments avaient été dérangés par les eaux rapides et ceux qui s'y trouvaient.

Où était-elle ? La peur qui monta en lui était aussi étouffante que l'eau. Et s'il ne la retrouvait pas à temps ? Et s'il la perdait ?

Alors que ses poumons commençaient à brûler, son attention fut attirée par un éclat blanc dans la pénombre, un mouvement rapide comme l'éclair. Il ne pouvait plus rester sous l'eau sans risquer de boire la tasse.

Poussant un juron silencieux, il remonta à la surface d'un coup de pied et inspira une goulée d'air.

— Vous l'avez vue ?

La voix frénétique de Joanna résonna par-dessus le vacarme des eaux bouillonnantes qui l'entourait, pénétrant le sifflement des oreilles d'Ashton.

Il secoua la tête et inspira profondément, même si sa poitrine brûlait et son corps tremblait.

Alors qu'il se préparait à replonger, Rosalind refit surface tout près de lui et crachota en ouvrant grand la bouche. Un de ses bras était enroulé autour de la poitrine de Mr Stadley. Le meunier semblait sans connaissance.

— Dieu merci ! hurla Ashton en s'emparant d'elle, manquant l'écraser.

— Lennox, lâchez-moi ! Je n'arrive pas à rester à la surface ! Prenez-le !

Obéissant, il saisit le corps de Stadley et hissa l'homme sur la rive.

— Nous devons le réanimer.

Rosalind, haletante, s'effondra à genoux près de l'homme inconscient.

— Il a de l'eau dans les poumons.

Ashton fit rouler Stadley sur le dos et plaqua les mains sur sa poitrine, appuyant dessus plusieurs fois.

Le meunier se mit soudain à tousser, expulsant l'eau de la rivière de ses poumons. Ashton l'aida à se caler sur le flanc alors qu'il continuait de tousser violemment. Mrs Stadley, en pleurs, se précipita vers eux et étreignit son mari.

Par-dessus les têtes du couple réuni, Ashton vit Rosalind, le visage pâle, qui toussait aussi un peu. Il se redressa et s'approcha d'elle, la faisant se redresser lentement.

— Êtes-vous blessée ? demanda-t-il, cherchant sur son visage des signes de détresse.

Il parvenait à peine à réfléchir, à peine à respirer après la peur et la panique qu'il avait subies ces quelques dernières secondes quand il avait cru qu'il ne la retrouverait pas à temps.

Elle secoua la tête.

— Non.

Il ressentit une vague de colère. Elle aurait pu mourir. À quoi donc songeait-elle en allant sauver cet homme, risquant également la noyade ?

— Bien. Parce que quand nous rentrerons, j'ai bien envie de vous donner la fessée. Comment pouvez-vous faire peur à ma mère et ma sœur de la sorte ?

Il était à deux doigts d'admettre que c'est lui qui avait été le plus terrifié. Songer à la perdre dans la rivière... Cela lui rappelait trop le passé. Il ferma les yeux, essayant de repousser les souvenirs.

Les eaux glaciales, les cris des jeunes hommes, un corps ligoté qui se débattait, des cris de rage qui répondaient à d'autres qui les raisonnaient. Trois hommes avaient coulé cette nuit-là, et l'un d'eux n'était jamais remonté. Charles et Hugo avaient refait surface et ils avaient tous cherché un jeune homme qu'ils n'avaient plus jamais revu. À quatre pattes, Hugo était remonté sur la rive opposée, sa voix pleine d'angoisse et puis de rage alors qu'il maudissait Charles et tous ceux qui l'avaient soutenu.

Ashton ouvrit les yeux.

— C'était courageux de votre part de sauver Stadley, mais vous devez me promettre de ne plus jamais refaire quelque chose d'aussi inconsidéré. Je ne peux pas vous perdre, vous comprenez ?

Une émotion étrange emplit le regard de Rosalind, mais elle ne répondit pas tout de suite. Elle avait dû saisir un peu de sa douleur et de sa peur, car elle hocha lentement la tête.

— Je suis désolée, murmura-t-elle.

— Venez, nous devons retourner à la calèche.

Le soulagement reprit le dessus sur la colère d'Ashton et il se sentit redevenir normal. Rosalind avait parcouru la moitié de la pente vers la route quand elle remarqua qu'elle était en sous-vêtements. Sa robe et ses jupons étaient empilés près de la calèche. Dans sa panique, il l'avait oublié et apparemment elle aussi, car si elle s'en était souvenue, elle aurait cherché sa robe à tâtons.

— Rosalind, attendez.

Il la rattrapa et plaça une main sur son dos.

— Vous offrez aux hommes un spectacle bien trop tentant, ma chère. Restez ici.

Il lui fit signe de rester cachée derrière la pente alors qu'il appelait le cocher.

— Allez chercher mon manteau, mais retirez les documents de la poche intérieure.

Il attendit que l'homme fasse ce qu'il lui demandait puis il rapporta le vêtement en bas de la rive.

— Enfilez ceci. Vous serez assez couverte pour rester au chaud.

Toute tremblante, elle l'autorisa à glisser le manteau sur son corps. Un souvenir soudain de l'année précédente faillit le faire sourire. Il avait aidé Godric à protéger Émily quand ce dernier était tombé de cheval dans un lac et qu'elle avait plongé pour le récupérer. *À présent, c'est ma femme que je protège.*

— Ashton, vous sentez-vous bien, mon garçon ?

Sa mère et Joanna le regardaient.

— Je vais bien. Nous allons tous bien. J'ai simplement eu une belle frayeur.

Elles ne savaient pas à quel point c'était vrai.

— Demandez au cocher d'attacher le cheval d'Ashton à l'arrière de la calèche, dit Regina à Joanna.

Puis elle les fit entrer, lui et Rosalind, dans le véhicule.

Sa mère lui tapota l'épaule puis toucha la joue de Rosalind.

— Vous aurez tous les deux besoin de soupe et d'un bain chaud. Je veux que vous restiez près du feu dans votre chambre jusqu'au dîner. Nous n'avons pas besoin que quelqu'un tombe malade à cause du froid.

Ashton s'assit à côté de Rosalind et avant qu'elle ne puisse protester, il la souleva sur ses genoux et la cala contre lui. Peu lui importait si sa mère trouvait cela scandaleux.

Sa fiancée se débattit, mais il tint bon et colla ses lèvres contre son oreille.

— Reposez-vous et réchauffez-vous à mon corps. Vous lutterez contre moi plus tard, quand vous serez sèche et au chaud.

Au bout d'un moment, son corps se détendit et toute la tension parut enfin s'écouler hors d'elle. Ashton ignora les regards inquiets de sa mère et de sa sœur.

— C'est très courageux, ce que vous avez fait, ma chère.

Regina se pencha en avant et tapota la main de Rosalind.

— Très courageux.

On entendait dans sa voix un léger tremblement.

Ashton ravala un grognement.

— Elle a risqué d'y perdre la vie !

— Et elle a sauvé celle de Mr Stadley, trancha Joanna.

Il patienta, s'attendant à ce que Rosalind se défende, mais elle n'en fit rien. Au lieu de cela, elle restait immobile entre ses bras. De temps en temps, elle était parcourue d'un petit tremblement. Il ne fit que la serrer davantage contre lui.

Elle était assise sur ses genoux, pointant un menton déterminé.

— Je ne vous laisserai pas poser une main sur moi, le prévint-elle doucement.

— Quoi ?

Il ne comprit pas sa remarque.

Les yeux de Rosalind s'embrasèrent.

— Vous m'avez déjà dit que vous me donneriez la fessée. Je ne vais pas vous laisser faire, pas pour quelque raison que ce soit, et certainement pas pour avoir fait ce qui était juste.

Ashton l'étudia : elle avait les yeux écarquillés, les lèvres pincées et les poings serrés contre elle. C'est alors que tout devint clair. Son père l'avait frappée. Elle n'avait pas perçu de différence entre un peu de jeu sensuel au lit, ponctué de quelques menaces taquines, et un abus véritable.

— J'étais en colère et je n'aurais pas dû dire cela. J'avais peur plus que toute autre chose.

Il espérait que cet aveu lui vaille une certaine confiance de sa part. Il devait lui faire comprendre à quel point il avait eu peur quand il avait cru qu'elle avait disparu.

— Parce que vous perdriez votre propriété ?

Elle ne lui avait pas craché au visage, mais la façon dont elle avait lancé ces mots d'une voix douce et méprisante y faisait penser.

— Non, parce que je...

Il se frotta les tempes avec les paumes, ravalant les paroles qui risquaient de l'exposer. Elle ne devait pas entrevoir qu'il commençait à avoir des sentiments pour elle ni qu'ils étaient profonds. Elle n'hésiterait pas à s'en servir contre lui.

— Parce que quoi ?

Ashton mit un long moment à répondre, pesant prudemment ses paroles et se rappelant que sa mère et sa sœur étaient également-
ment présentes.

— Quand je me suis rendu compte que vous étiez sous l'eau, cela m'a terrifié. Je vous avais raconté que Charles avait failli se noyer dans une rivière. Ce que je ne vous avais pas dit était qu'un autre de mes amis s'était noyé ce soir-là. Cela a été une des pires nuits de ma vie. Je ne veux pas vous perdre de la sorte.

S'il la perdait, cela le tuerait. Il ferait tout ce qui était en son pouvoir pour assurer sa sécurité.

＊ 19 ＊

Le poids de trois regards féminins fit se contracter l'estomac d'Ashton. Sa mère et sa sœur ignoraient tout de ce qui s'était passé toutes ces années auparavant. En dehors de ses études, elles savaient qu'il avait forgé des liens étroits avec ses amis, et c'était tout. Et il n'avait pas prévu d'en révéler davantage à Rosalind sauf s'il y était contraint. Elle se retira de son étreinte pour lever les yeux vers lui. Ses prunelles grises étaient aussi douces que les plumes d'une colombe.

À son arrivée à Cambridge, il n'avait pas eu d'amis. La mort de son père et les dettes qui avaient suivi avaient annihilé leurs relations sociales. Un an plus tard, il s'était fait de véritables amis qu'il avait amenés à la maison pour rencontrer sa famille. Il n'avait cependant jamais expliqué comment il avait rencontré le reste de la Ligue.

— Ashton, j'ignorais tout de cette histoire, dit Regina en ouvrant des yeux grands comme les soucoupes des tasses en porcelaine de la famille.

— C'est un mauvais souvenir. Je ne voulais pas partager ce fardeau avec qui que ce soit d'autre.

—Je suis vraiment désolée, murmura à nouveau Rosalind.

Il posa le front contre celui de Rosalind et lui caressa le dos.

Elle avait beau être furieuse contre lui, il ne reviendrait pas sur sa colère et sa peur à la pensée qu'on lui fasse du mal.

Quand la calèche s'arrêta devant Lennox House, il laissa sa mère et sa sœur descendre en premier, suivies par Rosalind. Ils se dirigèrent tous vers la porte d'entrée, leurs vêtements mouillés émettant des couinements. Le majordome leur ouvrit la porte et haussa les sourcils devant ce spectacle.

— Nous avons fait une petite baignade dans la rivière, l'informa sèchement Ashton.

— Je vois.

Le majordome plissa les lèvres, mais il n'eut pas l'impolitesse de rire.

— Envoyez un valet faire couler un bain et faites quérir la bonne de lady Melbourne, ajouta Ashton.

Rosalind monta les marches à la hâte, pressée de retirer sa tenue trempée, et il accéléra le pas pour la rattraper, l'attrapant par la main au moment pile où elle atteignait la marche du haut.

— Rosalind, attendez.

Elle avait le visage pâle et elle tremblait. Elle leva la tête, lui adressant un défi silencieux. Lequel ? Il n'en était pas certain.

Frustré par sa résistance continue, il la souleva dans ses bras et la porta sur le reste du chemin.

— J'ai des jambes, lui rappela-t-elle.

— Certes, et elles sont ravissantes. Mais je vous porte le reste du chemin parce que j'en ai envie, c'est tout.

D'abord, elle se mordit la lèvre, puis elle hocha impérieusement la tête, l'autorisant à agir.

Lowell, le valet, était en train de plier des chemises. Il se figea quand Ashton entra dans la pièce, sa petite femme féroce dans les bras.

— Cela suffit. Reposez-moi ! Vous m'embarrassez devant Lowell ! siffla Rosalind, le rose lui montant aux joues.

— Excusez-nous.

Ashton porta Rosalind jusqu'au lit et l'y laissa retomber. Son valet rougit et s'enfuit hors de la pièce.

Le silence de la chambre se colora vite de tension. Ashton baissa les yeux vers sa future épouse fougueuse, se demandant si elle allait valoir le prix de ces contrariétés sans fin. Puis, avant de pouvoir réfléchir aux conséquences, il lui prit le visage entre les paumes et l'embrassa. Il devait l'embrasser, la prendre dans ses bras et s'assurer qu'elle aille bien. Sa saveur délicieuse bannit tous ses doutes. Une fois sa surprise passée, elle lui rendit merveilleusement son baiser. Elle se mit à genoux pour se mettre à sa hauteur et enroula les bras autour de son cou.

Il tomba maladroitement sur le lit, grimpant sur le corps de Rosalind alors qu'il continuait de l'embrasser. Il désirait la façon dont elle se mouvait sous lui, ses mains s'enfonçant dans ses cheveux juste comme il l'aimait. La bête en lui qui avait fait rage et paniquait à l'idée de la perdre avait cessé de faire les cent pas. Il se détendit, ralentissant ses baisers, et elle l'imita. Puis ils se contentèrent de se regarder dans les yeux.

— Je vous en prie, ne me faites plus jamais une telle peur.

La voix d'Ashton était emplie d'émotions qu'il ne parvenait pas à concilier.

Les yeux gris de Rosalind arboraient une expression rêveuse qui adoucissait ses prunelles généralement gris acier. Elle lui caressa la joue, du menton à l'oreille.

— Je suis désolée, Milord.

— Je vous en prie, appelez-moi Ashton. Vous ne le faites que rarement.

— Ashton, souffla-t-elle en se penchant en avant pour plaquer un baiser sur ses lèvres.

Rosalind tremblait.

— Nous devrions vous mettre dans la baignoire. Je ne veux pas vous voir aussi mouillée. Pas de la sorte.

Elle sourit légèrement comme si elle comprenait sa petite plaisanterie.

— Je suis très mouillée à cause de vous, dit-elle avec un ricanement.

Le corps d'Ashton répondit par une vague d'excitation qui le surprit. Il y avait quelque chose chez Rosalind qui le rendait à moitié fou de désir comme jamais une autre femme ne l'avait fait, et il ne pouvait pas s'imaginer pourquoi. Il avait connu suffisamment de femmes pour voir la différence, mais il ne pouvait tout simplement pas le comprendre. Et pourtant, c'était un fait indéniable, Rosalind était spéciale.

— Allons, vous me tentez.

Il se pencha à nouveau, prêt à l'embrasser, mais ils furent dérangés par l'arrivée d'un valet de pied.

— Pardonnez-moi, Milord. Je suis venu faire couler un bain et allumer le feu.

Le serviteur détourna le regard, mais cette interruption aida Ashton à recouvrer sa clarté d'esprit.

— Très bien, occupez-vous-en.

Il refusait de détourner le regard de Rosalind. Un de ces jours, il allait fermer sa porte à clé et avoir cette femme entièrement à lui sans la moindre interruption.

Il roula du corps de Rosalind, se redressa et se rendit dans son vestiaire. Se passant la main dans les cheveux, il essaya de reprendre le contrôle de lui-même. Ses vêtements étaient mouillés et lui collaient à la peau. S'il n'avait pas été aussi enflammé de désir pour sa petite diablesse, il aurait été glacé jusqu'à l'os. Il leva les mains pour déboutonner son gilet.

— Avez-vous besoin d'aide ?

Il se tourna et vit Rosalind, pieds nus et vêtue de sa camisole, son manteau toujours drapé autour d'elle. Si petite et délicate, elle évoquait une fée sortie d'un cercle de pierres. Sa chevelure sombre était complètement lâchée, toujours mouillée autour des épaules, quelques boucles égarées touchant le sommet de ses seins au-dessus de son corsage.

Au diable avec sa maîtrise de lui-même !

— Si vous me proposez de m'aider, alors oui.

Elle vint le rejoindre et leva les mains pour déboutonner son gilet. Puis elle retira sa cravate et la laissa tomber à terre. Quand elle parvint à sa chemise, il l'aida à la faire passer au-dessus de sa tête. Elle fit courir les paumes le long de sa poitrine nue et un léger soupir lui échappa.

Il ricana et lui saisit les mains, levant ses paumes à ses lèvres.

— Vous êtes si chaud ! dit-elle en se collant à lui.

— Et vous êtes gelée... encore une fois. Je jure que lorsque nous serons mariés, je trouverai le moyen de vous tenir chaud.

Il vit son sourire joyeux s'estomper et elle se raidit dans ses bras.

Ashton pointa le menton.

— Vous ne pouvez pas avoir un mouvement de recul chaque fois que je mentionnerai notre mariage.

Ses yeux à la fois doux et tristes tiraillaient le cœur de Rosalind.

— Ce n'est pas avec vous que j'ai un problème. Ne le voyez-vous pas ?

Non, il ne comprenait pas. Ce n'était pas comme si elle allait disparaître une fois qu'ils seraient mariés. Elle serait toujours la femme pour laquelle il avait des sentiments, cette Écossaise fougueuse et prête au combat. Elle serait simplement sa femme en plus de tout le reste.

— Vous finirez par trouver vos marques. Émily, Anne et Horatia se sont très bien habituées à la vie conjugale, argumenta-t-il.

— Ach !

Elle poussa un rire moqueur et le repoussa.

— Vous êtes vraiment aveugle ! Je ne suis pas comme ces dames et ne l'ai jamais été. Elles boivent leur thé et discutent de mode et des derniers ragots.

Ashton rit durement.

— C'est ce que vous pensez d'elles ? Que ce sont des femmes imbéciles sans la moindre substance ?

Rosalind détourna le regard. Il doutait qu'elle le pense réellement, mais quelque chose dans sa question avait touché sa cible.

— Rosalind, c'est peut-être vous qui êtes aveugle. Émily s'occupait des registres de son oncle et c'est elle qui a redressé les investissements de Godric au cours de ces derniers mois... Avec un certain profit, je dois ajouter.

Il continua de se déshabiller tout en parlant.

— Anne est loin d'être oisive. Elle est une excellente éleveuse de chevaux, une compétence qu'elle avait développée bien avant d'épouser Cédric, et ils essaient à présent d'élever les meilleurs chevaux de course que l'Angleterre connaîtra jamais. Et Horatia ? C'est une érudite confirmée, membre de la Société Féminine d'Astronomie de Londres. Aucune d'elle n'a perdu son identité par le mariage.

Il retira son pantalon et sa chemise avant de grimper dans le bain chaud.

— Et si vous pensez que je *veux* que vous disparaissiez un jour, alors vous êtes une imbécile, et je refuse d'en épouser une.

L'eau chaude était agréable contre sa peau et il inclina la tête en arrière pour la poser contre le rebord de la baignoire en cuivre.

— Vous me le jurez ? demanda Rosalind qui s'accroupit près de la baignoire.

Il leva la tête et soutint son regard.

— Rosalind, vous avez un esprit génial pour les affaires. Ne pas vous permettre de le développer ferait de moi un pire imbécile que vous. Je vous le jure. J'aime ce que vous êtes et je détesterais que les choses changent.

Il tapota la surface de l'eau d'un geste taquin.

— Bon, aimeriez-vous me rejoindre ? La baignoire est assez grande pour deux et l'eau est chaude.

Elle laissa une de ses mains jouer nonchalamment dans l'eau près de la hanche d'Ashton, puis d'un mouvement des doigts, elle l'éclaboussa.

— Allez-vous me frotter le dos ? le taquina-t-elle avec un sourire sensuel.

— Oh que oui, et je vais même faire beaucoup plus que cela.

— Bien.

Elle se redressa et retira son manteau avant de s'agenouiller près de la baignoire et de lui offrir son dos.

— Mon corsage, dit-elle.

Les doigts maladroits et mouillés d'Ashton eurent du mal à défaire les lacets. Une fois qu'il eut fini, elle laissa sa chemise lâche tomber à terre avant de grimper dans la baignoire. Son corps était une tentation toujours présente avec ses courbes délicates et sa douceur attirante quand il leva les mains pour attraper ses hanches.

— Allongez-vous sur moi, dit-il en attirant ses épaules contre sa poitrine.

Leurs deux corps firent remonter le niveau de l'eau qui vint clapoter près du rebord de la baignoire, mais Ashton n'en avait cure. C'était bon de la sentir allongée sur lui. Il lui massa les épaules, résistant à l'envie de faire glisser ses mains vers le bas pour lui saisir les seins. C'était une question de confiance, pas de satisfaction de ses pulsions.

Elle remua contre lui et il ravala un grognement quand le bas de son corps se réveilla.

— C'est agréable.

— J'ai pensé que demain, nous pourrions aller visiter la chapelle du coin si vous le désirez. Il retint son souffle, attendant de voir si elle allait à nouveau avoir une réaction négative à la mention du redouté mariage.

— Je suppose. Et si elle ne me plaît pas, pourrions-nous nous marier ailleurs ? demanda-t-elle.

Il devina à sa tension renouvelée que c'était un test.

— Bien sûr. Si cela ne vous plaît pas, nous trouverons un autre endroit. De votre choix.

Rosalind se rassit et avant qu'il ne puisse réagir, elle s'était tournée sur elle-même pour s'installer à califourchon sur lui dans le bain. Il avait une vision dégagée de son corps dénudé qui luisait d'humidité. Ses seins généreux étaient trop tentants pour qu'il y résiste. Il fit courir ses doigts le long de son cou et jusqu'à ses seins, plaquant les paumes sur la chair douce avant de la malaxer. Rosalind se frotta contre lui, ses lèvres déposant de légers baisers contre sa gorge.

— Nous devrions peut-être faire autre chose pour nous tenir chaud ? suggéra-t-elle avant de se mordre la lèvre, tentant de dissimuler son sourire charmant.

— Hum ?

Ashton joua avec un mamelon érigé, tirant un sifflement à Rosalind quand il le pinça doucement.

Celle-ci haussa les hanches, saisit son membre érigé et le plaça devant son intimité.

— Ah, c'est... une bonne idée.

Son rire se changea en un gémissement de plaisir quand le corps de Rosalind enveloppa son membre. Elle était plus chaude que l'eau et c'était trop bon pour être vrai.

— Suis-je en train de rêver ? demanda-t-il, l'esprit légèrement embrumé par les vagues de plaisir qui le traversaient.

— Peut-être.

Elle sourit et se pencha en avant pour lui mordiller la lèvre inférieure alors que ses seins frottaient contre sa poitrine. Il n'avait encore jamais fait l'amour avec une femme dans une baignoire. Cela lui semblait trop intime et il n'avait encore jamais désiré ce genre d'intimité. À présent, il la désirait avec une femme qui était partagée entre le désir et l'amour pour lui, tout ceci parce qu'il l'avait dupée, l'engageant dans un mariage.

— Arrêtez de penser, *Milord*. Je peux pratiquement entendre vos pensées.

Rosalind déposa une traînée de baisers jusqu'à son oreille et en lécha le contour. Sa verge tressauta quand un éclair d'excitation le traversa.

— Diablesse, gronda-t-il.

— *Sassenach*, répondit-elle effrontément. Je vous soupçonne d'apprécier cette qualité chez moi.

Elle ronronna en soulevant les hanches avant de se laisser retomber sur lui, l'accueillant complètement en elle.

— Et je crois que vous avez raison.

Il lui saisit les hanches, enfonçant ses doigts dans sa chair alors qu'il la rabattait rudement sur son membre... *fort*. Les légers éclaboussements de leurs corps mouillés accompagnaient leurs petits soupirs et gémissements alors qu'ils faisaient l'amour dans la grande baignoire. Ils avaient l'impression de ne rien peser, se mouvant ensemble dans le bain, leurs bouches se dévorant avidement.

Après cela, ils ne furent plus en mesure de parler. Ashton la prit fort, la faisant crier de plaisir d'une façon qu'elle serait incapable de dénier plus tard, quand elle serait en colère contre lui.

L'eau du bain éclaboussa par-dessus le rebord de la baignoire tandis que Rosalind s'accrochait à ses épaules, et il contempla les tempêtes intérieures de ses yeux gris quand elle jouit. Ses lèvres douces et délectables s'écartèrent alors qu'elle essayait de respirer. Les moindres détails de ce moment étaient gravés dans ses souvenirs. Elle était la plus belle chose qu'il eut jamais vue. Le corps d'Ashton devint rigide quand il abandonna la dernière once de son contrôle, et il jouit en elle avec un cri qui fit sursauter Rosalind.

Elle se cala alors sur lui, épuisée, leurs corps toujours connectés. Il passa les bras autour d'elle, la serrant contre sa poitrine tout en lui caressant le dos.

— Je crains que nous n'ayons laissé plus d'eau par terre que dans la baignoire, murmura-t-il avec un ricanement somnolent.

Cela la fit sourire.

— Puis-je vous poser une question ? demanda-t-il.

Il dessina des motifs entre ses omoplates et sentit ses muscles se contracter sous son toucher.

Elle plaqua la joue contre sa poitrine.

— Vous pouvez.

— Comment vous êtes-vous retrouvée à faire des affaires ? Je sais que votre mari vous a laissé les siennes, mais la plupart des femmes ne s'y impliquent pas.

Rosalind ne s'écarta pas ; au lieu de cela, elle se pressa encore davantage contre lui.

— Lorsque j'ai épousé Henry, il a insisté pour que j'apprenne à gérer ses entreprises. Il disait souvent qu'il voyait mon esprit vif dans nos discussions matinales pendant le petit-déjeuner et voulait le nourrir. Je crois qu'il craignait de mourir tôt dans notre relation et il voulait s'assurer que je serais capable de gérer les choses après son départ.

Elle rougit.

— Il m'aimait, bien plus que je ne l'avais envisagé, vu qu'il ne cherchait pas une épouse le jour où il m'a trouvé. Je chérirai toujours sa gentillesse et sa compassion.

La jalousie et la compréhension de ce qu'elle disait se mêlèrent en Ashton. Autrefois, il s'était cru amoureux d'Émily Parr pendant quelques brefs instants, avant que Godric ne dérobe entièrement son cœur. Mais en vérité, il avait chéri son amour et son affection comme elle le lui avait enseigné : en désirant connaître l'amour et mettre un terme à sa solitude. Reconnaissant de cette leçon, il l'aimait, mais d'une façon différente, peut-être comme Rosalind avait aimé son défunt époux, qui lui avait montré comment avoir confiance en elle après sa mort.

— Si plus d'hommes étaient comme lui, l'Angleterre serait un bien meilleur endroit, répondit-il doucement.

— Je suis d'accord.

Ses paroles le réchauffèrent. Ils étaient enfin d'accord sur quelque chose. Il décida de voir s'il parvenait à continuer à la faire parler. Il y avait encore tellement de choses sur elle qu'il voulait savoir.

— Pourquoi des sociétés de transport ? La majorité de vos intérêts touche au commerce maritime. Je suis curieux de savoir ce qui vous a attiré là-dedans. Votre mari n'a jamais investi dans cette branche.

— Henry avait des intérêts dans de multiples sociétés. Je les ai toutes vendues à part la petite banque de campagne qu'il possédait. Je me suis concentrée sur les bateaux parce que...

Elle s'interrompit.

— Parce que j'aime l'idée d'être capable de monter dans un de ces bateaux et de prendre le large.

Sa voix était douce, presque comme un murmure, comme si elle était embarrassée de l'admettre.

— Pourquoi ?

Il leva une de ses mains et la porta à ses lèvres, embrassant plusieurs endroits à l'intérieur de son poignet et de sa paume. C'était si facile d'apprécier cette femme ! Il avait aimé les jeux sensuels avant, mais ceci... Ceci était infiniment plus. Ces petites caresses et ces tendres baisers étaient bâtis sur bien plus qu'un désir mutuel ; il y avait une affection et une compréhension grandissante qui ne faisait qu'approfondir ce qu'il ressentait pour elle.

— Je vous en prie, parlez-moi...

— Je ne suis pas douée pour partager les choses, particulièrement celles qui sont douloureuses.

Sa douleur le blessait, mais il savait que partager ces parties secrètes d'elle-même ne pourrait que les rapprocher.

J'ai envie de me rapprocher d'elle, à n'importe quel prix. Il se demanda comment cela avait été pour ses amis quand ils étaient tombés amoureux de leurs épouses. Avait-ce été aussi effrayant ? Aussi excitant ? Dénuder leurs âmes ainsi sans savoir si leurs rêves n'allaient pas se faire pulvériser ?

— Je ne suis pas l'homme le plus doué du monde pour me confier, mais nous pouvons essayer ensemble. Parlez, puis ce sera à mon tour. Demandez-moi tout ce que vous voulez.

Il la caressa entre ses omoplates du bout des doigts, attendant patiemment qu'elle lui réponde. Elle avait le choix et il n'aurait pas insisté si elle n'était pas prête.

— Après avoir grandi avec ma brute de père, je rêvais seulement de m'échapper. Je m'imaginais que j'allais voguer vers des rivages inconnus où j'oublierai les années de cruauté que j'ai subies auprès de lui. Et je me suis promis qu'un jour, je le ferai. Chacun de mes bateaux et une promesse que je tiens pour celle que j'étais autrefois.

La respiration d'Ashton s'interrompit et il lutta pour trouver les mots justes, pour dire quelque chose qui apaiserait la douleur qu'elle ressentait clairement, mais il restait paralysé.

Elle leva la tête et lui adressa un regard audacieux.

— Parlez-moi de Charles et de la rivière. Dites-moi tout !

Il savait qu'elle lui poserait la question. C'était l'un des moments les plus sombres de sa vie. Cependant, elle avait partagé avec lui ses moments les plus noirs et il lui devait la même honnêteté.

— Des gens ont essayé de le tuer. Ils l'ont attaché et l'ont jeté dans la rivière près de notre université. Lucien et moi rentrions tard dans nos appartements, et nous avons entendu les cris et les éclaboussements. Nous avons plongé pour le récupérer et...

Sa gorge se resserra momentanément et il déglutit fort avant de poursuivre.

— Nous avons dû nous y mettre à quatre pour le sauver, mais nous n'avons pas pu sauver Peter.

— Peter ?

Il resserra les bras autour d'elle.

— Celui qui a essayé de sauver Charles en premier. Il est resté sous l'eau trop longtemps et le courant était trop rapide. Peter était un ami.

Il ne parvint pas à dire autre chose. Les mots ouvraient de nouvelles coupures dans les anciennes blessures de ses souvenirs.

Ils restèrent ensemble dans la baignoire, regardant le soleil de la fin de l'après-midi entrer par la fenêtre, formant des ombres de plus en plus longues sur le plancher. Ils restèrent ensemble jusqu'à ce que l'eau commence à tiédir et que le bruit des serviteurs dans les couloirs leur parvienne.

— Je crois que nous devrions sortir. Le dîner sera bientôt prêt et je n'aimerais pas y assister tout fripé.

Il joua avec une de ses boucles mouillées tandis qu'elle traçait les contours de la cicatrice sur son épaule. C'était un moment à peu près parfait qu'Ashton ne put s'empêcher de faire durer, malgré ses paroles précédentes. Il n'aurait jamais voulu l'abandonner – ni elle non plus – pour rien au monde.

Elle lui adressa un froncement de sourcils déçu, mais clairement taquin.

— Très bien, si nous y sommes contraints.

Puis elle se pencha et l'embrassa avant de sortir de la baignoire dans sa nudité glorieuse. Avec un sourire malicieux, elle lui tendit la main et il se releva, l'eau dégoulinant le long de son corps quand il sortit de la baignoire et se dressa sur le sol mouillé où ils récupérèrent deux serviettes. Il en enroula une autour de ses hanches puis protégea Rosalind avec l'autre, la serrant contre lui en se servant de son corps pour la réchauffer.

— C'était agréable, dit Rosalind en frottant le visage contre lui.

— C'est vrai, n'est-ce pas ? répondit-il, un peu surpris lui-même qu'un bain avec elle ait été si fantastique.

Pour la première fois, d'aussi loin que remontaient ses souvenirs, Ashton était plein d'espoir.

✤ 20 ✤

om Linley s'attardait dans l'obscurité de l'escalier de service, le cœur battant follement. Un valet descendit les marches et se raidit en le voyant.

« Vous reconnaîtrez mes serviteurs à l'étoile argentée qu'ils portent à leurs cravates ».

Il n'oublierait pas de sitôt les instructions de son maître. Il regarda attentivement le valet et vit une étoile argentée briller près de sa gorge.

— Bel après-midi pour une promenade, dit-il.

Le valet se tourna vers Tom.

— Certes, mais même si le ciel est dégagé, on risque les averses.

— Et un ciel sombre reste parfois sec, en convint Linley.

— Pourquoi ne m'aideriez-vous pas à polir l'argenterie ?

Un trousseau de clés à la main, le valet désigna le cabinet en argent.

Linley le suivit et attendit qu'il ouvre la porte du cabinet. Le domestique regarda autour de lui pour s'assurer qu'ils étaient seuls, puis il se pencha vers le jeune homme.

— J'ai communiqué la nouvelle du mariage entre Lennox et lady Melbourne.

— Bien. Je n'avais pas encore eu l'occasion de le faire.

Linley glissa un bout de papier dans la main de l'autre homme.

— Pourriez-vous poster ceci pour moi ?

— Je vais m'en assurer, répondit le valet en empochant la lettre.

— Je vous remercie.

Linley feignit de s'intéresser un moment de plus aux cuillères en argent avant de reprendre la parole.

— Je devrais retourner auprès de lord Lonsdale.

Il quitta le valet et remonta l'escalier vers l'étage principal. À présent qu'il avait fait son rapport, il pouvait passer à son objectif suivant.

Linley parvint à la pièce où lady Melbourne résidait avec Lennox. Il espérait que la chambre serait vide. Alors qu'il avançait la main vers la poignée, la porte s'ouvrit et une petite fille en sortit en courant. Elle avait le visage rouge et poussait des petits gloussements adorables.

— Allons ! Tu ne devrais pas être là ! la gronda Linley qui ne put s'empêcher de rire en regardant l'enfant qui pouffait courir dans le couloir.

Une fois que Linley se fut assuré qu'il n'y avait plus personne dans le couloir, il tourna le loquet et se glissa à l'intérieur. La chambre à coucher de Lennox était grande et masculine, mais son goût était clairement raffiné, comme celui de Lonsdale.

Une petite commode attira l'attention de Linley. Il parcourut les tiroirs, y trouvant des robes, des sous-vêtements et d'autres affaires qui appartenaient à lady Melbourne, mais pas la moindre trace de ce qu'il était chargé de trouver : un décodeur. Cela avait été si important que Daniel Sheffield avait brisé la loi du silence pour la contacter, quoiqu'indirectement.

Tom avait appris qu'ils avaient fouillé sans résultat la résidence de lady Melbourne. Donc elle l'avait probablement emporté avec elle, et Tom était le mieux placé pour le découvrir.

En fouillant le dernier tiroir d'une petite table près du lit, ses doigts frôlèrent quelque chose de froid et de circulaire. Il referma la main dessus et la souleva à la lumière : une montre à gousset. Sheffield avait dit que le cryptogramme ressemblerait à une montre, mais à l'intérieur, il présenterait des symboles et des lettres au lieu d'un cadran. Linley ouvrit le couvercle.

Son cœur se serra. Ce n'était pas un décodeur, mais une simple montre à gousset. Il la laissa retomber dans le tiroir et se retourna vers la pièce, décidant où recommencer à chercher.

Parcourant la literie et les vêtements de Lennox, Linley poussa un soupir déçu. Il avait vérifié tous les endroits possibles et n'avait rien trouvé. *Malédiction !* Waverly serait furieux. Cette perspective lui donna le vertige. Un son devant la porte le fit sursauter.

Se faufilant derrière la porte, qui avait commencé à s'ouvrir, il retint son souffle. Une bonne entra, chargée d'un seau et d'un chiffon rempli de bûches de chauffage. Profitant du fait qu'elle lui tourne le dos, Linley contourna la porte ouverte et ressortit dans le couloir. Il devrait réessayer le lendemain.

Il remonta à la hâte l'escalier principal et se dirigea vers les appartements de son maître. Lonsdale était là, face à la cheminée allumée, observant les flammes, les coudes sur les genoux. Il faisait rouler un verre de brandy entre ses paumes et ne se retourna pas quand Linley s'approcha.

— Vous voici, mon garçon. Je m'ennuie terriblement. Vous ne voudriez pas faire un ou deux rounds avec moi dans la salle de sport d'Ashton ?

— De la boxe ? clarifia Linley.

— Oui, qu'en pensez-vous ? Je suis resté inactif pendant trop longtemps et j'ai besoin de m'occuper.

Charles se tourna sur son siège, une lueur d'espoir dans les yeux.

Linley acquiesça machinalement. Si c'était possible, il préférait largement voir Charles heureux et souriant. Cela l'empêcherait de poser des questions.

— Excellent ! Laissez-moi vous montrer le chemin.

Charles termina son brandy et le posa sur le manteau de la cheminée avant de se diriger vers la porte. Il semblait aussi à l'aide dans cette maison de Lennox que dans la sienne.

— Savez-vous où c'est, Milord ? demanda Linley.

— Oh, je viens ici depuis mes dix-huit ans. La Ligue se réunit souvent dans la résidence d'un des membres pendant nos vacances. Cela nous a permis d'échapper à des parents affreux qui n'ont de cesse d'essayer de nous caser. Manifestement, cette époque bénie touche à sa fin.

Charles fit faire à Linley le tour des pièces élégantes et ensoleillées. Le jeune homme était rarement capable d'apprécier la beauté. Même lorsqu'il semblait détendu, son esprit restait braqué sur sa mission, à l'affût de possibles dangers. À présent, il entrevoyait toutefois la façon dont vivaient les gens riches et titrés.

Une douleur se forma au plus profond de sa poitrine quand il repensa à sa vie d'avant son maître, quand il avait été un enfant vivant dans un foyer heureux, lorsque sa mère était la suivante d'une comtesse admirable. La vie avait alors été très joyeuse. Toutes les pièces étaient remplies de lumière et de rires. Puis tout s'était écroulé.

Lennox House lui rappelait cette époque bénie. Les serviteurs étaient accueillants et, avec les enfants des métayers qui couraient partout, la demeure résonnait de l'amour et des liens familiaux. C'était agréable d'avoir ces petits garnements dans les pattes.

La douleur dans sa poitrine s'accrut quand il songea à la petite Katherine, sa sœur encore bébé qu'il avait laissée à Londres dans la maison de Charles. Il était difficile de la quitter pendant aussi longtemps, même si on s'occupait bien d'elle. D'une certaine façon, Katherine était tout ce qui lui restait de son ancienne vie.

Charles s'arrêta devant une pièce ouverte. Il y avait de l'espace pour pratiquer l'escrime et des équipements étaient suspendus au mur. Il y avait aussi un ring de boxe au niveau du sol, délimité par de la peinture blanche sur le bois. Charles s'arrêta près du ring et retira son gilet qu'il suspendit à un crochet près des fleurets. Il se retroussa les manches, exposant ses avant-bras bronzés et musclés.

— Bon, mon garçon. Retirez cette casquette et allons-y.

Linley conserva la casquette vissée sur son crâne.

— Si cela ne vous fait rien, je préférerais la garder, Milord.

Puis il se retroussa les manches et s'avança dans le ring.

— Je vais quand même finir par la faire tomber, protesta Charles.

— J'espère que vous allez y aller doucement avec moi, Milord.

Charles leva ses poings nus.

— Levez les pattes et montrez-moi comment vous vous tenez.

Linley serra les poings et les leva gauchement.

Charles laissa retomber ses mains et s'avança vers Linley avec un regard critique. Celui-ci retint son souffle quand Charles lui leva les mains plus haut.

— Comme ceci.

Charles parut satisfait et fit un pas en arrière, mettant de la distance entre eux avant de lever les mains à son tour.

— Dois-je vous frapper ? proposa Linley.

Charles hocha la tête et attendit qu'il fasse un geste.

Étudiant le corps de son maître, Linley chercha un point faible. Il avait passé plus d'une année à apprendre comment se battre contre une personne en position d'autorité. Il voyait que le brandy de Charles avait affaibli sa garde ; un de ses coudes était plus bas que l'autre. En se décalant vers la droite, il pourrait pénétrer sa garde. Charles ne s'en rendrait pas compte avant que Linley ne l'ait plaqué à terre.

Ce n'était pas ainsi que se battaient les gentlemen, mais on ne l'avait pas entraîné à se battre comme un gentleman. Il luttait pour survivre.

— Ne traînez pas, mon garçon. Montrez-moi comment vous vous battez.

Charles fit un pas sautillant en avant, feignant vaguement de donner un coup.

Linley analysa sa manière de bouger, aussi gracieuse qu'une valse. Il ne percerait pas les défenses de Charles en se battant loyalement. Le sachant parfaitement, Linley fit un pas de côté et à l'instant où son opposant l'imita, il se jeta un avant et son poing atteignit l'épaule de Charles. C'était un petit coup, sans l'intention de lui faire mal.

Les yeux gris de Charles pétillèrent de joie.

— Bien joué. Encore une fois.

C'était un rituel. Charles bannissait les démons qui tentaient si souvent de le noyer. Les cauchemars dont il souffrait commençaient à hanter Linley également. Plus d'une fois, il avait été réveillé par des cris étouffés et avait trouvé son maître qui se débattait entre ses draps, incapable de se réveiller.

Le souvenir de ces longues nuits incita Linley à bouger plus vite, à frapper plus fort. Ce qui rongeait Charles fit monter en Linley une fureur qu'il ne comprenait pas.

Il savait qu'un jour, il trahirait cet homme bon, le guiderait comme un agneau à l'abattoir le jour où son maître l'ordonnerait. Il l'avait accepté. Et pourtant, il détestait voir cet homme souffrir d'une façon aussi silencieuse et solitaire. Il méritait mieux que le destin qui deviendrait un jour le sien.

Une légère tape contre la poitrine de Linley l'envoya bouler en arrière.

Le coup l'avait pris par surprise et même si cela ne lui provoqua qu'une légère douleur, il réagit instinctivement. Il faucha la jambe de Charles, lui faisant perdre l'équilibre. Celui-ci s'écroula à terre avec un bruit sourd et un grognement.

Ah ! Linley sourit puis grimaça. C'était imprudent. Il n'aurait jamais dû utiliser un tel mouvement. On lui avait dit que l'art du combat pouvait être aussi distinct qu'une signature, et si Charles soupçonnait que cela avait été plus que de la chance…

— Que diable ? rugit Charles en se redressant pour se jeter sur Linley.

Celui-ci n'eut pas d'autre choix que d'accepter le coup pour désamorcer le moindre soupçon. Soudain, le monde tourbillonna et il atterrit sur le dos dans un fracas. Charles roula sur lui et le plaqua au sol.

Le choc de l'impact fit remonter en Linley une centaine de souvenirs réprimés.

De la douleur, tant de douleur... Des mains autour de sa gorge. Son véritable maître prenant tout de lui. La destruction de son univers, mais l'offre d'un nouveau monde... avec un prix à payer... Un cri guttural émergea de sa gorge et des points lumineux passèrent devant ses yeux.

— Tom ! Reprenez-vous, mon garçon, tout va bien !

La voix de Charles traversa difficilement la terreur de Linley, mais au moins, il parvenait à respirer à présent.

L'air doux et béni !

Il l'aspira avidement dans ses poumons et sa vision se précisa. Il était de retour dans la salle de sport, en compagnie de Charles.

— Vous allez bien ? Vous m'avez fait terriblement peur, Tom.

Le visage de Charles exprimait l'inquiétude et il s'accroupit à côté de son valet.

— Je suis désolé... Milord, murmura ce dernier.

Sa voix était trop rauque pour qu'il rajoute quoi que ce soit.

Charles plaça une main sur l'épaule de Linley.

— Je pensais que vous étiez paré à d'autres tactiques déloyales quand vous m'avez fauché la jambe de la sorte.

— C'est juste quelque chose que j'ai vu une fois. Je n'avais jamais essayé.

— Je suis désolé. J'ai eu tort de le supposer. J'oublie constamment que votre dernier maître avait la main lourde. Je suis désolé, Tom.

— Je promets de m'améliorer, Milord.

Charles le regarda pendant un long moment.

— Ne soyez pas si sérieux, mon garçon. C'est juste un peu de sport. Ne vous excusez pas et ne faites plus ce genre de promesses. Ce que cet homme vous a fait est injuste. Vous ne le méritiez pas et vous ne devez plus jamais croire une telle chose. Vous comprenez ?

La gorge de Linley se serra et ses yeux s'embuèrent de larmes traîtresses.

— Ah, ne pleurez pas, mon garçon.

Linley se redressa maladroitement et quitta la salle de sport en courant. Il était soulagé que Charles ne le suive pas. Il se faufila dans une pièce sombre au fond du couloir. Il ferma la porte et s'y adossa le temps de reprendre sa respiration et ses esprits.

La maison de Charles lui manquait, ainsi que sa petite sœur. Katherine était entre de bonnes mains, mais elle lui manquait quand même.

Elle était la raison pour laquelle il faisait tout ceci. Son maître la lui prendrait si Linley ne lui obéissait pas. Pour le moment, il n'était question que d'informations. Mais un jour, quand l'heure serait venue, il devrait lui amener Charles. Lui ? Hugo.

Que Dieu me garde pour ma trahison...

La préparant au dîner, Claire s'acharnait sur les cheveux de Rosalind. Elle avait également sorti une robe en soie violet foncé au décolleté plongeant qui attirerait certainement l'attention d'Ashton. Rosalind tira sur le bustier et haussa un sourcil en regardant Claire.

— Vous m'aviez demandé de ne pas prendre trop de choses, Votre Seigneurie.

— Je sais, mais cela ne signifiait pas prendre des robes confectionnées avec le moins de tissu possible. Cela va attirer le regard de tous les hommes présents.

Sa bonne ricana.

— Il n'y a rien de mal à dévoiler la poitrine d'une dame dans une jolie robe.

— Je suis plutôt d'accord.

La voix d'Ashton fit sursauter Rosalind et Claire.

Il se tenait dans l'encadrement de la porte, ses yeux bleus plus vivants que jamais. Rosalind détourna le regard, toujours embarrassée par l'étendue de ce qu'elle avait révélé sur elle l'après-midi précédent, dans son bain. Il s'était servi de cette intimité pour abattre ses défenses et lui faire partager les recoins sombres de son cœur. Elle se sentait... Peut-être pas trahie, mais tout du moins *exposée*.

— Claire, vous voulez bien nous donner une minute ?

Sa servante s'inclina et s'écarta alors qu'Ashton s'approchait de Rosalind assise à la coiffeuse. Il tendit la main pour prendre une mèche de ses cheveux et l'enrouler autour de son doigt. Rosalind eut le souffle coupé quand elle leva les yeux vers son visage.

— J'ai pensé que, vu comment les dernières journées se sont déroulées, les choses entre nous méritaient un peu de...

Il continua de jouer avec la mèche de ses cheveux, mais l'expression de son visage était devenue étrangement timide.

— Un peu de quoi ?

Une légère rougeur monta aux joues d'Ashton. Rosalind ne put se retenir de sourire. Qu'est-ce qui motivait la timidité soudaine du baron ?

— Je jure que si vous riez, je n'en ferai plus mention.

Elle se mordit la lèvre et hocha la tête.

Il lui lâcha les cheveux et glissa sa main dans la poche de son gilet. Ce qu'il en sortit la surprit. Un trio d'améthystes espacées de plusieurs centimètres et serties dans de l'or pendait à la fine chaîne dorée qu'il tenait entre ses doigts.

— J'ai pensé – même si agir ainsi me déroute – que je devrais faire un geste romantique pour vous prouver mon engagement dans notre mariage.

Il avança le collier vers elle afin qu'elle le voie mieux.

C'était la plus belle chose qu'elle avait jamais vue. Le collier lui rappelait un de ceux que possédait sa mère voilà longtemps et qu'elle portait durant les bals. Cette attention était profondément attendrissante et ce geste de dévouement fit palpiter son cœur. Cela dit, le tourbillon ravi de ses pensées s'interrompit brusquement. Essayait-il d'acheter son affection ?

Rosalind les regarda successivement, le cadeau et lui. L'expression sincère d'Ashton abreuva le puits d'espoir qui avait commencé à croître en elle. Elle ne l'aurait pas cru capable d'un geste aussi romantique, jamais de la vie. Et pourtant, voilà qu'il lui offrait une partie de sa vie avec une lueur d'espoir au cœur de ses yeux ensorcelants. C'était un très beau collier qui aurait été superbe sur n'importe quelle femme.

Il s'éclaircit la gorge.

— Les joyaux représentent le passé, le présent et le futur. Très peu d'objets de valeur ont survécu à l'année où mon père a décimé notre fortune familiale. C'est l'un d'entre eux. Nous l'avions caché, le réservant pour Joanna, mais ce soir, elle m'a dit qu'elle préférerait largement qu'il vous revienne. J'avais envie de vous offrir quelque chose qui fasse partie de *moi*, pas de notre profession.

Elle ne sut pas quoi dire. Elle aurait désespérément voulu croire qu'il se préoccupait d'elle et de leur vie ensemble, mais elle n'était pas certaine qu'il soit sage de l'en croire capable.

— Eh bien, l'acceptez-vous ? Je... Je n'ai encore jamais offert de bijoux à une femme. J'avoue être légèrement nerveux.

Il poussa un petit rire, mais elle lut la vulnérabilité dans son regard.

— Pas même à vos maîtresses ? ne put-elle s'empêcher de le taquiner

Il répondit par un sourire en coin.

— Non. Elles se contentaient de fleurs, qui conviennent mieux à une relation temporaire.

Rosalind éclata de rire.

— Ah oui, la fameuse technique de Lennox : ne laisser

derrière soi que des souvenirs plaisants. Même moi en ai entendu parler.

Ce geste montrait pourtant qu'il existait une autre facette de lui qu'il dissimulait au reste du monde. Un homme de passions et de désirs se cachait derrière cette façade froide. Quand il la prit dans ses bras, elle put goûter cette soif de vie sur ses lèvres et la sentir dans la chaleur de ses mains, contenue par la discipline et peut-être même la peur.

— Je suppose qu'Émily vous a dévoilé tous mes secrets durant un de vos thés de l'après-midi ?

— Absolument pas. Elle n'a fait que vanter vos louages. Mais les autres femmes parlent et vous êtes un sujet de discussion intéressant pour certaines d'entre elles.

Irrité, il pinça les lèvres.

— J'admets que je ne suis pas un séducteur naturel. Je sais ce qu'on attend de moi, bien entendu, mais ce ne sont que de simples formalités. La véritable séduction devrait venir de quelque chose de plus authentique et à cet égard, mes instincts me font cruellement défaut. Mais, j'ai bien l'intention de vous séduire comme vous méritez de l'être.

— Dans ce cas, je vous y autoriserai peut-être.

Elle regarda à nouveau le collier vers lequel elle tendit la main. Il l'écarta hors de sa portée.

— Permettez-moi.

Tout sourire, Rosalind lui tourna le dos et resta patiemment assise, même si son cœur valdinguait contre ses côtes.

Ashton disposa le collier contre sa gorge et ferma l'attache. Elle toucha les joyaux et la main d'Ashton vint couvrir la sienne.

— Je vous remercie. C'est ravissant.

Il sourit.

— Je suis certain que vous possédez beaucoup de bijoux.

— Certes, mais aucun n'a autant d'importance, lui assura-t-elle. À la mort de ma mère, je n'ai pas eu le droit de conserver quoi que ce soit d'elle. Mon père a tout vendu, même ses vêtements.

Elle l'admit douloureusement, chaque mot la blessant alors qu'elle s'autorisait à se remémorer le passé.

— Henry m'a acheté de nouveaux bijoux, mais ne voulant pas qu'il dépense de l'argent à cet effet, je lui ai demandé d'arrêter. Je m'étais convaincue que je ne les méritais pas.

Ashton plissa le front.

— Vous méritez toutes les joies que le monde choisit de vous offrir, ainsi que celles que vous créez par vous-même.

— Son plus beau cadeau a été de m'aider à le comprendre.

Venant s'asseoir à côté d'elle sur la banquette de la commode, Ashton lui prit le visage entre les mains.

— Ce sera un nouveau départ pour nous, l'occasion de tout reprendre à zéro en tant que partenaires et non rivaux.

Il pencha la tête et inclina la bouche sur la sienne, un baiser si plein de tendresse et de passion que Rosalind en resta confuse. Elle aurait pu l'embrasser de la sorte pour toujours : lentement, sensuellement, et pourtant avec une tendresse infinie alors qu'ils s'exploraient mutuellement.

Quand ils se séparèrent enfin, ils respiraient tous les deux un peu fort et le corps de Rosalind avait hâte de faire l'expérience des promesses que ce baiser avait contenues. Ashton continua d'observer sa bouche d'un air presque rêveur. C'était fantastique d'être le centre de son attention et de son désir !

— Chaque fois que nous nous embrassons, je crois toujours que ce ne sera pas meilleur que la fois précédente, mais chaque fois, vous me surprenez. Son murmure réveilla en elle des désirs enflammés, pas seulement pour l'amour, mais également pour d'autres envies.

Elle le regarda dans les yeux et lui ouvrit courageusement son cœur.

— Quand j'étais jeune fille, je rêvais de ceci : qu'un homme me dise exactement ce que vous venez de dire.

Elle sentit des larmes lui brûler les yeux, mais c'était de bonheur.

— Ce rêve n'est peut-être pas aussi impossible que je l'avais craint.

Ashton lui prit le menton dans la main et hocha la tête.

— Le mien non plus.

Elle se demanda de quoi Ashton rêvait, mais elle craignait qu'il refuse de le lui dire. *Peut-être qu'un jour, il me révélera tout ce qu'il cache dans son cœur.*

Leur mariage n'allait peut-être pas être un désastre après tout.

— Ashton ? demanda t elle.

— Hum ?

Il posa la main sur sa nuque et lui caressa délicatement la gorge.

— Je ne pense pas que vous me laisseriez inviter mes frères au mariage...

Elle le taquinait, mais Ashton parut y réfléchir sérieusement.

— Si vous voulez. Êtes-vous en contact avec eux ?

Elle secoua la tête.

— Pas depuis que j'ai quitté l'Écosse. Brock savait qu'une fois partie, je devais rester hors de portée mon père. En dépit de mon mariage, il pourrait quand même avoir envie de me faire du mal ou de me ramener de force chez lui. C'est un homme monstrueux. Il ne voulait pas m'avoir dans les pattes, mais il ne voulait pas non plus que je sois libérée de lui, jamais. À ses yeux, j'étais sa propriété.

Ashton ferma les yeux et pressa le front contre celui de Rosalind.

— À présent que vous êtes à moi, je vous protégerai de la Terre entière si j'y suis contraint. Ne le laissez pas vous causer une seconde de plus de terreur.

Elle enroula les doigts autour de ses poignets. Cette fois, être « à lui » n'évoquait pas une prise de possession, mais la promesse de quelque chose de meilleur. Elle se sentait en sécurité et même excitée par l'affection dont il faisait montre envers elle. C'était ce qu'elle avait reçu de la part de son premier mari et pourtant, elle avait la sensation que l'affection d'Ashton était plus profonde. Cela lui faisait penser à une vieille balade écossaise que sa mère lui chantait. « *L'amour de mon seigneur est sombre et profond, et ici il veille sur moi, le seigneur du donjon.* »

— Merci, murmura-t-elle.

Il répondit avec un petit rire.

— Nul besoin de me remercier. Je considère cela comme un honneur et un privilège.

— Si c'est ainsi que vous concevez les gestes romantiques, j'ai hâte de voir les suivants. Couvrez-moi d'autres bijoux, Milord, parce que cette lady le mérite, dit Rosalind avec un sourire coquin.

— Petite renarde, la taquina-t-il.

— Je ne vous le fais pas dire. Et je crois que cela vous plaît.

— C'est vrai.

Il sourit et se redressa.

— Et si nous dînions ?

Il lui tendit la main. Quand elle plaça la paume dans la sienne, une étincelle de chaleur naquit entre eux, et elle sut au plus profond d'elle qu'elle avait hâte de voir ce que cela faisait d'être mariée à cet homme. Il remaniait constamment l'opinion qu'elle avait de lui et du mariage en général.

Ils avaient traversé la moitié de la salle à manger quand ils aperçurent Charles dans le couloir. Il se tapotait les poches et regardait autour de lui.

— Avez-vous perdu quelque chose ? demanda Ashton.

Charles enfonça les doigts dans l'étroite poche de son gilet.

— Ma montre. Je ne l'ai pas vue de la journée.

Il fit un tour sur lui-même et remonta à l'étage en marmonnant.

Un petit gloussement provint de derrière une plante en pot à quelques mètres de la salle à manger. Rosalind entraperçut une robe bleu foncé et une petite botte noire qui disparut alors à sa vue. Elle pressa le bras d'Ashton et désigna le pot avec le menton. C'était un des enfants des fermiers.

— Oh, non ! dit-elle en levant la voix. Charles perd constamment cette montre. Ne serait-ce pas amusant si elle apparaissait sur son lit pendant que nous dînions ?

Elle espérait qu'Ashton allait jouer le jeu.

Il sourit alors qu'ils passèrent devant la plante verte, s'efforçant de contenir leur hilarité.

— Très amusant, en effet.

Avant qu'ils n'atteignent la salle à manger, Rosalind fit s'arrêter Ashton et étudia son visage avenant à la lumière des appliques. Ses traits étaient fiers, aristocratiques, froids même, mais à présent, elle le percevait différemment. C'était un homme solitaire avec une famille qui ne comprenait pas les sacrifices qu'il avait effectués pour les garder en sécurité pendant toutes ces années.

Nous sommes tous les deux des survivants.

Il baissa les yeux vers elle, un petit pli entre les sourcils.

— Qu'y a-t-il ?

— Souhaitez-vous... Je veux dire...

Elle peina à trouver les mots. Elle avait abandonné tellement de rêves dans sa jeunesse, mais à présent, peut-être que...

— Des enfants, murmura-t-elle. C'est-à-dire, songez-vous parfois à en avoir ?

Ashton baissa les yeux vers le sol et hocha la tête.

— J'avoue que les enfants n'ont jamais été importants pour moi, du moins n'ai-je jamais songé à en avoir. Bien entendu, c'est mon devoir d'engendrer un héritier. Rafe a démontré à maintes reprises qu'on ne peut pas lui permettre de reprendre le domaine s'il m'arrivait quelque chose.

Rosalind nota quelque chose dans la façon dont Ashton avait prononcé ces paroles et elle hocha la tête.

— Je suis d'accord. Il serait inconvenant qu'un *bandit de grand chemin* hérite de la propriété et du titre. Il la transformerait en un repère de vauriens.

Il baissa les yeux vers elle.

— Alors vous savez que c'est Rafe qui a arrêté votre calèche ?

Elle hocha la tête.

— Je me suis demandé si je devais vous l'avouer, mais je devine à votre ton que vous étiez déjà au courant, mais que vous ne saviez pas comment m'en parler ?

— C'est une question délicate, en convint Ashton.

— Je présume que vous lui demanderez de me rendre ma bourse ?

— J'ai l'intention de régler le problème, oui.

Il resta silencieux un instant de plus avant que la vulnérabilité ne filtre à nouveau dans son regard.

— Et vous ? demanda-t-il, détournant la conversation de Rafe. Je veux dire, voulez-vous des enfants ?

— Henry et moi n'en avons jamais eu. Je crains d'être stérile. Cela change-t-il quelque chose ?

Ashton la regarda pendant un long moment.

— Non. Si nous n'avons pas d'enfants, cela n'ôtera rien à notre bonheur, même si Rafe finira par hériter.

Le ricanement ironique d'Ashton la surprit.

Pour une raison quelconque, ce qu'il venait de dire sur le bonheur lui parut émouvant. *Trop* émouvant. Ses yeux s'emburent de larmes. S'il continuait de la sorte, elle tomberait pour lui et perdrait la moindre chance de l'empêcher de lui faire du mal.

— J'aimerais essayer d'avoir des enfants, murmura-t-elle.

Ashton lui adressa une révérence courtoise et un sourire taquin lubrique.

— Alors nous nous efforcerons d'exaucer votre souhait, *plusieurs* fois par jour si c'est nécessaire, sur toutes les surfaces sur lesquelles je peux raisonnablement vous prendre, ma chère.

S'imaginer avec lui, faisant l'amour partout, la fit rougir, même après tout ce qu'ils avaient déjà fait. Son sang bouillonna d'une vague de désir renouvelée.

— Nous devrions peut-être essayer tout de suite ?

Avec une voix délicieuse rauque, il l'entraîna loin de la porte de la salle à manger.

Elle poussa un petit cri quand il la poussa derrière le rideau d'une alcôve de banquette de fenêtre dans le couloir principal.

— Quoi ? Maintenant ? demanda-t-elle.

— Oui. Ici. Maintenant.

Ashton referma brusquement le rideau en feutrine, les enfermant dans la petite alcôve.

— Oubliez le dîner. Nous ne manquerons à personne.

Le cœur de Rosalind battait la chamade et elle n'avait pas les idées claires. Et si quelqu'un les surprenait ? Cette pensée rappela son corps à la vie.

— Mais...

Ashton posa un doigt sur ses lèvres tout en la faisant reculer contre le mur près de la banquette de fenêtre.

— Retroussez vos jupes, lui ordonna-t-il, les yeux brûlant de chaleur.

Tout sourire, elle fit remonter les doigts le long de sa poitrine.

— Il faudra me forcer.

Elle caressa sa joue du bout des doigts et il gronda comme un loup affamé.

— Oh, je vais vous forcer.

Il lui captura les poignets et les tint au-dessus de sa tête avec une main, se servant de l'autre pour lui retrousser les jupes. C'était comme cette nuit si lointaine à l'opéra, mais cette fois, elle voulait qu'il la prenne et ait la main haute. Il avait besoin de remporter cette bataille et elle l'y autoriserait, même au prix d'une certaine lutte. Une lutte qu'elle apprécierait. C'était ce qui rendait tout ce qui se passait entre eux si excitant : parce que c'était vraiment diabolique.

Les baisers d'Ashton la séduisaient, la projetant dans un état de béatitude. Elle enroula une jambe autour de sa hanche, le pressant plus près d'elle alors qu'il dégrafait son pantalon.

— Ne faites pas un bruit, murmura-t-il contre elle.

Elle serra ses poings emprisonnés et retint son souffle alors qu'il lui embrassait le cou et la pénétra. Son corps l'accueillit, se resserrant autour de son membre. Elle s'agrippa aux rideaux en feutrine quand il lui lâcha les mains, s'accrochant alors qu'Ashton la possédait dans l'alcôve secrète. Seuls leurs actes occupaient ses pensées.

Les bruits rythmiques contre le mur en bois, tellement près de l'endroit où tous les autres s'installeraient bientôt pour dîner, rendaient la chose bien plus excitante. En cet instant, Ashton la possédait complètement et elle voulait qu'il le fasse. L'orgasme la frappa de plein fouet et il étouffa son cri par un baiser. Il jouit quelques secondes plus tard, l'écrasant contre le mur. Haletants, ils se reprirent lentement, collés l'un contre l'autre, s'abandonnant aux dernières secousses du plaisir qui les traversait. Elle frotta son nez contre sa joue, les yeux fermés, avec un léger sourire.

— Diablesse, dit-il en souriant.

— Crapule, répliqua-t-elle en lui embrassant les lèvres.

— Je suis *votre* crapule.

Il colla le front contre celui de Rosalind jusqu'à ce que leurs nez se frôlent. Il avait l'air plus que content, peut-être même heureux. Le voir ainsi la remplit d'une joie étrange. Elle avait beau aimer le mettre au défi, ces moments où ils semblaient parfaitement à l'unisson l'un envers l'autre étaient intenses.

Il abattit les lèvres sur les siennes.

— Vous avez faim ?

D'une main légère, Rosalind fit courir ses ongles contre son dos.

— Un dîner suffira, pour le moment.

Ashton lui prit le visage entre les paumes, la regardant comme s'ils venaient de révéler une partie de leurs âmes. Une sorte de sortilège secret les liait : deux cœurs réticents affamés d'amour qui craignait toutefois de le saisir à pleines mains. Elle voyait cette vérité dans ses yeux et la sentait dans les mains d'Ashton quand il l'étreignait.

Des voix dans le couloir brisèrent la tranquillité du moment. Avec des sourires penauds, ils se séparèrent. Elle rajusta sa robe alors qu'il s'occupait de son pantalon. Ils retinrent leur respiration tandis que Charles et Jonathan passaient devant leur cachette.

— Je ne sais pas ce qui prend à Ashton de l'épouser, grommela Charles. Certes, elle est ravissante, mais loin d'être digne de confiance.

Jonathan essaya de l'interrompre...

— Charles, je ne pense pas...

— Vraiment, Jon, réfléchissez-y. Il ne l'apprécie même pas. Certes, coucher avec une femme par désir est une chose, mais *l'épouser* ? Il a perdu la tête.

Rosalind se raidit, essayant de repousser la douleur que ces mots lui causaient. Ashton l'agrippa par les épaules, attendant que ses amis entrent dans la salle à manger d'où ils ne pourraient plus les entendre.

— Il a tort. Sur ma vie, il a *tort*, gronda Ashton assez bas pour qu'elle seule l'entende. Vous comprenez ?

Les larmes brûlèrent les yeux de Rosalind et elle lutta pour se libérer.

— Lâchez-moi !

Ashton la plaqua dos au mur.

— Pas avant que vous ne m'ayez écouté. Les choses ont peut-être mal commencé entre nous, mais je *vous* désire, Rosalind. En tant que partenaire, épouse et amante. Charles est un imbécile. Il ne veut pas que le reste de la Ligue se marie parce qu'il craint de rester seul.

Elle cessa de lutter, mais son cœur restait douloureux. Il la prit dans ses bras et la serra contre lui. Il frotta les mains de haut en bas contre son dos pour l'apaiser, mais elle n'aima pas sentir que cela la calmait.

— Pourquoi devrais-je vous croire ? demanda-t-elle en inspirant son odeur, aimant cela et le détestant tout à la fois.

Ashton glissa une main sur le cou de Rosalind et massa doucement les muscles tendus. C'était particulièrement agréable, elle devait bien l'admettre, mais comme l'avait admis Ashton autrefois, de tels gestes étaient une question de subtilité technique, pas l'expression de ce qui se passait à l'intérieur d'une âme.

— Croyez-moi, Rosalind. Vous et moi sommes faits du même bois. Dès notre première rencontre, je n'ai pu vous chasser de mes pensées. Même lorsque vous me faites tourner en bourrique, je vous désire.

Elle se plongea dans ses yeux bleus. Ils ne recelaient aucune honte, aucune trace de manipulation.

Enfin, Rosalind finit par hocher la tête et s'essuya les yeux.

— Nous devrions aller dîner avant qu'on ne remarque notre absence.

Ashton attendit un instant de plus avant d'écarter le rideau de l'alcôve.

— Je ne veux pas vous voir pleurer, jamais. Pas de mon propre fait.

Elle leva la tête.

— Alors, ne me fournissez pas de raison de le faire.

Ashton lui saisit le menton et passa un pouce sur sa lèvre inférieure.

— C'est juré.

Elle avait désespérément envie de le croire. Il lui prit la main et elle le laissa la guider dans la pièce, son cœur exposé et son âme tremblante.

Suis-je capable de me retenir de tomber amoureuse de lui ?

Le fait qu'elle ne trouva pas la réponse tout de suite l'effrayait plus que tout.

❧ 21 ❧

Ashton fusillait Charles du regard par-dessus son verre de vin. Son ami haussa un sourcil pour l'interroger en silence tandis qu'Ashton répondait avec une expression renfrognée.

Regina s'éclaircit la gorge, tentant d'apaiser la tension croissante dans la salle à manger.

— J'ai entendu dire que la construction des maisons des métayers débutera dans quelques jours.

Ashton posa son verre de vin.

— Oui, Higgins et Maple vont être soulagés. J'ai employé la quasi-totalité des hommes bien portants des villages voisins pour nous aider à la construction.

Joanna échangeait une conversation animée avec Jonathan. Rosalind mangeait à peine tandis que Rafe regardait dans le vide, silencieux et légèrement pâle. Ashton craignait que la plaie par balle n'impacte la santé de Rafe. Il devrait s'en occuper plus tard, une fois qu'il aurait remonté les bretelles de Charles, lui faisant payer le fait d'avoir exprimé son opinion aussi librement.

— Eh bien, ce sont de bonnes nouvelles, en effet, dit Regina.

Rafe fit soudainement reculer sa chaise et se redressa.

— Rafe ? demanda leur mère.

— Je suis désolé, Mère. Je ne me sens pas bien et je vais me retirer pour la soirée. Veuillez m'excuser.

Il laissa tomber sa serviette sur la table et quitta la pièce.

Compte tenu du malaise irrécupérable de ce dîner, Ashton décida qu'il pouvait tout aussi bien aller parler à Rafe tout de suite. Il quitta la table.

— Mille excuses. Je dois m'entretenir avec Rafe.

Il quitta la salle à manger et se précipita à la suite de son frère, le rattrapant près des escaliers. Rafe montait l'escalier lentement, mais soudain, il s'arrêta et s'écroula.

— Rafe ?

Il atteignit son cadet quelques secondes avant que la chute ne risque de le blesser.

— Que se passe-t-il ? Vous avez encore trop bu ?

Ashton fit passer un des bras de Rafe sur son épaule.

— Ash, je suis désolé, je ne... commença Rafe d'une voix étrangement essoufflée.

Elle était bien différente de celle qu'il avait généralement quand il était ivre.

— C'est ridicule. Laissez-moi vous aider à monter à l'étage.

Ashton aida Rafe à regagner sa chambre et l'installa sur son lit.

— Je n'ai pas bu. Je vous le jure.

Rafe gémit et roula sur le flanc, le corps parcouru de frissons. Des perles de sueur luisaient sur son front.

Ashton s'assit sur le lit et plaça le revers de la main sur le front de son frère. Il était chaud. Avait-il la fièvre ? Le corps de Rafe tressauta et il serra les mâchoires alors que ses dents se mirent à cliqueter.

— Je vais faire chercher le médecin.

Il remonta les couvertures jusqu'au menton de Rafe et ajouta d'autres bûches dans le feu à l'autre bout de la pièce.

Quand il se retourna vers le lit, les peurs d'Ashton remontèrent dans sa gorge. Il n'avait jamais vu Rafe véritablement malade. Personne dans la fratrie n'avait jamais eu plus qu'un simple rhume. Ce qui l'affectait à l'heure actuelle était bien plus grave.

Charles l'attendait au bas de l'escalier.

— Tout va bien ?

— Non, je dois faire demander le médecin. Rafe est souffrant. Où sont les autres ?

— Ils terminent le dernier plat, dit Charles. J'ai trouvé que Rafe n'allait pas bien. Devrais-je aller chercher le médecin ? Vous pourriez rester ici pour veiller sur lui.

Ash saisit la proposition. Il se sentirait beaucoup mieux s'il pouvait garder un œil sur son frère.

— Qui appelez-vous, généralement ?

Charles ordonna à un valet de pied de lui amener son manteau et son cheval. Le valet hocha la tête et disparut.

— Le Dr Finchley. Il habite à environ sept kilomètres au sud de la grand-route, de l'autre côté de la rivière. Il a une petite maison de campagne visible depuis la route.

— C'est compris.

Charles congédia Ashton d'un geste de la main.

— Allez au chevet de Rafe.

— Merci, cria Ashton en remontant l'escalier en courant. Il reprocherait à son ami d'avoir parlé de Rosalind quand il serait moins inquiet pour son frère.

Il retourna à la chambre de Rafe et tira sur la cordelette afin d'appeler son valet. En attendant, il approcha une chaise du chevet de son frère et lui toucha à nouveau le front. Une demi-heure se passa dans un silence tranquille alors qu'Ashton s'occupait de son frère. Rafe était étendu immobile, la respiration légèrement difficile.

— Rafe, dit-il doucement. Charles est allé chercher le médecin.

Les yeux de Rafe s'ouvrirent et il regarda Ash, mais ses prunelles bleues étaient troublées.

— Désolé, Ash.

Il toussa et son nez était devenu légèrement plus rouge.

— Je ne voulais pas gâcher le dîner. J'irai mieux demain.

Mais il parlait en claquant des dents.

— Vous avez tout intérêt. Je ne veux pas que vous inquiétiez Joanna ou notre mère. D'abord, vous vous prenez pour un bandit, et maintenant, vous tombez malade.

Ash quitta sa chaise et alla à la bassine pour tremper une serviette dans l'eau. Quand il revint, il vit que Rafe le regardait.

— C'était ma première fois. Je vous le jure.

Ashton se pencha pour placer la serviette humide et froide sur le front de Rafe. Son cadet frissonna.

— C'est trop froid, marmonna Rafe. Retirez-la.

— Rafe, vous êtes brûlant, dit Ashton sans retirer le tissu. Qu'est-ce qui était la première fois ?

— La calèche. C'était mon premier... vol.

Ashton se sentit déchiré entre le soulagement et la frustration. Il était soulagé que Rafe n'ait commis qu'un seul acte de ce genre, mais il était frustré que son frère ait pu songer à détrousser quelqu'un.

— Pourquoi avez-vous fait cela, espèce d'idiot ?

Il garda la serviette sur le front de Rafe même lorsque son frère remua et essaya de l'écarter.

Rafe exhala, un son légèrement rauque.

— Parce que vous me rappelez constamment que je suis un fardeau. Vous payez mes dettes, rattrapez mes erreurs et parvenez tout de même à vous occuper de Mère et de Joanna. J'ai pensé que si je pouvais vivre tout seul...

Ashton rugit.

— Je préfère payer vos dettes que savoir que vous dévalisez des calèches.

— Je suppose que je vais m'en abstenir à l'avenir, vu que votre future épouse m'a tiré dessus. Affronter les balles est un bon dissuasif, particulièrement de la part d'une femme.

Le sourire de Rafe ressemblait davantage à une grimace.

— Vous avez de la chance que la tempête ait affecté sa visée.

Elle avait vraiment l'intention de vous tuer, ricana Ashton sans pouvoir se délester de son inquiétude pour Rafe.

Le corps de son frère tremblait sans discontinuer.

— Vous avez sacrément bien choisi votre épouse. Il a fallu que vous vous trouviez une donzelle sanguinaire.

Rafe s'humecta les lèvres.

— Pourriez-vous m'apporter de l'eau ?

— Bien entendu.

Ashton se redressa et quitta la pièce, manquant d'emboutir le valet de son frère qui était accompagné par Charles et le médecin.

Il serra la main du vieil homme.

— Merci, Dr Finchley. Toutes mes excuses pour l'heure tardive.

Le Dr Finchley remonta ses lunettes sur son nez.

— Apparemment, votre frère a une semaine difficile.

— Apparemment, grogna Ashton. Je vais lui chercher de l'eau.

— Pas de problème, répondit le médecin en hochant la tête. Je vais juste l'examiner.

Il entra, laissant Charles et Ashton dehors.

— Comment va-t-il ? demanda Charles.

Ashton se passa une main dans les cheveux.

— Pas bien. Je ne l'ai jamais vu de la sorte.

Charles tendit le bras et posa une main sur son épaule.

— Que puis-je faire pour vous aider ?

Ashton s'adossa au mur. Il avait l'impression qu'on l'avait lesté avec des rochers.

— Je vous remercie. Je ne sais pas ce qu'on peut faire. Vous feriez tout aussi bien d'aller dormir. On pourra parler demain matin quand on en saura davantage.

— Réveillez-moi si vous avez besoin de quoi que ce soit.

Ashton tapota le dos de Charles et se dirigea vers les cuisines, des pensées plein la tête. Ce n'était pas le moment de s'inquiéter pour son frère, mais il le faisait. Depuis leur enfance, Ashton avait toujours veillé sur lui, le protégeant d'un maximum de choses. Mais ceci...

— Ashton.

Sa mère se tenait au bas de l'escalier, ouvrant de grands yeux.

— J'ai vu Charles en compagnie du Dr Finchley. Rafe est-il souffrant ?

— Je crois qu'il a la fièvre. Finchley est en train de l'examiner. J'allais chercher de l'eau pour Rafe.

— De la fièvre ?

Sa mère pâlit.

— Je vais lui chercher un verre. Vous devez rester avec lui et parler au médecin.

Regina se dirigea vers la cuisine.

Poussant un soupir, il opéra un demi-tour et retourna dans la chambre de Rafe. Quand il entra, le Dr Finchley regardait sombrement sa montre à gousset tout en plaquant deux doigts sur les poignets de Rafe.

— Comment se porte-t-il ?

Finchley lâcha le poignet de Rafe et glissa à nouveau la montre dans sa poche.

— Je pense que c'est la grippe. Il a perdu connaissance peu après votre départ. Je ne vais pas vous mentir, Lord Lennox. Cela ne me plaît pas. Il est probablement contagieux et vous devriez limiter son exposition au reste de la maisonnée. Gardez-le au chaud et essayez de lui faire boire beaucoup d'eau. Des bouillons légers en guise de repas jusqu'à ce que sa fièvre et la nausée s'estompent. Si sa condition s'aggrave, je suggère une saignée.

— La grippe ? murmura Ashton, son cœur battant fort contre ses côtes.

— Oui, et un cas grave, apparemment. Je viens à peine de rendre visite à plusieurs personnes au village. Un homme et un enfant sont déjà morts. S'il est passé par le village dernièrement, c'est là qu'il l'y aura attrapée. Ce qui m'inquiète le plus est que sa blessure de tantôt l'aura déjà affaibli.

Le monde se referma autour d'Ashton, le suffoquant. Deux

morts ? Et Rafe avait la même maladie ? Généralement, un homme adulte survivait à la grippe, mais avec sa blessure, Rafe risquait d'y passer.

Il entendait un bourdonnement étrange dans ses oreilles.

— On ne peut rien y faire ? demanda-t-il.

— J'ai bien peur que non. Vous devez lui faire passer sa fièvre et espérer qu'il soit assez fort pour s'en sortir, dit Finchley en tapotant l'épaule d'Ashton. Je repasserai demain pour voir comment il va.

Ashton suivit le docteur jusqu'à la porte.

— Laissez-moi vous raccompagner.

Après le départ du médecin, Ashton alla vers l'escalier et se laissa tomber à terre, enfonçant son visage entre ses mains alors qu'une dizaine d'émotions menaçaient de le submerger.

— Ashton ? Qu'a dit le médecin ?

La voix de sa mère tremblotait. Il la regarda et cligna des paupières pour chasser les larmes qu'il avait essayé de dissimuler. Elle tenait une carafe d'eau, mais quand elle croisa son regard, celle-ci lui échappa. La carafe tomba à terre et se fracassa sur le sol de pierre, un son cinglant et violent dans la tranquillité de la nuit. Les éclats de porcelaine blanche luirent à la lumière du couloir.

— Ne m'épargnez pas, murmura Regina dont les mains tremblaient tant qu'elle les referma sur ses jupons comme pour les dissimuler.

Ashton s'essuya les yeux.

— Il a la grippe. Finchley a dit qu'il avait vu plusieurs cas au village. Dans son état de faiblesse actuelle, cela risque de mal tourner, Mère, nous devons nous tenir prêts. Le médecin pense qu'il est contagieux. Nous ne pouvons pas risquer d'exposer les autres.

— La grippe, répéta Regina en se raccrochant à la rampe. Ashton, vous ne devez pas le laisser...

Elle ravala les mots, mais il savait ce qu'elle voulait dire.

— Nous n'allons pas le perdre, promit Ashton.

— *Nous* n'allons pas le perdre.

Regina vint le rejoindre. Avant qu'il ne puisse protester, elle se pencha et lui embrassa le front. Cela faisait des années que sa mère n'avait pas fait une telle chose.

Il leva les bras pour prendre une de ses mains et la presser.

— Essayez de vous reposer.

— J'essaierai, mais c'est le devoir d'une mère de s'inquiéter pour ses enfants. *Tous* autant qu'ils sont.

Elle lui adressa un regard plein de sens avant de le laisser seul.

Il ne la décevrait pas. Il ne laisserait pas Rafe mourir.

Charles ouvrit la porte de sa chambre et épousseta ses vêtements salis par la poussière de la route. Il avait l'impression que tous ses muscles étaient tendus comme un serpent prêt à bondir. D'ordinaire, la grippe ne donnait pas matière à s'inquiéter, mais quand il était arrivé chez le médecin, celui-ci avait pâli en entendant les symptômes de Rafe.

— Vous allez bien, Milord ?

Linley était assis dans l'obscurité, polissant ses chaussures avec un chiffon.

— Mr Lennox est tombé malade. Ashton est très inquiet pour lui et moi aussi.

Il se frotta le visage avec une main, essayant d'effacer l'inquiétude qu'il sentait s'emparer de ses traits.

— Linley, mon garçon, ma montre est-elle réapparue ? Les garnements des métayers me l'ont dérobée dans ma chambre, j'en suis certain.

—Je n'ai pas cherché, Milord.

Linley étudia les bottes avec attention, les frottant bien plus fort qu'il n'était nécessaire. Charles s'approcha de lui et saisit les mains du jeune homme pour l'arrêter.

— Calmez-vous, mon garçon, vous allez faire des trous dans le cuir. Pourquoi ne descendriez-vous pas aux cuisines manger un morceau ? Je sais que vous oubliez, la plupart du temps. Alors, filez. Je suis sûr que la cuisinière aura des tourtes qui restent du dîner de ce soir.

Il tapota l'épaule de Linley et avec un sourire réticent, le garçon se redressa, mit les bottes de côté et quitta la pièce.

Charles parcourut la pièce du regard puis fouilla ses tiroirs. Toujours pas de montre. Ce serait bien qu'au moins une bonne nouvelle lui arrive aujourd'hui, mais le destin paraissait le lui refuser. Poussant un soupir de frustration, il se jeta sur le lit. Quelque chose de dur s'enfonça entre ses omoplates quand il atterrit. Il roula sur lui-même et décala le coussin de deux centimètres, découvrant une montre à gousset en or étincelante.

Le soulagement qu'il ressentit de prime abord se dissipa rapidement.

— Ce n'est pas la mienne et elle ne marche pas...

Il s'apprêtait à la placer sur sa petite table de chevet quand il se glaça. Quelque chose lui sembla familier.

En un éclair, un souvenir lui revint : le soir où Avery avait emmené Audrey Sheridan en ville pour commencer à lui enseigner quelques techniques de son métier d'espion. *Avery à la table du petit pub tranquille où ils ne seraient pas dérangés, brandissant un objet étrange qui ressemblait à une montre à gousset, mais qui n'en était pas une. Les yeux d'Audrey brillaient d'un vif intérêt alors qu'elle tendait la main pour l'ouvrir. D'abord, on vit un simple cadran, mais Avery appuya sur le loquet une seconde fois, révélant un double fond. Audrey retourna l'objet et remarqua sur le côté opposé un ensemble circulaire d'étranges lettres et symboles.*

— *Qu'est-ce que c'est ? demanda-t-elle.*

— *Un décodeur. Certains d'entre nous s'en servent afin de décoder des lettres. Ils sont plutôt rares. Le cercle de symboles peut être ajusté pour correspondre à d'autres lettres. Au sommet de chaque correspondance, nous faisons correspondre une lettre et un symbole dans le coin supérieur. Une fois la clé trouvée, on peut s'en servir comme modèle afin de décoder la lettre tout entière.*

Charles pressa le loquet et le double fond apparut.

— Que diable !

Comment un décodeur était-il apparu dans sa chambre ? Et plus important encore, qui l'avait laissé ici ? Il fourra à la hâte la montre dans le tiroir de sa commode sous ses chemises soigneusement pliées. Ce serait un mystère qu'il devrait résoudre une fois que Rafe irait mieux. Ashton s'inquiéterait trop pour son frère pour pouvoir se concentrer sur ce nouveau mystère.

Cela dit...

Charles regarda le tiroir, sentant l'appréhension monter. Quelque chose dans cette histoire ne lui disait rien qui vaille.

Quelque chose clochait, à n'en pas douter.

Rosalind se dressait au milieu de la chambre à coucher d'Ashton. Elle était surprise que son absence la contrarie. Elle aurait dû apprécier le silence. Elle regrettait pourtant son regard intense et l'impression qu'il lui donnait d'être la seule personne au monde.

C'était une chose qu'elle ne s'était pas attendue à apprécier : être l'unique objet de l'attention d'un homme. C'était peut-être parce qu'il était sincèrement intéressé par elle et n'avait aucun désir de lui faire du mal ou de l'utiliser : il avait simplement envie d'elle. Avec Ashton, le temps paraissait s'arrêter et ils étaient seuls au monde, même lorsqu'ils se disputaient.

Après son départ en plein milieu du dîner, elle avait pensé qu'il était allé parler à son frère, mais qu'il reviendrait certainement. Puis Charles avait pris congé, suivit de près par lady Lennox peu de temps après la fin du dîner. Leur air inquiet avant de s'éclipser avait informé Rosalind que quelque chose n'allait pas, mais elle n'était pas en position de poser des questions. Elle avait refusé de retirer ses vêtements et avait envoyé Claire se coucher afin d'attendre Ashton. Elle sursauta quand la porte de la chambre s'ouvrit, mais ce n'était que son valet.

— Toutes mes excuses, Votre Seigneurie.

— Ce n'est rien, Lowell. Où est Lord Lennox ?

L'expression du jeune valet s'assombrit.

— Il s'occupe de son frère qui souffre de la grippe. Craignant la contagion, le médecin a dit à Sa Seigneurie que nous ne devons pas entrer dans la chambre de Mr Rafe. Sa Seigneurie s'occupe de son frère en personne. On m'a dit de lui apporter des vêtements, mais je ne suis pas censé ouvrir la porte.

C'est avec des mains tremblantes que Lowell rassembla quelques affaires. De toute évidence, le jeune homme était terrifié. Elle carra les épaules et avec un petit hochement de tête, elle prit la décision de lui venir en aide.

Rosalind s'approcha de lui et tendit les mains.

— Permettez-moi de les apporter moi-même, Mr Lowell.

— Mais...

— Cela ira. Lord Lennox ne saura pas que ce n'est pas vous qui les avez laissés. J'ai le pas léger lorsqu'il le faut.

Elle souleva ses jupes et lui montra son chausson.

— À présent, donnez-moi ceci. Dans quelle direction est la chambre de Rafe ?

Elle prit les vêtements et écouta ses indications avant de laisser Lowell ranger la chambre.

Suivant les instructions du valet, elle trouva la chambre de Rafe et posa les vêtements à terre devant la porte. Puis elle toqua et courut dans l'alcôve la plus proche, se dissimulant derrière la statue en marbre d'une nymphe à moitié nue qui s'échappait des bras du dieu Zeus.

La porte s'ouvrit et Ashton se fit voir, le visage pâle. Il ramassa les vêtements et disparut à nouveau à l'intérieur. Elle rechignait à l'admettre, mais elle s'inquiétait pour lui et son frère, même si ce dernier était un satané bandit de grand chemin. Avec ses frères dévoyés, elle était bien placée pour savoir qu'on ne pouvait pas en perdre un sans avoir le cœur brisé. Et d'une certaine façon, elle en avait perdu trois. Elle ne souhaitait pas ce genre de douleur à Ashton.

Peut-être qu'au matin, tout irait bien. Elle se plaqua à

nouveau contre le mur, le cœur serré. Même si elle méprisait ce que Rafe avait fait, elle ne lui souhaitait pas vraiment de mal. Après tout, elle lui avait tiré dessus. On pouvait considérer la question réglée. Et elle ne souhaitait certainement pas qu'Ashton souffre en voyant son frère traverser une maladie aussi grave.

J'aimerais pouvoir en faire plus.

— Que faites-vous, Lady Melbourne ?

La voix de lord Lonsdale la fit sursauter. Il émergea de l'encadrement d'une porte, un verre de brandy à la main. Ses cheveux étaient décoiffés et il ne portait plus son gilet.

— J'ai apporté des vêtements à Ashton. Il s'occupe de son frère. Vous connaissez la nouvelle ? demanda-t-elle.

Charles hocha la tête.

— La grippe. C'est parfois grave. Rafe est trop entêté pour se laisser sombrer. Je crois qu'il s'en sortira.

Ses mots sonnaient creux et forcés, rendant le silence entre eux encore plus malaisant.

— Puis-je avoir un mot avec vous ? En privé ? demanda Charles en désignant du menton l'encadrement de la porte dans lequel il se tenait.

— Nous sommes déjà en privé. Nous sommes seuls.

Elle en savait suffisamment sur les hommes pour refuser d'en suivre un qui avait bu et ne l'appréciait pas.

Charles secoua la tête.

— Dans une maison comme celle-ci ? Aucun couloir n'est jamais inoccupé. Je vous en prie.

Il recula d'un pas pour lui permettre de passer. Heureusement, il ne s'agissait pas d'une chambre à coucher, mais d'un parloir.

Rosalind s'assit à une table de jeu laquée et Charles vint la rejoindre. Il posa son verre et pointa le menton vers le brandy.

— En voulez-vous ?

— Non, merci.

Elle attendit, ne sachant pas ce que Charles voulait lui dire.

Vu la conversation qu'elle avait surprise avant le dîner, elle n'apprécierait certainement pas ce qui allait suivre.

— Je ne vais pas tourner autour du pot, Lady Melbourne. J'ai bien trop bu ce soir, et cela m'a dépourvu de mon éloquence habituelle. Aussi vous prierai-je de m'excuser.

Elle ne manqua pourtant pas la lueur rusée dans ses prunelles qui lui révélait qu'il n'était pas aussi saoul qu'il voulait le lui faire croire. C'était l'un des amis d'Ashton, après tout. Ashton était intelligent ; son entourage l'était aussi forcément.

— Je vous en prie, dites ce que vous avez sur le cœur, Lord Lonsdale.

— Ashton et vous êtes... commença-t-il avec un geste vague de la main. Eh bien, vous êtes en conflit, n'est-ce pas ?

Ce n'était pas tant une question qu'une observation.

Rosalind inclina la tête sur le côté.

— Si tant est, en quoi cela vous regarde-t-il ? Sa question ne contenait aucune hargne, mais de la curiosité, devinant ce qu'il allait probablement répondre.

— Cet homme est plus un frère pour moi que mon propre frère. Je donnerais ma vie pour le protéger de n'importe quel danger que ce soit. Et vous représentez une menace, Lady M. Une menace conséquente.

Il la dévisagea des pieds à la tête.

Rosalind se hérissa.

— Je ne suis pas une menace. C'est lui qui est une menace pour moi.

Charles ricana.

— Parce qu'il tient les rênes, hein ? Mais nous savons tous les deux que vous êtes une créature sauvage. Je préfère vous savoir libre que de risquer de perdre mon ami en vous gardant emprisonnée. Un putois peut mordre quand il est acculé.

Il était en train de la comparer à un putois !

Rosalind lui rendit un regard calme.

— Heureusement pour vous, Milord, je suis capable de

garder le contrôle de mon tempérament et de mes griffes. Bon, que vouliez-vous me dire ?

— Vous avez besoin de fonds pour acheter votre liberté, n'est-ce pas ?

Il replia les mains sur la table et malgré la bouteille de brandy à demi vide qu'elle remarqua derrière lui sur le manteau de la cheminée, elle avait l'impression qu'il gardait l'esprit vif.

— Effectivement.

— Et si vous aviez l'opportunité de recevoir ces fonds ? Quitteriez-vous Ashton et cette promesse de mariage ?

Si Rosalind n'y avait pas été préparée, elle aurait laissé cette surprise soudaine la submerger. Heureusement, elle fut capable de contenir sa réaction.

— Me le proposez-vous par charité ? Ou bien songez-vous à proposer vos propres négociations ? demanda-t-elle.

— La seule condition pour que je rachète vos dettes et vous assure votre liberté est que vous n'entrerez plus jamais en compétition contre lui. Détournez-vous d'intérêts concurrents et retirez-vous s'il se retrouve impliqué dans une guerre d'enchères contre vous. Je veux qu'il perde tout intérêt dans la joie qu'il ressent à vous défier.

Son instinct était de dire à Charles d'aller au diable, parce qu'elle ne prenait jamais rien à quiconque qu'elle n'avait pas remporté loyalement. Pourtant, le cadeau de retrouver sa liberté était tentant... trop tentant. Même si elle aurait voulu accepter, elle savait qu'elle ne le pouvait pas. Cela représentait une autre forme de servitude que de jouer selon les règles de Charles qui lui dictait quand se retirer et laisser Lennox sans compétition. Il était tout de même intéressant de tester la détermination de Charles à jouer ce jeu.

— Je suppose que si j'accepte, vous ne lui révéleriez jamais le secret ?

— Si Ash me le demandait, je le dénierais jusqu'à mon dernier souffle.

— Pourquoi ?

C'était ce qu'elle ne comprenait pas.

— Vous savez qu'il a l'intention de me contrôler, moi et mes biens. Pourquoi voudriez-*vous*, un de ses plus chers amis, agir de la sorte et l'empêcher de posséder ce qu'il désire ?

Charles prit son verre et avala une gorgée en la regardant froidement. Il y avait une note de colère et un éclair de peur dans ses yeux gris. Il n'avait pas conscience de le lui avoir révélé, mais c'était là.

— Parce qu'il se comporte comme un imbécile. Il entretient la perspective absurde d'être aussi heureux que Godric, Lucien et Cédric, qu'il peut vous acheter et ainsi, acheter votre amour. Je sais mieux que personne que l'amour n'est pas une commodité qui peut s'acheter ou se vendre.

Rosalind s'agita nerveusement quand elle sentit son regard intense se poser à nouveau sur elle.

— Votre amour *peut*-il être acheté ?

Elle le regarda.

— Absolument pas. L'amour est quelque chose qui est offert. Parfois, il se mérite, mais il ne peut jamais être acheté. L'affection, peut-être. La loyauté, certainement, mais jamais l'amour.

— Je ne souhaite pas voir Ash blessé par cet arrangement matrimonial.

Il posa le verre et attendit.

— Il a beau me faire tourner en bourrique, dit-elle, je ne souhaite pas non plus le voir souffrir. Particulièrement pas au détriment de mon propre bonheur.

— Alors vous acceptez ma proposition ?

Rosalind pesa sa proposition à l'aune de tout ce qui s'était produit au cours des derniers jours. La survivante en elle aurait voulu bondir sur l'opportunité de se libérer de l'emprise d'Ashton. D'un autre côté, il sortirait de sa vie entièrement.

Elle était une femme d'honneur. Elle avait promis d'honorer les termes de leur accord. Si elle s'en allait et tentait plus tard de ressusciter la passion qui commençait à brûler entre eux, cela ne déboulerait sur rien. La fierté et la méfiance empêcheraient

Ashton de s'ouvrir à elle et elle aurait l'impression d'être une traîtresse de bas étage.

Et si elle était entièrement honnête avec elle-même, elle ne *voulait* pas partir. Ashton se révélait être un homme bien supérieur à ce qu'elle avait cru. Il savait se montrer doux et espiègle, pas simplement dominateur et séducteur. Sans compter les biens qu'elle possédait, il n'avait aucun désir de la broyer ou de détruire ce qu'elle était.

Je n'aurais peut-être pas d'autre occasion de connaître l'amour.

Certes, il la posséderait, mais si en retour, elle possédait son cœur, le reste compterait-il ? Après tout, elle pouvait lui dire non et le repousser si elle ne souhaitait pas être avec lui. Il avait exprimé clairement qu'il ne lui prendrait jamais rien qu'elle n'accepte pleinement de donner. C'était ce qui le rendait si dangereusement séducteur. Il avait promis de lui donner tout ce qu'elle désirait et apparemment, ce qu'elle désirait le plus était lui.

— Alors, que répondez-vous, Lady Melbourne ? demanda Charles, un sourire arrogant aux lèvres.

Elle se redressa, s'approcha de lui et lui prit son verre de brandy. Avec un sourire assuré, elle termina sa boisson cul sec avant de le replacer entre ses mains étonnées.

— Malheureusement, je ne peux pas accepter. Je suis tenue par l'honneur d'honorer ma promesse. S'il n'annule rien, je l'épouserai à la date que nous aurons choisie.

Charles serra les poings et se redressa, les jointures blanches.

— Vous en êtes bien certaine ? Je pourrais vous compenser largement au-dessus de vos dettes... quoique vous puissiez désirer. Dites-le et vous l'obtiendrez.

— Je suis désolée, mais il n'y a rien que vous puissiez me donner.

Les choses qu'elle désirait autrefois – l'amour, une vie heureuse, des enfants –, tout ceci avait toujours été des fantômes du passé, des châteaux dans les nuages. Pourtant, si elle restait avec Ashton, elle récupérerait peut-être une chance de poursuivre ces rêves... Et peut-être même de les saisir.

— Vous condamneriez-vous à un mariage sans amour ? demanda doucement Charles.

Elle hocha la tête.

— Vous avez la certitude que l'amour restera impossible entre nous ! Je pense que nous pourrions finir par nous aimer, si nous avons de la chance.

Et *je l'aime peut-être déjà.*

Charles fronça les sourcils.

— Je ne vais pas vous laisser faire. Ashton mérite quelqu'un de mieux. Une femme qui l'aime.

— Tout le monde mérite l'amour, lui accorda-t-elle, mais c'est le choix qu'il a fait et nous sommes liés par sa décision. Bonsoir, Milord. Passant devant lui, elle quitta la pièce, reconnaissante qu'il n'essaie pas de l'arrêter.

Une fois dehors, elle plaqua une main sur son ventre, essayant de reprendre sa respiration. Elle ne s'était pas rendu compte que durant toute cette discussion, son corps s'était tendu, au point qu'elle frôlait à présent l'épuisement.

Il y avait quelque chose d'effrayant chez Charles. Elle n'avait pas peur qu'il lui fasse du mal, mais il avait l'air hanté par son passé. La douleur s'attardait dans ses yeux. Ce genre de secrets poussaient souvent à des actes désespérés. Un homme tel que lui ferait n'importe quoi pour protéger ceux qu'il aimait. Comme un loup affamé au milieu des agneaux, il requerrait une surveillance constante.

Je dois agir prudemment.

❦ 22 ❦

Brock Kincade se tenait à l'extrémité du cimetière, contemplant la terre fraîchement retournée de la tombe de son père. Le clair de lune baignait l'endroit d'une lueur beige pâle et d'un blanc opalescent. Les pierres tombales gravées formaient des ombres presque aussi noires que la nuit elle-même. Mais Brock n'avait plus peur. La créature qui l'avait effrayé depuis qu'il était petit était partie. Pour toujours.

Son cheval poussa un renâclement impatient et battit des sabots, sans nul doute impatient de retourner aux écuries avec une couverture sur le dos et des céréales dans sa mangeoire.

— Très bien, canasson paresseux, marmonna Brock en passant une main sur le cou de l'animal avant de grimper en selle.

Il quitta le cimetière tranquille et remonta au trot la colline sinueuse qui menait à Castle Kincade. Les douves peu profondes étaient remplies d'eau de pluie et l'antique pont-levis en bois s'abaissa pour le laisser entrer dans le château.

Cela faisait plus de cent ans que le château n'avait pas eu besoin de défense, mais comme un vieux loup, il était ramassé sur lui-même et prêt à bondir en moins d'une seconde. Bientôt, il redeviendrait un endroit heureux, plein de joie et de vie. Les tours qui s'effritaient seraient réparées et Rosalind pourrait revenir.

Alors que Brock trottait vers le pont, Aiden se précipita à sa rencontre.

— Dieu merci ! Nous vous avons attendu. Il faut que vous veniez !

Aiden fit signe à un garçon d'écurie de prendre le cheval.

— Que se passe-t-il ?

Il mit pied à terre et suivit Aiden à l'intérieur du château. Son frère cadet était plus pâle que la nuit où leur père était mort.

— Nous avons un visiteur. Rosalind a des problèmes...

— Des problèmes ?

Brock rugit. Avec tous leurs problèmes actuels, il n'en voulait pas davantage, mais il aurait fait n'importe quoi pour aider sa sœur.

— Oui, entre.

Aiden les guida vers une des rares pièces du château qui convenait encore à des invités. C'était un parloir à l'ameublement daté, mais qui avait une cheminée qui fonctionnait ainsi que des fenêtres intactes. Leur père n'avait pas jugé bon de faire quoi que ce soit de plus que des réparations absolument minimales et nécessaires. Il avait gardé le peu d'argent qu'ils avaient sous clé, et cela coûtait cher de conserver un château en état de marche.

À l'intérieur, Brodie les attendait en compagnie de deux hommes. L'un d'eux était grand, avec des cheveux brun-roux et des yeux marron, des yeux bien trop perçants pour laisser passer quoi que ce soit, malgré la chaleur qu'ils contenaient. Brock se dit qu'il était beau, mais il oublierait certainement à quoi il ressemblait au moment où il aurait quitté la pièce.

L'autre avait les cheveux sombres et ses yeux étaient presque noirs. Il y avait quelque chose chez lui qui mit inconsciemment Brock mal à l'aise. Les deux hommes avaient une présence puissante, mais l'homme aux cheveux sombres était clairement le meneur. À en juger par sa tenue, il était anglais, ce qui suffisait à rendre Brock anxieux. C'était peut-être seulement sa nervosité qui lui mettait les nerfs à vif.

— Lord Kincade.

L'homme aux yeux sombres s'inclina devant Brock.

— Je crains d'être porteur de mauvaises nouvelles.

— Mon frère a mentionné notre sœur, dit Brock.

— Oui. Je suis Sir Hugo Waverly et voici Mr Outis. Cela fait déjà quelque temps que je suis le partenaire en affaires de lady Melbourne. Au cours des derniers mois, elle s'est engagée dans des opérations commerciales contre un de nos rivaux communs, et cet homme a pris des mesures extrêmes et discourtoises.

Brock continua d'étudier cet homme : ses vêtements raffinés, mais sans extravagance ; sa voix cultivée et agréable. Il l'avait peut-être mal jugé. La méfiance envers les *Sassenach*s était inhérente à tous les Écossais.

— Quelles sortes de mesures ?

Se dressant derrière une des chaises, Brodie s'y appuya et plissa les yeux.

— Cet autre gentleman a l'intention de prendre le contrôle de son argent, de sa propriété *et* de sa vie. C'est une brute ignoble qui la tuera probablement une fois qu'il l'aura épousée et aura mis la main sur sa fortune. Pour l'instant, elle est prisonnière en son domaine, attendant qu'il organise leur mariage. Il s'est déjà procuré une licence. Je crains que la loi ne puisse pas l'arrêter, et en tant qu'ami de votre sœur, je savais que je devais venir vous le dire immédiatement.

— Et cet homme retient Rosalind contre sa volonté ?

Aiden coula un regard à Brock.

L'homme appelé Hugo hocha la tête.

— C'est un baron du nom de Lennox. Je peux vous raconter tout ce que je sais de lui, mais il est d'une importance capitale que vous la secouriez avant qu'il ne lui fasse du mal.

— Même si nous arrivons trop tard et qu'ils sont déjà mariés ? demanda Brodie.

Hugo soutint le regard des trois frères.

— Ne vous y trompez pas. Il détruira son esprit ainsi que son corps. Vous devez faire tout ce qui est nécessaire pour la sauver. Vous devriez la ramener ici, où vous pourrez la protéger. Mais je dois vous prévenir : il viendra la récupérer et il ne sera pas seul. Il emmènera ses amis avec lui.

Brock et ses frères savaient que la loi ne pouvait offrir aucune protection à leur sœur, pas contre un mari et certainement pas contre un aristocrate. Si elle avait besoin de protection, c'était d'eux qu'elle dépendrait.

— Merci d'être venu nous prévenir.

Brock tendit une main à l'homme.

Waverly l'accepta.

— Votre sœur est une femme respectable. Mon seul désir est de vous aider à la sauver. Je ne veux pas que ce saligaud de Lennox lui fasse le moindre mal.

Il échangea un regard avec l'homme qui le flanquait.

— Je vous conseillerais d'engager plusieurs autres hommes des villages voisins pour vous aider à protéger votre sœur le temps que la raison reprenne le dessus, ou qu'il soit correctement dissuadé.

Lennox et ses hommes vous suivront de près.

Brodie donna un coup de coude à Brock.

— Je crois qu'on aurait besoin d'aide.

Brock y réfléchit.

— Ce Lennox... Est-il vraiment un adversaire redoutable ?

Waverly inclina la tête, visiblement contrarié.

— Vous n'en avez pas idée. Il a tué plusieurs hommes au cours des dernières années. Des hommes qui ont contrecarré ses plans.

— Brock, nous devons sauver Rosalind, dit Aiden.

Brock leva la main.

— Oui, nous allons le faire.

Il se tourna vers Waverly.

— Dites-moi donc où trouver ce baron et ma sœur.

Waverly hocha la tête d'un air sombre.

— J'ai un homme en poste à sa résidence et je le préviendrai de vous attendre.

Brock était désarçonné.

— Vous avez quelqu'un qui travaille pour lui ?

— Craignant le pire, j'ai gardé un œil sur Lennox depuis que votre sœur et moi sommes entrés en compétition avec lui. Mon homme sera capable de vous aider à accéder à la maison et à votre sœur. Je vous suggère de l'enlever pendant la nuit et de la ramener en Écosse.

— Merci, dit Brodie.

Waverly hocha la tête.

— Lennox doit payer pour ce qu'il a fait, et je suis prêt à vous proposer mes services pour l'abattre.

CETTE NUIT-LÀ, SEULE DANS LE LIT D'ASHTON, ROSALIND NE dormit pratiquement pas. Sa chaleur, son rire et son toucher lui manquaient. Son odeur s'accrochait aux draps comme un amant fantomatique. Si un lit vide ne l'avait encore jamais dérangée, à présent, c'était parce qu'elle savait précisément ce qui lui faisait défaut : son baron doux et séducteur.

Quand l'aube filtra à travers les fenêtres, Rosalind émergea du lit et tira la cordelette pour appeler Claire. La journée allait être longue si elle continuait à se sentir ainsi. Elle sursauta quand la porte s'ouvrit, bien trop tôt pour que ce soit Claire.

C'était Ashton, qui avait l'air de se sentir aussi mal qu'elle.

— Rosalind ?

Il cligna des paupières, gardant ses distances alors qu'il demeurait dans l'encadrement de la porte. Il était pâle, ses yeux bleus soulignés d'ombres.

— Que faites-vous ici ?

— Vous m'aviez dit de rester dans vos appartements...

Avait-elle fait quelque chose de mal ?

Il pénétra plus avant dans la pièce tout en se passant une main dans les cheveux.

— J'ai pensé que vous saisiriez l'occasion de partir pendant que je m'occupais de Rafe.

Elle se hérissa.

— J'ai fait une promesse, Milord. Je ne partirai que si vous rompiez notre engagement. Qui plus est, quelqu'un doit s'occuper de vous pendant que vous vous occupez de Rafe.

Ashton lui adressa un demi-sourire.

— Je vous embrasserais volontiers, mais malheureusement, vous ne devez pas vous approcher davantage. Je ne souhaite pas vous mettre en danger...

Sa voix mourut et il s'appuya contre le mur avec une main.

— Ashton...

— Je vais bien. Je manque simplement de sommeil. Je vous en prie, juste un moment.

Il inspira profondément.

— Peut-être... Une chaise.

Il fit quelques pas en avant et Rosalind vit son corps pencher d'un côté.

Elle bondit vers lui sans y penser, l'attrapant par la taille quand il s'effondra. Ils s'écroulèrent tous les deux à terre. En panique, elle le fit rouler sur lui-même et poussa un petit cri. Il avait perdu connaissance.

— Madame ! hoqueta Claire depuis la porte.

— Claire, allez immédiatement chercher lady Lennox ! Il est souffrant !

— Et vous ? Vous ne devriez pas rester aussi près.

— Il faut que quelqu'un s'occupe de lui. Pourriez-vous m'aider à le placer sur le lit ?

— Bien entendu.

L'inquiétude dans sa voix n'échappa pas à Rosalind alors qu'elles plaçaient Ashton sur le lit. La maladie frappait assez rapidement pour dissuader toute personne de s'approcher de trop près.

— Apportez-moi une bassine d'eau, des tissus propres et quelques vêtements. Et faites immédiatement revenir ce médecin.

Rosalind remarqua à peine le départ de sa suivante ; toute son attention était braquée sur son amant. Elle se percha au rebord de son lit et écarta les cheveux d'Ashton de ses yeux. Ses cils dorés sombres frétillaient et il s'agitait avec fébrilité sur les draps.

— Rosalind…

Il souffla son nom d'un ton si désespéré qu'elle sentit son cœur se serrer.

Elle caressa son visage d'une main douce.

— Je suis là.

Ashton ouvrit les yeux. Il la regarda, les pupilles voilées par la douleur.

— Rafe. J'ai besoin de…

Il essaya de s'asseoir, mais elle le plaqua à nouveau doucement sur le lit.

— Vous devez vous reposer, Milord. Je vais m'occuper de Rafe.

Ashton ricana, mais cela se transforma en tout.

— Pourquoi cette perspective m'inquiète-t-elle ?

Rosalind éclata de rire, même si elle ne parvint pas à dissimuler la tension dans sa voix.

— Parce que je serai tentée d'aiguillonner son bras blessé pour le faire regretter d'avoir attaqué ma calèche ? suggéra-t-elle.

— Oui, c'est exactement cela.

Les lèvres d'Ashton arborèrent un sourire las et il referma les yeux.

Claire revint et posa une vasque sur la table de chevet. Elle lui tendit plusieurs bouts de tissu.

— Merci, Claire. Veuillez dire à Mr Lowell que je m'occuperai de son maître, s'il a peur d'attraper la grippe.

Ashton rouvrit les yeux en entendant son nom.

— Ne soyez pas trop dur envers Lowell. Sa mère est morte de la grippe quand il était tout petit. Il en a terriblement peur. Et vous devriez la craindre aussi, Rosalind. Je ne veux pas que d'autres personnes tombent malades.

Elle mouilla un bout de tissu et l'étendit sur son front.

— Il est trop tard pour argumenter avec moi, Milord. Vous devriez avoir compris que je n'en fais qu'à ma tête.

Il soupira, ses paupières retombèrent et bientôt, le sommeil alourdit sa respiration.

Rosalind changea de position, se cala contre l'arrière du lit et le regarda. Ce serait si facile de s'enfuir pour repartir à Londres, mais elle ne pouvait pas l'abandonner quand il avait le plus besoin d'elle. Il y avait quelque chose de plus. Elle voulait rester parce que, bien malgré elle, elle avait fini par avoir des sentiments pour ce satané Anglais. Son arrogance, la fierté, l'entêtement et le pragmatisme qu'elle méprisait chez lui étaient des traits qu'elle possédait également. Ils étaient de la même trempe.

Elle referma les doigts autour des siens et lui pressa la main.

— Soyez fort, Ashton, dit-elle doucement. J'ai envie que vous honoriez notre défi. Aussi bête que cela puisse paraître, je crois que nous pourrions trouver ensemble un certain bonheur. C'est-à-dire, quand nous ne nous querellons pas.

Rosalind sourit et lui caressa la joue. Il tourna le visage contre sa paume. Il remua les lèvres, mais aucun mot n'en sortit. Sa peau était brûlante. Une telle fièvre...

— Ashton, je vous en prie. Vous devez vous en sortir. *Vous devez.*

LES RÊVES ENGENDRÉS PAR LA FIÈVRE ÉTAIENT TOUJOURS DES cauchemars. Ashton lutta pour échapper aux griffes de l'obscurité, mais la maladie était trop puissante. La fièvre l'emporta vers des souvenirs qui le hantaient même en état d'éveil.

Le brouillard de la fumée des cigares dans le tripot était si épais qu'Ashton aurait pu fendre l'air de la main et troubler les nuages qui flottaient autour de la tête des hommes. Le parfum douceâtre était écœurant et il lui brûlait les yeux. Ils seraient tout rouges le lendemain matin s'il était contraint de demeurer là plus longtemps. Il devait pourtant retrouver son père.

— Pardonnez-moi.

Il toussa tout en tapotant l'épaule du joueur de pharaon le plus proche.

— Avez-vous vu lord Lennox ? Un homme grand, les cheveux blonds, une fine moustache.

Le joueur écarta sa main d'un coup d'épaule, mais désigna une porte éloignée.

— Oui, je le connais. La dernière fois que je l'ai vu, c'était par là. Mais il n'est pas seul.

Ashton s'y était attendu. Les factures en retard et les impayés que devait son père s'étaient accumulés sur le bureau de son étude dans leur maison depuis des mois.

— Merci, dit-il à l'homme qui s'était déjà reconcentré sur sa partie.

Une femme aux cheveux trop rouges pour être naturels vint l'aborder d'un pas allègre.

— Tu as le droit d'être ici, mon garçon ?

Sa robe, d'une couleur marron discordante, avait un décolleté si profond que très peu de sa silhouette était laissé à l'imagination.

— Pardon ?

Ashton essaya de s'écarter de cette femme. Il n'avait que quinze ans et était encore un jeune homme, mais il était assez âgé pour savoir qu'une femme légère était coûteuse et problématique.

— Encore un enfant, gazouilla la femme tout en lui caressant la joue avec le rebord de son éventail en dentelle.

Il l'écarta d'un geste.

— Ne me touchez plus jamais de la sorte, Madame, la prévint-il. Je ne suis pas un enfant.

La femme eut un instant de surprise, puis elle éclata de rire.

— *Timide, hein ? Comme c'est charmant ! Tu aimerais être le maître, mon chéri ? C'est un jeu auquel je peux jouer, au juste prix.*

Elle glissa la main sur la hanche d'Ashton où tenta de la faire remonter vers son entrejambe.

Ashton lui saisit le poignet.

— *Mon père, lord Lennox, est avec l'une de vos femmes. Je veux savoir où il se trouve, immédiatement.*

La prostituée s'éclaircit la gorge et lui retira brusquement son poignet.

— *Oh, très bien. Il est dans la pièce du fond à gauche.*

Elle désigna du menton une porte éloignée.

Ashton carra les épaules et traversa la salle de jeu vers l'endroit où se trouvaient les chambres privées. Quand il atteignit la chambre du fond à gauche, il leva une main tremblante pour toquer.

Il ne reçut pas de réponse.

— *Père ? C'est Ashton !*

Il toqua à nouveau à la porte et entendit un grognement quand il appuya sur la poignée de la porte. Elle s'ouvrit et Ashton, angoissé, observa le spectacle. Il n'y avait pas de femme dans la pièce. Seul s'y trouvait son père, allongé sur le lit, serrant entre ses mains sa tête endolorie.

— *Père !*

Ashton se précipita vers le lit, mais quand il essaya d'aider son père à se redresser, il reçut une gifle puissante en plein visage.

— *Laisse-moi, gamin ! cracha son père.*

Ashton porta une main à son visage ; la peau brûlait à l'endroit où l'arrière de la main de son père l'avait pris par surprise. Son père ne l'avait encore jamais frappé.

— *Père, je vous en prie, le supplia-t-il. Rentrez à la maison. Mère a besoin de vous. Nous avons tous besoin de vous.*

Lord Lennox se redressa maladroitement.

— *Cette satanée catin m'a volé ma bourse.*

Il se tâta les poches.

— *Ma montre aussi.*

— *Père...*

Ashton se touchait toujours le visage à l'endroit où il avait été frappé, mais son père ne l'écoutait pas. Il quitta la pièce, s'emmêlant les pieds dans le couloir. Ashton se hâta à sa suite, évitant les tables de jeu. Son père, quoique clairement ivre, se déplaçait quand même plus rapidement qu'Ashton.

Plusieurs autres hommes poussèrent des cris et des jurons quand le père d'Ashton leur rentra dedans.

— Attention, mon brave !

Quelqu'un poussa lord Lennox vers la porte d'entrée.

Ashton trébucha et tomba quand quelqu'un brandit une canne, attrapant la pointe de sa botte. Un jeune homme avec des cheveux sombres et des yeux noirs rit froidement.

— Faites attention, mon garçon !

— Désolé, marmonna Ashton qui se redressa à tâtons.

Son père s'engouffra dans la sortie

— Père !

Il atteignit la porte juste à temps pour voir son père perdre l'équilibre sur le trottoir et tituber dans la rue.

Le temps parut ralentir. Une calèche qui filait à travers la pénombre heurta lord Lennox de plein fouet. Le cheval hennit, étouffant les cris de l'homme qu'il piétinait. Les jambes d'Ashton restèrent figées au sol. Tout l'air s'échappa de ses poumons. Il était incapable de bouger ou de parler alors que le chaos éclatait autour de lui. Des hommes se précipitèrent au secours du cocher, en détresse.

— Mort ! Cet homme est mort !

Un cri fendit le brouillard de choc et d'horreur qui retenait Ashton prisonnier. Il descendit les dernières marches à la hâte et s'arrêta en dérapant à un mètre du corps recroquevillé de son père.

— Qui est-ce ? demanda le cocher.

Engourdi, Ashton s'avança.

— C'est mon père.

— C'était votre père, répondit le jeune homme brun avec la canne. Pauvre ivrogne.

L'inconnu retourna à l'intérieur, laissant Ashton en plan, perdu, alors que son monde s'écroulait autour de lui.

— Ashton, je vous en prie, soyez fort.

Une voix douce dansa aux confins de la douleur qui submergeait sa tête et son cœur.

Les larmes maculaient ses joues, mais il se sentait trop faible pour bouger les membres. L'obscurité le captura à nouveau, l'attirant vers un endroit où les cauchemars enfiévrés ne pouvaient pas l'atteindre.

❧ 23 ❧

Le front d'Ashton était couvert de sueur et ses murmures enfiévrés brisèrent le cœur de Rosalind. Elle retenait son souffle chaque fois que la poitrine d'Ashton montait et descendait, craignant que ce soit la dernière fois.

La maladie avait fauché trois autres vies dans le village depuis qu'Ashton et Rafe étaient tombés malades trois jours précédemment. La terreur avait balayé Lennox House, mais Rosalind avait refusé de quitter le chevet d'Ashton. Son cœur remontait dans sa gorge quand il se tenait trop immobile entre les draps.

Il s'était tourné et retourné au cours de l'heure précédente avant de sombrer dans un silence effrayant. Sa respiration était devenue ténue et sa peau moite. Tous les muscles du corps de Rosalind se tendirent alors qu'elle l'étudiait, cherchant la moindre indication qu'il soit en train de lui échapper.

Vous ne me quitterez pas, Lennox. Pas ainsi. J'exige un combat en règle avec vous, espèce de lâche ! J'ai envie de...

Elle pria pour qu'il entende ses pensées. Elle avait trop peur pour les exprimer à haute voix. *J'ai envie de vous épouser.*

— Comment va-t-il ?

Les yeux rouges, Regina se tenait dans l'encadrement de la porte.

Elles avaient été les garde-malades de Rafe et d'Ashton. Regina n'avait pas voulu que d'autres risquent la contagion et Rosalind avait accepté. Elles avaient donné congé aux serviteurs et seuls les plus entêtés avaient insisté pour rester. Rosalind avait à peine conscience de ce qui se passait hors de la chambre d'Ashton.

Une étrange partie d'elle avait l'impression que si elle se détournait de lui ne serait-ce qu'une seconde, elle le perdrait. Elle avait la sensation que sa propre force aidait Ashton à rester avec elle. C'était bête, mais elle souhaitait désespérément croire qu'elle était capable de faire quelque chose pour l'aider à traverser cette épreuve.

— Il s'est rendormi. Je ne sais pas si c'est mieux quand il est immobile ou agité. Sa voix était légèrement tremblante, la seule indication de la tempête qui faisait rage dans son cœur. C'est avec des mains tremblantes que Rosalind retira le tissu de son front et le remplaça par un autre.

Regina entra et s'assit à côté de Rosalind.

Celle-ci s'appuya contre la mère d'Ashton, ayant simplement besoin d'une minute pour se reposer et récupérer. Regina et elle étaient devenues proches durant les deux jours qui venaient de s'écouler, comme des soldats qui défendaient un fort sans la moindre assistance. Ils avaient appris à lire dans les yeux l'une de l'autre la présence de larmes, le langage de la tristesse et de la peine, une lueur d'espoir et le scintillement d'une détermination affirmée à survivre à ces sombres journées.

Elle s'était toujours sentie très seule après le décès de sa mère, mais à présent qu'elle risquait de perdre Ashton, elle avait eu besoin d'avoir quelqu'un pour s'occuper d'elle dans ces rares moments de faiblesse. C'était exactement ce qu'avait fait Regina qui s'était occupée d'elle sans la moindre retenue. C'était quelque chose qu'elle avait entraperçu chez Ashton. Ce côté désintéressé envers ceux qu'il aimait.

La mère d'Ashton posa le dos de sa main contre le front de Rosalind, cherchant des signes de fièvre.

— Comment vous sentez-vous ?

Rosalind poussa un soupir las.

— J'ai survécu à beaucoup d'épreuves dans ma vie, mais je ne me suis jamais sentie aussi impuissante qu'à présent.

Quand son père était de mauvaise humeur, il l'enfermait parfois dans sa chambre pendant plusieurs journées d'affilée sans nourriture, avec une simple carafe d'eau. Mais ces jours pâlissaient par rapport à *cette* bataille, qu'elle ne pouvait pas combattre toute seule. C'était à Ashton d'y survivre ceci. Elle ne pouvait qu'attendre, encore et encore, et faire le nécessaire pour le mettre à l'aise.

— Votre ancien mari, était-il...

Regina n'acheva pas sa phrase.

— Non, dit Rosalind. Henry était un homme bon. Mon père était une brute. Quand je me suis enfin enfuie, Henry m'a secourue de cette existence.

Elle tendit le bras et écarta du visage d'Ashton une mèche de ses cheveux.

— Mais ceci – cette attente terrible – est bien pire.

— Je sais, mon enfant. Je sais. Nous avons envie de mener les combats de ceux que nous aimons, mais bien souvent, c'est impossible.

Regina passa un bras autour de ses épaules, l'étreignant tendrement. Elle se rappela que c'était ce que sa mère faisait, de nombreuses années, quand la vie n'avait pas été aussi remplie de douleur et d'ombres.

Les lèvres d'Ashton remuèrent, faisant se tendre Rosalind et Regina, mais ses paroles n'étaient pas compréhensibles.

— Il a dit quelque chose sur son père tout à l'heure, dit Rosalind.

Regina déglutit et hocha la tête.

— Il était tout jeune quand son père est mort. Il n'en parle pas, mais je sais qu'il souffre toujours. Il était présent, vous comprenez, quand c'est arrivé. Cela doit terriblement le hanter d'avoir assisté aussi jeune à une chose aussi terrible.

Le poids des larmes assombrit son regard.

— Je vois énormément de ressemblances entre Malcom et lui, et cela me rappelle ce que j'ai perdu ! J'ai toujours été dure avec lui, c'est mon péché. Je regrette de ne pas lui avoir dit à quel point je l'aime.

La mère d'Ashton éclata soudain en sanglots et Rosalind lui rendit son étreinte, lui offrant les derniers vestiges de sa propre force.

Rosalind caressa le bras d'Ashton.

— Il a un cœur bon, même s'il le cache. Il n'est pas froid. Il peut se montrer insupportable et entêté, mais il est également aimant et chaleureux. Je l'avais mal jugé.

Regina renifla.

— De toute évidence, j'ai été une pire mère que je le pensais.

Rosalind secoua la tête.

— Non, je suis certaine que vous avez été une mère fantastique.

— Pendant des années, j'ai passé ma colère sur lui, dit Regina en penchant la tête. J'aimerais qu'il sache que je suis désolée pour tout !

Elle se redressa et s'approcha de son fils afin de déposer un baiser sur son front.

Rosalind fit courir le bout de ses doigts le long de la mâchoire d'Ashton.

— S'il y a une chose que je sais sur cet homme, c'est qu'il est trop entêté pour céder à une maladie.

La mère d'Ashton hocha la tête, mais ne dit rien.

Les émotions tourbillonnèrent à travers Rosalind pendant qu'elle regardait Ashton dormir. Avant, elle détestait sa détermination à la posséder et à remporter toutes les batailles, mais à présent, elle avait l'impression de commencer à le comprendre. C'était un homme qui essayait de prendre le contrôle de sa vie parce qu'il avait été très jeune lorsque tout avait déraillé. Il avait vu son père mourir, et les responsabilités familiales qui avaient suivi avaient lourdement pesé sur lui. Sa détermination à imposer sa volonté n'était guère surprenante. C'était sa seule façon de se sentir en confiance.

Tout comme moi...

Quand la main d'Ashton se mit à tressauter, Rosalind referma les doigts autour des siens.

— Je suis vraiment contente qu'il vous ait rencontrée. Vous êtes la femme parfaite pour lui.

Rosalind fut touchée par les paroles de Regina et le sentiment qui les sous-tendait. Elle voulait être digne d'Ashton et désirait que sa famille la perçoive comme une partenaire digne de lui.

— Je vous remercie, lady Lennox.

— Mère ? dit Ashton d'une voix rauque.

Rosalind et Regina se tournèrent toutes les deux vers lui. Il avait les yeux ouverts, mais son regard restait voilé.

— Je suis là, mon garçon, oh, mon cher garçon !

Regina essuya de nouvelles larmes alors qu'elle toucha son front avec des mains tremblantes et sourit.

Rosalind avait du mal à respirer. Il avait réclamé sa mère. Elle n'aurait pas dû être jalouse, mais elle avait espéré qu'il prononce son prénom.

Je devrais partir. Il ne veut pas de moi ici. Elle voulut se redresser du lit, mais Ashton la retint par le poignet.

— Restez, je vous en prie, murmura-t-il. J'ai besoin que vous restiez.

Ses yeux bleus étaient remplis des échos des rêves qui le hantaient, mais elle y lut également le besoin qu'il avait d'elle.

Il veut que je reste. Pourtant, ce qu'elle aurait vraiment voulu ressentir était : *je suis désirée.*

— Vous voyez ? dit Rosalind à Regina, un sourire lui montant aux lèvres malgré son inquiétude. Quel entêté ! Je savais qu'aucune maladie ne réussirait à le clouer au lit pendant bien longtemps.

Regina ricana et Ashton faillit sourire.

— Je vois que mes nombreux défauts vous ont rapprochées.

Cette réponse n'était qu'un murmure rauque, mais Rosalind vit une lueur de gaieté dans ses yeux fatigués. Il lui pressa le poignet.

— Oh, mon cher garçon !

Regina se pencha à nouveau pour l'embrasser sur le front.

— J'ai eu peur de vous perdre.

La voix de Regina se brisa légèrement et Ashton cligna lentement des paupières, laissant tomber une larme sur son oreiller.

— Mère, je vous en prie. Je préfère que vous soyez en colère contre moi plutôt que de vous voir pleurer.

Elle renifla, mais se redressa.

— Je dois vous dire quelque chose, Ashton. Cela me pèse depuis des années et vous méritez de m'entendre le dire. Je me suis terriblement mal comportée envers vous, terriblement mal, mon cher enfant. Je...

Elle marqua un temps d'arrêt, mais fit un geste de la main quand Ashton essaya de l'interrompre.

— Vous me rappelez tellement votre père ! Vous avez son apparence, son intelligence, sa générosité... Mais ce que j'ai pris pendant toutes des années pour de la froideur était en vérité de la force. Vous êtes un homme bon, Ashton, et un bon fils.

Regina s'était exprimée d'une voix ferme, mais enfin, elle émit un petit sanglot étranglé.

— Vous êtes *mon* fils et je vous aime. Je vous prie de me pardonner d'avoir été si dure envers vous pendant toutes ces années.

Appuyée contre la colonne près de la tête d'Ashton, Rosalind le vit lutter pour trouver ses mots. Il serrait toujours sa main et la pressait à présent, comme si ce qu'il entendait était trop beau pour être vrai. Elle aurait été ébahie d'entendre son propre père prononcer ces mots.

— Il n'y a rien à pardonner, Mère, promit Ashton.

Et après avoir regardé sa mère pendant un moment avec une

satisfaction lasse qu'il n'avait probablement pas ressentie depuis l'enfance – devina Rosalind –, il soupira et sourit. Ses yeux s'illuminèrent et il tenta de se rasseoir.

— Rafe, comment va-t-il ?

— Un peu mieux que vous. Il est assis dans son lit et mange un peu. Je devrais retourner le voir à présent que vous êtes éveillé.

— Mère, si vous tombez malade, je serais vraiment contrarié. J'avais demandé que personne d'autre que moi ne s'occupe de Rafe.

— Allons, quelqu'un a bien été contraint de le faire ! répliqua Regina en reniflant. Rosalind a fermement soutenu qu'elle souhaitait s'occuper de vous, et puisque nous étions les seules assez courageuses pour nous occuper de vous deux, j'ai pris Rafe en charge. Personne d'autre n'est tombé malade dans la maison. Je crois que nous ne craignons plus rien.

Ashton secoua la tête.

— Je ne me sentirai pas en sécurité tant qu'il ne se sera pas écoulé une semaine sans la moindre contagion.

— Inquiétez-vous autant que vous le voudrez, mais à présent, vous le ferez depuis votre lit.

Elle se pencha à nouveau et l'embrassa sur la joue.

— Je dois retourner au chevet de votre frère. Remettez-vous bien, mon garçon.

Elle tapota l'épaule de Rosalind et sortit de sa chambre.

Rosalind se balança sur ses pieds qui lui faisaient mal après être restée assise aussi longtemps. À présent qu'Ashton avait repris connaissance, elle se sentait épuisée et étrangement exposée.

— Je...

La voix de Rosalind mourut, mais quand Ashton lui sourit, c'était avec un air doux et rêveur, le genre qu'un homme pouvait avoir après une longue nuit de béatitude entre les draps. Elle n'était guère différente de celle qu'elle affichait lorsqu'elle se souvenait des moments passés dans ses bras.

— Venez, ma chère. Vous paraissez être au bord de l'évanouissement.

Il tapota l'autre côté du lit où elle avait la place de s'asseoir.

Elle fit le tour du lit et grimpa dessus pour s'asseoir à côté de lui.

— Cela ne vous dérangerait pas de m'aider à m'asseoir ? Mon dos me fait terriblement mal après être resté allongé aussi longtemps, dit Ashton.

Elle le regarda ; il avait la peau pâle et les yeux vitreux.

— En avez-vous la force ?

Il hocha la tête.

— Je peux me caler contre les oreillers. J'ai besoin d'être assis. Me sentir aussi faible qu'un chaton ne me convient pas, gronda-t-il.

Elle ricana.

— Puisqu'il y a cinq minutes à peine, vous déliriez, je pense que c'est une amélioration conséquente. Vous ne devriez pas précipiter votre propre guérison.

— Je délirais ?

Il poussa un profond soupir, un son qui serra le cœur de Rosalind.

Elle lui agrippa le bras et l'aida à se redresser.

— Oui, à propos de votre père ?

— Mon père ?

Son expression s'assombrit, mais Rosalind ne voulait pas le contrarier, pas après tout ce qu'il avait traversé. Elle se pencha contre lui pour l'embrasser sur la joue.

— Je suis vraiment soulagée que vous alliez mieux. Vous m'avez fait une de ces peurs !

Elle cala la tête contre son épaule, prenant garde à ne pas s'appuyer trop lourdement contre son flanc.

— À moi aussi ! Cette grippe est un véritable fléau.

Il parcourut la pièce du regard et trouva l'horloge sur la cheminée.

— Seigneur Dieu ! C'est l'heure exacte ?

— Oui, dit Rosalind. Vous avez été malade pendant trois jours.

— Il nous reste toujours un mariage à organiser, et le reste de la Ligue envahira bientôt la maison.

— Oh ? Pourquoi donc ?

Le cœur de Rosalind battait contre ses côtes. L'idée qu'ils viennent tous en même temps la rendait étrangement nerveuse. Et s'ils étaient tous comme Charles : pas particulièrement heureux qu'Ashton et elle se marient ? Et si elle ne s'intégrait pas dans leur groupe comme les autres femmes l'avaient fait ? Elles semblaient toutes tellement à l'aise les unes avec les autres, et leurs amitiés étaient profondes. Rosalind leur était étrangère et ne s'imaginait pas capable de s'intégrer un jour, d'autant qu'Ashton ne l'épousait pas par amour.

Mon amour pour lui est-il suffisant pour tous les deux ?

— Ils souhaitent assister à notre mariage. C'est la tradition. J'espère que vous n'y voyez aucun inconvénient.

Elle rit malgré son cœur douloureux.

— Je suppose qu'il est impossible de ne pas les avoir dans les pattes.

— Effectivement, en convint Ashton. Vous avez rencontré Émily, vous savez donc que ce petit bout de femme obtient toujours ce qu'elle désire.

Rosalind pouffa, se rappelant qu'Émily et elle s'étaient entendues comme larrons en foire.

— Oui, je veux bien le croire. *Au moins, j'aurais une alliée dans la Ligue des Rebelles.*

Quelqu'un toqua à la porte de la chambre.

— Qui est-ce ? demanda Rosalind.

— Charles.

— Ne le laissez pas entrer, la prévint Ashton. Je ne suis pas encore suffisamment rétabli. Je ne voudrais pas qu'il tombe malade à cause de moi.

Rosalind se rendit à la porte et l'entrouvrit. Charles l'observa à travers l'ouverture.

— Il ne veut pas vous voir, Milord. Il craint de vous contaminer.

Elle commença à fermer la porte, mais Charles enfonça son bras dans l'ouverture et se servit de sa force considérable pour la forcer à s'ouvrir.

— Charles, non !

Ashton toussa et tenta de quitter le lit.

— Espèce d'imbécile !

Charles grogna et se précipita pour le rattraper. Il jeta un regard noir à Rosalind quand elle essaya de l'aider à remettre Ashton dans son lit. Les beaux vêtements de Charles étaient froissés et il avait l'air aussi épuisé qu'elle, avec des cernes noirs sous les yeux. Pendant qu'elle avait pris soin d'Ashton, il s'était chargé de faire tourner le domaine de Lennox et avait supervisé la construction des maisons des métayers. Jonathan et lui s'étaient montrés incroyablement essentiels.

— Rendez-vous utile, Lady Melbourne. Allez chercher du pain et du bouillon à la cuisine. Je dois parler à Ashton. *Seul à seul.*

— Mais...

— Cela concerne la Ligue et ne vous regarde pas, dit Charles.

Au lieu de céder devant l'attitude insupportable de Charles, Rosalind se tourna vers Ashton. Il croisa son regard, le visage doux et compréhensif.

— Je suis désolé, ma chère, mais je dois m'entretenir avec lui. Je vous promets que je ne vous tiendrai pas toujours hors de ma confidence.

Il grimaça et ajouta :

— Un bouillon me tenterait bien. Cela ne vous fait rien ?

L'expression chagrinée d'Ashton était la seule raison qui la poussa à partir. Ligue ou pas Ligue, elle n'aurait jamais cédé devant Charles à moins qu'Ashton ne le lui demande.

Rosalind quitta la chambre, mais elle se glaça en entendant Ashton parler.

— Pourquoi l'avez-vous congédiée, Charles ?

— Parce qu'elle est notre ennemie. Je viens de recevoir de Londres une lettre en provenance des hommes que vous aviez chargés d'étudier les comptes de Rosalind. Waverly et elle sont plus liés que nous le soupçonnions. Ils ont plus d'une entreprise commerciale en commun et il y avait des lettres dans les bureaux de Rosalind adressées à lui, concernant des rapports sur vos intérêts dans divers investissements, ainsi que vos compagnies. Ils œuvraient ensemble pour vous épier, et à travers vous, pour *nous* épier. Je vous avais prévenu que vous étiez aveugle à son propos et j'avais raison !

Waverly ? Ils étaient au courant pour lui ? Elle s'était liée à lui peu avant la mort de son époux. Elle avait été impressionnée par ses connaissances en matière d'affaires et son œil avisé pour les acquisitions. C'était lui qui lui avait permis d'acheter les sociétés au nez et à la barbe d'Ashton. Ils avaient communiqué fréquemment à propos d'intérêts variés, mais parmi eux avaient été les stratégies commerciales d'Ashton. Ils avaient ri ensemble après l'avoir fait tourner en bourrique et l'avoir dépossédé de sociétés qu'il avait voulu acheter.

Une nausée retourna l'estomac de Rosalind. Waverly ne lui avait jamais fait entendre qu'il connaissait Ashton *personnellement*. C'était une simple question d'affaires... n'est-ce pas ? Pourtant, en y réfléchissant bien, elle se rappela qu'Ashton avait été mentionné dans toutes leurs conversations. Elle avait cru que c'était de son propre fait, mais elle se rendait à présent compte que Hugo avait dit des choses pour lui faire penser à Ashton et cela avait déclenché des discussions presque chaque fois qu'ils s'étaient retrouvés dans son bureau.

J'ai été manipulée... D'un côté comme de l'autre. La nausée grandit en elle.

— Que voulez-vous dire par « ils travaillent ensemble » ? s'enquit Ashton.

— Votre future épouse vous a caché des choses. Ceci, et plus encore, dit Charles.

Rosalind savait qu'elle n'aurait pas dû les épier, mais c'était d'elle qu'ils parlaient. Elle se plaqua contre le mur près de la porte, tendant l'oreille pour mieux surprendre la conversation.

— Expliquez-vous.

— Cela ne concerne pas seulement ses sociétés, dit Charles. Son père et Waverly se sont connus en Écosse il y a dix ans.

— Que diable Waverly y faisait-il ?

La voix d'Ashton était douce, mais pleine d'inquiétude.

— Aucune idée, mais cela ne présage rien de bon. Et ses griffes n'ont jamais quitté cette famille. Votre *chère* Rosalind, dit Charles avec un rictus méprisant, correspond directement avec Waverly depuis près de six mois. Le saviez-vous ? Pour ce qu'on en sait, elle peut très bien partager son lit ou lui révéler tous nos secrets. Ash, c'est sérieux. Vous devez la renvoyer à Londres. Rompez tout lien avec elle et déchirez cette satanée licence de mariage. Nous devons serrer les rangs avant qu'elle ne découvre quoi que ce soit que Hugo puisse utiliser contre nous.

— Bon sang ! gronda Ashton. Ne voyez-vous pas ? C'est exactement la raison pour laquelle je *dois* l'épouser. Je peux la contrôler comme une marionnette tout aussi bien que lui. Elle est en train de tomber amoureuse de moi, si elle ne l'est pas déjà. Il ne sera pas difficile de la tourner contre lui. Nous pourrions nous servir d'elle contre Hugo tout aussi facilement qu'il se sert d'elle contre nous.

Un frisson glacial traversa Rosalind et elle fut incapable de tourner la page sur ses paroles tranchantes. *Une marionnette ? Est-ce tout ce que je suis pour lui ? Et Sir Hugo connaissait mon père, mais ne me l'a jamais dit ?* Cette coïncidence la mit mal à l'aise. Elle avait fait confiance à Waverly qui l'avait apparemment manipulée contre Ashton. Mais pourquoi ?

— Vous pensez qu'elle est vraiment amoureuse de vous ?

Rosalind retint son souffle. Le sang battait dans ses oreilles si fort qu'il couvrit presque le son de leurs voix.

— Je *sais* qu'elle l'est. Elle est incapable de me résister. Vous oubliez que je séduisais des femmes des années avant que vous ayez commencé à le faire, mon garçon. Je connais toujours deux ou trois petites ruses.

Une lame invisible perça le cœur de Rosalind. Ashton s'était joué d'elle et ce qui la blessait plus que tout était qu'il avait raison. Elle était bel et bien en train de tomber amoureuse de lui. Elle ne pouvait pas demeurer là, pas alors qu'elle était un pion dans le jeu privé auquel ils jouaient. Elle l'avait prévenu que c'était la seule chose qu'elle ne tolérerait pas.

Il lui avait brisé le cœur et avait rompu sa promesse.

Rosalind cligna des paupières pour chasser les larmes et elle durcit son cœur. Elle ne serait pas une victime. Pas une deuxième fois. *Je ne vais pas rester ici où je ne suis ni désirée ni aimée.*

Elle aurait besoin de Claire pour l'aider à faire ses valises, puis elle partirait.

BROCK FIT SIGNE À SES FRÈRES DE RESTER PRÈS DE LUI ALORS qu'ils montaient discrètement sur la terrasse à l'arrière de Lennox House. Après avoir chevauché pendant trois jours en prenant à peine le temps de dormir, ils avaient réussi à trouver la maison de celui qui gardait leur sœur prisonnière.

Brock vérifia le pistolet qu'il tenait, espérant ne pas avoir à s'en servir, mais si Lennox ou ses amis essayaient de les arrêter, il le ferait. Il jeta un coup d'œil à ses frères cadets qui brandissaient leurs propres pistolets. Le visage fermé, ils étudiaient l'immense maison de campagne. Heureusement, il n'y avait pas de lumière aux fenêtres, ce qui les aiderait à se dissimuler dans l'obscurité le temps de trouver le moyen d'entrer. L'homme de Hugo était censé avoir laissé une terrasse ouverte à leur disposition.

— Une fois à l'intérieur, nous devons nous disperser. Fouillez toutes les pièces jusqu'à ce qu'on la retrouve. Puis on se rejoindra à l'endroit où les chevaux sont attachés. Si vous croisez des serviteurs ou des membres de la famille, ligotez-les pour les empêcher de donner l'alarme.

Ils ne tueraient personne à moins que cela ne soit absolument nécessaire.

Tels des spectres sombres, ils se faufilèrent dans la maison à travers les portes de la terrasse, portant des vêtements sombres et des masques noirs. Ils devaient faire de leur mieux pour masquer leur identité si jamais quelqu'un les apercevait. Brock n'était pas assez naïf pour croire que Lennox ne comprendrait pas qui avait enlevé Rosalind, mais ces déguisements leur permettraient de gagner du temps.

Lennox House était tout le contraire de Castle Kincade, froid et austère. Les pièces étaient décorées d'œuvres d'art, de tapis orientaux et de statues. Elle était opulente comparée aux pièces à l'odeur de moisi et aux mornes murs de pierre grise du château. Malgré lui, cela ne fit qu'accroître le mépris qu'il ressentait pour Lennox. Une brute comme lui, qui faisait du mal aux femmes et tirait profit d'elles, ne méritait pas de vivre dans un tel luxe.

Brock et ses frères s'immobilisèrent au milieu de la maison, tendant l'oreille pour voir s'ils entendaient des serviteurs. Il était tard et le personnel se trouvait probablement en bas pour prendre leur repas.

Brodie se glissa entre Brock et Aiden.

— Je monte à l'étage.

Aiden désigna du menton l'étage où ils se trouvaient.

— Je vais vérifier ces pièces.

Brock les quitta et, d'un pas léger, il se rendit vers le couloir qui menait à l'extrémité opposée de la maison.

J'espère que ce saligaud ne l'a pas enfermée. Il n'était pas certain de pouvoir briser une porte sans être entendu. Allant de pièce en pièce, il testa les poignées, et chaque fois, les portes s'ouvrirent en grinçant. Beaucoup étaient vides, avec des draps blancs sur les meubles inutilisés, mais plus il se rapprochait du couloir principal, plus les chambres cédaient la place à des parloirs, des salons et même une salle de musique.

La dernière porte avant le couloir l'accueillit avec l'odeur reconnaissable, mais pas déplaisante de livres poussiéreux. Une bibliothèque ? Brock entrouvrit suffisamment la porte pour pouvoir se glisser à l'intérieur. Jeter un œil aux livres ne ferait pas de mal. Il doutait que Rosalind soit là, mais il aimait la lecture.

Une bibliothèque révèle notre âme, disait toujours leur mère. Après sa mort, son père avait vendu tous ses livres et avait laissé la bibliothèque du château vide, à part pour quelques vieilles romances que ses frères et lui avaient dissimulées sous leurs matelas.

La bibliothèque des Lennox était impressionnante. Les hautes étagères débordaient de centaines de volumes. Brock ressentit un petit pincement de douleur au plus profond de lui. Ce qu'il n'aurait pas donné en cet instant pour s'installer dans un fauteuil et en lire un ! Avant l'arrivée de Hugo, il avait planifié la restauration de leur château, et une nouvelle bibliothèque avait caracolé en tête de liste de ses priorités.

Il y avait une cheminée à l'autre extrémité de la pièce, loin des livres. Deux fauteuils lui faisaient face. Les flammes faisaient danser des ombres sur le tissu chaleureux des fauteuils. Il était évident que cette partie de la bibliothèque était utilisée régulièrement. Mais le feu était allumé, ce qui signifiait peut-être que...

Un léger mouvement dans l'un des fauteuils attira l'attention de Brock et il se figea. De l'autre côté du dossier, il vit une main féminine tourner la page d'un livre que l'inconnue tenait sur ses genoux.

La femme soupira, un son doux empli de mélancolie. Il se sentit appelé et avant qu'il ne puisse s'en empêcher, il traversait la pièce vers le fauteuil et son occupante, demeurant dans l'ombre, espérant l'entrevoir. Le plancher craqua sous sa botte et la femme se pencha en avant pour regarder derrière le dossier de son fauteuil. Il retira à la hâte son masque qu'il fourra dans son manteau, sachant qu'il aurait du mal à fournir une explication s'il se voyait contraint de parler à cette femme.

Des yeux bleus, comme les eaux d'un loch sous le ciel du plein été ! Ils le laissèrent sans voix et pendant un moment, il se perdit dans des souvenirs évoquant le soleil et les rires. Ils lui rappelaient les yeux de sa mère, sauf qu'ils étaient d'un bleu plus profond.

— Qui êtes-vous ? demanda la femme.

— Peu importe qui je suis. Qui êtes-*vous* ? demanda-t-il.

— Joanna Lennox.

Elle referma le livre sur ses genoux et se redressa lentement, mettant à l'écart le livre et son châle en tartan bleu.

Brock regarda le châle et reconnut immédiatement les couleurs du tartan.

— Je connais ce clan. Les MacCloud. Êtes-vous Écossaise ? demanda-t-il.

— Quoi ? Oh, non. Ma famille a des parents qui le sont, mais pas moi.

Elle rit doucement, un son qui remplit le cœur de Brock d'une chaleur étrange et délicieuse.

Joanna s'approcha de lui, un masque de perplexité sur ses traits ravissants.

— Vous ne m'avez pas répondu. Qui êtes-vous ?

Brock peina à trouver une excuse.

— Je...

Son esprit restait vide, alors choisit-il une vérité qui pourrait au moins l'aider dans sa quête.

— Lady Melbourne est-elle ici ?

— Oui, elle... Attendez un peu. Êtes-vous l'un de ses frères ? Vous êtes descendu pour le mariage ?

Le mariage ? Cela lui donna une idée.

— Oui. J'ai reçu une lettre de ma sœur et je suis descendu assister au mariage. Je viens d'arriver et je ne souhaite pas déranger le personnel.

Il se campa plus fermement sur ses jambes, s'attendant à ce qu'elle essaie de le contourner pour passer.

— Oh, vous devez être fatigué après une chevauchée aussi longue. Les serviteurs ont-ils monté vos bagages dans votre chambre ?

— Merci, Madame, ils se sont occupés de moi. Je cherchais simplement une pièce dans laquelle me réchauffer un peu avant d'aller me coucher.

Il l'observa attentivement, essayant de déceler sur son visage la moindre trace de soupçon qui révélerait qu'elle ne le croyait pas.

— Alors, venez vous asseoir près du feu. Je viens de terminer mon roman et j'avais l'intention de me retirer bientôt. Je serais content de vous le prêter. C'est-à-dire, si vous aimez les romans.

Elle alla à la chaise et lui tendit un livre.

— C'est un de mes préférés.

Brock regarda le titre.

— *Le Lord sauvage de lady Jade*.

L'auteur était L. R. Gloucester. Autrefois, il adorait les romans, mais son père les avait presque tous vendus.

— Merci, dit-il en prenant le livre avec révérence.

— J'ai peur de ne pas connaître votre prénom. Lequel des frères de Rosalind êtes-vous ?

Joanna fit un autre pas dans sa direction, arrivant presque à portée de bras.

— Comment savez-vous qui nous sommes ? demanda-t-il en parcourant la pièce du regard à la recherche de quelque chose dont il pourrait se servir pour lui ligoter les mains.

La seule chose qu'il repéra était le ruban bleu foncé dans ses cheveux et la jolie ceinture autour de sa taille. Mais comment s'y prendre ?

— Oh, elle m'a tout dit sur vous trois ! Laissez-moi deviner...

Elle se tapota le menton, un sourire joyeux aux lèvres.

— Êtes-vous Aiden, Brodie ou Brock ? Je dirais... Aiden.

— Certainement pas ! Ai-je l'air d'un roquet ?

— Alors c'est Brock, dit Joanna. Vous avez l'air d'un Brock. C'est un prénom étrange : Brock. J'aime bien apprendre les noms et leurs significations. Savez-vous que Brock signifie « blaireau » ?

Pendant un instant, il fut distrait en entendant son nom sur ses jolies lèvres. Cela faisait longtemps qu'une femme n'avait pas piqué son intérêt. Dernièrement, il avait été accaparé par la santé défaillante de son père et la montagne de dettes sous laquelle croulait Castle Kincade. Il n'avait guère le temps de culbuter une donzelle quand il labourait les champs et travaillait avec des maçons pour réparer des parties de sa maison.

Bon sang, dans quoi s'était-il fourré ? Il n'avait plus aucun moyen de se dérober à ce qu'il devait faire. Si elle avertissait le reste de la maison de la présence des frères de Rosalind, cela mettrait tout en péril. Il devait neutraliser cette gentille demoiselle afin de protéger sa sœur.

— Un blaireau ? demanda-t-il. Je ne savais pas.

Il lui sourit et elle lui rendit son sourire. C'était une femme intelligente.

L'inspiration le frappa quand il la vit se mordiller la lèvre inférieure et le regarder à travers ses cils sombres. Il reposa le livre sur une table toute proche, puis avec un grand sourire désinvolte, il se rapprocha d'elle et la saisit par la taille.

— C'est une coutume de mon village d'offrir un baiser aux membres de la famille que l'on s'apprête à intégrer.

C'était un mensonge absolu, mais il avait besoin d'une excuse pour la distraire... Et il avait besoin d'une raison qui justifierait de l'embrasser.

— Vraiment ? J'avais lu des choses sur des parties de l'Écosse, mais je n'avais jamais...

— Chut, ma demoiselle, et laissez-moi honorer la tradition, murmura-t-il avant de pencher la tête et d'abaisser la bouche sur la sienne.

Il sentit son goût exploser sur sa langue, le torturant par sa douceur. Elle poussa un couinement de surprise quand il lui prit les fesses dans une main et referma l'autre poing dans ses mèches soyeuses.

Elle se détacha de lui, un mélange de choc et d'excitation dans les yeux.

— C'est la tradition, là d'où vous venez ?

— Depuis les temps immémoriaux.

Elle s'apprêtait à se dégager de lui entièrement, mais quelque chose changea à l'instant où elle le regarda dans les yeux.

— Et je suppose que ce serait impoli de ma part de rompre avec la tradition.

Brock sourit.

— Terriblement impoli. Vous insulteriez mon clan tout entier.

— Mère m'a élevée dans le respect des autres cultures.

Sur ce, elle lui rendit le baiser et resserra davantage son étreinte.

Elle était une petite créature divine, avec des courbes parfaites pour ses mains. La façon dont elle s'accrochait à lui alors qu'ils s'embrassaient effaça presque tout autour d'eux. Mais il refusa de se permettre d'oublier sa mission. Avec des doigts agiles, il défit la ceinture qui entourait sa taille, puis retira les épingles de ses cheveux et libéra le ruban. Brock ne put se retenir de profiter de quelques secondes de plus avant de s'écarter et de la faire se retourner. Elle fut trop surprise pour résister immédiatement.

— Que faites-vous ? demanda-t-elle, le souffle coupé par un mélange de colère, de peur et d'une certaine excitation.

Il lui attrapa les poignets et les attacha avec la ceinture.

— Cela n'est certainement pas une tradition.

— Je suis désolé, jeune femme, mais je ne veux pas que vous appeliez Lennox.

— Appeler...

Il prit le ruban fin et s'en servit pour la bâillonner, suffisamment fort pour étouffer le moindre son. Puis il l'installa à nouveau sur la chaise.

— Bougez d'ici avant que quelques minutes ne se soient écoulées et je crains que vous n'ayez à le regretter, la mit-il en garde.

Les yeux bleus de Joanna envoyaient des flammes, mais il quitta la pièce avant que son corps n'entrave davantage sa raison. Il devait retrouver sa sœur et s'échapper. Quand il sortit discrètement de la bibliothèque, il aperçut au bout du couloir Brodie qui portait quelqu'un sur son épaule.

Rosalind. Dieu merci, ils l'avaient retrouvée !

Il se précipita à la suite de son cadet, essayant d'oublier l'expression blessée de Joanna quand il l'avait bâillonnée et abandonnée. Cette femme avait quelque chose... C'était une ravissante intellectuelle qui embrassait comme dans ses rêves de jeune homme, mais elle semblait trop réelle, trop parfaite entre ses bras.

Vous m'appartiendrez, douce Joanna. Il grava cette promesse dans son âme. Une fois qu'il serait certain que Rosalind soit en sécurité, il reviendrait et trouverait le moyen de conquérir le cœur de Joanna,

Il se concentrerait plus tard sur la difficulté que représenterait cette tâche.

❦ 24 ❦

Il était tard. L'horloge de l'entrée brisa sinistrement le silence. Rosalind se remémora les paroles blessantes qu'elle avait entendu Ashton et Charles s'échanger, son esprit toujours choqué par la révélation de la trahison d'Ashton. Il était temps de partir et de rentrer à Londres. Elle trouverait un autre moyen d'arracher sa vie des griffes à toute épreuve d'Ashton. Il n'y avait plus aucune chance pour qu'elle l'épouse à présent. Quel homme horrible !

Rosalind descendit l'escalier principal, ayant l'intention d'aller chercher un verre d'eau à la cuisine sans déranger Claire. Elle se figea soudain quand elle entendit un bruit de tissu. Les poils de sa nuque se hérissèrent. Quelqu'un l'observait. Faisant de son mieux pour prétendre qu'elle ne sentait pas le regard d'un serviteur dissimulé, elle se dirigea vers le quartier du personnel pour trouver Claire. Seul le bruissement des vêtements la prévint qu'elle n'était pas seule.

Quelqu'un la saisit par-derrière, lui couvrant fermement la bouche et la soulevant par la taille. Elle se débattit, essayant de donner des coups de pied, mais quand l'homme se mit à courir, elle rebondit fort contre lui et ne parvint pas à faire obéir ses membres pour le forcer à la lâcher. Elle entrevit le couloir qui défilait, puis ils émergèrent par la terrasse de l'arrière de la maison. L'air chaud de la nuit embrassa sa peau alors que l'homme sprintait à travers les allées du jardin.

— Je l'ai ! siffla l'homme.

Rosalind aurait voulu croire qu'elle reconnaissait cette voix, mais c'était impossible.

Avant qu'elle ne puisse reprendre ses marques, on l'avait fait monter sur la selle inoccupée d'un cheval. Rosalind s'apprêtait à appeler à l'aide quand une voix masculine l'arrêta net.

— C'est bon de vous voir, petite sœur.

— Brodie ? souffla-t-elle.

Que faisait-il ici ? Elle baissa les yeux et vit un deuxième homme : Aiden. Il avait beaucoup grandi durant les années qu'elle avait passées loin de lui.

— Où est Brock ? murmura-t-elle. Et que faites-vous ici ?

— Brock devrait nous rejoindre rapidement.

Aiden désigna la forme sombre de la maison derrière eux.

Une silhouette bondit par-dessus la balustrade de la terrasse, courut vers eux et grimpa sur son cheval.

— Dépêchez-vous ! Ils vont vite découvrir que nous sommes passés !

— Quoi ? Comment ? Aiden et moi n'avons pas été vus, dit Brodie.

— Je suis tombé sur une femme dans la bibliothèque, admit Brock. J'ai été obligé de l'attacher afin qu'elle n'appelle pas à l'aide, mais Dieu seul sait combien de temps elle mettra avant de se libérer et de donner l'alarme.

Il enfonça les talons dans les flancs de l'animal et le cheval fit un bond en avant.

Les frères le suivirent, filant à toute allure, laissant Lennox House loin derrière eux et Rosalind dans un état de confusion, peinant à rester à leur hauteur.

Elle ne prit pas le temps de se demander comment ses frères l'avaient retrouvée ni pourquoi ils l'emmenaient. Son cœur s'était brisé en mille morceaux et elle aurait saisi n'importe quelle excuse pour se retrouver aussi loin de *cet homme* que possible. Il l'avait trahie et l'utilisait, comme elle l'avait craint. L'homme dont elle était tombée amoureuse l'avait déçue. Ses promesses s'étaient transformées en cendres.

Ce satané baron peut bien brûler en enfer pour ce que j'en ai à faire ! Même lorsque cette sombre pensée traversa son esprit, cela n'apaisa pas sa douleur ni la culpabilité qu'elle ressentait à l'idée de l'abandonner alors qu'il était malade. Toutefois, ses amis arriveraient bientôt, des gens qu'il appréciait plus qu'elle. Il n'avait pas et n'avait jamais eu besoin d'elle. Et plus important encore : il ne *voulait* pas d'elle.

Ils chevauchèrent pendant deux heures avant que les chevaux ne présentent des signes de fatigue.

— Nous nous arrêterons pendant une heure pour laisser les chevaux se reposer, annonça Brock.

Rosalind suivit ses frères alors qu'ils mettaient les montures à couvert derrière un bosquet. Elle remua délicatement les mains, recourbant ses doigts raidis, regrettant de ne pas avoir ses gants d'équitation. Les rênes en cuir s'étaient enfoncées entre ses doigts et elle frotta quelques endroits à vif le long de ses paumes.

Aiden vint lui prendre les mains, les massant doucement jusqu'à ce que la douleur s'estompe.

— C'est mieux ? demanda-t-il.

— Oui. Je vous remercie.

Elle se sentait étrangement timide en compagnie de ses frères. Cela faisait des années qu'elle ne les avait pas vus. Eux qui étaient autrefois des jeunes hommes effrayés par l'ombre de leur père s'étaient transformés en silhouettes hautes et menaçantes qui filaient à travers l'obscurité.

Ai-je changé, moi aussi ? Elle savait bien que oui. La jeune femme vêtue d'une robe brune en laine, avec ses cheveux lâchés et sa volonté quasi brisée, avait disparu depuis longtemps. Après avoir épousé Henry, elle s'était transformée en une dame qui aurait certainement fait la fierté de sa mère. Une femme vêtue d'une robe coûteuse, avec des cheveux coiffés et des manières qui plaisaient à ceux qui l'entouraient, tout en se montrant intelligente et indépendante.

— Brock, que faites-vous ici ? demanda Rosalind.

À sa question, les trois frères vinrent se positionner en cercle autour d'elle, l'étudiant d'un air sombre.

— Elle a l'air... saine et sauve, murmura Aiden.

— Certes, mais il a pu laisser des ecchymoses dans des endroits qu'on ne voit pas.

Brock observa Rosalind des pieds à la tête d'un regard sombre. L'inquiétude rendait son accent plus marqué.

— Des bleus ? lâcha Rosalind. De quoi parlez-vous ?

— Cette brute, Lennox, expliqua Brock. On est venus pour que vous ne soyez pas forcée de l'épouser.

— C'est un sauvetage, expliqua Aiden avec fierté en gonflant légèrement la poitrine.

— Un sauvetage ?

Elle ravala un rire. Mais comment ses frères avaient-ils su qu'elle allait épouser Lennox ?

Brock affichait toujours un air revêche.

— Nous avons reçu la visite d'un ami à vous, expliqua Brock. Sir Hugo Waverly. Il a reçu votre lettre disant que Lennox vous avait ruinée financièrement, et il savait que cela n'allait qu'empirer. Il a eu vent du mariage et est venu nous demander notre aide.

— Ne vous inquiétez pas, dit Brodie. Cet homme ne posera plus jamais la main sur vous.

— Mais il...

— Tout va bien, Rosalind, dit Brodie en la serrant dans ses bras. Vous n'avez pas besoin de nous dire quoi que ce soit. Vous êtes en sécurité à présent. Nous rentrons à la maison.

Elle savait qu'à un moment donné, elle allait devoir leur expliquer qu'Ashton n'était pas une brute. Un rustre pompeux qui avait trahi sa confiance et lui avait brisé le cœur, oui, mais pas une brute. Cela dit, pour le moment, elle avait des problèmes plus urgents. Ils la ramenaient chez elle, chez l'homme qu'elle avait juré de ne plus jamais revoir.

— *À la maison ?* Mais je ne peux pas. Père…

— Il est mort, dit Brock d'une voix terne. Il est mort la semaine dernière. Vous pouvez revenir à Castle Kincade en toute sécurité.

— Mort ?

Elle mit un long moment à digérer l'information. L'homme qui avait hanté ses cauchemars était *mort*.

Elle eut l'impression qu'un poids quittait sa poitrine. Rosalind prit une inspiration tremblante, mais profonde, comme si elle n'avait pas pu respirer pendant des années. La seule personne qu'elle craignait dans ce monde avait disparu pour toujours. Son cœur était vide, ayant perdu un parent qui n'avait jamais été là pour elle. Elle savait qu'il ne lui manquerait jamais, pas après toutes les façons dont il l'avait fait souffrir. S'il y avait une chose qu'elle avait apprise depuis qu'elle s'était enfuie était de se montrer forte et de ne laisser personne la culpabiliser d'être telle qu'elle était.

Il était une brute et à présent, il est mort. Je ne le pleurerai pas.

Elle observa ses frères, cherchant une confirmation.

— C'est vrai ?

Elle n'osa espérer que lorsqu'ils hochèrent la tête.

Je peux rentrer chez moi…

Mais Castle Kincade n'était plus chez elle, et ce depuis des années.

— Ne vous inquiétez pas, Rosalind, dit Brock. Nous allons nous occuper de vous à présent.

— Mais je n'ai pas besoin que vous vous occupiez de moi ! Je me suis relativement bien débrouillée toute seule.

Elle croisa les bras et plissa le front. Si seulement ils savaient quel empire elle s'était construit ! Certes, la majeure partie était à présent sous le contrôle de Lennox, mais…

— Je n'en doute pas, dit Brock avec un sourire condescendant. À présent, nous sommes là pour le faire à votre place.

Si elle avait toujours détesté être la petite sœur de trois frères, c'était pour cette raison. Ils ne comprendraient jamais qu'elle était une force de la nature, pas une femme en détresse.

— Qui plus est, dit Aiden, Waverly nous a révélé quelle sorte d'homme est Lennox. Apparemment, il n'accepte pas qu'on puisse lui dire non.

Elle aurait dû s'en douter ! Waverly les avait prévenus pour Ashton. Son partenaire en affaires avait monté sa propre famille contre la Ligue. Quelque chose sonnait faux. Elle aurait dû remercier Waverly, particulièrement puisqu'il avait envoyé ses frères à sa rescousse, et d'autant plus après la confession d'Ashton à Charles. Mais à présent, elle ne faisait confiance ni à Ashton ni à Waverly.

Ashton était-il réellement le séducteur froid et sans passion qu'il affirmait être ? Ou était-il l'homme qu'elle espérait qu'il soit ? Honnêtement, elle l'ignorait, mais elle n'allait plus jamais laisser son cœur choisir un homme à sa place. Et elle ne ferait plus jamais confiance à un partenaire en affaires masculin.

Je peux la contrôler comme une marionnette tout aussi bien que lui.

Les mots d'Ashton étaient accablants. Un homme bon, celui qu'elle commençait à aimer, n'aurait pas dit une telle chose. Il aurait été honnête avec elle concernant son implication avec Waverly et lui aurait posé la question. Il ne l'aurait pas séduite et manipulée afin d'obtenir le mariage.

Seigneur Dieu...

— Qu'est-ce qui ne va pas ? demanda Aiden en s'approchant d'elle. Vous êtes devenue pâle, ma sœur.

— Ashton souhaitait ma propriété parce que j'avais Waverly comme investisseur, répondit-elle en serrant les poings. Comment ai-je pu être aussi bête ? C'était simplement à cause de mes sociétés. Il ne souhaitait pas me punir *moi*, mais Waverly.

Cette réalisation la frappa comme une gifle. Même quand elle avait cru que les motivations d'Ashton tenaient de la revanche, au moins, il l'avait désirée. Mais la détruire et prendre tout ce qu'elle avait simplement pour faire du mal à un autre homme ? C'était froid. Trop froid.

Je compte si peu pour lui que je n'étais même pas l'objet de sa revanche, sinon un simple pion.

— Brock, j'aimerais retourner à Londres.

— Non, nous devons rentrer à Kincade. Du moins pour le moment. Waverly nous a parlé de Lennox et de sa Ligue. Ils partiront à votre recherche pour essayer de vous reprendre de force. Londres ne serait pas une cachette sûre. Nous serons mieux à même de vous protéger en Écosse. Vous seriez à nouveau parmi vos gens.

— Mais ma vie est ici à présent ! Je ne peux pas la quitter.

Brock secoua la tête.

— Vous le pouvez et vous allez le faire. L'un de nous peut retourner chercher ce que vous voulez prendre avec vous.

— Mais, ma bonne...

Impossible d'abandonner Claire.

— Tout ira bien pour elle, j'en suis certain. Écoutez, Rosalind.

Brock lui prit le menton et la força à le regarder.

— Nous n'avons pas fait que vous enlever. J'ai laissé la sœur de Lennox ligotée et bâillonnée dans la bibliothèque. Il aura envie de me tuer après ce geste.

Elle le regarda, se remémorant ce qu'il avait dit avant qu'ils ne quittent Lennox House.

— Que voulez-vous dire par là ? Joanna va bien ?

Quand il ne répondit pas immédiatement, elle lui frappa fort l'épaule.

— Que lui avez-vous fait ?

Parfois, c'était la seule façon d'obtenir une réponse de la part d'un homme bien plus grand qu'elle.

— J'ai peut-être...

Il marmonna quelque chose, aussi lui donna-t-elle un autre coup.

— Seigneur, femme, très bien ! Je l'ai embrassée avant de l'attacher. Cette petite intellectuelle était assise dans un fauteuil près du feu. Elle lisait un livre et je me suis peut-être un peu laissé emporter.

— Espèce d'idiot ! grogna-t-elle. Pauvre Joanna ! Vous avez compromis une jeune femme bien sous tous rapports. Vous avez raison, Ashton voudra vous tuer et je ne peux pas le lui reprocher !

— Compromis ? C'était juste un baiser. Ce n'est pas comme si je l'avais culbutée.

Brodie s'agita nerveusement.

— Nous devrions peut-être pousser les chevaux jusqu'à ce qu'on parvienne à une auberge où l'on pourra les échanger. Je crois que les actes de Brock nous ont placés dans un danger plus grand que ce que nous avions anticipé.

Rosalind était bien d'accord. Brock avait embrassé Joanna et l'avait laissée attachée, bâillonnée et paniquée. Si Rosalind avait appris quelque chose sur Ashton, c'était qu'il aimait sa famille et aurait fait n'importe quoi pour les protéger. Ou les venger.

Rosalind soupira.

— Brodie a raison. Nous devrions avancer. Ashton se lancera à nos trousses à la seconde où Joanna lui racontera ce qui s'est passé.

Pour l'instant, elle devrait laisser Claire, mais elle la ferait quérir une fois qu'elle serait parvenue en Écosse.

Quel imbroglio !

— Où Rosalind est-elle partie ? grommela Ashton en sortant du lit.

— On s'en fiche. Cette femme n'attire que des ennuis.

Charles essaya de rabattre Ash sur le lit quand celui-ci oscilla dangereusement.

Une brume dont il ne parvenait pas à se défaire s'attardait dans sa tête. Il avait besoin de voir Rosalind. Il ressentait comme une boule dans le ventre, le signe primaire que quelque chose n'allait pas.

— Laissez-moi me lever. Je dois la retrouver.

Il se débattit contre les couvertures et les mains de son ami. Il n'allait pas admettre devant Charles qu'il craignait qu'elle ne s'en aille. Il avait commencé à lui ouvrir son cœur et si elle décidait de revenir à Londres parce qu'il n'avait cessé de la repousser, elle ne lui ferait jamais confiance. Il n'oublierait jamais la douleur dans ses yeux quand il avait exigé qu'elle les laisse seuls, Charles et lui. Il avait besoin de la trouver et de prendre un moment pour tout expliquer.

— Mais...

— Non !

Ashton manqua de tomber du lit et Charles lui attrapa le bras, le maintenant droit.

— Aidez-moi à enfiler mes bottes. Je *dois* la retrouver.

Il haletait, essayant de reprendre sa respiration alors que la pièce se mettait à tourbillonner.

— Certainement pas, dit Charles en plissant le front, parce que je ne vais *pas* vous laisser quitter la maison.

Ashton n'avait pas la force de lutter contre lui.

— Très bien. Mes pantoufles, alors. Aidez-moi à retrouver Rosalind. J'ai une sensation étrange au creux du ventre.

Il posa une paume sur son abdomen alors que les muscles se serraient et se contractaient.

— Pas si étrange que cela ! dit Charles avec un rire. Vous n'avez pratiquement rien avalé depuis plusieurs jours.

Ashton pressa l'épaule de son ami.

— Ce n'est *pas* une blague. La dernière fois que j'ai ressenti une chose pareille était la nuit où vous étiez dans la rivière. Vous comprenez ?

Comment pouvait-il l'expliquer ? Ses instincts, qu'il avait aiguisés au fil des années et jamais ignorés, lui disaient que quelque chose clochait.

Charles devint très pâle.

— Je vais vous aider à la retrouver.

— Je vous remercie.

Ils sortirent de la pièce et Ashton regarda autour de lui. Tout était tranquille. La famille était partie se coucher depuis longtemps. Même le personnel avait regagné leurs quartiers.

— Et si nous essayions les cuisines ? suggéra Charles.

— Oui.

Ils marchèrent ensemble maladroitement, Charles restant près de lui le temps qu'Ashton recouvre un peu de sa force.

Ils avaient à moitié descendu les escaliers quand ils entendirent un cri étouffé qui provenait de quelque part en bas.

— Qu'est-ce que c'était ? demanda Ashton.

— Je n'en suis pas certain. Restez ici.

Charles aida Ashton à s'appuyer contre la rambarde puis il descendit rapidement le reste des marches avant de disparaître dans le couloir d'où le bruit semblait provenir.

Ashton haletait. Il descendit le reste des marches, sa respiration toujours douloureusement creuse. Si quelque chose clochait, il n'allait pas rester assis là à attendre. Quand il atteignit le palier, Charles revint, Joanna sur ses talons. Elle avait une ceinture autour de ses poignets.

— Nous avons un problème, dit Charles.

Ashton regarda successivement son ami et sa sœur.

— Lequel ?

— C'est Rosalind. Elle a été enlevée, dit Charles. Par des Écossais.

Joanna laissa tomber l'écharpe à ses pieds.

— Ses frères ! L'un d'eux m'a surprise dans la bibliothèque. Je crois qu'il la cherchait et n'avait pas eu l'intention de tomber sur moi. Elle m'a pourtant dit qu'elle *apprécie* ses frères. Pourquoi l'auraient-ils enlevée ? Elle n'est certainement pas en danger...

— Ils vont la ramener à son père.

Cette pensée glaça le sang d'Ashton.

— C'est terrible ? demanda Joanna avec des yeux inquiets.

Ashton se frotta les tempes, l'air soudain encore plus las.

— C'est vraiment terrible.

— À quel point ? demanda Charles en se raidissant.

Ashton croisa son regard.

— Je le crois capable de la tuer. De l'avis de tous, c'est un homme brutal. Nous devons partir pour l'Écosse ce soir.

— Mais vous êtes malade, protesta Joanna. Charles peut y aller, n'est-ce pas ?

— Non. Je dois partir.

Ashton inspira profondément.

— J'ai juré à Rosalind que je ne laisserai personne lui faire de mal, y compris son père. Les choses qu'il lui a faites... dit-il en frissonnant. Peu importe qu'elle ait aidé Waverly. Je dois la sauver.

Il braqua le regard vers Charles.

— *Je vous en prie*... aidez-moi.

Il n'avait jamais imploré quiconque de toute sa vie, pour quoi que ce soit, mais à présent, il y était tout disposé.

— Le fait que vous pensez avoir besoin de *demander*... rugit Charles. Traîtresse ou pas, elle reste une dame.

— Nous devons partir immédiatement.

Les jambes d'Ashton tremblaient, mais il refusait de laisser Charles et sa sœur voir l'étendue de sa faiblesse.

— Asseyez-vous avant de tomber, pauvre imbécile, lâcha Charles. Je m'en occupe.

Ashton s'écroula sur les escaliers, soulagé de ne pas devoir prendre les commandes, pour une fois.

Charles se tourna vers Joanna.

— Faites amener la calèche et demandez aux cuisines de préparer à manger pour le voyage. Je vais nous chercher des vêtements et réveiller Jonathan.

Joanna se hâta vers la porte de derrière qui menait aux écuries tandis que Charles remontait les escaliers en courant, laissant Ashton seul, se sentant trop faible et la tête trop légère pour leur être utile. Il regardait fixement la porte d'entrée quand il entendit le bruit du heurtoir. Jetant un œil à l'horloge contre le mur, il se rendit compte qu'il était très tard dans la nuit. Trop tard pour des visiteurs ordinaires.

Toc toc.

Il se redressa et se rendit à la porte, s'appuyant lourdement contre le bois solide alors qu'il l'ouvrit.

— Seigneur dieu, mon ami ! Vous avez une tête horrible. Je vous ai réveillé ? demanda Lucien en passant la tête dans l'encadrement de la porte. J'espère qu'il n'est pas trop tard.

— Pas du tout, dit Ashton, plus par réflexe qu'autre chose. Il tituba de côté, laissant Lucien passer. Cédric et Godric étaient sur ses talons.

— Nous l'avons réveillé, dit Cédric. Je vous avais dit qu'on aurait dû rester à l'auberge et venir demain matin.

— Désolé pour l'heure tardive, Ash.

Godric lui donna une claque sur l'épaule. Ce coup léger projeta Ashton contre la porte, son corps lâchant prise.

Cédric le rattrapa avant qu'il ne s'écroule la tête la première.

— Ash ?

— Qu'est-ce qui ne va pas ? demanda Godric.

— Désolé, je ne peux pas...

Ses oreilles se mirent à bourdonner et le monde tournoya autour de lui.

— Que quelqu'un le tienne...

La voix lui parvint à travers un brouillard lointain. Il lutta de toutes ses forces, mais tomba la tête la première dans l'obscurité.

漢 25 漢

Lucien se pencha au-dessus du corps d'Ashton.

— Seigneur Dieu ! Est-il mort ?

— Aidez-le à se redresser, imbécile.

Charles n'était pas arrivé à temps pour empêcher la chute de son ami et le ton moqueur de Lucien était on ne peut plus malvenu.

— C'est la grippe. Rafe l'a ramenée à la maison. Cela fait plusieurs jours qu'ils sont malades, tous les deux.

Lucien se pencha et aida Godric à redresser Ashton en le saisissant par les membres.

— La grippe ? Godric marqua un temps d'arrêt. Que diable faisait-il hors du lit ?

— Ce n'était pas mon intention, mais nous avons eu des problèmes, expliqua Charles en portant à nouveau Ashton à l'étage.

— Des problèmes ? demanda Lucien en suivant Charles hors de la chambre d'Ashton.

— Oui.

Charles se dirigea vers la commode sur laquelle l'attendait une bassine remplie d'eau froide. Il mouilla un bout de tissu qu'il plaça sur le front d'Ashton.

— Vous voyez, Rosalind...

Jonathan fit son entrée avec une glissade.

— La calèche nous attend devant la porte. Nous allons rattraper ces saligauds d'Écossais !

Cela ne fit que désarçonner Godric davantage.

— De quoi diable parlez-vous ?

Jonathan regarda successivement son frère et Charles.

— Vous ne leur avez rien dit ?

Charles secoua la tête.

— Je m'apprêtais à le faire.

— Alors lancez-vous, dit Lucien.

— Ce sont ces satanés Écossais, laissa échapper Jonathan avant que Charles ne puisse dire un mot. Ils ont ligoté Joanna, ont enlevé Rosalind et sont retournés en Écosse. Nous nous apprêtions à partir à leur poursuite.

Charles regarda Jonathan.

— Merci, Jon. Ai-je oublié quoi que ce soit ?

— Attendez un peu... dit Godric en pâlissant. Les Écossais ? Les frères de Rosalind ?

Charles cala bien le tissu sur le front d'Ashton.

— Nous devons partir la récupérer.

— Ce soir ? demanda Lucien. Nous venons d'arriver. Nos femmes seront ici demain après-midi...

Charles s'appuya contre une des colonnes du lit, plus fatigué qu'il ne l'avait été depuis des années. C'était un épuisement profond qui menaçait de l'abattre. Il devait pourtant rester debout, comme son père le lui avait appris. Faire ce qui était juste, peu importaient les conséquences. Dommage que cet homme ait été un sale hypocrite.

— Nous devons y aller, dit Charles. Ils ramènent Rosalind à son père. Nous ne pouvons pas laisser cela arriver. J'ai juré à Ashton que je la ramènerais à la maison saine et sauve.

— Pourquoi ? demanda Lucien. Qu'est-ce que son père a de si terrible ?

Charles ouvrit la bouche pour parler, mais la voix épuisée d'Ashton s'éleva du lit.

— C'est un homme brutal. Rosalind a épousé feu lord Melbourne afin d'échapper à sa tyrannie.

Ashton se rassit, les yeux toujours un peu vitreux et la respiration peu profonde.

— Du calme, mon vieux. Charles le força à se rallonger. Cela l'avait terrifié de voir Ashton s'écrouler sous une légère pression. Apparemment, la grippe retrouvait en lui un second souffle. Il n'avait jamais vu son ami si faible, si impuissant, avec son visage creusé et sa peau pâle. Ashton avait toujours été le plus fort d'entre eux, celui qui se maîtrisait le plus. À présent, pourtant, il semblait aussi faible qu'un bébé. Le fait qu'Ashton risque de ne pas se rétablir lui donnait des frissons dans le dos !

— Alors on doit aller rattraper trois Écossais en colère ? s'enquit Cédric. Je crois que j'ai tenté le sort ce matin en promettant à Anne une semaine tranquille à la campagne.

— La calèche ? demanda Ashton à Charles.

— Elle est dehors, dit Charles.

— Demandez à Lowell de me préparer quelques vêtements.

Ashton se souleva à nouveau sous le regard attentif de Charles et des autres.

— Vous êtes certain d'être en état ? demanda Godric.

Ashton hocha la tête.

— Elle a besoin de moi.

Charles échangea un regard avec le reste de la Ligue. Il serait difficile de dissuader Ashton de venir, pas alors que la sécurité d'une femme était en jeu. Particulièrement une femme pour laquelle Ashton avait des sentiments.

— Ce ne serait pas la première fois que nous nous serions précipités dans le danger sans nous être reposés ou posséder un plan d'attaque digne de ce nom, songea Cédric.

— Notre plan, interrompit Charles, est de rattraper ces saligauds sur la route et de les battre comme plâtre.

— Ce n'est pas un plan très remarquable, dit Godric.

— Eh bien, je suis toujours partant pour tabasser des canailles, mais nous ne les rattraperons pas si nous prenons la calèche, fit remarquer Lucien. Et Ashton est incapable de rester en selle.

Godric croisa les bras.

— Il a raison.

Charles savait que si le père de Rosalind faisait si peur à Ashton qu'il voulait follement la rejoindre, c'était mauvais. *Vraiment* mauvais. Peu de choses dans ce monde effrayaient Ashton. Si *lui* avait peur de quelque chose, alors le reste d'entre eux auraient dû être terrifiés.

— Certains d'entre nous pourraient partir en premier, suggéra Jonathan. Si nous les rattrapons, nous trouverons un moyen de les ralentir.

— D'accord, acquiesça Charles. Il faudra bien qu'ils s'arrêtent pour dormir.

Il se frotta joyeusement les mains à l'idée de se mesurer à nouveau à eux dans un combat à la loyale.

— Nous savons aussi dans quelle direction ils se rendent.

— Partez sur-le-champ, dit Ashton d'une voix rauque tout en toussant. *Je vous en conjure.* Nous prendrons la calèche et vous suivrons. Je suis certain qu'ils prendront la route principale vers le nord. C'est la plus rapide. Elle mène directement aux terres des Kincade, à environ une heure de Gretna Green.

— Jon, sourit Charles. Êtes-vous prêt pour une chevauchée sauvage ?

Jonathan lui rendit son sourire.

— Si jamais je vous réponds non un jour, je vous donne l'autorisation de m'abattre.

— Alors, partons. Ces vieilles mémés, dit Charles en désignant les autres du menton, pourront nous rattraper plus tard.

— Ah, ah, lâcha Cédric. J'ai hâte que vous vous trouviez une épouse. C'est moi qui aurai le plaisir de vous traiter de vieille mémé.

— Vous attendrez jusqu'au jugement dernier.

Charles ricanait toujours quand il s'éclipsa de la chambre d'Ashton et sortit de la chambre d'Ashton, Jonathan sur ses talons. Ils avaient des Écossais à pourchasser et une lady à secourir.

DEUX JOURS DURANT, ROSALIND DORMIT SUR LE SOL DUR ET froid. Même les sacs de blé avaient été plus confortables. Des frissons secouaient son corps sous la fine couverture que ses frères avaient emportée. Elle restait étendue, immobile, remplie de tristesse pour quelqu'un qu'elle ne possédait plus. Ou plutôt si elle était brutalement honnête avec elle-même, n'avait jamais possédé. Et à chaque instant, elle se reprochait cette faiblesse.

Je ne devrais pas désirer un homme qui ne me percevait comme rien de plus qu'un pion.

Quand elle ferma les yeux et se blottit sur ses couvertures près de ses frères, écoutant le vent siffler à travers les arbres, elle put sentir la pression imaginaire des lèvres d'Ashton sur les siennes. Les souvenirs trop vifs pour ne pas être réels faisaient trembler son corps de désir et refaisaient saigner son cœur.

Que ce satané Lennox aille au diable. Il l'avait fait le désirer, son corps et son âme voulaient douloureusement être avec lui, même s'il ne ressentait absolument rien pour elle.

Je ne suis qu'une marionnette pour lui, rien de plus. Alors pourquoi est-ce douloureux de l'abandonner ?

— Dormez, Rosalind, dit la voix de Brock, quelque part devant elle. Nous atteindrons la maison dans quelques heures, une fois que les chevaux se seront reposés.

Cela l'irritait qu'il l'observe probablement en train de dormir. Ses trois frères s'étaient réparti des tours de garde durant les nuits et les journées. Elle s'était portée volontaire pour les aider, mais ils avaient tous ri à l'idée que leur sœur monte la garde. À en juger par leur raideur ce premier soir, elle avait deviné qu'elle avait heurté leur fierté masculine. Les hommes étaient des créatures si fragiles ! Elle enfonça le visage dans le creux de son bras, essayant de se forcer à se rendormir.

Quand l'aube arriva, Rosalind avait l'esprit embrumé par le sommeil et tous ses muscles étaient raides après être restée allongée par terre. Elle se redressa maladroitement et s'étira, essayant de se détendre. Cela faisait très longtemps qu'elle n'avait pas connu une nuit aussi froide et longue que celle-ci.

— Tenez.

Aiden lui tendit une tranche de pain brun ainsi que du fromage sec, qu'elle accepta avec reconnaissance. Elle regarda ses frères préparer les chevaux alors qu'elle mâchouillait son petit-déjeuner.

Une fois encore, elle fut submergée par la sensation étrange de voyager avec trois inconnus familiers. Ils étaient plus grands et larges d'épaules que dans ses souvenirs. Leurs voix étaient plus basses et leurs rires plus rauques. C'était une chose curieuse de voir des garçons devenir des hommes en un clin d'œil. Cela lui faisait douloureusement regretter le temps qu'elle avait perdu sans eux, même si cela avait été nécessaire pour sa propre sécurité.

— Vous avez terminé ? demanda Brodie quand elle se lécha les doigts.

— Oui.

Elle accepta la flasque d'eau qu'il lui tendit et en avala quelques gorgées avant de la lui rendre.

— Nous devrons repartir.

Brock grimpa en selle et ils l'imitèrent tous.

La route qu'ils suivaient jusqu'à Kincade n'était pas celle du Nord, mais une série de petites routes, de sentiers poussiéreux et de champs ouverts. Brock avait dit que la route du Nord serait probablement celle que prendrait Ashton s'il les poursuivait. Il valait mieux qu'ils parviennent au château sans confrontation et se réfugient à l'intérieur avant l'arrivée d'Ashton et de ses hommes.

— Ce n'est plus très loin à présent, les encouragea Aiden alors que leurs chevaux trottaient vers une colline qui surmontait un vaste loch.

Au-delà des eaux bleues se dressait Castle Kincade, lové au milieu d'un champ d'un vert vivace. Le cœur de Rosalind fit un bond alors que des souvenirs heureux, avant la mort de sa mère, lui revenaient. Elle avait appris à nager au bord de ce loch et à faire du cheval dans la forêt toute proche.

Je suis chez moi.

Et cette fois, son père n'était plus là pour assombrir le château ou sa propre existence.

Ses frères la dépassèrent à cheval et pendant un long moment, Rosalind resta figée au sommet de la colline, menant une bataille intérieure. Elle pouvait suivre ses frères et reprendre une vie dans les Highlands, ou bien rentrer à Londres et faire face à Ashton. Elle savait qu'il ne la laisserait plus repartir si elle revenait dans la capitale. Il n'accepterait pas qu'elle perçoive leur accord comme nul après cet abus de confiance. Mais viendrait-il la chercher jusqu'en Écosse ?

Une petite partie d'elle se demanda alors : avait-elle envie qu'il le fasse ?

— Rosalind !

En bas de la colline, Brock lui adressait un signe du bras. Avec un soupir, elle enfonça les talons dans les flancs du cheval et suivit ses frères.

Le château n'avait quasi pas changé depuis son départ. Comment était-ce possible ? Rosalind mit pied à terre et laissa un palefrenier emmener son cheval avant de suivre ses frères vers l'entrée du devant. Les pierres grises escarpées étaient de vieilles amies, mais une partie d'elle restait prudente. Des souvenirs sombres s'attardaient toujours dans les ombres du château.

— Vous devriez vous reposer. Aimeriez-vous retrouver votre ancienne chambre ? Ou bien...

Les joues d'Aiden s'empourprèrent.

— Désolé. Vous devriez avoir une autre chambre. Une des jolies au rez-de-chaussée.

Il désigna un couloir dans lequel elle n'avait jamais eu le droit de se rendre quand elle résidait ici : une aile tout entière de chambres d'amis fermées à clé.

— Brock nous a demandé de les ouvrir après la mort de Père.

Brodie enroula un bras autour de ses épaules, la pressant doucement pendant qu'ils descendaient le couloir. Brock s'attarda près de l'escalier, observant les trois autres d'un regard impénétrable.

— Comment va-t-il ? demanda-t-elle alors qu'ils regardaient tous les deux Brock par-dessus leurs épaules. Son frère avait subi les pires brimades à sa place avant qu'elle ne réussisse à s'enfuir, et il l'avait toujours protégée contre leur père à ses frais. L'inquiétude rongeait Rosalind. Et si la mort de son père avait endurci Brock ?

— Il est...

Brodie mit plusieurs secondes à trouver ses mots.

— Soulagé. Je crois qu'il se sent coupable de ne pas pleurer notre père, mais aucun de nous ne le fait.

— Je vois, dit Rosalind.

Elle comprenait parfaitement qu'on se sente coupable de ressentir si peu de tristesse pour la mort de Lord Kincade.

— Pourquoi ne prendriez-vous pas cette chambre pour dormir un peu ? Nous nous sommes hâtés et vous auriez besoin de prendre un bain et de changer de vêtements. Je suis certain qu'on peut retrouver le coffre de Mère dans le grenier.

— N'a-t-il pas été détruit ?

Elle se rappelait parfaitement que son père lui avait crié qu'il avait vendu les bijoux et brûlé les vêtements quelques semaines à peine après la mort de leur mère.

Aiden secoua la tête en les rejoignant devant la chambre d'appoint de Rosalind.

— Brock avait traîné le coffre dans le grenier de la tour du nord et l'avait dissimulé sous de vieux vêtements.

Rosalind posa la main sur la porte de la chambre.

— Vous avez raison. Je crois que j'aurais besoin d'un bain et de repos.

Elle se sentait si lourde que si elle était allée piquer une tête dans le loch, elle ne serait pas parvenue à rester à flot.

— Reposez-vous. Nous enverrons quelqu'un préparer votre bain et vous apporter des vêtements propres.

Elle étreignit chacun de ses frères avant qu'ils ne s'éloignent, mais quelques secondes plus tard, on toqua à la porte de sa chambre.

— Rosalind ?

C'était Brock.

— Entrez.

Elle retira un drap blanc d'un sofa collé à un grand lit en plume aux rideaux bleu foncé et aux pampilles dorées fanées.

Son frère entra, serrant dans les mains une liasse de vieilles lettres.

Devant son silence momentané, elle s'installa sur le canapé et poussa une petite toux quand un nuage de poussière s'éleva. Brock s'avança et lui tendit lentement le paquet. Une corde épaisse liait fermement les lettres, formant des rainures dans le vieux parchemin.

— Qu'est-ce que c'est ? demanda-t-elle en lui prenant les lettres.

— Je m'étais juré de ne jamais vous les donner, mais c'était le dernier vœu de notre père. C'est à vous de décider de les accepter ou pas.

Il recula et désigna du menton la cheminée vide.

— Si elles vous dérangent, vous êtes libre de les brûler.

Elle tira sur la cordelette pour les détacher et prendre la lettre la plus récente, qui n'était pas aussi passée que les autres.

— Savez-vous ce qu'elles contiennent ?

— Non. Vous êtes libre de m'en parler plus tard, si vous le désirez, mais je dois m'occuper de la maison. Nous avons des préparatifs pour assurer votre sécurité. J'ai engagé des hommes du village pour nous aider si quelqu'un cherche à vous récupérer.

Rosalind hocha la tête.

— Merci, Brock. Quand leurs regards se croisèrent, elle redevint une enfant, une fille de seize ans qui se tenait dans une pièce, la lèvre ouverte et le visage tuméfié par les poings de son père, et c'était lui le frère qui se dressait entre elle et leur géniteur chaque fois qu'il en avait l'occasion. Son protecteur.

Mais je n'ai plus besoin d'être protégé. Plus maintenant. Elle voyait dans ses yeux qu'il réalisait la même chose.

— Reposez-vous, petite sœur.

Il se pencha pour déposer un baiser sur son front avant de la laisser seule.

Rosalind mit des heures à rassembler le courage d'ouvrir la lettre la plus récente de la pile. Elle brisa le sceau en cire qui la refermait et déplia les pages. C'était une lettre de leur père.

ROSALIND,

Je sais que vous avez envie de brûler cette lettre sans en parcourir plus que quelques mots, mais je vous prie de ne pas le faire. Par le passé, j'ai été peu aimable parce que j'avais conscience de faire partie des damnés, tout en étant forcé d'évoluer parmi les vivants. Et la haine que je ressentais envers moi-même s'est tournée vers les autres, y compris contre vous.

Je suis trop fier pour quémander votre pardon avant de mourir, mais je vous prie d'accorder une dernière volonté à un trépassé. Avant mon décès, je vous ai envoyé un objet que je craignais de conserver avec ces lettres au cas où elles tomberaient entre de mauvaises mains. Fermé, il ressemble à une montre à gousset, mais on peut s'en servir pour déchiffrer le code avec lequel ces lettres sont écrites. J'ai demandé à vos frères de veiller sur elles jusqu'à ce que vous reveniez en Écosse avec le décodeur.

Cette correspondance entre moi et un homme appelé Sir Hugo Waverly détaille comment je l'ai aidé à étouffer une rébellion écossaise contre la Couronne voilà de nombreuses années, peu après la mort de votre mère.

En secret, il a fait assassiner les leaders, et je n'ai rien dit. J'ai trahi mon peuple et mes convictions afin de remplir d'or les coffres de notre famille.

Tant que Hugo sera en vie, vous ne serez pas en sécurité. Vous devez vous servir de ces lettres pour le détruire, même au prix de l'honneur de notre famille. On ne peut faire confiance à un homme tel que Waverly. Il doit être mis hors d'état de nuire. Vos frères craindront les répercussions, mais vous avez toujours été la plus courageuse de tous mes enfants. Courage !

Montgomery

ROSALIND SERRA SI FORT LA LETTRE QUE SES JOINTURES blanchirent. L'étrange petite montre qu'elle avait reçue avant son départ pour Lennox House n'en était absolument pas une. Les mots de son père brûlaient toujours en elle, invoquant sa peur après des années de sécurité. Mais à présent, ce n'était pas lui qu'elle craignait.

Hugo. L'homme en qui elle avait placé sa confiance, l'homme qui avait envoyé ses frères à sa rescousse... avait contribué à tuer les Écossais qui voulaient se séparer de la Couronne. Son père avait été l'un d'eux... et il avait aidé Waverly à les assassiner.

Mon père était un traître. Cette réalisation la frappa si fort qu'elle eut du mal à respirer. Elle avait toujours eu l'impression que la colère qu'il lui avait témoignée était en réalité braquée contre lui, et cela répondait aux nombreuses questions qu'elle s'était posées sur son changement subit après la mort de sa mère.

Ashton avait raison. Hugo représentait une menace et ces lettres étaient la clé de sa destruction. Sa colère envers Ashton qui souhaitait se servir d'elle afin de révéler Hugo au grand jour pâlit par comparaison à la preuve qu'elle tenait entre ses mains. Cette preuve le détruirait.

Les mains tremblantes, elle replia la lettre de son père et la cala sous les autres avant de renouer solidement la liasse avec la cordelette. Puis elle glissa les lettres dans les plis de sa jupe.

Demain... Demain, je saurai mieux décider comment m'en servir pour exposer Waverly.

Elle le ferait. Elle savait quoi faire sans la moindre hésitation. Elle aurait simplement voulu qu'Ashton soit là pour l'aider, même si elle se détestait de penser une telle chose. Il ne l'aimait pas et ne l'aimerait *jamais*, mais il saurait comment utiliser au mieux ces lettres afin de détruire Hugo.

Puis elle songea qu'Ashton aurait fait n'importe quoi pour obtenir ces lettres. N'importe quoi. Elle songea à lui parler de ce qu'elle avait découvert. Quel prix en donnerait-il ? Elle récupérerait sa propriété, bien entendu et peut-être une ou deux sociétés en échange des lettres et du décodeur ? Ce serait une certaine manière de se venger après qu'il se fut servi d'elle de la sorte.

Mais elle ne pouvait pas ! Cela ne sonnait pas juste. Malgré son envie de se venger d'Ashton pour la douleur qu'il lui avait provoquée, elle ne pouvait pas le faire.

Rosalind n'était qu'un simple pion dans un immense jeu entre Waverly et Ashton. Un jeu auquel elle refusait de jouer.

— UN CHÂTEAU... BIEN SÛR, IL FALLAIT QUE CE SOIT UN château, marmonna Ashton en s'agenouillant derrière un gros rocher au bord du lac qui faisait face à Castle Kincade.

Godric, Cédric et Lucien le flanquaient des deux côtés, étudiant tous le lointain édifice massif.

— Et nous qui pensions les rattraper en route... grommela Lucien.

Godric observa le château avec attention avant d'adresser un regard noir à Lucien.

— Ces Écossais ont été de vrais diables quand ils nous ont combattus pour ces donzelles de taverne. Je frémis en songeant à ce qu'ils feraient pour protéger leur propre famille.

Ashton observa le château en plissant les yeux.

— Ce ne sont pas ses frères qui m'inquiètent. C'est son père.

C'est lui la véritable brute. Ses frères l'aiment, mais d'après ce que j'ai compris, il est suffisamment mauvais pour les forcer à obéir par la peur.

Godric et Lucien échangèrent des regards inquiets.

— Nous n'avons encore jamais assiégé un château auparavant, dit Lucien qui souriait sombrement. Je suppose qu'il y a une première fois pour tout. Je crains cependant d'avoir laissé mon bélier à la maison.

Godric ne put s'empêcher de ricaner en l'entendant.

Ashton s'humecta les lèvres, se sentant toujours un peu assoiffé. Ils avaient chevauché pratiquement sans s'arrêter pendant deux jours, ne prenant une courte pause que pour changer de montures dans des auberges d'étape. Entretemps, Ashton avait vaincu les derniers vestiges de sa grippe, mais il restait faible et assoiffé.

— Tenez.

Lucien lui tendit une flasque d'eau à laquelle Ashton but goulûment.

Accroupi, Godric se redressa et parcourut du regard les arbres qui les entouraient.

— Charles et Jonathan seront bientôt de retour.

Ashton pointa le menton vers les deux silhouettes qui couraient discrètement vers eux, pliées en deux pour éviter d'être vues par les occupants du château éloigné.

— Les voilà.

Une fois que Charles et Jonathan les rejoignirent derrière le rocher, ils se regroupèrent.

— Qu'avez-vous vu ? s'enquit Ashton.

— Des hommes sur les tourelles, dit Jonathan.

— Des tourelles ? Seigneur... Ils ont des arbalètes ? marmonna Lucien.

Cédric ricana jusqu'à ce qu'Ashton le mouche d'un regard. Il s'éclaircit la gorge et détourna les yeux comme s'il fournissait un effort insurmontable pour ne pas rire.

— Lucien, votre sœur aurait dû venir. J'imagine que Lysandra aurait pu nous construire un trébuchet.

Lucien éclata de rire.

— Je crois qu'elle en serait capable. Cependant, nous aurons besoin de quelque chose capable de jeter plus que des boules de neige à l'ennemi.

— Quoi qu'il en soit... poursuivit Jonathan. Ce ne sont que les guetteurs. Il y en a d'autres à l'intérieur. Je crois qu'ils s'attendent à ce qu'on vienne récupérer Rosalind avec une petite armée.

Charles hocha la tête.

— Jon a raison. Quelque chose sonne faux là-dedans, Ash. Ils ont des hommes postés à l'entrée et d'autres par paire sur les toits. Je ne sais absolument pas comment nous allons entrer. Je n'ai pas non plus la moindre idée du nombre de personnes qu'on rencontrera à l'intérieur.

— Alors, Ash, quel est votre plan ? Nous ferons ce que vous nous demandez, bien entendu, lui assura Godric.

La gorge d'Ashton se serra. Ils avaient parcouru tout ce chemin pour affronter un danger certain et avaient peu de chances de réussir.

— Je... j'apprécie que vous m'ayez tous accompagné, mais je devrais y aller seul. Nous ne nous étions pas attendus à ce qu'ils parviennent à leur forteresse avant nous. Je ne peux pas vous demander de risquer votre vie, pas pour Rosalind.

Pendant une longue seconde, ses amis le fusillèrent du regard, le visage tendu.

Charles souffla comme s'il était insulté.

— Vous êtes un fieffé imbécile si vous pensez qu'on va vous laissez y aller seul. Cela étant, j'ai un plan.

Un sourire canaille lui fendit le visage.

— Par l'enfer, c'est toujours mauvais signe ! marmonna Cédric.

— Nous pouvons toujours entrer de force et les battre comme plâtre, non ? dit Godric.

— Ash, poursuivit Charles en ignorant les autres, prenez mon cheval et chevauchez jusqu'à l'entrée. Demandez une audience avec Rosalind. Dans un premier temps, son père et ses frères refuseront. Dites-leur que vous ne partirez pas avant de l'avoir vue et qu'une fois que vous aurez fait votre laïus, vous rentrerez à Londres. Le reste d'entre nous pénétrera dans le château par *tous* les moyens nécessaires.

— Remarquez qu'il se garde bien de nous détailler lesdits moyens, murmura Cédric à Godric qui hocha la tête.

— Et alors ? s'enquit Ashton.

Tout plan concocté par Charles leur amènerait forcément des ennuis.

— Eh bien... Nous aurons besoin de trouver un moyen de distraire son père et ses frères pendant que vous emmènerez votre amoureuse en sécurité.

— Bravo ! dit Cédric.

— Un plan génial, dit Godric.

— C'est le meilleur plan que j'ai entendu depuis longtemps.

La voix d'Ashton débordait de sarcasme.

— Il existe cependant quelques lacunes, fit remarquer Jonathan.

— *Principalement* des lacunes, en fait, en convint Ashton.

— Honnêtement, c'est un plan horrible, grogna Cédric.

— Complètement nul, renchérit Godric.

— Nous sommes condamnés... soupira Ashton.

Il avait peur que le rire de Jonathan trahisse leur position.

— C'est pourtant notre seul plan, poursuivit-il. Charles a raison. Ils n'ouvriront pas leurs portes à tout notre groupe.

Il se concentra à nouveau sur le château. Rosalind se trouvait à l'intérieur, quelque part, toute seule et probablement blessée, si son père avait de nouveau exercé sa colère sur elle. Il n'avait pas d'autre choix que de risquer le tout pour le tout afin de la rejoindre.

— Jon, laissez-moi vous emprunter votre cheval.

Il désigna du menton les bois où ils avaient dissimulé leur calèche et les chevaux.

— Bien entendu.

Jon se reprit et le suivit, courbé en deux pour rester caché. Une fois profondément enfoncés dans les fourrés, ils redressèrent l'échine.

— C'est une bonne bête. Ne laissez pas les Écossais la prendre.

Jonathan tapota le cou du hongre noir avant de détacher les rênes qu'il offrit à Ashton.

— Je ferai de mon mieux. Dites aux autres que je les remercie. Pour tout.

Ashton n'aurait su exprimer ce que la Ligue signifiait pour lui et ce qu'il aurait ressenti s'il avait perdu l'un d'entre eux.

— Ils le savent, répondit Jonathan.

Un sourire triste joua sur les lèvres d'Ashton.

— Prenez soin de vous, Jon.

Si les choses tournaient mal, il risquait de ne plus jamais les revoir.

— Faites attention.

Jonathan regarda Ashton monter en selle et quitter les bois en direction du château.

Le soleil s'abattait sur la tête d'Ashton, faisant palpiter sur ses tempes une migraine importune. La fièvre de la grippe s'était dissipée, mais avait laissé sa peau brûlante. Si les frères de Rosalind ne le laissaient pas entrer, il risquait de s'évanouir et de dégringoler de son cheval.

Castle Kincade était une solide structure en pierres inégales qui se dressait sur cette colline depuis plus de deux siècles. Elle avait résisté aux tempêtes, aux armées et aux vents du changement. Elle était impénétrable. Même un des plans fous de Charles n'aurait su la prendre d'assaut.

— Halte-là ! cria depuis les fortifications un homme à l'accent écossais prononcé.

Ashton tira sur les rênes pour arrêter sa monture. Celle-ci lança la tête de droite à gauche et battit nerveusement la terre avec un sabot. Ashton laissa sa tête basculer en arrière pour pouvoir regarder celui qui l'observait depuis les remparts.

— Que voulez-vous ? aboya l'homme.

— Je suis venu demander une audience avec lady Melbourne.

L'homme disparut pendant quelques longues secondes avant de revenir enfin.

— La dame vous dit d'aller vous faire pendre ! acheva-t-il avec un hochement de tête et un salut moqueur.

— Rosalind ! hurla Ashton. Je crois que vous êtes là-haut ! Accordez-moi simplement une minute et vous n'aurez plus jamais à me revoir !

La perspective de ne plus jamais la revoir était... Non ! Il ne voulait pas y songer. Il devait s'assurer qu'elle soit en sécurité et si elle ne l'était pas, il l'emmènerait immédiatement. Il trouverait un moyen.

Il regarda le château en plissant les yeux et soudain, le visage de Rosalind apparut. Ses cheveux sombres étaient rassemblés sur sa nuque et elle avait l'air aussi fatiguée que lui.

— Je vous en prie, Rosalind. Donnez-moi juste quelques minutes. C'est tout ce que je vous demande.

Les yeux gris de la jeune femme étaient orageux et malgré la distance qui les séparait, il ne manqua pas la douleur qu'ils contenaient. Elle le regarda pendant un long moment, suffisamment longtemps pour qu'il craigne qu'elle le laisse en plan à la porte.

— Très bien, dit-elle enfin avant de disparaître.

Il patienta pendant quelques minutes jusqu'à ce que les sons derrière les hautes portes en bois de l'entrée du château l'informent qu'on était en train de les ouvrir. Enfin, elles s'écartèrent pour révéler un couloir obscur. Il était clair que le château avait été remodelé voilà longtemps et ce qui restait de la cour avait été fortifié et parqueté pour l'intégrer dans la résidence. Ashton glissa de son cheval et mit lourdement pied à terre. Il eut à peine le temps de reprendre sa respiration.

Un homme, trapu et au regard méfiant, s'avança vers Ashton et lui prit les rênes.

— *Sassenach*, marmonna l'homme en emmenant le cheval d'Ashton.

Époussetant son pantalon, Ashton entra à l'intérieur du château et se figea brusquement. Plusieurs hommes se dressaient là, dont trois qu'il reconnut comme étant les frères de Rosalind. Tous étaient armés. Il avait sept pistolets braqués sur sa poitrine. Deux des frères s'écartèrent pour permettre à leur sœur de se dresser entre eux. Mais aucun des hommes présents n'était assez vieux pour être son père. Qui était le patriarche des Kincade ?

— Rosalind, dit-il doucement en l'étudiant de plus près.

Elle semblait indemne, sans ecchymoses. Toutefois, le passé de Godric avait appris à Ashton que les bleus étaient faciles à dissimuler.

Elle se tourna vers ses frères.

— Je lui parlerai dans le salon.

Quand il devint évident que ses frères avaient eu l'intention de rester à ses côtés, elle ajouta :

— *Seule*.

— Mais... protesta l'aîné.

— Ne vous inquiétez pas, Brock. Je vous appellerai si j'ai besoin de vous.

D'un geste, elle fit signe à Ashton de la suivre. Il s'exécuta, mais faillit s'arrêter quand les hommes qui lui bloquaient le passage ne s'écartèrent pas immédiatement. Ses frères formaient un mur impénétrable entre Ashton et Rosalind.

— Si vous faites ne serait-ce qu'une *seule* chose qui la contrarie, je vous jette en pâture aux chiens, tout aristocrate que vous êtes, le prévint Brock avec un grondement bas que seuls Ashton et les deux autres purent entendre.

— C'est compris.

Ashton n'avait pas la moindre intention de contrarier Rosalind et s'il le faisait, alors il mériterait certainement son sort. Les trois Écossais s'écartèrent enfin pour lui permettre de passer et de suivre Rosalind.

Ils entrèrent dans le salon et Ashton remarqua que les

meubles étaient couverts de poussière, leurs tissus défraîchis et passés de date. Les Kincade n'avaient clairement pas été en mesure de garder leur demeure en bonne condition. Lord Kincade voyait certainement dans Rosalind et sa fortune l'occasion de rendre à leur résidence sa gloire d'antan.

Rosalind s'arrêta devant la cheminée vide, sa jupe bleu clair faisant naître un nuage de poussière quand elle se tourna pour lui faire face. Il n'eut que quelques secondes pour admirer la courbe gracieuse de son cou et son joli profil avant qu'elle ne le regarde dans les yeux. Une légère douleur qui avait grandi dans sa poitrine depuis qu'elle était partie gagnait en intensité à présent qu'il se retrouvait à nouveau près d'elle. Que cette femme ait réussi à capturer son cœur, le mettant au défi de rêver à un meilleur lendemain, ne cesserait jamais de le surprendre.

— Rosalind, je suis venu vous secourir.

Visiblement, il se retrouvait à nouveau sans voix. Il s'avança vers elle, les bras tendus, ayant terriblement envie de l'étreindre et de s'assurer qu'elle soit saine et sauve. Il parvint à moins de trente centimètres d'elle quand elle leva une main.

— Ne me touchez pas. Ne vous avisez *pas* de me toucher.

Il s'immobilisa, ses bottes glissant sur le tapis, et il la regarda d'un air confus. Elle aurait dû avoir envie de le voir, non ? Plus tôt, quand elle lui avait dit d'aller se faire pendre, il avait supposé que son père lui en avait donné l'ordre et qu'une fois qu'Ashton serait à l'intérieur, elle serait contente de le voir.

— Rosalind, ma chérie...

Il vit une lueur dangereuse dans ses yeux.

— Ma chérie ? *Ma chérie ?* Je ne suis pas votre chérie, espèce de ruffian insensible et manipulateur.

L'insulte le frappa douloureusement. Que s'était-il passé entre le moment où il s'était réveillé de son délire et l'instant présent ? Ils avaient été si heureux ensemble !

Il se repassa les événements, rejouant dans son esprit tous les détails depuis son réveil jusqu'à l'enlèvement de Rosalind. Une pierre lui tomba dans l'estomac.

Charles. Elle l'avait entendu parler avec Charles quand elle était allée lui chercher du bouillon.

Seigneur, il avait creusé sa propre tombe, n'est-ce pas ? Il avait prononcé ces paroles afin d'apaiser Charles, mais elles auraient semblé accablantes pour une femme qui avait des sentiments pour lui.

Elle avait les yeux luisants.

— Dites ce que vous avez à dire et partez.

— Vous allez bien ? demanda-t-il. J'ai craint le pire quand j'ai appris qu'on vous avait enlevée. Votre père est-il là ?

S'il l'était, Ashton l'étranglerait.

— Mon père ?

Pendant une seconde, elle plissa le front. Elle secoua rapidement la tête.

— Il est mort. Il est mort récemment. Je ne cours aucun danger.

Sa voix se radoucit et il lut dans son regard qu'elle devinait l'objet de ses craintes.

Je suis venu pour vous. Il pria silencieusement pour qu'elle puisse lire dans ses pensées et lui faire confiance.

— Est-ce la raison de votre venue ? demanda-t-elle.

Ce n'était pas le cas, mais il n'allait pas passer pour un imbécile à cause de son cœur qui saignait.

— Ou bien est-ce parce que vous vouliez ceci ?

Elle tira d'une poche secrète de sa jupe une liasse de lettres.

Il haussa les sourcils.

— Qu'est-ce que c'est ?

— Ce sont des lettres entre mon père et Sir Hugo Waverly. Elles prouvent qu'il était espion et a contribué à étouffer une rébellion écossaise il y a dix ans.

Rosalind baissa les yeux vers les lettres puis le regarda.

— Vous n'aviez aucune idée de leur existence, n'est-ce pas ?

L'hésitation d'Ashton lui causa un étrange soulagement. Elle avait cru qu'il était venu pour des lettres... C'est alors que le reste de ses paroles atteignit le cerveau de son amant.

Ces lettres prouvaient les actions de Hugo ! Elles détruiraient sa carrière d'espion et en feraient une cible pour le reste de sa vie. Cela démangeait Ashton d'avancer la main pour les prendre, mais il ne bougea pas. Il sentait que c'était un piège qui ne lui permettrait pas d'accéder aux deux choses qu'il désirait.

Si je fais un choix, je perds sur tous les fronts.

❧ 26 ❧

Ashton était là ! Il était venu pour elle. Et pourtant, elle ne songeait qu'à la colère qu'elle ressentait envers lui.

Il se dressait là, l'observant avec ses yeux bleus perçants, des yeux qui s'étaient écarquillés de surprise quand il avait compris ce qu'elle avait en sa possession. Il ignorait l'existence de ces lettres, mais il soupçonnait sans doute qu'elle possédait quelque chose sur Waverly qu'il serait en mesure d'utiliser. Cela avait été la raison d'être de sa séduction, n'est-ce pas ?

Il ne serait pas venu juste pour moi. Pour lui, je suis un pion qu'on manipule sur un échiquier.

La liasse de ses lettres paraissait lui brûler la peau et elle ne pouvait pas supporter leur poids un instant de plus.

Encore une fois, elle se dit, juste pour un instant, qu'elle aurait dû exiger quelque chose en retour – par exemple la société de transport la plus rentable d'Ashton – en plus de pouvoir récupérer tout ce qui lui appartenait de droit. Ce serait une sorte de victoire symbolique sur lui. Pourtant, en vérité, elle ne voulait rien garder qui lui rappelle sa personne une fois qu'il disparaîtrait de sa vie. S'il voulait les lettres, il pouvait les garder.

Même si cela condamne ma famille, je ne veux plus rien avoir avec eux... ou lui.

— Faites-en ce que vous voulez.

Elle s'avança et plaqua les lettres contre sa poitrine. Elle aurait voulu les lui jeter au visage, lui faire sentir ce qu'elle ressentait en cet instant, alors que son cœur se brisait. Cependant, elle ne pouvait pas dénier cette partie de son cœur qui la trahissait toujours, la priait de rester près de lui pendant un moment de plus.

Ashton lui saisit le poignet, ne lui permettant pas de battre en retraite, la liasse de lettres toujours serrées dans sa main. Ce mouvement soudain la fit frissonner, pas de peur, mais de désir. Durant les quelques derniers jours passés sans lui, elle avait commencé à se ternir de l'intérieur et à présent, son contact enflammait à nouveau ses sens. C'était un feu qui menaçait de réduire son cœur en cendres si elle ne se protégeait pas.

Il me fera toujours cet effet-là, cet homme que je veux sans pouvoir le posséder. Celui qui m'a ramenée à la vie et m'a laissée seule.

Elle leva la tête pour le regarder dans les yeux, détestant ce qu'il lui faisait ressentir, *l'aimant* pour ce qu'il lui faisait ressentir.

Il enroula l'autre main autour de ses reins. Cela lui rappelait lorsqu'ils avaient valsé au bal de campagne et la façon dont ils s'étaient parfaitement imbriqués l'un dans l'autre. Des souvenirs doux-amers palpitaient derrière ses yeux et elle les ferma fort, regrettant de devoir se montrer inflexible. Elle y était pourtant contrainte. Elle se débattit dans son étreinte, essayant de se libérer, mais était-elle véritablement en mesure d'échapper à celui qui lui avait brisé le cœur ?

— Arrêtez.

Ashton essaya de calmer son cœur qui s'emballait et se concentra sur la douceur de sa présence entre ses bras, même si elle crachait comme un putois mouillé.

— Non ! Lâchez-moi !

Elle essaya de se libérer de force, ses yeux emplis de ce feu écossais qu'il en était venu à aimer.

Il la retint.

— Pas avant que vous ne m'ayez écouté.

Seigneur, il avait simplement besoin de le dire ! Et lui qui s'était promis de ne pas se comporter comme un imbécile...

S'il disait ce qu'il avait besoin de communiquer, il se sentirait au moins plus léger. Et si elle rentrait à Londres avec lui, il serait l'imbécile le plus heureux du monde.

— Je ne suis pas venu pour les lettres. J'ignorais leur existence jusqu'à maintenant. Je suis venu pour *vous*. Revenez avec moi, Rosalind.

Elle ne s'était clairement pas attendue à ce qu'il dise cela. Elle plissa le front et ses lèvres s'entrouvrirent. Son air de surprise et de confusion était adorable. Il aurait voulu embrasser les ridules sur son front et apaiser l'inquiétude qui assombrissait ses yeux.

— Quoi ?

— J'ai envie de vous, Rosalind. Cela n'a pas changé. Tout ce que j'ai dit et que je vous ai promis est la vérité. Je ne désire que vous.

Il frotta les doigts sur les poignets de Rosalind alors qu'elle pressait toujours les lettres contre sa poitrine. Il laisserait filer les lettres s'il pouvait la récupérer. Elle était plus importante. *Je trouverai un autre moyen de détruire Hugo, mais je ne peux pas la perdre.*

Ses longs cils sombres se relevèrent et elle lui adressa un regard dur comme de la pierre.

— Tout ceci était-il vrai ?

Le ton de la jeune femme était dangereusement soyeux et son accent se fit plus marqué.

Enfer et damnation, il avançait en terrain risqué. Il reconnaissait ce ton. Sa diablesse était furieuse contre lui, mais il ne lui mentirait pas.

— Oui.

Il attendit que le couvercle du cercueil se referme sur son sort.

Elle soutint son regard avec une férocité palpitante.

— Je ne serai jamais la marionnette ou le jouet d'un homme. Me comprenez-vous ? Il n'y aura plus de cordes à tirer pour vous, Lord Lennox.

Son nom sur ses lèvres évoquait un juron et il eut de nouveau le ventre serré. Une marionnette ? Le souvenir de la nuit où il avait prononcé ces paroles était morose. Même s'il avait eu l'intention de se servir de Rosalind afin de détruire Waverly, il ne l'aurait jamais mise en danger ou aurait fait quoi que ce soit sans lui révéler la vérité en premier lieu. Toute la vérité.

Il soupira, ses épaules alourdies par le poids de ses secrets.

— Si j'étais manipulateur, ce n'était pas contre vous. J'avais besoin de rassurer Charles. J'ai toujours eu l'intention de vous révéler ce que je savais sur Waverly avant d'agir. Je voulais tout vous dire, mais il fallait également que je sache ce que vous ressentiez pour moi avant de pouvoir le faire.

S'il voulait la reconquérir, il devrait lui raconter les parties de sa vie qui faisaient saigner son âme, à commencer par cette nuit-là, dans la rivière Cam.

Elle pointa le menton.

— Je ne veux plus entendre de belles paroles de votre part, Lord Lennox.

— Femme, allez-vous m'écouter pendant une minute ?

Si elle répondait par la négative, il était tenté de l'embrasser. C'était la seule façon dont il pourrait forcer cette femme entêtée à se soumettre, du moins pendant quelques instants.

Elle plissa les paupières et soupira.

— Je vous en prie, Rosalind. J'ai besoin de vous le dire. Écoutez-moi, puis vous pourrez me renvoyer.

Rosalind détourna les yeux un instant puis le regarda à nouveau. La tension qu'elle ressentait dans son corps se dissipa entre ses bras.

— Vous souvenez-vous que je vous avais raconté que quelqu'un avait essayé de noyer Charles ? Qu'on l'avait porté à la rivière, attaché et bâillonné ?

Rosalind hocha la tête.

— Cet homme était Waverly et depuis ce jour, il a juré de se venger parce que nous avions contrecarré ses plans. Pendant un long moment, nous n'en avons pas fait cas, protégés par nos titres et privilèges. Nous sommes devenus complaisants et ne nous sommes pas rendu compte que Hugo – à présent Sir Hugo – attendait son heure. Depuis l'année dernière, Waverly a essayé de nous tuer, nous et ceux que nous aimons, d'une façon ou d'une autre. Quand j'ai appris qu'il était votre partenaire, j'ai pensé qu'à travers vous, je pourrais en apprendre davantage sur ses actions. Les ressources de cet homme dépassent de loin celles d'un simple homme d'affaires, mais hormis cela, nous ne savons pas vraiment de quoi il est réellement capable. Quand il a investi dans vos projets, j'ai discerné une opportunité. Je savais que je pouvais me servir de votre connexion à lui pour l'appâter et, avec un peu de chance, apprendre des choses qui nous protégeraient de lui. Puis vous m'avez ensorcelé et j'ai eu peur de vous mettre en danger.

Elle se raidit dans ses bras.

— Je vous ai ensorcelé ?

— Oui, ma petite diablesse. Vous étiez la partenaire parfaite, la femme parfaite, et même l'ennemie parfaite quand vous le vouliez bien. Je ne souhaitais pas vous perdre et je savais que dès que je vous révélerai tout, vous risqueriez de me quitter. Voici pourquoi j'ai attendu aussi longtemps pour vous en parler.

Il n'ajouta pas que dans ce cas, il l'aurait suivie jusqu'au bout du monde afin de la convaincre qu'elle était la seule femme au monde pour lui.

Il déglutit fort et reprit la parole.

— Je n'allais pas vous dire la vérité et vous laisser décider si vous souhaitiez nous aider. Je ne vous aurais *jamais* forcée sur ce point.

— Bien entendu que vous auriez pu, *Sassenach* arrogant, marmonna-t-elle en essayant de se détourner de lui.

Il l'attira plus près de lui.

— Vous êtes la femme que j'aime et en tant que telle, votre sécurité passera toujours en premier, dit-il férocement. Aucune vengeance ou question d'affaires ne comptera jamais plus.

Elle écarquilla les yeux et il y lut une lueur de doute qui lui serra le cœur.

— Ne dites pas des choses que vous ne pensez pas. Je ne me fais pas d'illusions. Je ne suis pas le genre de femme qui éveille ce genre de sentiments chez un homme. Je suis...

Sa lèvre trembla. Ne se croyait-elle pas capable d'être aimée ou désirée ?

— Je pense tout ce que je viens de dire, répliqua Ashton. Je vous protégerai jusqu'à ma mort si vous m'y autorisez.

Elle secoua la tête.

— Je veux dire quand vous avez parlé d'amour.

Tout en Ashton se figea, comme lors d'une journée d'été dénuée de la moindre brise, sans que le soleil soit trop chaud. Il avait prononcé ces mots, n'est-ce pas ? Ils lui étaient venus si facilement ! Il n'avait pas voulu manipuler, jouer sur les mots ou faire un laïus afin d'obtenir un avantage. Cela avait été un simple énoncé des faits. Il n'avait jamais eu une réalisation aussi claire. Il l'aimait. Même au point d'en perdre la raison.

— Vous parlez d'amour, mais vous songez au devoir et à l'honneur, contrera Rosalind qui ne voulait pas prendre ses paroles au sérieux.

Ashton sourit et l'épuisement des deux journées précédentes s'amoindrit. Il lui lâcha les poignets pour prendre son visage entre ses mains.

— Non, je parle d'amour parce que c'est de l'amour que je ressens. Je vous aime, ma petite diablesse.

Les yeux gris de Rosalind, autrefois débordants de haine puis de doute, étaient à présent emplis d'inquiétude.

— Vous ne pouvez pas.

Elle se mordit la lèvre et il faillit perdre le contrôle.

— Si, je peux. Au point que je remets en question toutes mes décisions, me demandant si elles sont les meilleures pour vous.

Quand vous êtes partie, dit-il d'une voix plus profonde, j'étais à moitié mort d'inquiétude.

Elle baissa les yeux vers l'endroit où les lettres jonchaient le sol.

— Seulement parce que j'ai ce dont vous avez besoin.

— Oui, c'est vrai.

Rosalind lui rendit un regard choqué.

— Vous avez mon cœur.

Elle le regarda à travers ses cils.

— Aucun homme ne m'a jamais autant contrariée que vous, Lennox.

Elle se hissa sur la pointe des pieds et passa les bras autour de son cou. Il ressentit une vague d'excitation.

— *Je vous en prie*. Dites-moi que vous m'aimez.

Il ferma les yeux pendant un instant, ayant besoin d'entendre ces mots plus que toute autre chose dans sa vie.

— Je vous aime. Dieu me préserve, mais je vous aime, espèce d'entêté !

Elle déposa un léger baiser sur ses lèvres et en cet instant, il aurait pu jurer que s'il avait eu des ailes, il se serait envolé.

Ashton lui rendit son baiser, la serrant contre lui, refusant de laisser son Écossaise sortir à nouveau de son existence. Il lui taquina les lèvres pour qu'elle les écarte et dévasta tendrement sa bouche. Il aurait voulu la prendre tout de suite, mais avec ses frères qui patientaient au-dehors, ce n'était pas la chose la plus sage.

Quand il rompit enfin le baiser, Rosalind était collée à lui, les yeux rêveurs, comme si elle aussi parvenait à peine à contrôler ses pulsions. C'était ce qui l'enchantait : savoir que lorsqu'ils s'embrassaient, ils se transformaient tous les deux en imbéciles.

Mais nous serons imbéciles ensemble !

Ashton s'accrocha à Rosalind et elle se blottit contre lui. Ils refusaient tous les deux de se séparer. Il lui caressa le dos avec les mains, essayant de ne pas songer à tous les soucis qui croissaient dans son esprit. Il avait besoin de la convaincre de rentrer à

Londres. Et, plus important encore, il devait préparer toutes les propriétés de Rosalind, ses sociétés et ses dettes pour les libérer de son contrôle et les lui rendre, même après leur mariage.

— Allez-vous revenir à Londres ?

C'était une question, car c'était à elle de décider.

Elle l'observa, pensive.

— Je devrais ajouter que si vous ne le faites pas, alors j'emménagerai ici au château. Je doute que vos frères se réjouissent d'avoir quelqu'un comme moi dans les pattes, mais je refuse de vous laisser filer. Pas une deuxième fois.

— Vous emménageriez dans un vieux château plein de courants d'air loin de votre famille et de vos amis ?

L'espoir emplissait le ton de Rosalind comme si croire en ses paroles l'effrayait et l'enthousiasmait tout à la fois.

— Pour vous, oui.

Il abandonnerait son monde tout entier pour elle. Bien entendu, il savait qu'il serait impossible de garder la Ligue hors de l'Écosse. Dans les quinze jours, ils auraient tous acheté des cottages d'été à proximité.

Rosalind fit courir un doigt le long de sa joue, un petit sourire aux lèvres.

— Cela fait bien longtemps que ma vie est en Angleterre. Londres est ma maison. À présent, *vous* êtes ma maison.

Le cœur d'Ashton s'arrêta de battre. Cette soudaine explosion de joie dans sa poitrine le submergea.

— Je suppose que je devrais aller le dire à mes frères, ajouta-t-elle. Ils sont prêts à vous éventrer.

— Parce que j'ai envie de vous épouser ?

Il ne pouvait pas leur reprocher de se montrer surprotecteurs.

Elle plissa le nez et tenta de dissimuler un sourire.

— Waverly leur a raconté que vous me faisiez du mal et me forciez à vous épouser. C'est pour cela qu'ils sont venus me secourir de vos griffes sordides.

Ashton secoua la tête.

— C'est ridicule !

Cela dit, si ses frères pensaient cela de lui, pas étonnant qu'ils veuillent le tuer ! Il aurait fait la même chose contre tout homme qu'il aurait perçu comme une menace pour sa sœur.

— Je le sais.

Elle se colla à lui, l'étreignant une dernière fois avant de se pencher pour ramasser les lettres.

— Vous devriez les prendre. Elles sont rédigées en langage codé, mais mon père m'a fait parvenir le décodeur avant sa mort. Il devrait se trouver dans ma chambre à Lennox House.

Elle fourra la pile de lettres dans sa main libre.

Ashton les accepta, mais son sourire s'estompa.

— Rosalind, si ces lettres impliquent votre père en tant que traître envers son peuple et que je m'en sers contre Waverly, votre famille et vous deviendrez des parias. La Couronne risquerait même d'effectuer une enquête. Je ne...

Elle secoua la tête et le fit taire en plaquant un index sur ses lèvres.

— Arrêter un homme tel que Waverly est plus important. Ma famille résistera à la tempête. Trêve de protestations.

Elle tourna les talons et se dirigea vers la sortie. Sa jupe tournoya autour de ses chevilles. Elle ressemblait trait pour trait à la fougueuse Écossaise qu'il savait qu'elle était.

Mon Écossaise.

Quand elle ouvrit la porte, elle emboutit quelque chose de dur. Quelqu'un poussa un juron en gaélique.

— Brodie ! gronda Rosalind.

Ashton toussa pour étouffer un rire en voyant les trois frères de Rosalind s'éloigner de la porte d'un pas vif.

Il ne pouvait pas leur reprocher de les avoir épiés. Lui et ses amis avaient fait la même chose autrefois avec Godric et Émily.

Ashton la suivit dans le couloir. Tous les Écossais attendaient, la main sur leurs armes, quoique détendue. Une tension indéniable demeurait dans la pièce. Brock fut le premier à remarquer leur présence et il fusilla Ashton du regard.

— Alors, vous l'avez envoyé balader ? demanda-t-il.

— Ne le savez-vous pas déjà ? rétorqua-t-elle.

— On ne pouvait rien entendre à travers ces portes en chêne, dit Brodie. Juste quelques marmonnements emportés.

Rosalind jeta un œil à Ashton.

— Alors c'est à moi de vous le dire. Je vais épouser Lord Lennox.

— Mais il bat les femmes ! s'écria Aiden en braquant son pistolet sur Ashton. Nous devrions le noyer dans le loch !

— Arrêtez ! lâcha Rosalind en se plaçant devant lui.

— Écartez-vous, femme, dit Aiden. Il vous a mis des balivernes dans la tête.

— C'est le cas pour certaines personnes, mais pas pour moi. Lord Lennox n'a jamais levé la main sur une femme. Mon premier époux m'a certes recueillie par pitié, mais il m'a enseigné la force. Je ne ferai pas défaut à cette force en me jetant dans les bras d'un homme qui ne vaut pas mieux que notre père.

Les paroles de Rosalind firent réfléchir le trio qui se regarda comme pour se demander ce qu'ils allaient faire.

— Vous en êtes bien certaine, Rosalind ? demanda Brock. Possède-t-il une sorte de levier contre vous ? S'il vous force d'une quelconque façon, nous le traînerons hors de la maison et irons le noyer dans le loch.

Toujours affaibli par sa récente grippe, Ashton savait qu'il pouvait se battre, mais il doutait d'être capable de se mesurer à trois frères aînés très en colère... ou ne serait-ce qu'à un seul. Il comprenait à présent l'hésitation de Godric chaque fois qu'il parlait de ces hommes. Brock, l'aîné, était aussi grand qu'Ashton et avait des mains qui auraient pu déchirer un tronc d'arbre en deux.

Rosalind s'appuya contre Ashton et passa un bras dans le sien.

— Oui. J'en suis certaine.

Avant, notre accord était une question d'honneur, mais...

Ses joues s'empourprèrent.

— Mais je l'aime. Tellement que cela m'effraie.

Aiden la regarda.

— Vous aime-t-il aussi ?

Ashton savait qu'il n'avait que quelques secondes pour convaincre les frères de Rosalind de ses intentions.

— Vous n'avez aucune raison de me croire, compte tenu de ce que Waverly vous a dit, mais j'aime Rosalind de toute mon âme. Je ne la forcerai jamais à faire quoi que ce soit qu'elle ne souhaite pas.

Il baissa les yeux vers le visage de Rosalind, surpris par l'amour qu'il décelait dans son regard.

— Elle est *tout* pour moi.

Brodie rangea son pistolet dans son pantalon.

— Cela veut dire que vous retournez en Angleterre, n'est-ce pas ?

— Effectivement, mais une fois qu'Ashton et moi aurons réglé quelques histoires, nous reviendrons vous rendre visite, si vous voulez bien nous recevoir.

Elle baissa légèrement la tête et son sourire s'estompa.

Les frères de Rosalind semblaient frappés à l'idée que leur sœur les quitte à nouveau, mais Ashton eut une idée.

Il s'éclaircit la gorge.

— Nous aimerions que vous assistiez au mariage. Il se tiendra dans une semaine en ma demeure du Hampshire. Ma maison est la vôtre, pour aussi longtemps que vous aimeriez y rester.

Brodie et Aiden voulurent protester, mais Brock leva la main pour les faire taire.

— Nous viendrons et nous vous remercions pour votre hospitalité. Nous aimerions assister au mariage et nous assurer que vous rendez notre petite sœur heureuse.

Choqués, ses deux cadets regardèrent Brock qui leur rendit leur regard.

— Cessez de gober des mouches. Nous irons. Fin de la discussion.

Ses deux petits frères redressèrent l'échine et hochèrent la tête, comme s'ils acceptaient l'ordre qu'il venait de leur intimer.

— Et sentez-vous libre de repasser à la maison, Rosalind, n'importe quand. Amenez votre Anglais, si vous voulez.

Narquois, le sourire qu'adressa Brock à Ashton était cependant dépourvu de venin.

— Merci, Brock, dit Rosalind. Je ne m'imagine pas vivre sans vous tous. Pas à présent que nous nous sommes retrouvés.

Ashton entendit que sa voix se brisait légèrement. Elle se reprit et renifla.

— Bon, Ashton et moi devons nous organiser pour retourner à son domaine puis à Londres.

Ashton hocha la tête, serrant les lettres qui condamneraient Waverly, alors qu'il s'accrochait à Rosalind de l'autre main.

Le groupe de gardes dans le vestibule commença à se mouvoir comme s'ils étaient prêts à partir, mais un homme à moitié caché dans l'ombre s'avança à la lumière.

— Je vous présenterais volontiers mes félicitations, Lady Melbourne, mais malheureusement, j'ai mes ordres. Où sont les lettres ?

Ashton ne reconnut pas l'accent gallois de l'homme et cela le mit sur les nerfs.

Tout le monde se tendit et personne d'autre ne bougea. L'homme était mince et musclé, avec un visage taillé dans la pierre et des yeux sombres.

— Les lettres. Donnez-les-moi.

Sa voix était plate, ramenant à Ashton celle d'un autre homme, celle de ses cauchemars.

Il tenait toujours les lettres à la main, à moitié cachées par ses hanches, mais il savait que s'il osait bouger, l'homme le sentirait et les repérerait immédiatement.

— Des lettres ? Je ne sais pas de quoi vous parlez.

Le ton de Rosalind était parfaitement innocent, mais elle fit un pas vers Ashton.

L'homme leva son pistolet, ses cheveux sombres menaçant de lui tomber dans les yeux. À l'unisson, les autres hommes présents levèrent leurs armes, les braquant sur Rosalind, ses frères et Ashton. Cette fois, c'est lui qui vint se positionner devant Rosalind.

— Que diable se passe-t-il ici ? gronda Aiden. Vous travaillez pour *nous*. Nous vous avons engagé pour nous protéger nous et notre sœur.

Le meneur des hommes sourit avec un amusement cruel.

— Et nous vous aurions servis loyalement, mais apparemment, elle ne souhaite plus être protégée, et nous avons des ordres en provenance d'une autorité supérieure. Lady Melbourne, donnez-moi les lettres, je vous prie.

Ashton fit le bilan. Ce n'était guère positif. Il était certain que si les frères de Rosalind et lui choisissaient de se battre, cela ferait plusieurs morts. Il ne voulait pas courir ce risque.

Il brandit la liasse retenue par une ficelle.

— J'ai les lettres.

Rosalind se raidit à côté de lui et lui pressa la main.

L'homme sourit.

— Allons, rendez-les, Lord Lennox.

— Et vous laisser nous tirer dessus après ? Je ne suis pas un imbécile.

Le sourire de l'homme se transforma en rictus méprisant.

— Qu'est-ce qui me retient de vous tuer tous et de prendre les lettres après ?

Ashton pointa le menton, sa voix adoptant le ton de négociateur pour lequel il était connu.

— Parce que vous êtes intelligent. Hugo n'aurait pas confié une telle tâche à un idiot. Assassiner lord Kincade, sa sœur, ses frères et moi-même dans leur propre demeure engendrera une telle indignation que Hugo vous abandonnera aux mains de la loi et vous laissera tous *pendre*.

Il appuya sur ce dernier mot avec une telle force que plus personne n'osa respirer pendant quelques secondes.

Le larbin d'Hugo y réfléchit, ses yeux passant des frères de Rosalind à Ashton et enfin aux lettres. Il hocha la tête.

— Que proposez-vous ?

Ashton dut invoquer toute sa volonté pour ne pas s'écrouler de soulagement. Le moindre signe de faiblesse risquait encore de les faire tous tuer.

— Je vais vous accompagner à l'extérieur. Une fois dehors, quand je serai assuré de la sécurité de la dame et de ses frères, vous pourrez me prendre les lettres.

— Ashton, non ! s'écria Rosalind qu'il tint fermement derrière lui.

Il ferait son possible pour rester entre elle et n'importe quel pistolet. Il se tourna vers elle, regrettant de ne pas pouvoir lui dérober un dernier baiser avant de sortir vers un destin inconnu.

— Restez ici. J'ai besoin de savoir que vous êtes en sécurité.

— Nous sommes fourrés dans le même pétrin, l'auriez-vous oublié ?

Le tendre défi de Rosalind lui réchauffa le cœur.

— Je n'ai pas oublié, mais vous devez apprendre à me faire confiance. Le bon moment pour commencer est tout de suite.

Il lui adressa un regard lourd de sens.

Rosalind plissa les paupières, de petites larmes luisant dans ses yeux.

— Faites attention. Si vous vous faites blesser, je vous tords le cou.

Seigneur, comme il aimait cette femme !

— C'est compris, Madame, la taquina-t-il avant de se retourner vers l'homme d'Hugo, mouchant toute trace de gaieté.

D'un geste brusque, l'homme cessa de braquer son pistolet sur Ashton pour le diriger vers la porte.

— Par là.

Les mercenaires formèrent un cercle autour d'Ashton, le dirigeant vers la sortie. Alors qu'ils reculaient vers la lumière, Ashton dut lever une main pour s'abriter de l'éclat du soleil. Ils étaient seuls à part pour une charrette de foin et deux chèvres qui évoluaient paresseusement près d'eux, broutant au passage l'herbe du pré qui les séparait de la route. C'était une belle journée... et pourtant, il affrontait une défaite cuisante. Il perdrait non seulement les lettres, mais peut-être aussi sa vie.

Le meneur braqua son pistolet sur Ashton.

— Donnez-moi les lettres.

Ashton les regarda, soupira et passa la liasse à l'homme en poussant un juron.

Un cri en provenance de la charrette le fit sursauter. Jonathan et Charles en bondirent, leurs pistolets en main.

— Que faites-vous ? dit Ashton assez fort pour qu'ils soient les seuls à l'entendre.

— Les gardes ont disparu quand vous êtes rentrés. Nous nous sommes dissimulés dans la charrette le temps de trouver comment pénétrer à l'intérieur. Nous avions l'intention d'entrer de force, mais de toute évidence, vous avez davantage besoin de nous ici.

Cédric, Lucien et Godric déboulèrent de l'angle du château et prirent les mercenaires par-derrière. Ceux-ci regardèrent autour d'eux, leurs doigts se contractant sur leurs pistolets.

— Rendez-nous les lettres, ordonna Godric.

L'homme d'Hugo secoua la tête.

— Jamais.

— Nous allons tirer, le prévint Lucien.

— Nous sommes plus nombreux que vous, contredit l'homme.

Ashton lut la détermination dans les yeux de leur adversaire. Il savait qu'il sacrifierait sa vie pour récupérer les lettres.

— Quel que soit votre salaire, je triple la somme, dit Ashton.

L'homme éclata de rire.

— Si seulement c'était aussi simple !

— Alors, donnez-moi votre prix, proposa Ashton, levant la main quand l'autre fit un pas en arrière.

— Tout n'est pas une question de prix, Milord. J'ai mes ordres.

Il tira.

Ashton tituba en arrière. Au début, il ne ressentit rien ; puis il vit une tache rouge s'étendre sur son épaule gauche. La douleur le frappa lorsqu'il pressa son bras qui se ramollissait.

Son monde se transforma en chaos. Des coups partirent et des hommes crièrent, appelant à battre en retraite, mais il ne savait pas de quel côté ils étaient. S'écroulant à terre, Ashton ne parvint plus à se concentrer sur quoi que ce soit. Son esprit se brouilla et la douleur dans son bras était une distraction qu'il ne pouvait plus ignorer.

— Ash !

La voix de Cédric se fit entendre dans la bataille. La plupart des pistolets étaient à terre et les hommes attaquaient à présent avec des épées et des couteaux. Ashton avait encore du mal à se concentrer.

— Cédric ? murmura-t-il dans un souffle.

Je dois retourner à l'intérieur... Il lutta pour se redresser, puis ses jambes cédèrent sous lui et il s'écroula à nouveau. Le sol remonta vers lui, venant frapper ses genoux et le faisant gémir. *Je dois trouver...*

— Rosalind... dit-il avant que la douleur ne le submerge et que l'obscurité ne l'engloutisse entièrement.

Le bruit des pistolets fit sursauter Rosalind. Elle saisit ses jupes et courut vers la porte, ses frères sur ses talons.

— Rosalind, restez derrière nous ! ordonna Brock.

Elle ne l'écouta pas. Si les hommes d'Hugo tiraient dehors, à sept contre un...

— Ashton ! s'écria-t-elle en saisissant la poignée en fer de la porte de bois qui menait à l'extérieur.

Ses frères tenaient à présent leurs larmes fines, mais létales dans une main et leurs pistolets dans l'autre.

Brodie l'aida à ouvrir la porte et une scène d'une férocité sauvage la fit piler net. Les amis d'Ashton combattaient des hommes de tous les côtés. Le fracas des lames et des poings lui donna la nausée. Elle était une femme forte, mais personne ne gérait bien un bain de sang quand il impliquait des gens qu'elle avait appris à apprécier. Ses frères se jetèrent dans la mêléc, poussant des cris de bataille ancestraux qui résonnèrent contre les murs du château. Brock attrapa quelqu'un et le projeta fort vers les douves. L'homme cria quand il frappa l'eau avec une éclaboussure sonore.

— Ashton ! s'écria-t-il en regardant autour d'elle.

C'est là qu'elle aperçut Cédric qui soutenait un homme étendu à terre. Elle ne distingua qu'une couronne de cheveux blonds.

Non... Non... Non...

Quand elle parvint à la hauteur de Cédric, il pressait les mains contre l'épaule d'Ashton. Du sang suintait entre les doigts de Cédric qui peinait à maintenir sa prise sur l'épaule d'Ashton. Les yeux de ce dernier étaient grand ouverts, mais aveugles et son visage était aussi blanc que du marbre. La bataille semblait terminée et les hommes reprenaient leurs marques, vérifiant que tout le monde allait bien.

— Il nous faut un médecin, haleta Cédric en essayant de soulever Ashton.

— Un médecin ?

Soudain, Brock s'agenouilla à côté d'elle et de Cédric.

— Je peux aller le chercher. Vous avez un cheval ? demanda-t-il à Cédric.

Celui-ci pointa le menton vers le bosquet légèrement à l'écart de la route.

— Derrière le fourré.

Sans une parole supplémentaire, Brock sprinta vers les arbres.

Un silence déstabilisant s'abattit sur la route poussiéreuse. Godric et Cédric étaient pliés en deux et ligotaient les deux hommes blessés. La jambe de Godric était gravement amochée et il avançait en boitant. Jonathan se pencha sur Lucien qui était appuyé contre le mur du château, la poitrine barrée de l'entaille profonde d'un coup d'épée. Du sang lui dégoulinait sur le ventre.

— Où est celui qui détient les lettres ? demanda Charles en regardant autour de lui.

Il respirait lourdement en serrant un de ses bras, du sang suintant entre ses doigts.

— Il n'est pas là.

— J'en compte deux autres qui ont disparu, dit Godric.

Rosalind et Cédric échangèrent des regards. Elle ne parvenait pas à effacer de son esprit la vision du sang d'Ashton.

Chevauchez vite, Brock, pria-t-elle en silence. Chacun de ces hommes avait besoin d'un médecin. Ses frères aussi présentaient des coupures et des éraflures. Personne n'était sorti de la bagarre indemne.

— Soulevons-le, dit Godric alors que Jonathan et lui aidaient Cédric et Rosalind à transporter Ashton à l'intérieur. Il a besoin d'un lit.

Aiden les précéda d'un pas vif.

— Il y a une chambre vide par là.

C'était l'une des nombreuses pièces vides qui avaient été meublées voilà des années, mais qui étaient restées inoccupées. Aiden retira rapidement les draps blancs et un nuage de poussière s'éleva, faisant tousser tout le monde. Ils installèrent Ashton puis Rosalind ordonna à son frère d'aller chercher des tissus propres et de l'eau chaude.

— Quelqu'un d'autre s'est-il pris une balle ?

Rosalind jeta un œil au groupe d'hommes dépenaillés et ensanglantés qui vinrent la rejoindre dans la chambre en boitillant.

— Juste quelques égratignures, répondit Godric, mais Rosalind remarqua que son teint était cendreux.

La douleur lui contracta le visage quand il cessa de faire peser son corps sur sa jambe blessée.

— Ashton est le seul à avoir été touché, heureusement.

Les yeux verts du duc d'Essex étincelaient de fureur.

— Où est Brodie ? demanda-t-elle.

Elle essaya d'évaluer le reste de leurs blessures. Une entaille en travers de la poitrine de Lucien, le bras transpercé de Charles, le front de Jonathan qui saignait... Ils auraient tous besoin de soins médicaux.

Lucien s'éclaircit la gorge.

— Il s'occupe des deux hommes encore en vie. Je crains que nous n'ayons un problème.

— Que voulez-vous dire ?

Elle regarda à nouveau Ashton et écarta les cheveux qui retombaient sur ses yeux fermés. Il ne bougeait pas. Son cœur battait comme si chaque pulsation lui coûtait une seconde de la vie d'Ashton, et elle aurait voulu pouvoir ralentir la pendule du temps afin de ne pas le perdre.

— Il faudra qu'on parle au magistrat de la région concernant les deux qui sont morts, expliqua Lucien.

— Mon frère Brock est le magistrat de la région.

Jonathan poussa un soupir de soulagement évident.

— C'est un petit miracle. Expliquer la situation à quelqu'un d'autre aurait été difficile.

C'est alors qu'Aiden revint, chargé d'une pile de linge blanc et d'un seau d'eau chaude.

— Apportez-les-moi.

Elle trempa le tissu dans l'eau et le pressa contre l'épaule d'Ashton. Soudain, il poussa un léger gémissement. Le sang commençait à s'épaissir sur sa chemise. Elle n'avait jamais été d'un tempérament délicat, mais à cet instant... Elle ravala une vague de nausée et appliqua plus de pression sur la blessure.

— Restez avec moi, dit-elle en caressant la joue d'Ashton.

Il bougea les lèvres.

— Rosalind...

— Je suis là.

Elle entendit sa voix se briser. Charles se pencha sur le lit à côté d'elle et prit la main d'Ashton qu'il serra. Rosalind se glaça quand elle vit l'expression torturée de son regard. Si elle avait douté de l'amour entre Ashton et ses amis, ce n'était plus le cas. Elle couvrit la main de Charles qui tenait celle d'Ashton.

— Il est trop entêté, marmonna Cédric. Ash a déjà reçu une balle. Ce n'est pas nouveau pour lui.

Cédric regarda autour de la pièce comme s'il cherchait l'approbation des autres.

— Cela ne signifie pas qu'il doive en faire une habitude, dit Rosalind, frustrée par son incapacité à en faire davantage.

— Allez, mon vieux, dit Lucien. Vous pouvez vous en sortir.

Lui et les autres formèrent une vigile silencieuse autour d'Ashton. Godric adressa à Rosalind un regard sympathique, comme s'il savait ce que c'était que de patienter au chevet de quelqu'un qu'on aimait, craignant qu'il ne se réveille jamais.

Je suppose que je fais partie de leur groupe à présent, se dit-elle.

Charles posa son autre main sur la sienne et lui donna une légère pression alors qu'ils s'accrochaient à Ashton. Elle prononça une prière silencieuse en regardant le visage pâle d'Ashton. Si seulement Brock pouvait se dépêcher de revenir avec le médecin...

ASHTON N'Y VOYAIT RIEN, NE POUVAIT PAS RESPIRER. SON corps le brûlait.

Des flashes... Des morceaux de sa vie se faisaient éparpiller par une bourrasque violente et son âme s'éloignait petit à petit.

Il ouvrit brusquement les paupières et hoqueta. Tous ses muscles, tous ses os étaient légers, presque sans poids. Il était allongé sur un sofa ; de la lumière se déversait à travers les baies vitrées d'une pièce qu'il reconnaissait. Il se trouvait dans un des anciens salons de sa maison de campagne.

Toutefois, les choses étaient *différentes*. Les tapis étaient vieux, élimés. Leurs motifs dataient de plus de vingt ans et les rideaux qui laissaient filtrer le soleil étaient passés de mode.

J'ai fait changer ces rideaux voilà dix ans...

Ashton secoua la tête, essayant de déloger son flot de pensées confuses et embrouillées. Où était-il ? Chez lui... Mais c'était la maison de son enfance !

La porte du salon s'ouvrit soudainement et il vit entrer une version plus jeune de lui-même. C'était lui quand il n'avait que sept ans, et il n'était pas seul. Son père arriva à sa suite, un large sourire aux lèvres alors qu'il s'approchait d'une des tables en bois de cerisier près de la cheminée, où un échiquier étincelant attendait la prochaine partie.

— Si vous gagnez, Ashton, vous monterez le petit-déjeuner à votre mère. Et si je gagne, nous irons pêcher, tous les deux, *après* avoir apporté à votre mère son petit-déjeuner.

Malcom adressa un clin d'œil au petit garçon.

Ashton regarda la scène avec fascination, le cœur douloureux. *Je me souviens de ce jour-là…*

C'était un des milliers de jours qu'il avait connus dans son enfance, plein de chaleurs, de soleil et d'amour. Une journée pleine de possibilités infinies sans le moindre sentiment d'urgence. Le genre de journée dont les enfants chanceux faisaient l'expérience au sein d'un foyer aimant.

Comment avait-il oublié cela ? Pendant tant d'années après la mort de son père, il ne s'était souvenu que de l'homme qui s'enivrait et se rendait dans des tripots pour dilapider leur fortune. Il n'en avait pourtant pas toujours été ainsi. Il avait été gentil autrefois. Aimant et enjoué. C'était un homme qui passait des heures à pêcher avec ses fils et apprenait à sa fille à faire du cheval. Un homme qui aimait et était aimé.

Les yeux d'Ashton picotèrent et il cligna rapidement des paupières.

— Père.

Il prononça ce mot, mais ni l'homme ni le garçon ne se tournèrent vers lui. Ils étaient concentrés sur leur partie d'échecs. Le garçon poussa un cri de triomphe en dérobant à son père son premier pion.

— Vous avez toujours été doué pour ce jeu, ricana une voix profonde dans le dos d'Ashton, le faisant sursauter.

Son père, ayant l'apparence de celui qu'il avait vu mourir il y a si longtemps, se tenait derrière lui. Cependant, le regard hanté qu'il avait espéré y lire n'était pas là : il était paisible.

Confus, Ashton regarda successivement la vision de son père et l'homme qui jouait toujours aux échecs avec l'enfant qu'il était autrefois.

— Père ? murmura-t-il.

Comment se pouvait-il qu'il se sente à nouveau comme cet enfant de sept ans ?

Malcom vint se placer derrière lui, regardant les versions rajeunies d'eux-mêmes jouer aux échecs. Laqués, les carreaux de l'échiquier brillaient au soleil.

— Père, comment... Où ?

Il en perdait son latin et cligna des paupières quand il sentit ses yeux le brûler.

— C'est un endroit entre deux.

Son père regarda le jeune Ashton prendre une autre pièce, souriant au Malcom rajeuni en face de lui.

Ashton regarda autour de lui. Le soleil réchauffait sa peau et l'odeur des roses de printemps de sa mère embaumait l'air, leurs pétales blancs s'épanouissant devant les fenêtres. La rosée du matin s'accrochait aux branches, mais les oiseaux restaient silencieux et aucune brise ne pénétrait par les fenêtres ouvertes.

— Entre quoi ?

Les yeux de Malcom étaient un mélange de paix et de mélancolie.

— Entre votre dernier et votre premier souffle.

Ashton essaya de comprendre ce que son père voulait dire. Des éclats de souvenirs se formèrent dans son esprit... Rosalind qui lui disait qu'elle l'aimait, les lettres pressées contre sa poitrine, le craquement d'un pistolet, la douleur aveuglante. Ashton saisit son épaule, mais ce n'était qu'une douleur fantôme. Il n'y avait pas de sang sur sa chemise.

— On m'a tiré dessus.

Il s'efforça de s'accrocher à ces souvenirs qui commençaient à s'estomper comme de la brume au petit matin. Tout se perdit dans l'obscurité hormis le visage de Rosalind.

Son père désigna du menton leurs doubles distants qui retiraient toujours des pièces de l'échiquier.

— Vous souvenez-vous de cette partie ?

Ashton lâcha son bras quand la douleur fantôme s'estompa.

— Oui.

Il se souvenait de la froideur des pièces de marbre sous ses doigts et de l'arôme de la fumée de la pipe de son père qui s'attardait dans l'atmosphère comme le parfum d'une amante. Cette odeur lui manquait toujours, réalisa-t-il. Étrangement, cela faisait des années qu'il n'avait pas songé à ces souvenirs. Il était resté constamment braqué vers l'avenir... et avait eu tellement peur de regarder en arrière !

— Quand je vous ai appris à jouer, ce n'était pas une question de victoire ou de défaite, mais plutôt la façon dont il faut jouer le jeu. Les choix que nous faisons sur cette Terre. Toutes les décisions n'ont pas besoin d'être analysées et décortiquées, mais elles doivent toujours sonner juste.

Malcom plaça une main sur l'épaule d'Ashton qui se sentit très jeune, comme le garçon qu'il avait été toutes ces années en arrière, celui qui avait grimpé sur les genoux de son père après le souper pour étudier les cartes du monde ou parler de voguer vers des contrées lointaines. C'était la raison pour laquelle il aimait ses compagnies de transport : elles représentaient la dernière partie de ce passé qu'il possédait toujours.

Des rides de tristesse encadraient le sourire de son père.

— Je vous ai fait défaut, mon garçon.

— Non, vous... protesta Ashton.

Son père secoua la tête.

— Si, mais ce n'est pas à vous de porter ce fardeau. Vous devez cesser de porter le poids de mes péchés sur vos épaules. Il vous reste tant de choses à faire ! dit-il en désignant l'échiquier.

À présent, la pièce ne contenait plus que son père et lui. Disparus, les fantômes du passé qui le hantait à travers des souvenirs de jours plus heureux !

Quand Ashton se concentra sur la partie, les pièces se mirent à se déplacer toutes seules : les pions assaillirent ses chevaliers et ses fous glissèrent en travers de l'échiquier.

— Que dois-je faire ?

— Comme dans le jeu. Vous devez protéger votre reine, sans quoi le roi est perdu.

La voix de son père semblait distante et quand il se tourna pour lui faire face, il avait disparu.

Ashton ravala les paroles qu'il n'avait pas prononcées, sachant que cela ne comptait plus. Son père était parti.

Les péchés de mon père ne sont pas les miens. Il regarda la bataille se poursuivre sur l'échiquier jusqu'à ce qu'un cercle de pièces blanches protège sa reine.

Rosalind.

DE SON CÔTÉ DU LIT, ROSALIND ÉTAIT RECROQUEVILLÉE PRÈS d'Ashton. Cela faisait deux longues journées que le médecin avait retiré la balle, refermé la plaie et s'était assuré qu'on bande correctement l'épaule d'Ashton.

Quand elle avait demandé dans combien de temps Ashton serait guéri, il avait répondu : « le reste est entre les mains de Dieu ». Les dernières paroles du médecin lui avaient donné la nausée et une impression de vide intérieur. Elle n'avait pas quitté Ashton, à part pour s'occuper de ses besoins personnels.

— Ashton, revenez-moi, l'implora-t-elle pour la centième fois.

Elle pressa ses doigts. Elle attendait une pression, un tressaillement, le *moindre* signe qu'il était toujours là et qu'elle ne l'avait pas perdu.

Elle essuya les larmes qui continuaient de se rassembler dans ses yeux. Elle ne le perdrait pas, pas alors que son cœur l'avait enfin accepté.

— Je vous en prie...

Elle aurait donné n'importe quoi en cet instant pour qu'il aille bien.

— Je ne vous quitterai plus jamais.

— Je... Je vous rappellerai cette promesse...

La voix d'Ashton, rauque, était à peine plus forte qu'un murmure.

— Ashton !

En sentant sa main serrer la sienne, la pressant faiblement, elle se mit à pleurer tout en levant la main d'Ashton vers sa joue et en observant son visage. Ses cils blond doré battirent et elle entrevit les profondeurs bleues qu'elle avait fini par adorer.

— Allons... Il lui retira sa main afin d'essuyer les larmes qui coulaient sur ses joues.

Un profond soupir lui échappa et son regard fit le tour de la pièce.

— Que s'est-il passé après... ?

Il n'acheva pas sa phrase.

— Mes frères et vos amis ont repoussé les hommes de main. Certains sont morts, d'autres se sont enfuis. Deux ont été attrapés et seront condamnés.

Ce n'était absolument pas de quoi elle avait envie de parler. Puisqu'il était vivant et conscient, rien de tout cela ne comptait plus.

Elle voulait simplement qu'il se rétablisse afin qu'il puisse la taquiner. Elle voulait l'agacer pour qu'il l'entraîne au lit. Il y avait des milliers de choses qu'elle aurait voulu faire avec lui, et aucune d'elles n'impliquait de s'attarder sur le fait qu'elle avait failli le perdre.

— Ashton.

Elle se rapprocha de lui.

Il posa les yeux sur son visage et sourit.

— Quoi donc ? Vous n'avez quand même pas cru que j'allais vous quitter ? Vous avez encore une promesse à tenir.

Il essayait de la taquiner, mais elle était incapable de plaisanter sur ce sujet. Pas alors qu'elle avait failli le perdre.

— Ashton, je vous en prie.

Damnation, elle allait pleurer comme une imbécile !

— Je m'excuse. Je n'aurais jamais dû vous quitter.

Ashton secoua la tête.

— *Non*. Si nos rôles avaient été inversés, j'aurais fait la même chose. Vous vous êtes sentie trahie et je ne vous ai pas fourni la moindre raison de croire que je disais la vérité.

Il s'interrompit et reprit sa respiration.

— L'homme que vous pensiez capable de ces actes est celui que j'étais autrefois. L'homme qui se servait de tout et de tous afin d'atteindre ses objectifs. Mais dès l'instant où je vous ai rencontrée, j'ai voulu être digne de vous. Je ne veux plus être cet être sans cœur.

Il lui prit la joue et Rosalind lui saisit doucement le poignet, le caressant avec un besoin désespéré de le réconforter.

— Balivernes ! Vous êtes l'homme le plus gentil que j'ai jamais connu, insista-t-elle.

— Je ne le suis pas. Mais si vous ne laissez faire, je m'efforcerai de mériter cet éloge tous les jours pendant le reste de notre vie commune. Vous êtes *tout* pour moi, Rosalind.

Ce simple mot provoqua en elle des frémissements sauvages de joie et de terreur.

— Je n'ai encore jamais été tout pour quelqu'un.

Elle avait été un fardeau, une créature qu'on pouvait envoyer bouler du pied ou repousser à l'écart, un être à plaindre. Henry s'était occupé d'elle d'une façon qu'elle n'aurait jamais crue possible, mais elle n'avait pas été son monde. Elle n'avait jamais été *tout* pour quelqu'un.

— Vous êtes à moi. Je vous montrerai ce que cela signifie jusqu'au dernier jour de ma vie.

Ashton soutint son regard. Ses yeux exprimaient une solennité profonde seulement égayée par l'amour.

Elle renifla et hocha la tête.

— Vous n'allez pas annuler, alors ? Je veux parler du mariage.

Elle avait eu très peur qu'il reprenne connaissance après sa blessure et se rende compte qu'elle ne valait vraiment pas tous ces efforts, et certainement pas de risquer sa vie pour elle.

Les yeux d'Ashton pétillèrent.

— J'ai pénétré seul dans un château avec vos brutes de frères pour vous récupérer. Que croyez-vous ?

Un rire échappa à Rosalind.

— Je suppose que c'est vrai. Vous avez fait face à des risques conséquents.

Elle savait qu'il ne prenait jamais de risques sans s'être assuré à l'avance de l'emporter. Il n'avait pourtant eu aucune garantie qu'elle rentre à Londres avec lui ou que ses frères le laissent repartir avec toutes ses dents.

La porte de la chambre s'ouvrit et Cédric fit son apparition.

— J'ai entendu des voix... Oh, Dieu merci !

Il sourit en les voyant puis il étira la tête dans le couloir.

— Réveillez-vous, vous autres. Ash a repris connaissance.

Rosalind haussa les sourcils quand Cédric entra dans la pièce. Le vicomte haussa les épaules.

— Nous sommes éparpillés dans le couloir.

— Mais nous avons beaucoup de lits confortables...

Le reste de la Ligue suivit Cédric à la file, les vêtements froissés et les cheveux en pagaille. Ils portaient tous des bandages. Comme elle, ils n'avaient guère dormi au cours des deux derniers jours, et cela se lisait sur leurs visages.

— Nous souhaitions pouvoir vous entendre si vous aviez eu besoin de quoi que ce soit, expliqua Cédric.

Charles s'écarta du groupe pour venir vers le lit d'Ashton.

— C'est bon de vous voir éveillé.

Tout sourire, il regarda successivement Rosalind et Ashton. Apparemment, elle n'était plus l'ennemie de Charles. Son sourire timide, mais accueillant l'en assura.

— Comment va votre épaule ? s'enquit Lucien alors que lui et les autres Rebelles se rassemblaient autour du lit.

— Comme si le diable en personne avait percé un trou dans mon corps, dit Ashton.

— Je vais chercher le médecin. Il dort à l'étage.

Godric s'en alla d'un boitement toujours prononcé.

— Où sont mes frères ? demanda Rosalind qui se rendit

compte que cela faisait au moins un jour qu'elle ne les avait pas vus.

— Lord Kincade a mené l'enquête concernant la mort des hommes et il a également géré les investigations concernant les autres hommes, répondit Lucien. Il nous a conseillé de ne pas poser plus de questions, ce qui me convient parfaitement. Ce qui se passe en Écosse devrait y rester. Je n'ai absolument pas envie que cette histoire nous suive jusqu'à Londres.

— Et Brodie et Aiden ? demanda-t-elle. Ont-ils retrouvé ceux qui se sont échappés ?

Les autres échangèrent des regards avant que Lucien ne poursuive.

— Vos frères sont rentrés voilà deux heures. Leurs chevaux sont épuisés.

La diversion prudente de Lucien mit Rosalind mal à l'aise.

— Ils vont bien ?

Lucien hocha la tête.

— Oui, mais ils ont échoué. Les trois hommes leur ont échappé. Ils ont perdu leur piste à quelques kilomètres d'ici. Ils se sont peut-être dispersés.

Ashton poussa un soupir las.

— Alors nous avons échoué.

Rosalind retint son souffle, se demandant quand viendrait le bon moment pour aborder le sujet. De toute évidence, il n'y aurait pas de meilleure occasion que le présent. Elle fourra la main dans la poche secrète de sa jupe et en tira une lettre.

— Tenez...

Elle la donna à Ashton qui la prit et leva vers elle des yeux ébahis.

— C'est bien ce que je pense ? demanda-t-il.

— Oui, confirma-t-elle en rougissant. J'en avais gardé une avant de vous rendre le paquet. Quand nous rentrerons à Lennox House, nous pourrons essayer de la décoder en utilisant le cryptogramme.

— Seigneur Dieu ! siffla doucement Lucien.

Les autres avaient tous eu vent des lettres et de ce qu'elles représentaient. Une seule serait peut-être en mesure d'exposer les machinations d'Hugo. D'un autre côté, cela noircirait également le nom de la famille de Rosalind et risquerait de la détruire pour toujours.

Ashton pressa la lettre dans sa main, sans faire le geste de l'ouvrir.

— Merci, Rosalind, dit-il.

Elle se contenta de hocher la tête, enfouissant ses peurs. Elle savait à présent ce qui était en jeu. Le poids des péchés d'Hugo comptait largement plus que la réputation de sa famille. Si elle souhaitait devenir l'épouse d'Ashton, elle devrait accepter de protéger de Waverly les autres et leurs familles. Avec le temps, ils pourraient se refaire un nom s'ils faisaient toute la lumière sur le véritable coupable.

Mais quelles conséquences cela aurait-il sur l'Angleterre et l'Écosse ? se demanda-t-elle.

— Nous allons vous laisser vous reposer, Ash, dit Cédric.

Les hommes quittèrent la chambre à coucher, mais Ashton saisit la main de Rosalind quand elle revint s'asseoir.

— Venez vous allonger près de moi, dit-il. Je me sens mieux quand vous êtes proche.

Elle sourit. Lui aussi. Elle avait besoin de lui autant qu'il avait besoin d'elle.

Elle se lova à nouveau contre lui sur le lit, prenant garde à ne pas s'allonger près de son épaule blessée. Leurs mains restèrent unies et elle s'endormit profondément pour la première fois depuis deux jours, sachant enfin qu'Ashton allait s'en sortir.

✾ 28 ✾

Hugo se dressait devant la grande cheminée de l'étude de son hôtel particulier de South Audley Street. Il attendait. Le sang grondait dans ses oreilles et il avait la tête légère.

Il s'était promis que cela se terminerait bientôt. Des preuves confirmant ses débuts téméraires, des preuves capables de porter atteinte au pays — sans parler de mettre sa vie en danger — lui reviendraient entre les mains et pourraient alors être détruites en toute sécurité. La Ligue des Rebelles n'appréhenderait jamais l'étendue de ses intérêts et ils ne parviendraient pas à démêler son réseau complexe de mensonges et de secrets.

La porte de l'étude s'ouvrit et son majordome le salua du menton.

— Sir Hugo, Mr Sheffield est là.

— Faites-le entrer. Ma femme est-elle toujours à la maison ?

— Oui, Sir Hugo. Elle se préparait à sortir ce soir. Dois-je lui dire que vous souhaitez lui parler ?

— Non. Faites entrer Sheffield.

— Très bien, Monsieur.

Hugo se remit face à la cheminée, ne retournant les talons

qu'une fois que Daniel fut entré. Le manteau de celui-ci était couvert de poussière, mais son visage rayonnait de triomphe.

— Vous les avez récupérées ? demanda Hugo, son cœur recommençant à battre la chamade.

Daniel glissa la main dans les plis de son manteau et en retira une liasse de lettres qu'il tendit à Hugo. Les feuillets étaient jaunis par l'âge et l'encre était légèrement passée, mais les mots restaient lisibles... Des mots qui auraient révélé qu'il était l'espion anglais qui avait orchestré la destruction d'une rébellion séparatiste écossaise en assassinant leurs leaders monarchistes.

— Pas trop de difficultés ? demanda Hugo en froissant entre ses mains le rebord des lettres.

Daniel hésita avant de répondre.

— Nous avons perdu quelques vies pour les récupérer et deux hommes ont été capturés.

— Faut-il s'en inquiéter ?

Daniel secoua la tête.

— Nous n'avions engagé que des hommes du coin. Ils ne savent rien.

— Bien.

Hugo sourit froidement. La Ligue ne connaîtrait jamais le contenu de ces lettres !

Il surprit Daniel à les observer.

— Avez-vous encore besoin de moi ce soir ? demanda Daniel.

Hugo ne prit même pas la peine de le regarder.

— Non. Vous pouvez partir. Demain, nous aurons des choses à planifier.

— Monsieur ?

Daniel attendit, tapotant délicatement ses gants d'équitation contre sa cuisse, seul signe de son impatience.

— Avery Russell s'est servi de la sœur cadette de Sheridan dans le cadre de son travail, ici à Londres. Je crois qu'il est temps de monter d'un cran. Que diriez-vous de séduire Miss Sheridan et de l'impliquer dans une mission en France ? J'aimerais beaucoup l'y voir disparaître. Cela détournerait l'attention de notre véritable mission. Vous savez de laquelle je veux parler.

— Oui, mais...

Le visage de Daniel s'empourpra.

Hugo ricana.

— Vous êtes un espion de génie, Daniel. Ne me dites pas qu'une petite séduction vous effraie.

— Ce n'est pas cela. Je suis engagé auprès de quelqu'un d'autre et...

— Ne soyez pas naïf. Votre loyauté va à la Couronne et dans cette pièce, je représente la Couronne et ses intérêts. Nous en discuterons plus longuement plus tard. Vous pouvez partir.

Daniel lui adressa une révérence brusque et quitta la pièce. Les épaules de Hugo s'affaissèrent tandis qu'il soupesait la liasse de lettres qu'il tenait à la main.

Son instinct lui criait de les brûler, mais quelque chose arrêta son geste. Après un instant d'hésitation, il les compta, les dépliant une à une pour vérifier les dates. Il manquait une des lettres les plus récentes.

Il froissa les vieux parchemins dans sa main. Les lettres avaient été en possession de Lennox. S'il y avait un homme de la Ligue qui le faisait réfléchir à deux fois, c'était lui.

Il était le seul adversaire de mérite qui menait une partie d'échecs avec des pions grandeur nature tout aussi bien que le faisait Hugo et à présent, Lennox avait démontré qui serait le gagnant.

Il doit en avoir gardé une avant de donner le reste à mon agent. C'était la seule explication logique. Feu lord Kincade n'aurait pas oublié une lettre. Il avait été trop méthodique durant leurs interactions pour commettre une telle erreur.

Une sensation sinistre se referma sur lui, l'étranglant comme l'avait fait la rivière quand il avait essayé d'effacer Charles de ce monde. La Ligue était parvenue à le déjouer !

Il restait pourtant un espoir, tout ténu soit-il. Ils avaient toujours besoin d'apprendre comment décoder le message et aucun de ses agents n'avait retrouvé le décodeur envoyé à Rosalind. Il avait peut-être été perdu. Et si la Ligue discutait de leurs découvertes à portée d'oreille de ses hommes... Eh bien, au moins il apprendrait ce qu'ils savaient et serait à même de monter une défense adéquate. Il était possible que les fragments qu'ils possèdent ne contiennent rien de trop accablant. Avec un peu de chance, ses hommes seraient peut-être même capables de leur dérober la lettre sans qu'ils s'en rendent compte.

Un frisson insistant s'immisça à la base de son épine dorsale. Il entretenait un faible espoir, mais aucune illusion. La preuve que possédait Lennox risquait de détruire le monde que Hugo avait passé ces dernières années à bâtir.

Il se pencha plus près du feu et laissa tomber la liasse sur les bûches. Il regarda les flammes dévorer les lettres.

Il n'était pourtant pas en sécurité. Ce n'était qu'une question de temps avant que son destin ne le rattrape.

Il pleuvait le jour de son mariage ! Ashton se tenait devant l'autel dans la petite église pavée à seulement deux miles de sa demeure ancestrale, écoutant la pluie murmurer contre les fenêtres et vrombir contre la voûte du toit.

— Même vous ne pouvez pas contrôler le temps, mon vieux, le taquina Charles qui se dressait à côté d'Ashton.

Un sourire contrit lui monta aux lèvres.

— En effet, je ne peux pas.

Peu importe la pluie. J'épouserai Rosalind aujourd'hui, quoi qu'il arrive.

Il attendit, ayant désespérément envie de se distraire de sa nervosité. Et si elle ne venait pas ? Non, elle viendrait. Elle lui en avait fait la promesse et c'était aussi fiable que la banque la plus sûre d'Angleterre.

Devant lui, il vit Godric, Cédric et Lucien, accompagnés de leurs épouses, qui leur lançaient tous de grands sourires amusés.

— *Elle viendra,* lui souffla Godric.

Ashton adressa à son ami un très léger salut du menton.

— Ash, j'ai quelque chose à vous dire, murmura Charles à son oreille.

Ashton fusilla son ami du regard.

— Là, tout de suite ? Cela a intérêt à me mettre de bonne humeur.

— Oh oui, lui assura Charles. Chez vous, quand vous étiez malade, j'ai essayé d'éloigner Rosalind de vous en lui proposant de racheter ses dettes.

— Vous avez fait *quoi* ?

Il refusa de se retourner vers Charles par crainte de le frapper.

— Calmez-vous. Elle a refusé ma proposition. Énergiquement. C'est une femme digne d'être épousée. Une femme qui vaut la peine d'y consacrer sa vie.

Un silence s'abattit sur l'église quand ils entendirent tous le bruit d'une calèche à l'extérieur.

Ashton était choqué. Rosalind n'avait pas saisi cette opportunité pour tenter à nouveau de se soustraire à leur accord de mariage ? Il savait à présent qu'elle l'aimait, mais avant ? Non, même alors, elle avait respecté ses promesses, et elle les respecterait également ce jour-là.

Les portes de l'église s'ouvrirent et deux silhouettes entrèrent, illuminées de dos par une pâle lumière. Un nuage de pluie les suivit, mais la plus grande des deux abaissa le parapluie qu'elle tenait pour révéler la femme plus petite qui se tenait à côté. Brock et Rosalind étaient arrivés.

À trois reprises, Ashton avait regardé ses amis se marier. Il arrivait à peine à croire que ce soit son tour, à présent.

Je suis un imbécile, mais un imbécile heureux. Ashton ne parvint pas à contenir sa joie en voyant Rosalind, les joues rouges. Même à l'autre bout de la pièce, il put apercevoir un éclat de rire dans ses yeux quand elle vit qu'il l'attendait. Elle aussi avait peut-être douté qu'il vienne et avait ressenti le même soulagement quand elle l'avait enfin vu.

La robe blanche sur le corps de Rosalind était exquise. Le corsage était orné d'un délicat motif en perles et l'ourlet de la robe était sublimé par des perce-neige brodés. Quand elle se dirigea vers l'autel, la soie de sa robe chatoya.

Une véritable vision de beauté ! Un rêve devenu réalité ! La gorge d'Ashton se serra alors qu'il luttait pour récupérer le peu de contrôle qu'il lui restait. Il s'inquiétait à présent de ne pas être capable de parler quand elle arriverait jusqu'à lui, ce qui contrarierait fortement l'homme d'Église qui se dressait près de lui.

Quand ils parvinrent enfin à sa hauteur, Brock déposa un baiser sur la joue de Rosalind. Avant de s'écarter, il adressa à Ashton un geste du menton en signe d'approbation silencieuse.

La bouche de Rosalind esquissa un sourire quand elle vit comment il la regardait.

— Vous avez permis à la pluie de tomber ? le taquina-t-elle dans un murmure qu'il fut le seul à entendre.

Il tenta de dissimuler son sourire involontaire.

— Je ne suis pas parfait, malheureusement, mais depuis quand la pluie est-elle une mauvaise chose ?

Elle pouffa, s'attirant un regard désapprobateur de la part de l'homme en soutane qui se dressait devant eux.

Ashton n'entendit pas un traître mot de ce que disait le prêtre. Il faudrait certainement lui donner un coup de coude quand viendrait le moment de prononcer ses vœux. Tout ce qui comptait pour lui à présent était qu'il était là, en compagnie de la femme qu'il aimait plus que sa propre vie.

Ma rivale rusée, chérie et absolument fantastique.

Il n'avait pas besoin de posséder une femme pour se sentir connecté à elle. Rosalind lui appartenait d'une façon qui trans-cendait la possession. Ils étaient unis par des liens indivisibles d'amour, d'affection et de confiance. Elle avait été la seule femme qui avait mis sa force en question et l'avait par là même rendu plus fort, meilleur. Il en avait eu envie depuis très longtemps et n'avait pourtant pas osé espérer pouvoir posséder cela un jour.

Je lui appartiens. Pour la première fois de sa vie, il souriait parce que quelqu'un l'avait vaincu... de la plus délicieuse des façons.

— MON ÉPOUX...

Rosalind testa le mot tout en regardant Ashton ajuster sa cravate. Il était séduisant dans son gilet bleu et ses culottes en daim. À ce mot, Ashton la regarda dans les yeux. Son sourire lent la fit rougir.

— Mon épouse.

Rosalind se mordit la lèvre. S'était-elle véritablement mariée ce matin-là ? Cela avait été un tourbillon de rires, de sourires et d'un sentiment d'amitié qui lui avait donné l'impression d'être enveloppée dans un cocon d'amour. La Ligue et leurs épouses – ainsi que la famille d'Ashton – l'avaient accueillie dans leurs vies ouvertement et avec chaleur. Même ses frères – pour une fois – avaient fait leur maximum pour bien se tenir, malgré la présence de tant d'Anglais. Brock lui avait promis qu'ils resteraient quelques semaines, le temps que les réparations de leur château soient effectuées.

Tout était parfait. Elle n'aurait jamais deviné que la vie pourait être aussi pleine de joie.

— Venez et laissez-moi vous regarder.

Ashton tendit la main et elle s'avança vers lui. Elle s'était changée et avait enfilé une de ses robes favorites. De couleur crème, elle avait de la dentelle de Belgique et des roses rouges brodées le long des manches et du corsage, qui remontaient aussi le long de l'ourlet.

Ashton lui passa un bras autour de la taille.

— Un ange parmi les fleurs.

Elle éclata de rire.

— Je croyais que j'étais votre diablesse écossaise ?

Elle se colla à lui, inspirant son parfum chaud, puis elle remarqua qu'il manquait quelque chose. Elle fronça les sourcils.

— N'êtes-vous pas censé porter votre écharpe ? Le médecin a dit...

— Au diable avec le médecin ! Ce n'est pas la première fois que je me fais tirer dessus. Les écharpes sont un fléau. Cela fait deux semaines ! Ne vous inquiétez pas pour moi.

Il baissa la tête et l'embrassa sur le front.

— Je me disais... En tant que cadeau de mariage, et si nous... nous échangions autre chose que des anneaux ?

Elle ouvrit de grands yeux surpris.

— Oh ?

— Oui. J'ai une compagnie, une ancienne société de transport que j'avais achetée quand je n'étais qu'un jeune homme qui tentait de restaurer la fortune de sa famille. Je voudrais vous l'offrir en signe de bonne volonté. Nous pourrions l'englober dans une fiducie que vous seriez la seule à contrôler. Elle vous appartiendrait entièrement sans le moindre contrôle de ma part.

— Vous feriez vraiment cela pour moi ?

Il hocha la tête.

Elle sourit.

— Alors, laissez-moi vous donner quelque chose en échange. La petite banque que Henry m'avait laissée. Elle est très chère à mon cœur, mais j'aimerais vous la donner. Un véritable échange.

Les yeux d'Ashton s'adoucirent et ses mains la serrèrent plus fort.

— Seigneur, vous me donnez envie de vous embrasser quand vous parlez affaires.

Il lui leva le menton avec la main et couvrit sa bouche de la sienne dans une tendre caresse qui la brûla rapidement de part en part.

— Ashton ?

Elle réprima difficilement ses gloussements de rire.

— Oui, ma chère ?

Il fit descendre une pluie de baisers jusqu'à ses lèvres et elle ouvrit la bouche, le laissant approfondir le baiser. Cet homme représentait la tentation à l'état pur !

— Il faut qu'on redescende. Le dîner nous attend et je sais que vous avez besoin de voir vos amis.

Il soupira, calant son front contre celui de Rosalind qui ne pouvait dénier qu'elle aussi avait envie de sauter le dîner.

— Vous avez raison. Les amis, le dîner et puis…

Il désigna le lit du menton. *Leur lit*. Elle sentit une vague de chaleur en elle et sa peau rougit.

Avec un sourire coquin, Ashton la souleva et la porta jusqu'au lit.

— Reposez-moi ! haleta-t-elle.

— Le dîner peut attendre, gronda-t-il, un son plus sensuel que dangereux.

Il la laissa tomber sur le lit et grimpa sur elle, ses mains glissant sous ses jupes afin qu'il puisse s'étendre entre ses cuisses. Quand il était déterminé à la culbuter, il ne perdait pas de temps.

— Vous me donnez du fil à retordre !

Rosalind éclata de rire puis hoqueta quand il fit quelque chose à ses sous-vêtements. Soudain, sa main s'était faufilée entre ses cuisses et caressait sa vulve. Au début, elle se sentit ébahie, puis elle se détendit sous son tendre toucher. Un feu délicieux se répandait à travers elle chaque fois qu'il la caressait. Elle poussa un gémissement désarmé.

— Chut, la gronda-t-il en jouant doucement avec elle, faisant jouer un index sur son bourgeon sensible avant de la pénétrer du bout des doigts.

Mais ce n'était pas suffisant.

— Si vous ne…

— Chut, ma petite diablesse.

Il lui adressa un grand sourire.

Il dénoua son pantalon et se lova en elle, la pénétrant avec un soupçon de sauvagerie qui lui donna envie de toutes les autres choses qu'il pourrait lui faire. Elle jouit vite et fort, poussant un cri de plaisir. Quand ils faisaient l'amour, c'était sauvagement excitant, mais cela se terminait toujours sur un parfait moment de tendresse. Au-dessus d'elle, Ashton explosa et ses yeux bleus perçants s'adoucirent.

Elle aurait pu rester avec lui pour toujours de la sorte, leurs corps entrelacés. Les mains d'Ashton maintenaient les siennes plaquées contre le matelas, leurs doigts entrelacés. C'est alors qu'elle leva soudainement les yeux et se rendit compte qu'il y avait une légère lueur au-dessus d'eux. C'était quelque chose qu'elle n'avait encore jamais remarqué.

— Qu'est-ce que c'est ? lui demanda-t-elle en pointant le doigt vers le haut.

Un souvenir lui apporta la réponse. C'était le miroir, incliné à un angle qui lui permettait de se voir et voir Ashton sur elle. L'image de leurs corps entrelacés lui provoqua une étrange sensation dans le ventre. Avec une contraction, elle sentit qu'elle avait à nouveau envie de lui. Elle resserra les jambes autour de lui, regardant son corps tressauter dans le miroir, et elle réagit en se resserrant autour de son membre.

Ashton haleta et recommença à durcir en elle.

— Les miroirs rendent les choses... *intéressantes...* acheva-t-il enfin avant de se pencher pour lui mordiller la lèvre inférieure.

Elle en convint, captivée de les voir ainsi réunis. *Mon baron, avec son côté obscur.* Elle ne pouvait pas dénier qu'elle les aimait, lui et son côté obscur.

— Nous devrions en installer d'autres, lui murmura-t-elle à l'oreille.

Elle lui mordilla le lobe et il poussa une petite exhalaison sifflante en lui donnant des coups de reins plus fort jusqu'à ce qu'ils basculent à nouveau au bord de la falaise escarpée de la passion.

— Vous êtes parfaite, murmura-t-il contre elle, tremblant de tous ses membres alors qu'elle frottait son nez contre son cou.

— Vous aussi, répondit-elle avec un petit rire.

Ils étaient certainement les deux individus les plus attirés par

la perfection de toute la Terre, mais cela ne les avait pas empê-
chés de tomber amoureux l'un de l'autre.

*Je ne lui trouve aucun défaut, du moins aucun que je ne possède moi-
même,* songea-t-il. *Nous représentons les deux côtés de la médaille.*

— Nous devrions sauter le dîner.

Ashton sourit et ondula à nouveau des hanches, lui rappelant
leur connexion.

Rosalind se mordit la lèvre pour se retenir de rire.

— Je suppose que nous pourrions manger vite puis congédier
tout le monde. Ils comprendraient. C'est notre nuit de noces,
après tout.

— Effectivement.

Ashton baissa la tête pour lui donner un dernier baiser
insistant.

— Je vous aime, ma petite diablesse. Vous avez été la réponse
à mes prières secrètes.

Ses paroles serrèrent la gorge de Rosalind et elle mit une
minute à se reprendre.

— Et vous étiez la réponse aux rêves auxquels je ne croyais
plus depuis longtemps.

Elle sourit, les yeux remplis de larmes.

— Je vous aime, mon baron.

Quoi que l'avenir leur réserve, Ashton et elle lui feraient face
ensemble et la Ligue serait à leur côté.

ÉPILOGUE

Ashton se tenait dans un salon privé de son domaine. Derrière lui, le feu craquetait dans la cheminée. En face de lui se dressaient ses cinq amis les plus proches. Ils avaient traversé pas mal d'épreuves au cours de l'année passée, mais il avait l'impression vague que ce n'était que le début.

Godric s'appuya sur une canne, sa jambe le faisant toujours légèrement boiter. Lucien jouait avec une bande de soie rouge. Cédric et Jonathan servaient des verres de brandy aux autres. Le regard pensif, Charles était adossé au mur, près de la porte.

Dans sa main, il tenait le petit décodeur doré qu'il avait trouvé dans sa chambre. Rosalind avait confirmé que c'était bien celui que son père lui avait envoyé. La clé pour décoder les lettres de Hugo était sous leur nez durant tout ce temps. Jouant avec l'objet, Charles croisa le regard d'Ashton, impatient de commencer.

— Pour quelle raison ce meeting sous le sceau du secret ? demanda Lucien. Y a-t-il eu des développements du côté de Waverly ?

Ashton retira une unique lettre de sa redingote et la brandit. Les yeux de tous les hommes se braquèrent sur ces quelques précieuses feuilles de parchemin.

— Nous allons voir.

— Est-ce... ?

Les bras de Godric retombèrent contre ses flancs et il s'approcha.

— Effectivement, confirma Ashton.

C'était en Écosse qu'il avait informé ses amis de la nature de ces lettres, mais il leur avait jusqu'à présent, caché l'existence de cette unique survivante.

— Pendant très longtemps, nous nous étions demandé comment Hugo avait les ressources et les hommes à sa disposition pour nous avoir causé autant de problèmes cette dernière année. À présent, nous avons la réponse. Sir Hugo Waverly est un espion. Bien entendu, le savoir ne nous aide pas beaucoup. Émettre publiquement une telle accusation ne résoudrait rien. Il est au service de la Couronne.

— Mais s'il commettait des actes que la Couronne n'approuvait pas... dit Godric.

Ashton hocha la tête.

— Exactement ! Charles et moi avons déchiffré son message hier soir. La lettre démontre que Hugo menait son travail d'espion en Écosse et qu'il a fait assassiner les leaders de la rébellion.

Ashton marqua un temps d'arrêt.

— Malheureusement, elle prouve également que Waverly travaillait avec l'ancien lord Kincade, qui a trahi son propre peuple.

— Ash, nous savons ce que nous devons faire, dit Charles. Révéler ce saligaud au grand jour et désamorcer ses manigances provoquerait certainement son exil de l'Angleterre, ou pire. La Couronne ne le défendrait pas. Sans quoi, ce serait admettre qu'ils ont sanctionné des meurtres afin de conserver l'Écosse au sein de la Grande-Bretagne.

Ashton posa la lettre sur le manteau de la cheminée et se retourna vers ses amis, la gorge serrée.

— Ceci a également le pouvoir de détruire le bonheur de ma femme. Cette lettre noircirait le nom de sa famille, feraient de ses frères les fils d'un traître. Ils deviendraient des parias parmi leur propre peuple, sur leurs propres terres, simplement à cause des actes cupides de deux hommes.

— Sans parler de perturber notre nation tout entière, dit Lucien. Que ces actes aient été sanctionnés ou pas, cela donnera l'impression que l'Angleterre impose sa loi à l'Écosse. Tout ceci va mal se terminer.

— Alors que proposez-vous ? s'enquit Cédric.

La tension dans la pièce s'était accrue. Ashton savait que ce qu'il allait leur demander ne serait pas facile. Aucun homme n'aurait dû prendre cette décision.

— Je suggère que nous votions quant au destin de cette lettre. Ou bien nous en révélons le contenu à toute l'Angleterre, ou bien nous la brûlons dans cette cheminée.

Il désigna les flammes dansantes.

Jonathan s'éclaircit la gorge.

— Vous aurez besoin d'un chiffre impair pour vous assurer une majorité. Je vais me retirer, puisque contrairement à vous, je n'ai pas le moindre passé avec Hugo.

— Très bien, dit Lucien. Je consens à un vote.

Les autres murmurèrent leur assentiment.

— Je vote pour la brûler, pour le bien de Rosalind, déclara Ashton.

Le choix n'avait pas été facile, mais au final, il se rendit compte que c'était le seul moyen. Rosalind lui avait offert sa confiance et lui avait donné une arme qu'elle savait capable de détruire sa famille. Cependant, leur père les avait fait suffisamment souffrir et ils ne méritaient pas d'être hantés par son fantôme pour toujours.

— Je vote pour révéler cette lettre, dit Cédric. Il a essayé de tuer Horatia et Anne. Si on ne s'en sert pas, il réessaiera.

Ashton s'y était attendu. Cédric, plus que tous les autres, avait souffert du désir de revanche de Hugo.

— Je suis avec Ash. Brûlons-la.

Lucien se frotta le menton.

— Ce n'est pas une question de victoire. C'est une question de sens moral. Le mal que ces lettres causera l'emportera-t-il vraiment sur la lumière qu'elles feraient ? Nous pouvons trouver un autre moyen d'arrêter Hugo. S'il a commis une erreur par le passé, il va forcément en commettre une autre.

Charles regarda d'un air sombre la lettre posée sur le manteau de la cheminée.

— Foutaises. Même quand on déjoue ses plans, Hugo a toujours une longueur d'avance. Il était déjà le fléau de mon existence avant la formation de la Ligue. Cette opportunité nous a été *offerte*. Nous serions bien bêtes de ne pas nous en servir, et pas simplement pour nous. Nous le devons à Peter.

Deux contre deux.

Tout le monde se tourna vers Godric. Il soutint leurs regards avant de pousser un soupir et de voter.

— Malgré mon envie de rendre cette lettre publique, dit-il avec un soupir, je n'arrive pas à me forcer à détruire la réputation et le bonheur de votre épouse et de sa famille. Je ne peux également pas laisser cette lettre diviser l'Angleterre et l'Écosse plus qu'elles ne le sont déjà. Je vote pour qu'on brûle cette lettre.

Ashton poussa un soupir de soulagement. Ses poings serrés commencèrent à se détendre.

Pendant un moment, personne ne dit un mot. Ashton se tourna vers le manteau de la cheminée et prit la lettre. Une dernière fois, il tint dans la paume de sa main la preuve des crimes de Hugo. Si seulement ce dernier avait su à quel point il était passé près de la destruction !

Il jeta un dernier regard à ses amis les plus proches. Quand personne ne dit rien, il jeta la lettre dans les flammes. Elles léchèrent le pourtour de la lettre. Le sceau de cire fondit, se répandant comme des gouttes de sang. Ashton et les autres patientèrent jusqu'à ce que la missive se soit transformée en cendres.

Cédric fronça les sourcils devant ce spectacle et Charles

découvrit à moitié les dents. La chose avait été votée et ils ne pouvaient pas revenir en arrière.

— C'est fait, dit Ashton,

La bataille était pourtant loin d'être terminée. Charles le rejoignit près du feu et se servit du tisonnier pour attiser les flammes. Du feu naquit à nouveau des cendres en une danse colérique. Le reste de la Ligue vint les flanquer, Charles et lui, pour regarder la lettre brûler.

— Hugo, dit à mi-voix Ashton, préparez-vous. Nous arrivons.

Hugo Waverly était assis dans son étude, la tête entre les mains, accroché à une bouteille de brandy. Cela faisait presque deux jours qu'il buvait, depuis qu'il avait eu vent du mariage de Lennox et Rosalind Melbourne.

À tout instant, il s'attendait à ce que sa vie telle qu'il la connaissait prenne fin. Son passé serait révélé au grand jour, sa carrière détruite, et il deviendrait une cible.

Il se frotta les yeux et porta la bouteille à ses lèvres quand il entendit un coup à sa porte.

— Qu'y a-t-il ?

Il s'attendait à ce que ce soit son majordome, mais Daniel Sheffield se fit voir, un bout de papier à la main.

— Une lettre urgente de notre homme chez les Lonsdale.

Il s'avança sans préambule et posa la lettre devant Hugo.

Celui-ci grogna et commença à lever la bouteille, ne voulant pas entendre ce qu'il savait déjà, mais Sheffield l'arrêta.

— Lisez-la.

Il tapota la lettre et c'est à cet instant que Hugo se rendit compte qu'elle avait été ouverte. Sheffield l'avait déjà lue.

Le front plissé, Hugo s'empara brusquement de la lettre et la parcourut. Tom Linley disait que les Rebelles avaient tenu une réunion privée à Lennox House et avaient brûlé une lettre après avoir procédé à un vote. Le vote était passé à trois contre deux, exigeant que la lettre soit détruite pour le bien des relations avec l'Écosse et afin de libérer la famille de Rosalind de la menace de leur passé traître.

Il fallut un moment pour que la vérité s'impose réellement à son esprit.

Il n'allait pas être dévoilé au grand jour. Il était en sécurité.

Il savait parfaitement pourquoi. Ils avaient agi ainsi par sentimentalisme, rien de plus. Cela signerait leur perte. Il prit la lettre des mains de Linley et se tourna pour la jeter dans la cheminée derrière son bureau.

— Nous touchons au but, Peter. Nous sommes très proches, dit-il d'un air absent en se permettant de revenir en arrière, vers une période bien plus sombre où il avait perdu un ami pour toujours, puis une période encore antérieure où il en avait perdu bien davantage.

— Je trouverai justice.

Il grava le serment dans son cœur en regardant le parchemin noircir et se réduire en cendres.

— Pour vous... et pour mon père.

Merci d'avoir lu *Rivaux Rebelles* ! Tournez la page pour lire le premier chapitre de *La Rébellion du désir*, un recueil de deux novellas réunissant les histoires de Jonathan et d'Audrey, ainsi que celle de Gillian (la suivante et amie d'Audrey) et de James, le comte de Pembroke. Ces deux couples vont connaître leurs propres histoires dans les numéros 7 et 8 de la série *La Ligue des Rebelles*.

LA RÉBELLION DU DÉSIR

Gillian Beaumont savait que cette journée n'allait pas être de tout repos. Alors qu'elle essayait de dompter les boucles des cheveux de sa maîtresse, elle s'inquiétait de la lueur malicieuse dans les yeux d'Audrey Sheridan. Gillian était accoutumée à cette lueur espiègle, mais ce jour-là, elle semblait doublement intense, et la façon dont le coin des lèvres d'Audrey s'incurvait en un petit sourire ne faisait qu'accroître l'inquiétude de Gillian. La dernière fois qu'elle avait affiché cet air-là, Audrey avait pourchassé un des Rebelles autour d'un sofa, exigeant d'être embrassée.

— Voilà, Milady.

Gillian acheva d'enfoncer la dernière épingle dans la chevelure de sa maîtresse.

Les yeux bruns d'Audrey pétillèrent quand elle croisa le regard de Gillian dans le miroir.

— Parfait. Je dois être au summum de ma beauté aujourd'hui. La Ligue doit passer prendre le thé dans une heure et...

Une rougeur délicate lui monta aux joues.

— Mr Saint-Laurent sera-t-il là ?

— Euh... Je le suppose, répondit vaguement Audrey.

Gillian savait parfaitement ce que sa maîtresse ressentait

envers ce gentleman. C'était un très bel homme avec des yeux verts et des cheveux blonds décolorés par le soleil. Gillian admettait qu'il était attirant, mais il ne lui faisait pas ressentir ce qu'elle croyait que les femmes ressentaient pour un homme qu'elles désiraient.

Gillian regarda son propre visage dans le miroir tout en rangeant la coiffeuse. Elle était peut-être différente des autres femmes. Elle plaça les brosses à manches d'ivoire près d'un set de peignes raffinés en écailles de tortue. Contrairement aux cheveux châtain sombre d'Audrey, ceux de Gillian étaient d'un brun tout ce qu'il y a de plus commun, tandis que ses yeux étaient gris chiné. Elle n'avait jamais été une beauté, mais elle n'était pas non plus repoussante. En soi, elle était l'exemple parfait d'une femme commune qui était à sa place en tant que suivante ou compagne d'une lady.

Fille bâtarde d'un comte, Gillian avait appris à ne pas trop espérer de ses circonstances, bien que son père se soit assuré qu'elle et sa mère ne manquent de rien. Elles avaient vécu des vies confortables quoique modestes dans une petite maison de ville près de Mayfair. Elle avait quinze ans quand son père était mort et avait été forcée de travailler en tant que suivante pour subvenir aux besoins de sa mère défaillante. Elle n'avait jamais été une compagne, mais une amie de sa mère lui avait fait savoir que le vicomte Sheridan cherchait une suivante pour sa sœur cadette, du même âge qu'elle.

Il était rare d'avoir une suivante aussi jeune, mais Audrey avait insisté pour qu'on trouve quelqu'un de son âge. C'était ainsi que Gillian, qui allait sur ses seize ans, était devenue la bonne d'Audrey ainsi que son ombre loyale et protectrice. Un an plus tard, la mère de Gillian était morte.

Maman est partie et je me retrouve toute seule.

Elle fronça les sourcils. Ce n'était pas vrai. De bien des façons, être la suivante d'Audrey était un peu comme d'être son amie. Elles partageaient des secrets et participaient à bien plus d'aventures que Gillian ne l'aurait voulu. Il y avait entre elles une familiarité rare entre une suivante et sa lady. Audrey avait un cœur généreux et un esprit qui ne se laissait pas mettre en cage.

— Gillian, pourriez-vous aller me faire quelques courses aujourd'hui ? Je crois que nous avons des articles à poster dans la *Gazette de la Lorgnette* qui devront être publiés dans les semaines qui viennent. Voudriez-vous bien vous en occuper ?

Audrey jouait avec la ceinture de sa robe en batiste bleue, parfaitement ajustée à sa taille fine. La robe présentait des motifs décorés sur le corsage. La coupe du vêtement et sa taille haute allongeaient la silhouette minuscule d'Audrey. La jupe ample était bordée d'une gaze couleur lavande qui la faisait paraître légère et presque plumeuse sur l'ourlet.

Audrey avait des goûts exquis, chose qu'elle souhaitait également que sa suivante cultive. Gillian portait une robe de mousseline lavande qui avait plus de panache que ce qu'une suivante aurait généralement porté. Elle s'approchait du style de robes qu'elle portait lorsque son père était encore en vie.

— Eh bien ? Cela ne vous fait rien ?

La voix d'Audrey tira Gillian de ses pensées.

— Bien entendu. Je suis désolée, Milady. J'étais perdue dans mes pensées. Oui, laissez-moi les articles et je m'assurerai de les remettre à qui de droit.

— Parfait.

Audrey se dirigea vers son écritoire et en retira quelques articles soigneusement empaquetés qu'elle tendit à Gillian.

— Avez-vous besoin d'autre chose, Milady ? demanda Gillian.

— Non, pas pour le moment. Oh, souvenez-vous : ce soir, nous nous rendons au Hellfire Club.

Gillian se figea, le dos raidi. Le Hellfire Club, comment avait-elle pu oublier ?

— Milady, je ne pense vraiment pas que nous devrions...

Audrey tapa délicatement du pied et croisa les bras sur sa poitrine.

— Gillian, vous savez que cet horrible Gérald Langley appartient à ce club. Comment s'appelait-il déjà... ?

Audrey inclina la tête, levant les yeux au ciel, ayant l'air de se creuser les méninges.

— Les Pécheurs et les Sadistes ? Non... Attendez !

Elle brandit un index.

— Les Pécheurs Impies de l'Enfer.

Gillian eut un mouvement de recul.

— Devons-nous vraiment nous y rendre ce soir ? Ces hommes sont peut-être dangereux.

Ce n'était pas comme si leurs vies étaient dénuées de commérages et d'aventures, puisque Cédric, le frère aîné d'Audrey, était membre de la tristement célèbre Ligue des Rebelles. Plus d'une fois, Cédric et ses amis s'étaient retrouvés dans des situations potentiellement mortelles, et ils causaient des scandales au moins deux fois par mois. La dernière chose dont Audrey aurait besoin était d'aller se fourrer dans d'autres histoires... Du moins était-ce l'opinion de Gillian.

— Balivernes ! Nous n'aurons pas le moindre problème. Ils permettent aux femmes d'assister à leurs festivités impies, et si nous emmenons Charles et son valet en tant qu'escortes, nous serons en sécurité.

— Lord Lonsdale ? Ce n'est pas exactement un homme à la réputation reluisante. Souvenez-vous des cygnes. Tout le monde était vraiment scandalisé.

Audrey pouffa.

— Je m'en souviens, bien sûr. J'étais là. Charles n'est pas si terrible. J'ai eu toutes les peines du monde à essayer de l'embrasser, si vous vous en souvenez bien. Il est plus gentleman qu'il veut bien le laisser croire.

Avec un petit *hum* qui n'était pas vraiment un assentiment, Gillian se dirigea vers la porte, mais Audrey l'arrêta.

— Les robes ! J'avais complètement oublié. Vous devez passer chez Madame Ella pour récupérer les robes. Essayez-les pour vous assurer qu'elles vont bien, dit Audrey.

Gillian soupira et hocha la tête. Ce n'était pas la première fois qu'on lui avait demandé d'essayer une des robes d'Audrey.

Les deux femmes avaient à peu près la même silhouette, étant toutes les deux petites et plantureuses. Elle soupçonnait sa maîtresse de vouloir lui donner un petit frisson de plaisir, mais Gillian craignait de finir par désirer des choses qu'elle ne posséderait jamais.

Dès qu'elle avait été assez mûre pour comprendre sa place en tant que fille illégitime d'un membre de la paierie, elle avait cessé de s'extasier sur les robes les plus jolies et avait abandonné l'idée de trouver un gentleman gentil à épouser. Accepter son destin de domestique l'avait sapée, et même si elle adorait travailler pour Audrey − même lorsqu'elles se fourraient dans des situations impossibles −, cela ne l'empêchait pas de rêver à une vie tranquille quelque part, dans un petit cottage.

— Je vous remercie.

Audrey la poussa doucement dans le couloir et Gillian descendit l'escalier pour prendre son bonnet ainsi que son porte-monnaie. Le temps qu'elle rentre des courses, la Ligue des Rebelles et leurs épouses seraient arrivés pour le thé et Audrey n'aurait guère l'occasion de s'attirer des ennuis.

Gillian sourit au jeune Sean Hartley, le beau valet irlandais, quand il lui tendit un petit porte-monnaie.

— Et quelles courses notre maîtresse vous envoie-t-elle faire aujourd'hui ? demanda Sean.

Son accent irlandais et sa beauté étaient une tentation pour toutes les femmes de chambre de la résidence Sheridan.

— Je dois aller récupérer quelques robes et je dois aussi poster quelque chose. Pourriez-vous faire venir la calèche ?

Sean lui adressa un large sourire.

— Encore des robes ! Elle n'en a donc pas suffisamment ? la taquina-t-il avec un clin d'œil.

Gillian lui rendit son sourire.

— Non, en effet.

Elle aimait bien Sean. Il était comme un frère aîné, taquin et gentil.

Il la laissa seule dans l'entrée pendant qu'il alla chercher la calèche. Elle serrait contre sa poitrine son sac et les articles de la *Gazette*, s'assurant de ne pas les laisser tomber accidentellement. Personne n'était là pour la voir, ce qui était bien, car Sean connaissait la vérité sur la double vie d'Audrey. On pouvait lui faire confiance, mais ni Audrey ni Gillian n'auraient voulu courir le risque que quelqu'un d'autre soit au courant.

C'était le secret le mieux gardé de sa dame. La célèbre Madame Société, la chroniqueuse mondaine anonyme et parfois excessivement critique de la *Gazette de la Lorgnette*, n'était autre qu'Audrey Sheridan. Cela faisait à présent plusieurs années que la maîtresse de Gillian écrivait des articles, défiant des gentlemen de s'abandonner à l'amour et exposant en public les membres de la société qui cherchaient à nuire aux autres. Son passe-temps favori était de jouer aux entremetteuses pour les Rebelles chers à son cœur.

Sa dernière victoire avait été d'exposer un pari à White's. Un homme du nom de Gérald Langley avait offert cinq mille livres pour qu'on détruise publiquement la réputation d'une femme. Mais Audrey n'en avait pas terminé avec lui ; elle avait l'intention d'exposer l'implication de Langley dans le Hellfire Club.

Et je dois jouer le jeu, sans quoi elle s'attirera de véritables ennuis. Tentée d'éclater de rire, Gillian secoua la tête. Pourquoi devait-elle toujours être la voix de la raison ? C'était épuisant de devoir constamment éviter à sa maîtresse de s'attirer des ennuis. Ce dont Audrey avait besoin était d'un homme qui lui courrait après et veillerait sur elle pendant qu'elle vivrait sa vie d'aventures. Un homme comme Jonathan Saint-Laurent. Quand Audrey serait mariée, le mari de sa maîtresse deviendrait l'allié de Gillian et elle pourrait enfin se détendre.

Sean revint et lui ouvrit la porte de la maison.

— Ne vous inquiétez pas. Je vais veiller sur elle, promit Sean.

— Je vous remercie.

Gillian le pensait. Elle s'inquiétait, comme le faisait tout le personnel, qu'Audrey aille se fourrer dans une histoire dont elle ne parviendrait pas à se tirer s'ils ne veillaient pas sur elle. Gillian grimpa dans la calèche, se cala confortablement et ferma brièvement les yeux. Si elles devaient infiltrer le Hellfire Club après minuit, la nuit allait être longue.

Le temps qu'elle arrive à l'atelier de Madame Ella, elle s'était reposée et avait réussi à livrer les articles de Madame Société à leur éditeur. Elle se sentait revigorée et prête à procéder aux essayages pour le compte d'Audrey. Connaissant sa maîtresse, cela prendrait un moment si les robes étaient élaborées... Ce qu'elles étaient toujours.

Elle demanda au cocher de l'attendre pendant qu'elle serait à la boutique. Une femme d'âge mûr aux cheveux argentés était agenouillée près d'une jeune femme qui portait une robe de soir rose. La jeune femme devait avoir le même âge qu'Audrey et Gillian, aux alentours de dix-neuf ans. Elle avait des cheveux marron clair, professionnellement coiffés, et adressa un regard plaisant à Gillian, supposant à sa tenue qu'elle appartenait probablement au même cercle social.

Madame Ella leva les yeux et sourit.

— Miss Beaumont ! Quel plaisir ! J'ai les robes, mais vous allez devoir les essayer toutes les deux pour en être certaine.

La couturière savait que Gillian essayait les robes quand Audrey ne pouvait pas se déplacer en personne.

— Bien entendu.

Gillian traversa la boutique et posa ses affaires dans une petite zone derrière un rideau. Puis elle prit les deux robes que lui tendait Madame Ella. Elle retira rapidement sa propre robe de promenade et essaya d'abord sa propre robe de soirée toute simple. La boutonnière était sur le devant et elle n'eut aucun mal à s'examiner dans le miroir étroit de la petite zone d'essayage. Elle eut toutefois besoin d'aide pour lacer l'arrière de la robe de soirée d'Audrey.

— Madame Ella ? appela-t-elle. J'ai besoin d'aide pour les lacets.

Le rideau bougea et elle se tourna à moitié, jeta un regard par-dessus son épaule et en resta bouche bée. Un homme séduisant avec des cheveux sombres et de doux yeux bruns la regardait, les lèvres entrouvertes. Il tenait à la main une paire de gants fauves, mais il ne bougea pas. Son dos partiellement délacé était exposé à son regard. Ses yeux suivirent la ligne de son échine dénudée et elle put presque sentir son regard, comme des doigts invisibles qui dansaient sur sa peau.

Elle avait le vertige en songeant qu'il la voyait ainsi exposée et vulnérable d'une façon terriblement sensuelle. Il sourit, lui faisant entrevoir ses pensées alors qu'il la parcourait à nouveau des pieds à la tête. Accrochant son regard brun, elle eut l'impression de tomber dans un abîme de pensées sombres et érotiques. Une petite voix au fond de son esprit la prévint qu'elle se trouvait en territoire dangereux. Si elle avait été une femme comme Audrey, cela l'aurait compromise.

— Toutes mes excuses.

L'homme se reprit et détourna les yeux, ses joues devenant écarlates. Gillian rougit aussi. Elle n'avait toujours pas recouvré l'usage de la parole. Quand elle regardait ce grand inconnu ténébreux, elle était tout bonnement incapable de *penser*. Son cœur battait follement et son corsage était soudain trop serré.

— James ? appela une voix féminine. Où êtes-vous ? J'aimerais voir si ces gants sont assortis à cette robe.

James, son bel inconnu, lui adressa un demi-sourire puis abaissa lentement la main qui retenait le rideau. Juste avant que son visage ne disparaisse, il accrocha son regard et murmura avec un sourire arrogant :

— N'ayez jamais honte de montrer une peau aussi jolie.

Le rideau retomba en place et Gillian eut soudainement l'impression de pouvoir recommencer à respirer. Elle serra les bras contre sa poitrine, ses seins se soulevant. Elle essaya de se calmer. Qui était-il ? Pourquoi n'avait-il pas refermé le rideau immédiatement ? Il devait forcément savoir à quel point son comportement était scandaleux.

— Miss Beaumont ? Puis-je venir vous aider à lacer la robe ? l'interpella madame Ella de l'autre côté du rideau.

— Oui, entrez, je vous prie, répondit-elle d'une voix haletante.

La couturière entra et resserra adroitement les lacets.

— Alors, comment vous va-t-elle ? demanda madame Ella.

Gillian étudia rapidement la robe et hocha la tête.

— Cela ira. Merci, madame Ella.

Elle essayait désespérément de remettre de l'ordre dans ses idées. Le reverrait-elle dans la boutique ? S'il avait aidé une femme à acheter des gants, ils étaient probablement déjà partis, puisqu'elle avait pris son temps pour finir d'essayer la robe d'Audrey. Elle espérait qu'il soit parti afin qu'elle ne soit pas forcée de lui faire face, mais elle ne voulait également pas qu'il disparaisse. Les deux sentiments la tiraillaient dans des directions opposées. Elle renfila sa robe lavande et quitta le vestiaire. Son chausson se prit dans le tapis et elle tituba.

— Oh !

Gillian hoqueta, se préparant mentalement à la chute, mais au lieu de cela, elle s'affaissa contre une poitrine masculine dure comme l'acier. Des mains douces s'enroulèrent autour de sa taille, la retenant. L'homme la saisit plus fermement et elle se sentit légèrement soulevée dans ses bras au point de se retrouver entièrement plaquée contre lui. L'odeur attirante du bois de santal et du pin lui emplit les narines et elle leva la tête pour regarder cet homme.

Lui.

Ce bel inconnu appelé James. Ses yeux bruns étaient emplis de chaleur et de lumière. Elle eut des papillons dans le ventre.

— Je vous réitère mes excuses.

James ricana et hésita un moment avant de lui lâcher la taille.

— James ? Que faites-vous ? C'était la jolie brunette que Gillian avait vue en entrant dans le magasin.

— Letty.

James la salua chaleureusement et s'écarta de Gillian, mais juste à peine pour permettre à l'autre femme de s'approcher d'elles.

— Bonjour, dit Letty à Gillian en souriant. Ne me dites pas que mon frère aîné vous a embêtée ? Il a juré qu'aujourd'hui, il se tiendrait correctement. Je ne le crois pas une seule seconde. Il est un peu rebelle, voyez-vous. Il s'attire toujours des histoires.

Les yeux de Letty étaient du même brun enchanteur que ceux de son frère. Bien malgré elle, Gillian fut soulagée qu'ils soient frère et sœur et pas...

Cela n'aurait pas dû compter, et pourtant...

— Non, il est très bien. Je veux dire. Il s'est bien comporté...

Une nouvelle vague de chaleur et d'embarras s'abattit sur elle. Elle ne parlait généralement pas aux dames, pas ainsi.

— Je crois que j'ai bouleversé la journée de Miss...

Dans l'expectative, James regarda Gillian, espérant de toute évidence qu'elle lui dise son nom. Ce n'étaient pas des présentations convenables, mais au point où ils en étaient, *rien* entre eux ne l'avait été.

— Beaumont. Gillian Beaumont.

Feu Richard Beaumont avait été le comte de Morrey, mais même si elle portait le nom de son père, personne ne risquait de faire le lien ou de deviner qu'elle était née illégitime. Il y avait beaucoup de Beaumont à Londres sans le moindre lien avec le titre de Morrey.

— C'est un plaisir de vous rencontrer, Miss Beaumont. Je suis Leticia Fordyce, et voici mon frère James, le lord Pembroke.

Gillian faillit avaler sa propre langue. *Le comte de Pembroke.* Elle avait entendu les murmures des amies d'Audrey pendant le thé, qui parlaient de cet homme au sourire coquin et aux doux yeux bruns. Il oscillait entre le fantasme du rebelle et le gentleman idéal. Il était une énigme que les femmes de la bonne société ne parvenaient pas à résoudre. Et pourtant, personne n'avait conquis son cœur. C'était exactement le type d'homme avec lequel elle aurait eu envie de danser au bal, un gentleman avec qui elle aurait pu avoir sa chance si sa mère avait été l'épouse du comte de Morrey et non sa maîtresse. Toutefois, cette vie ne pourrait jamais être la sienne et elle devait arrêter de penser à ce qui aurait pu être.

Gillian eut du mal à réfléchir.

— Ravie de vous rencontrer tous les deux, parvint-elle enfin à dire.

Que ferait Audrey Sheridan ? Gillian savait exactement ce qu'Audrey aurait fait : tout le contraire de ses propres actes.

— Alors, mon frère bouleverse votre journée ?

Letty afficha un petit sourire taquin qui joua sur sa bouche arquée alors qu'elle les observait. James baissa les yeux vers ses bottes avant de les relever vers Gillian, un sourire penaud attirant son attention sur ses lèvres. Cet homme avait des lèvres qui appelaient au baiser. Elle sursauta. Elle se permettait rarement de songer à des hommes de la sorte. Sa vie avait toujours été centrée sur le travail et l'activité. Survivre à Londres signifiait abandonner tout projet de mariage. Aucun homme n'épouserait une femme pauvre et illégitime, du moins pas un homme d'un statut supérieur.

— Je crois que lord Pembroke vous cherchait et je lui suis rentrée dedans, répondit Gillian en essayant de ne pas trahir sa nervosité.

Elle n'avait pas l'habitude de s'adresser directement à des membres de la pairie.

— Ah ! pouffa Letty. Nous avons fini avec madame Ella. Vous aussi ? J'ai pensé que nous pourrions aller manger une glace chez Gunter's. Voulez-vous nous accompagner ?

L'expression de Letty était tellement pleine d'espoir que Gillian ressentit un pincement de culpabilité. Elle devait refuser. Elle ne pouvait pas aller à Gunter's, pas avec le comte et sa sœur. Cela ne se faisait simplement pas. Ils l'avaient prise pour une dame bien née comme Audrey.

Elle s'efforça de trouver une excuse.

— Malheureusement, je dois me rendre dans une librairie pour acheter quelques romans.

— Oh…

Le visage de Letty se décomposa, mais James se tourna vers Gillian avec des yeux qui pétillaient.

— Nous aussi avons besoin de romans, n'est-ce pas, Letty ? Nous allons vous accompagner et une fois que nous aurons satisfait notre soif de littérature, nous pourrons apaiser notre soif physique chez Gunter's avec du thé et des glaces.

Le comte avait déclaré ses intentions avec une telle détermination que Gillian ne voyait pas comment elle allait pouvoir le lui refuser.

— Je suppose que ce serait acceptable...

Vivre un petit mensonge pendant quelques heures ne ferait pas de mal, n'est-ce pas ?

— Fantastique ! Avez-vous pris une calèche, Miss Beaumont ? Nous en avons une et nous serions ravis de vous ramener chez vous après Gunter's si vous souhaitez épargner ce trajet à votre cocher, proposa Letty.

— Oh non. Ce n'est pas nécessaire. Je vais lui demander d'aller à Gunter's et de m'y attendre, dit Gillian.

S'ils devaient la déposer à la résidence des Sheridan sur Curzon Street, James ne mettrait guère de temps à deviner qui elle était vraiment. Elle n'aurait pas la force de leur faire face s'ils découvraient sa tromperie. Si elle parvenait à maintenir ce simulacre pendant un petit moment, tout irait bien.

Je ne devrais pas faire cela... Mais Audrey n'a pas besoin de moi cet après-midi, et ce sera amusant de faire semblant pendant quelques heures. Cela aurait pu être ma vie dans des circonstances différentes. Elle savait que c'était égoïste de dire oui à cette folie, mais elle était fascinée par James et appréciait sa sœur. Une simple visite à la librairie et au marchand de glaces ne ferait sûrement pas de mal. Sûrement pas...

À PROPOS DE L'AUTEUR

Auteure à succès reconnuc par USA Today, LAUREN SMITH vit dans l'Oklahoma. Avocate le jour, elle écrit la nuit des histoires d'amour aventureuses à la lumière de son smartphone. Elle a su qu'elle était destinée à écrire de la romance lorsqu'elle a tenté de réécrire l'intégralité du film *Titanic* juste pour sauver Jack de la noyade. Elle aime toucher ses lecteurs avec des romances émouvantes, réalistes et coquines se déroulant à différentes périodes historiques. Elle a remporté de nombreux prix dans plusieurs catégories de romance, notamment le New England Reader's Choice Awards et le Greater Detroit BookSeller's Best Awards. Elle a été quart-de-finaliste de l'Amazon.com Breakthrough Novel Award et demi-finaliste du Mary Wollstonecraft Shelley Award.

Pour entrer en contact avec Lauren, rendez-vous sur son site https://laurensmithbooks.com/genre/french/ ou sur son compte Twitter @LSmithAuthor.

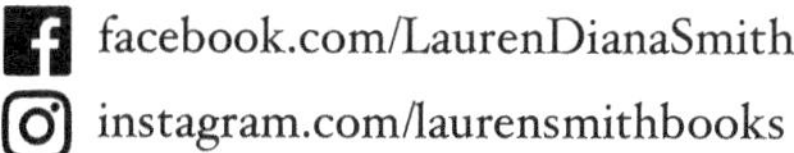

www.ingramcontent.com/pod-product-compliance
Lightning Source LLC
Chambersburg PA
CBHW050949210726
48287CB00004B/1197